ESSAI HISTORIQUE

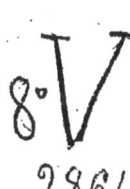

SUR LA

BRASSERIE FRANÇAISE

Essai Historique

SUR LA

BRASSERIE FRANÇAISE

PAR

FRANCE WEBER

MEMBRE DU SYNDICAT DES BRASSEURS DU CENTRE ET DU MIDI DE LA FRANCE

SOISSONS
IMPRIMERIE-LIBRAIRIE J. PRUDHOMME
5, rue du Collège.

1900

Du même Auteur :

L'Art du Brasseur au XVIIIe Siècle. — Journal *Le Brasseur Français* (du 2 Juin au 6 Octobre 1898).

À la Brasserie Française,

À Robert Charlie, son ardent Défenseur,

JE DÉDIE CE LIVRE

France Weber.

Cet Ouvrage a été tiré à 300 Exemplaires

ERRATA

Page 27, dernier vers, au lieu de délit lire *délai.*

» 89, 10e ligne, au lieu de Letabuudus lire *Letabundus.*

» 135, 9e ligne, au lieu de 1891 lire *1861.*

» 140, 17e ligne, au lieu de anno MCCCXI lire *MCCCCXI.*

» 302, De la Cervoise ou bière et du vin aigre, doit se trouver en tête de Crassos humores...

» 305, 6e ligne, au lieu de entendre lire *engendre.*

NOTE. — page 224, Le terme *Camba* était déjà usité au VIIIe siècle. (Voir page 144).

Trahit sua quemque voluptas

VIRGILE

AVERTISSEMENT

Quiconque a consulté une encyclopédie au mot Bière, ou a ouvert un manuel de Brasserie renfermant une notice historique, sait que l'usage des boissons fermentées à base de grains, se perd dans la nuit des temps et qu'il nous vient de l'Extrême-Orient où on en a retrouvé des traces certaines jusqu'à près de 3,200 ans avant l'Ère chrétienne, sous la première dynastie indienne.

On n'ignore pas que la bière moderne fut la *Cerevisiæ* des Romains, la *Celia* des Ibères, la *Cervisia* des Gaulois, la *Cervoise* du Moyen-Age.

Que le *vin d'orge* fut chez les Celtes Bretons et les Celtes Gaulois boisson nationale ; que l'Empereur Julien lui décoche un trait sous forme d'épigramme et que l'École de Salerne fait de la *Cervisia* l'objet d'un de ses préceptes.

Mais on ne paraît posséder sur l'existence de la Brasserie en France et particulièrement sur l'ancienne corporation des Brasseurs depuis le Moyen-Age jusqu'à la Révolution, que des données limitées à des généralités ou à des cas particuliers plus ou moins noyés dans des travaux d'histoire locale.

La constatation de ce fait explique l'exécution du présent travail, il est le résultat bien simple du désir qu'a éprouvé celui qui l'a entrepris, de satisfaire sa curiosité, de connaître tout ce qui peut intéresser, tout ce qui peut se rapporter à une industrie à laquelle par goût et par le fait des circonstances il est très profondément attaché.

Un sujet sollicite-t-il vivement notre curiosité : on le détaille, on cherche à connaître jusqu'aux moindres circonstances des faits qui s'y rapportent ; la bonne fortune nous les fait-elle découvrir : on veut savoir davantage encore, on se passionne, on en arrive alors aisément à se persuader que nombreux doivent être les curieux qui, volontiers, partageraient le plaisir qu'on éprouve. De cet état d'esprit, de cette pensée à l'entraînement d'écrire il n'y a qu'un pas, ce pas a été franchi, puisse-t-il conduire celui qui l'a risqué, au but poursuivi.

On n'invente pas l'histoire, il n'existe donc point ici œuvre d'imagination mais un exposé de faits tirés de l'histoire de notre pays, relatés dans des documents précis, puisés aux meilleures sources et reliés entre eux par des points de suture fournis par les événements au cours desquels ces faits se sont produits.

Avez-vous le loisir de refaire les étapes parcourues par le narrateur ? Interrogez la vie de Julien, les préceptes de l'Ecole de Salerne. Voyez aux manuscrits de notre magnifique Bibliothèque Nationale, le grand Armorial de France, vous y trouverez les armoiries des corporations de Brasseurs.

Consultez les archives, la correspondance des intendants des anciennes provinces, la collection de Documents inédits sur l'Histoire de France, le Livre des métiers d'Etienne Boileau par G.-B. Depping, les œuvres des Augustin Thierry, des René Lespinasse, des Bonnardot, des Francisque Michel....

Puisez dans le trésor encyclopédique de Diderot et d'Alembert, examinez et compulsez les comptes de Lavoisier, les travaux récents de M. le Vicomte d'Avenel, lisez les études générales et locales citées au cours de cet ouvrage, qui renferment des faits intéressant l'histoire de la Brasserie.

Ayez recours enfin, aux intelligents et infatigables travailleurs dont, à juste titre, la Brasserie Française s'honore ; aux dévoués et obligeants chefs de ses puissants Syndicats, et non seulement vous pourrez reconstruire l'édifice ; mais meilleur architecte, plus adroit décorateur, vous pourrez sans peine le refaire plus grand, plus beau, surtout si votre bonne étoile de chercheur, de curieux, vous conduit vers les rayons d'où sortent quelques fois les documents rares, les bouquins ignorés : matériaux souvent disséminés aux quatre coins du pays, faute desquels on doit forcément se limiter dans une étude exécutée le plus souvent à distance et qui exigerait pour être absolument complète de longues et fastidieuses recherches sur place.

S'il est sinon impossible mais tout au moins très difficile de reconstituer entièrement l'histoire des corporations de Brasseurs en France, il l'est moins de retracer celle des nombreuses charges qui à toutes les époques pesèrent lourdement sur elles, de rappeler les préjugés dont la bière fut l'objet, les mesures vexatoires qui en furent la conséquence, d'exposer enfin, les Lois et Règlements qui, jusqu'à nos jours ont régi la Brasserie Française.

Et sans qu'il soit besoin de remonter jusqu'au Moyen-Age, il suffit, pour que le sujet présente quelque intérêt, de s'arrêter à l'année 1625, pour faire ensuite une station un peu plus prolongée devant les événements de 1680 et 1693. L'examen des faits à ces dates et de ceux qui se sont accomplis pendant la période qui les sépare de nos jours, suggère des réflexions et comporte un enseignement dont la valeur a été, il y a longtemps déjà, formulée par d'énergiques et clairvoyants hommes de progrès.

L'antique loi de 1816, fille de 1680, petite-fille de 1625, vient de disparaître. — Puisse la Brasserie Française trouver dans l'application de celle qui la remplace : la liberté dans le travail, l'égalité des charges et la modération financière qui sont bien dues à cette vaillante industrie.

France Weber

CERVESIA (1)

EPIGRAMME DE L'EMPEREUR JULIEN — LA GOURDE A CERVOISE GALLO-ROMAINE — VIVENT LES CERVOISIERS.

De ce que l'Empereur Julien déclare qu'à la Cervesia il préfère le vin, il ne s'en suit pas que la plupart des contemporains de cet ancien gouverneur des Gaules, partageaient le dégoût qu'il manifeste pour cette boisson ; témoin le Gaulois, « pressé d'une soif éternelle » qu'il nous montre vantant le fils de *Cérès*.

Nos braves aïeux buvaient sec ; le jus de la vigne pouvait leur plaire autant qu'à Julien, davantage

(1) De Cérès, déesse des moissons (suivant l'étymologie la plus accréditée) de même que : *Cervisa, Cervesa, Cerevis. Cerevisœ, Cervoise, Cerveyse* ; de source latine ou gauloise. L'Espagne a conservé *Cerveceria* (Brasserie) et *Cerveza* (bière).

même, car ce prince de goûts simples et de mœurs austères devait dédaigner la quantité. — Il écrivit, croit-on, cette épigramme en Gaule, dans sa chère Lutèce, peut-être, et il était d'un pays [1] où Bacchus pouvait, pour César, primer Cérès. — Mais pour satisfaire à la sollicitation de ces gosiers robustes, il fallait un breuvage abondant, qui se puisse trouver en tous temps presque en tous lieux, le vin d'orge la « *Cerevesia* » avait sur le vin cet avantage, que de nos jours et pour beaucoup encore, la blonde liqueur a conservé.

Et la préférence des Gaulois, ou du moins leur goût ou leur habitude de la cervoise s'explique encore par la privation dans laquelle les Gaules se trouvèrent longtemps des bienfaits de la vigne. On sait que le tyran Domitien (81-96) pour favoriser — dit-on — les propriétaires de vignobles Italiens, ou suivant une autre version, pour rendre — à la suite d'une grande disette — les terres à la culture du blé, fit arracher les vignes des Gaules. La culture n'en disparut pas complètement, mais elle n'y fut rétablie et encouragée que près de deux siècles plus tard, par l'Empereur Probus qui, en 252, révoqua l'édit de son prédécesseur.

(1) Constantinople.

ÉPIGRAMME DE JULIEN

Tu n'es qu'un faux Bacchus, odieux imposteur;
J'en atteste le véritable.
Son jus a du nectar, le parfum délectable;
Tu révoltes par ton odeur.
Que le Gaulois pressé d'une soif éternelle,
À défaut de la grappe ait recours aux épis;
De Cérès qu'il vante le fils
Mais vive le fils de Sémelé (1)

M. l'Abbé de la Bleterie, auteur de cette traduction (2), nous la donne comme très libre ou, pour mieux dire, comme une imitation.

Voici une autre traduction due à M. Jules Frœlich, à Nancy, que nous puisons dans les « Etudes Gambrinales » (3).

D'où sors-tu, Dyonis, du Ciel ou de l'Enfer ?
Car, par le vrai Bacchus, avec ta lourde mine
Tu ne saurais passer pour fils de Jupiter.
Lui seul sent le nectar, comme chez toi domine
La forte odeur du bouc. — Le Celte obtient du blé,
A défaut de raisins, ta boisson triviale,
Tu n'est donc, Demeter, point le fils de Sémélé.
O grossier rejeton de mère Céréale !

(1) Sémelé — Mère de Bacchus.

(2) Histoire de Jovien et les Césars de Julien, Paris 1748.

(3) F. Reiber. Histoire et Archéologie de la Bière et principalement de la Bière de Strasbourg, Paris 1882. Berger-Levrault & Cie, Éditeurs.

*
* *

On peut voir au Musée Carnavalet, à Paris, un vase en terre cuite, avec inscription peinte, du IVe siècle, trouvé en 1867 dans les fouilles du nouvel Hôtel-Dieu. Voici la description de ce vase, dit *gourde de voyage* : « Il consiste en un tube recourbé en forme de cercle muni à sa partie supérieure d'un goulot et de deux anses. »

En voici l'inscription, en latin barbare, telle qu'elle a été lue et interprêtée jusqu'en ces temps derniers ; l'une des faces porte :

Ospita reple lagona cervesa

l'autre :

Copo crusditu abes ; est repleda

M. Bréal, dans une communication à l'Académie des inscriptions et belles lettres, propose de lire :

Hospita reple lagonaur cervesia, conditum habes ; est resplenda

C'est-à-dire : « *Remplis ma gourde de cervoise* » *La cabaretière* : « *Entendu ! la voilà, elle est pleine* ».

M. l'abbé Thédenat croit que les deux vers sont indépendants et doivent s'entendre ainsi :

Cabaretière remplis ma gourde de cervoise.

Cabaretier tu as du conditum (espèce de vin travaillé), *il faut remplir ma gourde.*

M. l'abbé Thédenat revient une dernière fois sur la seconde inscription et lit :

Copocnoditu abes est repleda

et rappelle que M. Gaston Paris a proposé de substituer la lecture « *reple da* » à celle « *est resplenda* », de telle sorte que le dialogue suivant s'établirait entre le cabaretier et son client :

Cabaretier as-tu du conditum ? Il y en a (est) Remplis ma gourde et donne (reple da). M. l'abbé Thédenat montre que la lecture de M. Gaston Paris est certaine et il cite à la suite des textes analogues (1).

En résumé, si la « *gourde* » a contenu du « vin aromatisé » elle a pu contenir aussi la « Cervoise », à laquelle la première partie, non contestée de l'inscription, la destine.

(1) Séances de l'Académie des inscriptions et belles lettres. (Voir Bulletin des mois de Mars-Avril 1899 ou l'*Officiel* des 2 et 23 Avril 1899).

Nous avons pensé que la rareté et l'originalité de cette pièce étaient dignes de l'attention de nos lecteurs, c'est pourquoi nous sommes entrés dans ces détails ; il leur sera facile ainsi de la reconnaître dans la vitrine où, du reste, elle figure en bonne place.

Il est très possible que nos Musées renferment aussi de ces gobelets en terre rouge sur lesquels les potiers Gallo-Romains inscrivaient ces mots :

Cervesariis feliciter :
Vivent les Cervoisiers !

PREMIÈRE PARTIE

CHAPITRE PREMIER

Les anciennes Communautés d'Arts et Métiers
Aperçu général

ANCIENNETÉ DES CORPORATIONS — LEUR ORIGINE — LEURS CARACTÈRES MULTIPLES — ELLES SONT FLORISSANTES EN FRANCE AU XIIIe ET AU XIVe SIÈCLE — PRIVILÈGES ET ABUS — OLIGARCHIE — VÉNALITÉ DES GARDES-JURÉS — INTERVENTION DU ROI HENRI III EN FAVEUR DES ARTISANS — L'EXERCICE DE LA MAITRISE ET LE DROIT DOMANIAL AU XVIe ET AU XVIIe SIÈCLES.

Les Corporations d'Artisans remontent à la plus haute antiquité, on les rencontre chez presque tous les peuples. Dans l'Empire romain on les désignait sous le nom de *Collèges* (1). En Gaule on les retrouve sous ce nom du temps de la domination romaine.

A l'époque des désastreuses invasions des barbares, on voit ces corporations industrielles disparaître avec l'Empire romain auquel elles devaient leur organisation, puis, après plusieurs siècles de barbarie qui suivirent le bouleversement de la Gaule, le travail industriel reprenant vigueur dans les villes, elles reparaissent, se développent, et peu à peu, appuyant leurs bases non plus seulement sur l'industrie mais sur la religion et même sur la politique, elles acquièrent une importance et une force qui leur avaient manqué autrefois. « Longtemps, nous dit M. E. Levasseur (2), les artisans vécurent dans le corps de métier comme dans une *sorte de forteresse qui les protégeait contre les violences du dehors.* »

Le triple caractère, industriel, religieux et politique que les communautés d'arts et métiers réunissaient les fit distinctement dénommer : Corporations, Confréries et Jurandes. Parlant de ces dernières, M. Granier de Cassagnac (3), nous dit : « On retrouve

(1) On trouve dans les Chartes municipales de Ravennes, en 943, une corporation d'artisans pêcheurs ; en 953, un chef de la corporation des négociants, et en 1001 un chef da la corporation des bouchers. (Aug. Thierry, *Récit des temps mérovingiens*, T. 1, page 249.)

(2) Précis d'économie politique, p. 80.

(3) Histoire des classes ouvrières et des classes bourgeoises.

dans l'histoire du moyen-âge, deux espèces de jurandes : les jurandes romaines qui disparaissent et les jurandes françaises qui naissent ou plutôt se développent sous Philippe-Auguste et s'organisent à partir de Saint-Louis, parallèlement avec les Communes comme étant d'ailleurs de même origine, de même nature et tendant au même but. »

Dans son préambule de l'édit de Février 1776, Turgot examinant l'origine des communautés s'exprime ainsi : « Lorsque les villes s'affranchirent de la servitude féodale et commencèrent à se former en communes, la facilité de classer les citoyens par leur profession, introduisit les communautés de métiers. Les différentes professions devinrent ainsi comme autant de communautés particulières dont la communauté légale était composée. Les confréries religieuses resserraient encore les liens qui unissaient entre elles les personnes d'un même état. »

Les corporations d'arts et métiers furent florissantes en France au XIIIe et au XIVe siècle, mais elles ne tardèrent pas à être atteintes des vices qu'entraîne fatalement toute institution imbue de l'esprit de monopole. Sous prétexte de maintenir les traditions et de sauvegarder, en même temps que leur intérêt particulier celui du public, en assurant la qualité des produits, les corporations introduisirent dans leur organisation des règlements complexes et minutieux — on pourrait dire frisant la tyrannie — hérissèrent de difficultés l'entrée au métier à qui était hors la corporation ; limitèrent le nombre d'apprentis que le maître pouvait prendre ; augmentèrent la durée du stage de l'ouvrier, intermédiaire entre l'apprentissage et la maîtrise, c'est-à-dire du compagnon ; rendirent plus onéreuse l'accessibilité à la maîtrise. Le nombre des maîtres fut limité dans beaucoup de corporations, et les fils des maîtres jouirent de privilèges précieux, tel, par exemple, celui de passer maître sans être astreint à la production du chef-d'œuvre imposé à tout autre aspirant à la maîtrise ; ce qui n'était pas un mince avantage, étant donné l'exploitation dont il était l'objet, exploitation qui souvent faisait se rebuter les plus habiles, s'ils ne pouvaient non seulement faire face aux dépenses règlementaires d'entrée, mais encore s'ils n'étaient pas en mesure ou ne voulaient pas satisfaire les exigences des gardes-Jurés chargés de leur réception, exigences qui, entre autres choses, se traduisaient par des festins, buvettes, etc., à la charge de l'aspirant.

L'élection des Gardes-Jurés entachée de vénalité, ne donna plus les garanties originellement poursuivies. « Les jurés des plus riches corporations — nous dit M. E. Levasseur — ne se recrutèrent plus que dans une oligarchie ». Ce fut surtout au XVe et au XVIe siècle, nous fait remarquer le même auteur, lorsque la France eut réparé les ruines faites par la guerre de Cent Ans et que le travail industriel eut commencé à reprendre quelque essor, que ces abus se produisirent.

Le préambule d'un édit que le roi Henri III rendit

en 1581, établit les inconvénients que nous venons de signaler : « Désirant donner ordre aux excessives « dépenses que les pauvres artisans des villes jurées « sont contraints de faire ordinairement pour obtenir « la maîtrise contre la teneur des anciennes ordon- « nances, étant quelquefois *un an et davantage* pour « faire chef-d'œuvre qu'il plait aux jurés, lequel est « ensuite trouvé mauvais s'il n'y est remédié par « lesdits artisans avec infinité de présents et ban- « quets, qui reculent beaucoup d'eux de parvenir au « degré, les obligent à travailler seulement en « chambre, n'étant, par lesdits jurés, reçus que les « plus riches et ayant moyen de faire présents, « encore qu'ils soient incapables au regard de beau- « coup d'autres qu'ils ne veulent reçevoir parce « qu'ils n'ont pas d'argent. »

A cette époque (XVI et XVIIe siècles), la royauté considéra le droit d'exercer un métier comme un *droit domanial* (1) et en tira profit, elle facilita, sans toutefois qu'on lui en puisse savoir plus de gré qu'il convient, l'établissement dans une ville quelconque en France, sauf Paris, d'un maître reçu dans une autre ville — ce qu'autrefois les règlements étroits des corporations ne toléraient pas. — L'artisan vit s'ouvrir devant lui des portes qui jadis lui étaient obstinément fermées, mais il ne les franchit que plus lourdement chargé de l'aggravation de l'impôt du droit au travail.

(1) E. Levasseur.

CHAPITRE II

CONFRÉRIES

Leur caractère religieux — Obligations auxquelles les confrères étaient soumis — Avantages — Abus — Suppression des confréries avant la Révolution — La Vierge et saint-Léonard patrons des Brasseurs.

Nous avons dit que les corporations revêtaient un caractère religieux qui fit donner aux associations qu'elles formèrent en ce sens, le nom de Confrérie d'Arts-et-Métiers.

Au moyen-âge, où l'Église était prépondérante, les corporations, tout naturellement, n'eurent garde de l'oublier et se placèrent sous sa protection et le patronnage de Dieu, de la Vierge ou d'un Saint. Elles eurent leurs règlements souvent rigoureux, mais, on peut le dire, presqne toujours religieusement observés. Elles possédèrent leurs chapelles, dont l'entretien fit l'objet de clauses que nous retrouverons par la suite dans les divers règlements corporatifs ; chaque confrérie avait sa bannière et sa place marquée dans les processions et cérémonies civiles auxquelles le clergé participait.

Le travail était interdit le Dimanche, les jours de fêtes solennelles [1], celle du patron de chaque corporation en particulier. — Les confrères étaient tenus d'assister aux messes et offices déterminés, qu'il s'agisse de naissances, de mariages ou d'obsèques. — Des peines sous forme d'amendes étaient infligées à ceux qui, sans justifications acceptables, contrevenaient à leurs devoirs.

Exposant les avantages de ces associations M. Ouin-Lacroix s'exprime ainsi :

« L'extension des confréries devint si générale que bientôt il n'y eut pas de villes, de bourgades et de villages qui n'en possédassent plusieurs, placées toutes sous le patronnage de Dieu, de la Vierge ou d'un Saint ; elles en reçurent un caractère moral et sacré, non moins utile au maintien de la pureté des mœurs qu'à la propagation de toutes les vertus.

Si elles imposaient de sévères obligations et des devoirs nombreux, les membres en étaient récompensés par des bienfaits quotidiens, car en compensation des sacrifices qu'elles demandaient, elles prési-

(1) Tous les premiers, des règlements de police interdisaient le travail, les dimanches et fêtes et en limitaient la durée en tous temps.

daient pour ainsi dire à la vie de chacun des confrères prenaient soin de leurs intérêts et leur venaient en aide au milieu des circonstances les plus périlleuses ; affligés, malades ou mourants, elles ne les quittaient jamais sans secours ; c'est assurément en donnant une douce parole de paix et de fraternité aux malheureux ou en jetant une bénédiction sur la tombe des morts, que les confréries ont conquis leur plus beau titre à la reconnaissance de la postérité. »

Les services rendus par les confréries ne sont pas niables, mais les abus les avaient fait dégénérer ; elles disparurent avant la suppression par la Révolution de toutes les corporations.

Les Brasseurs s'étaient placés sous le patronnage de la Vierge, de Saint-Léonard ou de Saint-Arnould.

CHAPITRE III

APPRENTISSAGE

Ce qu'il coûtait — Formalités et contrats Justification de moralité des parents et du candidat — Du rôle des Jurés ; Garanties dont ils devaient entourer le futur apprenti — Plaintes d'un apprenti.

Le maître se faisait grassement payer l'admission au métier ; l'importance de la somme exigée en pareil cas variait avec le genre de métier ou de négoce, que le candidat désirait apprendre. Mais ce qui ne variait guère, sinon en la forme, au moins au fond, c'étaient les formalités officielles qui accompagnaient son acceptation par son futur maître et les jurés du métier, formalités qui se traduisaient par un contrat en bonne et due forme, passé par-devant notaires.

Les actes de cette nature ne doivent pas être absolument rares ; il doit s'en trouver encore pas mal d'enfouis dans les archives notariales ou des tribunaux de Commerce. Mais malgré nos recherches nous n'avons pu nous procurer copie de contrat d'apprentissage au métier de Brasseur. Nous ne persisterons pas à chercher là ces vestiges des privilèges excessifs dont jouissaient les maîtres d'autrefois. Nous les trouvons dans la remarquable étude qu'a publié sur « la Communauté des Marchands à Soissons » (1), M. Collet, conservateur du Musée de cette Ville. Les contrats que nous avons sous les yeux, sont passés de bourgeois,de marchands ou d'artisans à marchands ; il n'y est question que d'admission à l'apprentissage du Négoce, mais il est permis de supposer que, toute substitution faite de la profession d'un artisan à celle d'un marchand tonnelier, par exemple, toute part faite de la différence de la durée de l'apprentissage et de la somme à payer ; le même esprit, les mêmes préoccupations, ont dû partout inspirer les contractants : « Par devant les « notaires, gardes-notes du Roy à Soissons, soussi- « gnés, fut présent Henry Lévesque, marchand maî- « tre-tonnelier, demeurant à Soissons, lequel a re- « connu et confessé avoir baillé et mis en apprentis- « sage pour le terme de trois années continuelles et « consécutives, qui sont commencées du jour d'hier « quinze des présents mois et an, J.-B. Lévesque son « fils, avec sieur P. Elie Pilloy marchand, demeu-

(1) Bulletin de la Société archéologique, tome VI, 3e série, 1896.

« rant à Soissons, à ce présent, qui a pris ledit J.-B.
« Lévesque pour son apprenti, et promis, pendant
« lesdites trois années, de le tenir, nourrir, coucher,
« loger, chauffer et alimenter, comme à lui appar-
« tenant, sans être tenu d'aucun blanchissage; comme
« aussi de lui montrer et enseigner tout ce qui con-
« cerne les marchandises et négoce, se tenir assidu-
« ment chez sondit maître, travailler en ce qui con-
« cerne ledit commerce, faire le profit de sondit
« maître, l'avertir de son dommage s'il vient à sa
« connaissance, et sans qu'il puisse s'absenter que du
« consentement de sondit maître, et en cas d'ab-
« sence sans ledit consentement, ledit Henry Léves-
« vesque son père, promet de le chercher et de le
« ramener chez sondit maître pour parachever son
« temps et celui de ladite absence, à peine de tous
« dépens, dommages et intérêts. Ce brevet ainsi fait
« moyennant la somme de 600 livres, de laquelle
« somme ledit Henry Lévesque père en a payé pré-
« sentement comptant audit Pilloy, celle de 300
« livres qu'il reconnaît avoir reçue, dont il en quitte
« et décharge d'autant ledit H. Lévesque, ledit ap-
« prenti et tous autres. Et le surplus montant à pareille
« somme de 300 livres, ledit Henry Lévesque, pro-
« met et s'oblige de payer audit Pilloy, dans 18 mois,
« à compter dudit jour d'hier, et promet de plus ledit
« Henry Lévesque de payer et d'acquitter le droit de
« la boîte du corps des marchands de cette ville, et
« tenu des frais des présentes. Fait et passé à Sois-
« sons, en l'étude le treizième jour de Novembre,

« mil sept cent trente quatre, avant midi. Et ont
« signé avec lesdits notaires à la minute des présentes
« demeurée à Boully, l'aîné, l'un d'iceux soussignés
« et en marge de laquelle est écrit : Contrôlé à Soissons le 17 Novembre 1734 ; reçu quatre livres
« quatre sols signé : Tripeteau, avec paraphe. Et
« enfin signé : Boully et Grenier, avec paraphe » (1).

Les divers contrats de la nature de celui qui précède, que nous avons examinés, ne présentent entre eux que de légères variantes ; suivant les circonstances ou le caractère du maître, certains points sont plus ou moins accentués. On trouve par exemple dans l'un de ces contrats par lequel, en 1759, un jeune homme de 15 ans était admis à l'apprentissage, par un marchand mercier, épicier et cirier, moyennant la somme de 500 livres, dont 150 payées comptant, on trouve -disons-nous, la clause suivante : « quant au surplus, les époux Arnoult, Paillote, le « garantissent de tous leurs biens, meubles et im- « meubles, présents et à venir, en tels lieux qu'ils « soient assis et situés ». Le contrat était généralement soumis à l'approbation des Jurés ; divers contrats dressés à Paris nous en fournissent la preuve. Voici la formule terminale de l'un d'eux, il s'agit d'un apprenti arquebusier :

(1) Le futur apprenti fut aussi tenu de justifier d'une naissance légitime, constatée par son acte de baptême. Son admission à la maîtrise ne lui était accordée que s'il jouissait d'une réputation sans tache.

« Et le douzième jour de janvier mil sept cent vingt deux.

« Sont comparus devant les conseillers du Roy, « Notaires à Paris, soussignés,

« Jean Olivier Tironneau, demeurant rue Saint- « Honoré, paroisse Saint-Roch ; Charles Tironneau, « demeurant rue de Verneuil, faubourg Saint-Ger- « main ; Ferréol Rouvière, dit Saint-Germain, demeu- « rant rue de Bourbon susdit faubourg ; Ed. Jean « Mazelier, demeurant rue de Seine, paroisse Saint- « Sulpice, tous quatre maîtres arquebusiers de cette « ville de Paris, et Jurés en charge de leur commu- « nauté.

« Lesquels ont eu le brevet d'apprentissage des « autres parts pour agréables ; après que lecture leur « a été faite par l'un des notaires soussignés, l'autre « présent ; et l'ont approuvé et confirmé, consentant « qu'il porte son plein et entier effet, et soit exécuté « selon sa forme et teneur, comme étant conforme « aux statuts et règlements de leur communauté. « Reconnaissant avoir été payés et satisfaits de leurs « droits ordinaires.

« Fait et passé à Paris en l'Etude, lesdits jour et « an et ont signé ;

« Signé : Jean-Olivier TIRONNEAU, Charles
« TIRONNEAU, F. ROUVIÈRE, MAZELIER,
« LE CHANTEUR et BENARD. »

Les jurés devaient, avant de conclure un marché d'apprentissage, prendre les renseignements les plus minutieux sur les capacités du maître et sur sa position financière : s'il ne leur paraissait pas suffisamment capable, ils refusaient de passer outre ; si l'état de ses affaires leur inspirait la moindre défiance, ils exigeaient le dépôt d'un cautionnement [1].

On voit par là, qu'au point de vue de la stabilité ainsi que de la possibilité d'acquérir la connaissance de la profession qu'il choisissait, la sécurité de l'apprenti était assurée ; ajoutons que l'indulgence était généralement accordée aux escapades de jeunesse qui ne dépassaient pas les limites acceptables. En cas de fuite ou de décès de l'apprenti, le contrat était résilié de plein droit ; c'étaient là les risques courus par le Maître qui, alors, se voyait privé du fruit de ses peines. Il est incontestable que les dernières années d'apprentissage devaient être fructueuses pour le maître et qu'il tirait avantageusement parti du privilège attaché à la maîtrise et de l'autorité que lui conférait les termes du contrat.

Nous terminerons ce chapitre par quelques vers extraits d'un ouvrage iutitulé : ***Les misères de ce monde ou complainte factieuse sur les apprentissages de différents Arts et Métiers de la Ville et Fauxbourgs de Paris.*** (Publié à Londres en 1783) [2].

(1) R. de Lespinasse et Bonnardot. — *Métiers de l'Alimentation, chap. (apprentis),*

(2) Bibliothèque de Paris. (Carnavalet).

. . . .

Au moment d'embrasser cette profession
Pour le prix, pour le temps, ayant fini d'affaire,
Je cours chez le Recteur, qui de Régent sévère
Devint traitable et doux, en voyant le ducat
Que je lui mis en mains pour son certificat.
Puis je fus avec zèle (au moins en apparence)
Au syndic, aux adjoints, faire la révérence,
De crainte qu'obmettant cette formalité
Un délit ne punit mon incivilité...

. . . .

CHAPITRE IV

MAITRISE

Comment on obtenait la maitrise — Le chef-d'œuvre en Brasserie en 1630 — Droits de maitrise — Les corps de marchands et les artisans — Privilèges des marchands — Leur dédain pour les artisans — Dais et cierge — L'autorité royale et la maitrise — La maitrise et les grands officiers de la couronne. — Usage abusif qu'ils faisaient de leurs droits. — Leur vénalité. — Conflits qui en furent la conséquence. — Charges fiscales diverses auxquelles les maitres-brasseurs furent successivement soumis — Brasseurs et Jurés parisiens au XVIIIe siècle.

La qualité de maître ne pouvait s'obtenir qu'après un apprentissage plus ou moins long. Le candidat qui après avoir fait son chef-d'œuvre était admis, reoeyait alors la patente de maître. Nul ne pouvait être Maître-Brasseur s'il n'avait fait un apprentissage dont la durée varia suivant les époques et suivant les localités.

Du temps de Saint Louis, était brasseur qui voulait, pourvu que les règlements soient observés ; on n'y rencontre rien touchant les conditions de maîtrise. Les statuts de 1489 font les premiers mention, que seuls pourraient exercer le métier de Brasseur, ceux qui seraient reconnus expérimentés par les maîtres-gardes. En 1514, la réglementation s'affirme : nul compagnon ne pourra exercer (1) à Paris, s'il n'a fait 3 années d'apprentissage dans cette ville. Les statuts de 1782 nous font connaître qu'à cette époque nul ne pouvait être maître-brasseur s'il n'avait fait cinq années d'apprentissage, trois années de compagnonnage et fourni son chef-d'œuvre.

Le règlement de 1630 nous édifie sur l'importance du chef-d'œuvre, qui consistait en la confection en un jour, d'un brassin de 6 septiers de grains. « Sera « tenu ascomoder,germer et faire un brassin de 6 sep- « tiers de grains ou de plus, si plus veut faire, ce « qu'il sera tenu de faire en présence des jurez et « gardes dudit état, du substitut de M. le Procu- « reur et de tel nombre de bâcheliers dudit métier « qu'il sera avisé. »

Le droit d'entrée dans le métier était à cette époque, fixé à 60 livres, dont moitié revenait au roi et

(1) (Le 18 septembre de cette même année 1514. Le roi Louis XII donne pouvoir au duc de Valois de créer la maîtrise dans chaque métier).

moitié à la confrérie « et à chacun des gardes et jurez 52 sols pour leur peine. »

Par édit de mars 1691, les corporations furent divisées en quatre classes, et les Brasseurs placés dans la première.

Le droit royal dû par tout maître qui s'établissait fut fixé à 40 livres, et l'indemnité à payer aux jurés de cette corporation, pour chacune de leurs visites fut en même temps fixée à une livre dix sous.

Dans sa publication du livre des Métiers de Paris G. B. Depping nous édifie amplement sur les sentiments professés par les marchands à l'égard des artisans. On n'a pas oublié que les marchands, s'ils ne formèrent que cinq ou six corporations, furent d'autant plus puissants qu'ils furent moins divisés. Les marchands dédaignaient les artisans. Ils avaient le privilège de porter le dais sur la tête du roi, de la reine et des princes à leur entrée solennelle dans Paris.

A ce propos, disons en passant que le terme « Cierge » que nous rencontrons parfois dans les règlements, servait aussi à désigner les bâtons à porter le dais ou poële.

La plupart des grands officiers de la couronne à titre de délégués de l'autorité royale, se disputaient le droit, toujours productif, d'autoriser, surveiller, protéger, juger, punir et surtout rançonner les artisans de diverses professions. Le roi leur accordait la faculté de disposer arbitrairement à leur profit des

Maîtrises dans chaque corps d'état, et leur donnait par là, pleine juridiction sur tous les corps de métiers qui avaient rapport à leurs propres offices et ce, non seulement à Paris, mais parfois dans toute l'étendue du Royaume. Nous en rencontrerons un exemple plus loin, dans un conflit qui se produisit en 1444 à Amiens, entre la municipalité et lesdits officiers.

« Ces officiers royaux délivraient aux artisans les brevets de maîtrise, c'est-à-dire l'autorisation d'exercer tel ou tel métier avec des aides ou compagnons, en exigeant pour ce simple fait une redevance onéreuse et parfois très considérable. Comme ils entendaient toucher les bénéfices attachés à leur charge sans avoir à s'embarrasser des rapports directs avec leurs humbles titulaires, ils nommaient ordinairement des lieutenants chargés de les suppléer et de recueillir en leur nom, les droits de maîtrise dans les principales villes du royaume » (1).

Ces grands officiers exerçaient dans leur propre intérêt, sans souci de celui des artisans ou marchands, une véritable juridiction de police sur les métiers. Cet état de choses provoquait trop souvent des conflits entre les officiers royaux et les prévôts des villes, qui voyaient dans ces actes, un empiètement sur leurs attributions et droits personnels et qui s'efforçaient de leur résister.

Les rois à leur avènement, les princes et les prin-

(1) G. B. Depping. Livre des métiers de Paris.

cesses de sang royal, à l'époque de leur mariage, et dans certaines villes, l'évêque à son installation, avaient le droit arbitraire de créer dans chaque métier une ou plusieurs Maîtrises et de nouveaux maîtres à qui ce titre était conféré sans qu'ils soient tenus de faire aucun apprentissage, ni chef-d'œuvre.

A la fin de la Monarchie Française — nous dit M. Pagart d'Hermansart (2) « la fiscalité envahissait toutes les institutions et le pouvoir royal, pour créer des maîtrises, ne jugea plus nécessaire même de choisir un événement important qui pût donner à ces édits un caractère exceptionnel et gracieux... Un Edit du mois de mai 1767 porta création de places de maîtrises dans chacun des corps d'arts et métiers du royaume, savoir : 12 pour Paris, 8 dans les villes où il y avait une cour supérieure, 4 dans celles où il y avait présidial, baillage ou sénéchaussée et 2 dans toutes les autres villes où il y avait jurande, et les brevets s'acquirent moyennant finances, sans autres frais de réception, ni formalités, ni chef-d'œuvre, ni apprentissage, ni compagnonnage. Des lettres patentes du 24 juin 1767 expliquèrent comment l'Edit devait être exécuté, puis des arrêts du Conseil d'Etat du 7 juillet et du 12 août 1767 défendirent de recevoir aucun maître avant que le nombre des lettres de privilèges ne fut rempli et déclarèrent que ceux qui

(2) Mémoires de la Société des Antiquaires de la Morinie, Tome XVI.

auraient ces lettres jouiraient des mêmes avantages que les autres Maîtres. Pour se rendre compte de la valeur des Maîtrises, le Gouvernement avait demandé à chaque ville de fournir un état des droits que l'on payait pour obtenir la maîtrise dans les différents corps de métiers. »

Les charges incombant aux Maîtres brasseurs du fait de leur droit de maîtrise atteignirent parfois des chiffres fort élevés. C'est ainsi qu'on peut lire dans le « *Guide des Marchands* » qu'en 1766 le droit de maîtrise porté à 2.400 livres fut réduit à 600 livres; en 1776, le brevet coûtait 24 livres. Le même guide fait remarquer que la Confrérie des brasseurs de Paris était alors établie à la Sainte Chapelle basse.

A cette époque les Brasseurs Parisiens étaient endettés, paraît-il, et ne pouvaient payer ce droit. C'est alors que les Édits de 1777 et arrêt du Conseil du 14 mars 1775, assimilant les brasseurs au commerce et à l'industrie des boissons qui ne jouissaient d'aucun privilège, modifièrent les droits de Maîtrise des brasseurs, qui furent divisés en huit classes et proportionnèrent ces droits au gain et à l'aisance que devait leur rapporter leur profession.

Cette taxe de capitation variait suivant la classe, de 150 à 45 livres, plus 3/4 du principal, non compris les sols pour livre.

En plus de cette taxe, les brasseurs devaient aussi « l'Annuel », pour permission de fabriquer des boissons, qui était de 8 livres par an dans les villes et de 6 livres 10 deniers en autres lieux.

La Maîtrise fut supprimée ainsi que les Corporations et Jurandes, par la loi du 13 février 1791, qui créa les patentes (1).

---

(1) En 1714, Paris possédait 78 Maîtres-Brasseurs; on n'en trouve plus que 40 en 1750 et seulement 23 en 1782.

Les quatre jurés en 1758 étaient :

POISSAN, Grande-Rue du Faubourg-Saint-Antoine ;

LE ROI, Même rue ;

COUSIN, Rue du Cherche-Midi ;

ARNOULD, Rue de la Femme-sans-Tête, — où, paraît-il, le bureau de la corporation se trouvait. La Confrérie des Brasseurs était à la Sainte Chapelle basse, sous le patronnage de la Sainte Vierge. — *Almanach des Corps des Marchands et des Communautés. Paris 1758.* (Bibliothèque CARNAVALET).

CHAPITRE V

INSIGNES DES CORPS DE MARCHANDS ET MÉTIERS — ARMOIRIES DES BRASSEURS DE PARIS.

Etienne Boileau avait décidé et ordonné que chaque Corporation de marchands aurait sa bannière, portant des symboles, propres à faire connaître l'espèce d'*Artistes* à qui cette bannière appartiendrait. En outre des drapeaux des Compagnies bourgeoises, — qui étaient de véritables compagnies de guerre, — il y avait encore dans Paris, les étendards et guidons des arts et métiers, faits pour être portés dans les cérémonies civiles. — Les Corps de Métiers de la Ville de Paris ont conservé longtemps le droit de s'assembler, chaque corps, sous son guidon. —

Le grand Armorial de France de d'Hozier renferme les armoiries de la — *Communauté des Maîtres et Marchands Brasseurs de Paris* — Elle porte :

« De gueules à deux chaudrons d'or en chef,
et un tonneau d'argent cerclé d'or en pointe. »

Par lettres patentes en date de 1629, Louis XIII avait accordé aux marchands, des armoiries : « pour s'en servir à toujours et à perpétuité, tant aux ornements de leur chapelle, qu'en toutes les autres occasions qu'ils en auront besoin. »

En vertu d'une taxe, établie par Edit en date de 1696, au moment où le roi fit dresser le grand Armorial de France, les bourgeois qui s'étaient attribués des armoiries, eurent à payer un impôt de garantie du droit d'armoiries. La Communauté des Brasseurs paya 50 livres — chiffre indiqué par d'Hozier. —

CHAPITRE VI

PRINCIPES D'INDÉPENDANCE DES CORPORATIONS AU MOYEN-AGE — COMMENT LOUIS XI TIRA PROFIT DE LA MAITRISE — HENRI IV ET LA LIBERTÉ DU COMMERCE — CONSÉQUENCES DES BESOINS DU TRÉSOR ROYAL PENDANT LE RÈGNE DE LOUIS XIV — LE COMPAGNONNAGE — TURGOT OBTIENT LA SUPPRESSION DES CORPORATIONS — LEUR RÉTABLISSEMENT — DÉCLARATION DES DROITS DE L'HOMME — ABOLITION DES CORPORATIONS — QUE RESTE-T-IL DES ANCIENNES CORPORATIONS — LES ÉVOCATEURS DU BON VIEUX TEMPS.

De la comparaison des statuts des différentes corporations de marchands et de métiers, il résulte, que si, forcément, ces statuts et règlements varient dans les détails, il existe entre eux une profonde ressemblance organique : ils renferment, dans la mesure du possible, au moyen-âge, des principes d'indépendance et de liberté ; — « *Peut être Brasseur qui veut* » disent les statuts de Boileau. —

A cette époque, on peut prendre autant d'apprentis, de serviteurs qu'on l'entend, et travailler, en toute liberté, et de jour et de nuit. On devra avoir l'autorisation du Roi, et se conformer aux règlements ; soumission toute naturelle, le roi étant le puissant maître ; et la corporation ayant le souci de sa réputation. Mais les Rois, les Seigneurs, les Evêques, ne tardent pas à rançonner les corporations, en créant, leur vendant, leur imposant même, l'achat de privilèges. On les voit, alors, devenir quelque peu féodales à leur tour. Elles revêtent maintenant un caractère étroit, fermé, orgueilleux et inquisitorial, qui finit par rendre inaccessible au deshérité de la fortune, quelques capacités commerciales ou industrielles qu'il possède, laMaîtrise, et souvent même le titre de Compagnon. La Maîtrise n'est pas toujours l'apanage du savoir. Louis XI, s'avise de créer moyennant finance, à son profit, des maîtres dans chaque corporation, sans que ceux-ci soient tenus à faire preuve de capacités : ils sont, de par la volonté du Roi, dispensés du chef-d'œuvre, et même de toute redevance envers la Communauté. Ce pouvoir arbitraire est bientôt partagé par les princes et princesses de sang royal, les comtes et les évêques ; il subsiste jusqu'au XVIe siècle. En 1597, Henri IV permet à tout marchand ou artisan de s'établir, moyennant un droit de 10 à 30 livres. Mais avec Louis XIV, surviennent des besoins toujours grandissants : le trésor royal, toujours avide, jamais satisfait, ouvre ses coffres : profonds et béants ils engouffrent plus que jamais, tout ce que peut donner la mise à l'encan des charges et privilèges. Les droits d'admission au métier, d'exercice de la Maîtrise, de compagnonnage, augmentent considérablement. Le maître, alors, devient plus exigeant ; la rapacité du Roi déteint sur lui ; préoccupé de ses intérêts, jaloux de prérogatives qui lui confèrent des droits excessifs : le Maître est tout, l'ouvrier à peu près rien.

De cet état de servitude et d'infériorité de l'artisan, est né le « Compagnonnage ». Les ouvriers remontant instinctivement aux principes de liberté conçus par leurs pères, s'associent et se réunissent secrètement. L'église les accuse de se livrer à des pratiques blessantes pour la religion. En 1655, la Faculté de Théologie, condamne, pour ce motif, les compagnons chapeliers. Les Parlements rendent des Arrêts contre les ouvriers « marrons », c'est-à-dire, contre ceux qui exercent sans titre. Les « Père » et « Mère » chez qui les compagnons se réunissent, sont l'objet de poursuites.

Cet état de choses continue jusqu'à Turgot. Ce ministre intelligent et libéral, obtient par Édit de Février 1776, la suppression des corporations ; mais il succombe, et un Édit d'août de la même année les rétablit légèrement modifiées.

Enfin arrive 1789. La déclaration des Droits de l'Homme et du Citoyen, abolit les corporations, les maîtrises, les jurandes, et fait du plus modeste des artisans, du plus obscur des paysans, des hommes libres. Les écoles ouvrent toutes grandes leurs portes à leurs enfants ; à l'ignorance succèdera le savoir, au fanatisme, aux préjugés : la raison. Tous les postes, toutes les fonctions, tout ce qui peut tenter l'ambition légitime d'êtres intelligents leur devient accessible : plus de maîtres, plus de valets ! au sens féodal de jadis.

La loi de 1791 abolit définitivement les corporations ; les articles 414 et suivants (crimes et délits contre les particuliers) punissant les coalitions de patrons et d'ouvriers sont modifiés en 1849 et abrogés par la loi du 25 mai 1864. — Celle du 21 mars 1884, donne aux « Syndicats ou Associations professionnels, même de plus de 20 personnes de même profession...... le pouvoir de se constituer, sans l'autorisation du gouvernement. »

Que reste-t-il aujourd'hui des anciennes corporations ? Les charges d'avocats, de notaires, d'avoués, d'huissiers en sont des vestiges. Les syndicats professionnels en sont-ils une réminiscence ? Peut-être ! mais, alors, sous une forme et dans un but bien différents : la liberté, l'égalité devant la loi, la division du travail, ferment la porte du passé aux conceptions étroites, à l'intolérance, à l'arbitraire, qui, le plus souvent, n'ont fait des anciennes corporations, que des associations sans force contre les exactions des pouvoirs royaux ; des institutions nuisibles au progrès, et des instruments d'oppression entre les mains de la Maîtrise.

Le souvenir de la condition inférieure de nos pères, la pensée que la fatale inégalité de la nature dans la hiérarchie sociale et la fortune, peuvent disparaître devant l'intelligence et le travail, nous montrent le chemin parcouru, et nous donnent des encouragements précieux, inconnus autrefois. Seuls les ignorants—et ils se font rares—restent avec ceux qui ont intérêt à les maintenir en cet état, les évocateurs du « bon vieux temps ! »

DEUXIÈME PARTIE

ANCIENNE CORPORATION DES BRASSEURS DE PARIS

CHAPITRE PREMIER

ANCIENNE CORPORATION DES BRASSEURS DE PARIS — LA BRASSERIE CARLOVINGIENNE — LE ROI SAINT-LOUIS RÉFORME LA PRÉVOTÉ DE PARIS — ETIENNE BOILEAU PRÉVOT DE PARIS — TRANSFORMATION DE LA HANSE PARISIENNE — PRUD'HOMMES-JURÉS — LE GUET DES MÉTIERS.

L'organisation officielle de la Corporation des Brasseurs, de ceux de Paris au moins, remonte au XIIIe siècle (1258-1270). Avant cette époque comme, du reste, pendant tout le moyen-âge, chaque métairie

Royale, chaque monastère, renfermait une Brasserie; l'empereur Charlemagne en avait décidé ainsi. Ce prince écrivait un jour à son vidame [1] : « Vous saurez qu'il faut envoyer quelques hommes à Aix pour approprier et remettre en état notre habitation. Vous y ferez venir en temps utile tout ce qui nous est nécessaire, c'est-à-dire de la farine, du grain pour faire de la bière *(braces unde fit cervisia)* [2] ».

En 817, Louis le Débonnaire, pour réprimer les excès qui se commettaient dans les Couvents, eut recours au Concile d'Aix-la-Chapelle, qui, par des canons sévères, réglementa l'usage de la Bière dans ces couvents. Déjà, au cours des siècles précédents, l'usage de la Cervoise était fort répandu en France, surtout dans les contrées privées de la vigne, et partout où le vin était d'un prix élevé. Avec le temps, cet usage se développa et donna naissance à l'industrie dont l'existence fait l'objet de cette étude.

*
* *

Le roi Saint-Louis réforma la Prévôté de Paris. Cette Prévôté consistait, ainsi que la plupart des magistratures féodales, dans l'exercice de droits arbi-

(1) Vidame, intendant, officier chargé d'administrer le temporel d'un Monastère ou d'un Evêché.

(2) Œuvres d'Eginhard, secrétaire de Charlemagne, Lettre XXIII. Traduction par A. Teulet. — Paris, 1856.

traires et très onéreux pour le peuple, qui y trouvait plus de charges que de protection, elle se vendait à l'enchère et était remplie par deux Bourgeois de Paris, lorsqu'un seul n'était pas assez riche pour y mettre le prix.

Ce roi nomma Etienne Boileau, prévôt de Paris et lui assigna des gages. Ce prévôt intelligent et zélé, divisa les marchands et artisans en différents corps sous le nom de Confréries, et fit des règlements de police sur ces diverses associations. Etienne Boileau, dans son ordonnance de police en date de 1258, donna au chef de ces Confréries, le titre de Prévôt des marchands, et aux confrères, celui de jurés de la confrérie des marchands de Paris; cette organisation transforma avantageusement l'ancienne Hanse Parisienne, institution faible et obscure dans son origine et qui fut le berceau du Conseil municipal.

Sous le nom de Hanse Parisienne, existait, en 1192 et même avant cette époque, une compagnie de marchands par eau. Cette corporation que les pillages des seigneurs avait rendu nécessaire, jouissait de quelques privilèges, dont les avantages étaient partagés par les marchands des pays étrangers, associés ou — Hansés. — Elle prit un certain développement à la faveur des droits et de la juridiction que le roi Philippe-Auguste lui accorda (1204-1220).

Il existait au même siècle, des prud'hommes-jurés qui maintenaient la police des métiers et percevaient les amendes. Les nombreux droits que payaient les artisans et les commerçants, comprenaient ceux des Prud'hommes.

Enfin, rappelons qu'en l'année 1254, les Parisiens en danger, à cause des malfaiteurs qui pullulaient dans Paris, malgré la police exercée par 60 sergents, commandés par un chevalier du guet, demandèrent et obtinrent du Roi la permission de faire eux-mêmes le guet pendant la nuit, et que cette garde fut nommée : le guet des métiers ou des bourgeois [1].

---

(1) *Histoire de Paris*, par Dulaure, tome II, p. 22.

CHAPITRE II

Première organisation officielle de la Corporation ou Confrérie des Brasseurs de Paris, par Etienne Boileau

1268

CERVOISIERS DE PARIS

CERVOISIERS DE PARIS — LEUR RÈGLEMENT EN 1268 — VALEUR DU MARC D'ARGENT AU XIIe ET AU XIVe SIÈCLE — PRIX DE LA CERVOISE EN 1350 — DÉFINITION DU TERME BRASSER — ORIGINE DU MOT BIÈRE — AU XIIIe SIÈCLE LES BRASSEURS PARISIENS N'EMPLOYAIENT PAS ENCORE LE HOUBLON — USAGE TARDIF DU HOUBLON — BIÈRES ÉPICÉES — GODALE, GODAILLER.

TITRE VIII

CIST TITRES PAROLE DE CERVOISIERS DE PARIS

« Il puet estre cervoisier à Paris qui veut, pourtant « que il œvre as us et as coutusmes du mestier que

« li preudome du mestier ont establi et ordené pour « boen et leoté, si plaist au Roy liquel us et lesquex « coustumes sont tel.

« A qui qu'il plaise au Roy qui face cervoise à « Paris il puet avoir tant d'apprentis et de sergens « comme il li plaist, et fère son mestier de jours et « de nuiz, se mestier si besoin li est.

« Nus cervoisiers ne puet ne ne doit faire cervoise « fors de yaue et de grain, c'est à savoir, d'orge, de « mestuel (*méteil*) et de dragie (*probablement drèche*) « et se il y métoit autre chose pour efforcier, c'est à « savoir baye (*peut-être baie de genièvre*), piment « pois résine, et quiconque y métroit aucune de ces « choses, il l'amenderoit au Roy de XX. S de Paris, « toutes les fois qu'il en seroit reprins et si seroit « faiz de tex choses donnez pour Dieu ([1]).

« Li preudome du mestier dient que touz choses « ne sont pas bones ne lieaus à mettre en cervoise, « quar elles sont enfermes — du latin *infirmus* « (malsain) — et mauvaises au chief et au cors, et « haus haytiez et aus malades.

« Nus ne puet ne ne doit vendre cervoise ailleurs « que en l'ostel ou en la brasse (Brasserie) quar cil « que sont regrattier de cervoises vendre, ne les « vendre pas si bones ne si loiaus, comme cil que les « fait en leur hostieuz et les vendent aigres et tour- « nées, car il ne les scevent pas metre à point ; et « cil qui ne les font en leur hostiex, quant il les

(1) Donné à l'Hôtel-Dieu qu'on nommait aussi *Maison de Dieu*.

« envoient vendre en ij (*deux*) leus ou en iij (*trois*) « par la Ville de Paris, ils ne sont pas au vendre, ne « leur fames, ains les font vendre par leur garconnès « petiz, en rues foraines, si vont en tex leus et en tex « tavernes li fol et li foles faire leur péchiez : pour « laquele chose le preudome du mestier se sont « assenti à ce, s'il plaist au Roy ; et quiconques fera « contre cet establissement, et amendera au Roy de « XX sols de Paris toutes les fois qu'el en sera « reprins ; et si seroit la cervoise qui seroit trouvée « en tex hostiez donnée por Dieu.

« Li preudome du mestier des cervoisiers de Paris « requièrent s'il plaist au Roy que el mestier devant « dit ait ij (*deux*) preudomes-jurés et sermentés de « par le Roy, lequel preudomes jurent seur Sains par « devant le prévôt de Paris que ils garderont bien et « loiamment le mestier devant dit, et que toutes les « entrepresures qu'ils sauront qui i seront, au prévost « de Paris ou à son commendement au plus tôt qu'ils « porront, par reson, le feront à savoir.

« Lesquez preudomes le prévôt de Paris met et « oste à sa volonté, et aient les ij (*deux*) preudome « pooir de arester les cervoises forfaites de par le « Roy, où que ils les truissent, dessi à donc que il « aient fait savoir au prévost de Paris ou à son « commendement.

« Li cervoisier de Paris doivent le guiet et la taille « et les autres redevances que li autre bourgeois de « Paris, doivent au Roy.

« Li cervoisier de Paris qui ont passé LX d'âge

« (*60 ans*) et cil que sont malade, cil qui sont sainnié,
« se ils n'ont esté semons ains qu'ils se firent sainier,
« cil qui sont hors de la Vile, se il ne furent semons
« avant ou il ne savoient la semonse, et cil as quex
« leurs fames gisent d'anfants, sont quite du guiet
« garde de par le Roy.

* * *

Ce règlement tiré du livre connu sous le nom de *Premier Livre des Mestiers*, rédigé par Etienne Boileau, et dont les textes originaux sont conservés aux Archives Nationales, renferme des mots tels que *truissent* et *dessi* qu'on ne retrouve pas dans les meilleurs glossaires; par exemple, celui de Du Cange. Nous traduirons donc par à peu près la phrase qui les contient :

Peut être Cervoisier à Paris qui veut, à condition qu'il travaille suivant les usages et coutumes que les prud'hommes du métier ont établis et ordonnés pour bien et loyauté, il plait au Roi que ces usages et coutumes soient tels.

Celui qui est autorisé par le Roi à faire de la Cervoise à Paris, peut avoir autant d'apprentis et de serviteurs qu'il lui plait et faire son métier de jour et nuit suivant besoin (1).

(1) Sur les 121 Communautés des métiers dont les statuts forment le livre des métiers de E. Boileau, 21 seulement sont autorisées à travailler la nuit. Les Cervoisiers étaient de ces dernières.

Nul cervoisier ne peut ni doit faire de Cervoise qu'avec de l'eau et du grain, soit orge méteil (1) ou drèche (2); si pour la falsifier il y mettait autre chose, soit des baies (3) piment ou poix résine et quiconque y mettrait quelqu'une de ces choses, serait passible, envers le Roi d'une amende de vingt sous de Paris, chaque fois qu'il serait pris, et les brassins qui auraient été faits avec de telles choses seraient confisqués.

Les prud'hommes du métier déclarent que toutes ces choses ne sont pas bonnes ni loyales à mettre dans la Cervoise, qu'elles font mal à la tête et au corps, aux personnes saines comme aux malades.

Nul ne peut ni ne doit vendre de Cervoise ailleurs que dans l'hôtel où est la Brasserie, car ceux qui sont revendeurs de cervoises ne les revendent pas si bonnes et si loyales; de même ceux qui les font dans leurs auberges, les vendent aigres et tournées, car ils ne savent pas les fabriquer convenablement; et ceux qui les font dans leurs auberges, quand ils les envoient vendre en deux ou trois lieux, par la ville de Paris, mais que eux ou leurs femmes ne savent pas ou les vendre, ils les font vendre par leurs petits garçons, dans les rues foraines, ou ils vont en tous lieux et

(1) Mélange de seigle et de froment.

(2) Peut-être malt?

(3) Fruit du laurier franc. On trouve cette dernière mention dans un Almanach de 1758.

tavernes mal famés (*lieux de prostitution*); au sujet de quoi les prud'hommes du métier se sont accordés, s'il plaît au Roi; et quiconque n'observera pas ce règlement sera passible envers le Roi, d'une amende de vingt sous de Paris, chaque fois qu'il sera pris, et de la confiscation de la Cervoise qui serait trouvée dans les auberges.

Les prud'hommes du métier de cervoisier de Paris, requièrent s'il plaît au Roi, que le dit métier ait deux Prud'hommes jurés et assermentés de par le Roi, lesquels Prud'hommes jureront sur les Saints, devant le Prévôt de Paris, qu'ils surveilleront bien et loyalement le dit métier, et qu'ils feront connaître au plus tôt qu'ils pourront au prévôt ou à son procureur, les contraventions qui viendraient à se produire.

Lesquels Prud'hommes, le prévôt de Paris nommera et supprimera à sa volonté; et que les deux Prud'hommes aient le pouvoir de saisir de par le Roi les Cervoises incriminées, ou qu'ils les détruisent où les trouveront.

Cependant qu'ils le feront savoir au prévôt de Paris ou à son procureur.

Les Cervoisiers de Paris qui ont passé 60 ans d'âge et ceux qui sont malades, ceux qui sont saignés [1], s'ils n'ont été avertis avant qu'ils ne se fissent saigner; ceux qui sont hors la ville, s'ils ne furent avertis

(1) Sannié, saigné. — Ce qui était accordé à celui qui avait été saigné. (Du Cange) renvoie au mot Ensigne, Phébendier auquel quoique absent, on accordait les rétributions manuelles.

avant, ou s'ils ignoraient l'avertissement, et ceux dont les femmes sont en état de gestation, sont dispensés du guet à condition qu'ils le fassent savoir à celui que le guet regarde de par le Roi.

* * *

Le règlement que nous venons de lire nous démontre le souci que les Cervoisiers avaient de la qualité de la Cervoise. En général, à cette époque, la constante préoccupation des artisans était de maintenir leur réputation de façon telle, que les produits étrangers ne puissent, autant que possible, pénétrer dans Paris.

Il est sinon impossible, du moins très difficile de déterminer l'importance de l'amende de vingt sous, dont, aux termes du règlement, les Cervoisiers pouvaient être frappés. Les bases d'appréciation exacte du prix des choses à ces époques font le plus souvent défaut; il fut des périodes, sous les rois de la 3e race, où la valeur des monnaies variait parfois chaque semaine.

En 1221, sous Philippe-Auguste, le marc d'argent valait 50 sous, soit environ 50 francs de la monnaie actuelle; en 1254 et jusqu'à la fin du règne de Louis IX, le marc d'argent valut 58 sous, et le sou environ 1 fr. 83 de notre monnaie. En 1314 le marc d'argent valait 3 livres 7 sous 6 deniers, environ

67 sous, et le sou 0,85 de notre monnaie. A cette époque un bon ouvrier charpentier ou maçon gagnait un sou par jour quand il était nourri par qui l'employait, et un sou 6 deniers quand il ne l'était pas; une bonne paire de chaussures coûtait de deux sous à deux sous 6 deniers.

En 1356, le marc d'argent varia de 6 livres 7 sous jusqu'à 13 livres; à cette époque la livre tournois valait environ 4 fr. 92 de notre monnaie, soit 0 fr. 24 centimes pour le sou; les salaires s'élevèrent alors de 2 à cinq sous (1).

Une ordonnance du roi Jean II, rendue fin janvier 1350, nous fixe sur le prix auquel la Cervoise était vendue à cette époque :

« Nul en la Ville de Paris ne pourra vendre
« *Servoise* plus hault de VIII deniers le sextier, c'est
« assavoir I denier la pinte : et qui fera le contraire,
« il perdra le brasser et sera à LX sols d'amende. »

L'expression « perdra le brasser » paraît correspondre à la perte de l'autorisation de brasser, de fabriquer et vendre de la *Cervoise*, — si toutefois à cette époque, c'est-à-dire à près d'un siècle de distance, l'obligation de ne débiter la *Cervoise* que dans la *brasse* existait encore. — Brasser, d'après le « Dictionnaire étymologique » vient de l'ancien Français *Bracer*, verbe dérivé du mot *Brace*, qui signifie malt dans notre ancienne langue. A son tour, le mot français Brace, vient du latin Brace, malt, dans

(1) 5 sous, environ 44 sous de notre monnaie.

Pline, qui attribue à ce mot une origine gauloise. Dans son glossaire, Du Cange définit comme suit le mot « Brace » : *grani species, ex quo cerevisia conficitur.* Espèce de grains avec lesquels on confectionne la Cervoise.

L'usage des mots : *Brasseur*, *Brasserie*, est antérieur au mot Bière, malgré qu'ils possèdent une commune origine. En effet, si le mot bière provient du vieux saxon *bere*, céréale, plus spécialement orge ; si le mot anglais *barley*, orge se rapproche de la racine *bere*, cette racine se retrouve dans *brace*, dont on vient de lire la définition et qui désigne l'orge fermentée *(Malt)*.

On peut supposer que l'usage du houblon fit intervenir le mot Bière, pour distinguer la liqueur houblonnée de la Cervoise qui ne l'était pas ; que, rivales, elles vécurent longtemps côte à côte, jusqu'à ce que le goût ou le besoin, amenant la disparition de celle-ci au profit de celle-là ; seul, le mot Bière, subsista avec sa cause. On verra plus loin, dans un règlement en date de 1435, le mot Bière employé officiellement à Paris avec le mot *Servoise*.

Le silence du règlement d'Etienne Boileau au sujet du houblon dont il ne fait aucunement mention donne lieu de la part de M. Depping, à la remarque suivante : « quoiqu'il existât une corporation de « Cervoisiers qui faisait de la bière de grains, et qui « à ce qu'il paraît ne connaissait pas l'emploi du « houblon, déjà fort en usage dans d'autres « contrées. »

En effet, quoique la culture du houblon soit très ancienne et que son usage soit constaté dès le neuvième siècle, ce ne fut guère que depuis le seizième, que cet usage se développa en France.

Il est bien fait mention de houblonnières *humlonariæ* dans une donation faite à l'Abbaye de Saint-Denis, par Pépin-le-Bref (768), mais de ce fait on ne peut déduire qu'à cette époque le houblon entrait dans la composition de la Cervoise. Cependant il est permis de se demander — l'exception confirmant la coutume — s'il ne s'agit pas là d'un cas isolé, se rattachant plus ou moins accidentellement à l'usage du houblon, usage connu dès le IXe siècle dans les contrées du Nord, et qui pourrait tout aussi bien remonter plus haut. — Mais ce sont là de pures suppositions auxquelles nous réduit l'absence de preuves.

Quand, au retour des Croisades, l'emploi des épices fut devenu de mode, on ne manqua pas d'en saturer les boissons aussi bien que les mets ; on en mit donc de toutes sortes dans la bière ; les Anglais la sucrèrent, les Allemands trouvèrent, dit-on, préférable de la saler !? Ces bières de haut goût devinrent tellement en faveur, que pour caractériser le peu de mérite des personnes et des choses, on ne trouvait rien de mieux que de les comparer désavantageusement à la petite bière (1). Cette comparaison est venue jusqu'à nous. Qui ne la connaît !

(1) Institutions, usages, coutumes. — P. Lacroix.

On parfumait aussi la Bière avec l'ambre et la framboise.

En outre de la Cervoise il existait une autre Bière appelée ***Godale***. Ce nom paraît dériver des deux mots ***Gut*** et ***Aele*** qui signifient ***bonne bière***, et indiquent qu'il s'agit d'une bière plus forte que la Cervoise ordinaire.

Les Picards et les Flamands donnèrent à cette même bière le qualificatif ***double***. C'est peut-être bien de ce mot que s'est formée la locution « Godailler » (1).

Les Brasseurs Parisiens disparaissent

Malgré les privilèges accordés à leur corporation, sous le règne de Saint-Louis, les Brasseurs Parisiens (2) dont les produits étaient délaissés, furent obligés de

(1) P. Lacroix. Ouvrage précité. — Francisque Michel est plus affirmatif, commentant le mot *Gaudale* que contient le vers 2193 (page 79) du *Roman d'Eustache Le Moine*, explique ainsi *Gaudale : Good-Ale*. C'est de ce mot que vient l'expression *Godailler*.

(2) En 1292, 37 Brasseurs Parisiens exerçaient leur profession dans la ville.

quitter la capitale, où on ne les vit reparaître que fort longtemps après, au commencement du quinzième siècle, c'est-à-dire près d'un siècle et demi plus tard. On peut supposer que la disparition des Brasseurs Parisiens, entraînant celle des fonctions des prud'hommes créées par Et. Boileau, pour la surveillance des Brasseries et la sauvegarde des Intérêts du Roi, des Brasseurs et de la santé publique, les règlements en vigueur à la fin du règne de Saint-Louis, tombèrent en désuétude.

Pendant la guerre de Cent Ans beaucoup de corps de métiers furent affaiblis ou démembrés, on ne les vit se reconstituer et s'appliquer de nouveaux statuts qu'après la paix.

En janvier 1383 la prévôté des marchands, les maîtrises et communautés de tous les métiers furent abolies ; le roi Charles VI leur défendit de « faire des assemblées par manière de confréries de métiers » (1) le 20 janvier 1411, le roi rétablit le Prévôt des marchands et le réintégra dans les juridictions, prérogatives et revenus qu'il possédait anciennement.

(1) Histoire de Paris, par Dulaure.

CHAPITRE III

Ordonnance de 1435 réglementant les Servoisiers de la Terre " Madame Sainte Geneviève "

En 1435, le 1er avril, fut rendue une ordonnance « touchant le fait des Servoisiers demeurant en la « Terre Madame Sainte Geneviève ». Elle va nous édifier sur la réglementation des faubourgs :

I. Défense de vendre au détail la meilleure bière (1) plus de 4 tournois la pinte, sous peine de confiscation ou d'amende arbitraire.

II. Que, aucun brasseur ou autre de quelque état qu'il soit, ne vende servoise ou bière à plus hault prix de 24 sols chaque caque, sans avoir le congié *(permission)* dessusdit sous les peines précitées.

III. Défense de vendre aucune caque de Servoise s'il ne tient de « moison », 14 sextiers et au-dessus, sous les mêmes peines.

IV. Pour obvier aux fraudes des cabaretiers, les

(1) C'est ici où, pour la première fois, on rencontre le mot *Bière* dans un acte officiel.

brasseurs devront vendre en leurs hôtels, eux-mêmes, en détail aux prix indiqués, ou au moins qu'ils en retiennent toujours une caque ou demi-caque témoin. Sous les peines, etc., etc..

Défense de livrer Servoise aux cabaretiers ou à quiconque si elle n'a trois jours d' « assiette et de repos » depuis qu'elle a été entonnée et aussi jusqu'à ce que les jurez l'aient goûtée et assurée, et vendre celle-ci au prix susdit ou au-dessous.

VII. Défense de mettre dans les brassins ni poiz[1], ni herbes, ni autres mixtions défendues.

« VIII. Si les commissaires trouvent que les bières « ne valent pas le prix de 4 tournois, ils pourront « ravaler ou rabaisser la bière au-dessous du prix « fixé. Et s'ils la trouvent mauvaise et dangereuse « au corps, la feront arrêter et feront leur rapport. « Il sera ordonné par raison. »

Le terme *moison* qui s'entend aussi d'un droit, correspond ici à une mesure; un passage tiré des *Coutumes du Berry*, par M. La Thaumardière nous le fait comprendre : « Nous usons de tonneaulx de « quatre muys, et quand ils ont quatre muys ils « tiennent *Moison*, et en chascun muy seize sextiers, « et en chascun sextier, il y a huict pintes ; somme « qu'il y a soixante-quatre sextiers en un tonneau de « *moison*, qui valent cinq cent douze pinctes de vin».

(1) Poiz. On voit que les Brasssurs employaient la Poix, qu'ils ajoutaient à la Cervoise ou Bière, pour lui donner, pensaient-ils, de la conservation.

RENOUVELLEMENT DES STATUTS

(1489-1514)

Le principal texte qui renouvela les statuts proprement dits des Brasseurs, c'est-à-dire ceux de Et. Boileau, furent promulgués en 15 articles, le 6 octobre 1489, par Jacques d'Estouteville, alors prévôt de Paris. A cette époque les Brasseurs vivaient sans ordre et sans police ; des fraudes et abus de toutes sortes étaient commis, tant dans le fait de mauvais produits que par celui de l'intrusion dans le métier, d'étrangers qui étaient incapables de le bien pratiquer, et qui, en outre, n'observaient pas les règlements, ce qui nuisait à la renommée des Brasseurs, qui demandèrent alors protection et réglementation.

La conséquence de cette demande des Brasseurs, fut une nouvelle défense d'exercer le métier de Brasseur à qui ne serait pas reconnu « expérimentez» par les maîtres-gardes. Il fut, de plus, ordonné que les bières seraient faites de bons grains « nettement « tenus, biengruez, courroyés ; brassiez sans y mettre

« baye, piment, poix, raisine, yvraye, etc., etc. », et que chaque baril devrait être marqué à la marque du maître.

En mai 1514 des Lettres patentes de Louis XII confirmèrent les statuts des Brasseurs en 17 articles. Les deux articles qui furent ajoutés à ceux de 1489 devinrent :

Art. X. Relatif aux compagnons qui ne pourront exercer, s'ils n'ont été apprentis 3 ans à Paris.

Art. XVI. On ne devra brasser les jours de fêtes solennelles et de Notre-Dame, et aussi des apôtres portant Vigile, et fêtes demandées par l'Eglise, sous peine de 40 sols parisis d'amende (1).

En 1516, des Lettres patentes de François Ier confirmèrent simplement les statuts de 1514. Le Guide des Marchands de 1766, indique encore les confirmations de 1556, 1580 et 1608.

MARQUE ET PLOMB DES BRASSEURS

Les statuts de 1489 obligeaient les Maîtres à déposer au Châtelet la marque en plomb qu'ils étaient tenus d'apposer sur chacun de leurs barils.

(1) La Confrérie des Brasseurs était alors dédiée à Saint-Léonard; le lendemain de sa fête 6 novembre, avait lieu l'élection des jurés.

Ils devaient en outre se faire inscrire au dit Châtelet, sous peine de la privation de leur maîtrise.

Nous donnons ci-dessous la description du plomb des Brasseurs trouvé dans la Seine, au Pont-au-Change en 1858, et recueilli, avec d'autres plombs historiés, par M. Arthur Forgeais.

« Deux vagues posées en sautoir et accompagnées de quatre fleurs de lys. Date IIII^{cc} VIII ([14] 88) inscrite sur le champ. »

Il existait au Châtelet, dans la chambre du Procureur du roi, une table en plomb sur laquelle chaque maître brasseur devait laisser l'empreinte de sa marque.

LA BRASSERIE

DU COURS DU MOYEN-AGE A 1630

Divisions des corps de métiers et de marchands — La consommation de la Bière redevient générale en France — Charles V donne a 22 habitants de paris, permission de faire de la Cervoise — Texte de cette permission — Époques tourmentées — Ce que coutait le froment au XIVe siècle — Droit de prise — Disettes et défenses de faire de la bière.

Sous le règne de Louis XII, (1498-1515), la population industrielle de Paris était divisée en cinq corps de métiers ou marchands ; sous François Ier ce nombre fut porté à sept. En 1585 Henri III érigea le corps des marchands de vin, mais les autres corporations refusèrent de le reconnaître. Ne subsistèrent que les corporations des Drapiers, Epiciers, Merciers, Pelletiers, Bonnetiers et des Orfèvres.

Les habitants de Paris, très probablement, fabriquèrent de la biére suivant leurs besoins et surtout la possibilité qu'ils pouvaient trouver de se satisfaire, de la fin du XIIIe au commencement du XIVe siècle; cette supposition s'appuie sur l'ordonnance de 1304, et la permission en date de 1369 dont il sera parlé plus loin. Cette permission est signe du retour des besoins ou du goût du peuple pour la bière; l'ordonnance du roi Jean (1350), que nous avons citée plus haut, en marque l'acheminement. Mais ce n'est qu'en 1428 que, soit par suite de la cherté du vin, soit par caprice de la mode, la consommation de la bière redevint générale en France, à tel point que, suivant le « Journal d'un Bourgeois de Paris » cette boisson produisit en droits perçus pour le roi, deux tiers de plus que les vins (1).

En 1304, sous le règne de Philippe-le-Bel, parut une ordonnance, rendue à Paris — le dimanche après la Chandeleur — portant qu'il sera fait perquisition des blés, et que l'excédent sera porté sur les marchés, avec défense d'en faire de la cervoise.

Plus tard, en 1369 sous le règne de Charles V, permission fut donnée à 22 habitants de Paris de faire de la *Cervoise*, à charge de ne pas employer ensemble, plus de 30 muids de blé, (le muid de Paris pour les grains représentait l'équivalent de 1872 litres, ce qui pour 30 muids donne 561 hectolitres 60 litres, enviren 365 quintaux.)

La défense précitée, s'explique par la crainte des

(1) Institutions, usages, coutumes du moyen-âge, P. Lacroix.

disettes de grains ; les Brasseurs, du reste, s'engageaient à réduire et même à cesser leur fabrication, si elles venaient à se produire.

Les lettres patentes qui consacrent ce qui précède, font connaître aussi, que la permission accordée ne fut pas précisément gratuite, attendu qu'elle comportait de la part des Brasseurs, l'obligation de verser une somme de 1.000 francs en or, en anticipation des *Aides* de leur commerce, en voici le texte :

« 26 Septembre 1369, Charles...... savoir faisons a tous présens et à venir que nous, par délibération de nostre Conseil, et pour certaines et justes causes qui ad ce nous ont esmeu, avons donné et octroié, donnons et octroions, de nostre grâce espécial et certaine science, par la teneur de ces présentes, congié et licence à Raoul Dailly, Guillaume Chevalier, Péronnelle-la-Quarrée, Guérart, Guérart-le-Fèvre, Guillaume-le-Pescheur, Simonnet-le-Septre, Jehan de Noyon, Simon Usurier, Colin Peudomme, Martin du Fruit, Acquart de la Huyas, Frémin le Baillif, Jehan Congnon, Jehan Maistre, Symon Henri, le Vieleur, Jehan-le-Bel, Thomas Louyor, Jehan Dailly, Jehan François, Fremin Hébert, et Gilette-la-Quantase, tous cervoisiers, demeurans en nostre bonne ville de Paris, que d'ores en avant eulz et chascun d'eulz brassent et puissent brasser et faire brasser cervoises, et icelles vendre au pris de quatre deniers et de deux deniers Parisis la pinte, en nostre ville de Paris et ès forbourgs d'icelle par nous faisant et paiant chascun an, de toutes les cervoises que eulz et chascun d'eulz brasseront, feront brasser, vendront et feront vendre doresnavant, en nostre dite ville de Paris et ès forbourgs d'icelle, l'aide nouvellement ordonnée sur ce, tant comme le dit aide durra, avecques les aides et subvencions introduictes et que ledit mestier nous doit faire chascun an d'ancienneté, sans ce que doresnavant aucune autre personne quelconques, fors les dessusnommez, puissent brasser ne faire brasser cervoise en nostre dicte ville de Paris ne ès forbourgs, en auscune manière, mais le défendons expressement, sur peine de forfaire leurs biens entièrement ; et pour ce estre acquis à nous pleinement; exceptez toutes voies les quatre Hostelz-Dieux en nostre dicte ville de Paris, qui en leurdiz hostelz et par leur main, pourront brasser et faire brasser cervoise pour leur boire, vivre et sustentacion des povres, tant seulement, et ne pourront les Maistres d'iceulz Hostelz-Dieux bailler leur ditz hostelz a ferme pour brasser et faire brasser cervoise, et les vendre en iceulz, se il n'ont privillège à ce contraire, ou si eulz ou autres ne le faisoient par nostre congié et licence, et par faisant et nous paiant la dicte aide nouvellement ordenée et les aide et coutumes anciennes dessus exprimées ; et aussi en contribuant semblablement avecques les dessus nommez aux frais et missions que il nous feront et font à présent pour ce pourchas. Voulons aussi et avons ordené et ordennons que lesditz cervoisiers ne doivent ou puissent brasser ou faire brasser et mettre en euvre touz ensembles, par chascun an, fors la somme de trente muys de blef mestueil tant seulement ; et a ce sont consentiz et s'en sont obligiez sur peine de perdre tous les biens de cellui qui le contraire fera, et estre a nous confisquez. Et pour que les dessus nommez Cervoisiers, moyennant ceste présente nostre ordenance et octroy, nous sont tenus de prester et faire la somme de mil francs d'or pour une foiz, il nous plaist et voulons et leur avons octroié et octroions de nostre dicte grace, par ces présentes que ladicte somme de mil franz a nous prestée, comme dit est, ils puissent recouvrer prendre et avoir de et sur la dicte aide nouvellement ordenée ; et laquelle somme de mil frans nous leur voulons estre déduite et rabbatue sur l'aide et profit que nous y devons prandre, comme dit est, en ceste présente année, par cellui ou ceulz qui le dit aide tendront ou auront affermé, de mois en mois par égaux portions, sanz ce que eulz ou aucuns d'eulz soient tenuz ou contrains par aucuns noz officiers a nous paier ou faire ledict aide, par avant la déduction d'iceulz mil franz en la manière dessusdicte.

Si donnons en mandement . . . . Doné au bois de Vincennes le XXVIe jour de septembre an de grâce mil CCCLXIX, et de nostre règne le sixieme ».

Le privilège octroyé par Charles V, n'atteignit pas les hôpitaux qui, seuls, conservèrent le droit de faire de la Cervoise suivant leurs besoins.

*
* *

Les guerres, les famines affreuses qui désolèrent le pays au cours des époques tourmentées que nous venons de parcourir; le droit de prise impitoyablement exercé par le roi et les seigneurs, paralysèrent tout effort industriel et commercial. En 1350, le setier de froment coûta 8 livres au lieu de 30 à 40 sous, prix normal; en 1359, il coûta 4 livres; en 1360, la valeur des monnaies ayant diminué, le prix du setier fut porté à 18 livres.

En 1367, l'exercice du droit de prise fit fuir les habitants des faubourgs de Paris. En 1374, une ordonnance du roi Charles V constate le fait et décide d'exempter les faubourgs du droit de prise, ou du moins que le paiement des prises sera immédiatement effectué. Compensation dérisoire : les preneurs payant mal ou point.

En 1407, Charles VI ordonna que pendant quatre années le droit de prise serait suspendu dans tout le Royaume.

Cette exaction subsista encore pendant plusieurs règnes ; on sait qu'elle consistait en la main mise, de par le Roi, sur tout ce qui était nécessaire pour assurer son séjour et celui de sa suite, là où il se rendait ; à cet effet, on opérait chez les habitants des localités non-privilégiées ou exemptes du droit, la prise de tous meubles et subsistances utiles.

En 1415 et 1482, le Prévôt de Paris rendit un arrêt défendant la fabrication de la bière, dans le but d'empêcher la transformation des céréales en boissons fermentées. On retrouve pareilles défenses par arrêts du parlement en 1693, 1709 (1), 1740. Souvent aussi, on réglementa la nature des grains à employer. On interdit entre autres choses, l'emploi de l'ivraie, comme énivrante.

---

(1) Voir appendice I.

STATUTS DE 1630

LES OFFICES. — DERNIERS STATUTS

1630-1791

La question de l'orge, du houblon et de la levure au XVIIe siècle — La finance des offices au XVIIe et au XVIIIe siècle — Situation des corporations au XVIIIe siècle.

On retrouve en 1630 les statuts des Brasseurs, portés à 18 articles, confirmés par lettres de Louis XIII. L'article additionnel aux anciens statuts réglemente le chef-d'œuvre imposé aux candidats à la Maîtrise.

On voit l'apprentissage porté à 5 ans, le service de compagnon à 3 ans. Les maîtres nommés par lettres de *don* étaient comme les apprentis, tenus de faire le chef-d'œuvre, qui consistait en un brassin de 6 septiers, à confectionner en un jour. On interdisait d'avoir des volailles dans les maisons. Le colportage des levures était interdit et la fabrication réduite à 15 septiers en un jour ; le contrevenant encourait une amende de 300 livres.

Le nouveau règlement exige qu'on n'emploie que : « bons grains, bien tenus, germés et brusinés ». Les jurés Brasseurs visiteront les houblons pour savoir s'ils sont mouillés, échauffés, moisis et gâtés, « parce « qu'ils viennent de pays lointain, et que le plus « souvent ils ne sont pas bons pour entrer en la « confection de la bière. »

Ceux qui étaient reconnus mauvais étaient jetés à la rivière. Pour ceux qui avaient été reconnus bons, les Brasseurs étaient tenus de payer 2 sols 6 deniers pour cent pesant, de droits : « ainsi qu'il est accou- « tumé de tous temps »

En 1662, le 22 avril, ordonnance fut rendue, interdisant aux Brasseurs d'acheter de l'orge sur les ports et à l'arrivée, mais seulement aux halles ; et jusqu'à une quantité de 3 septiers par semaine. La disette motiva cette mesure (1).

En 1670 il fut interdit aux boulangers de se servir d'autre levure que celle des Brasseurs de Paris, sous peine de 500 livres d'amende.

Il existait à cette époque une sorte de prévention contre la levure de Bière car le « *Dictionnaire des origines* de Noël, » signale une décision en date du 24 mars 1668, de la Faculté de Médecine, au sujet de

(1) Au XVIIe siècle, les Brasseurs Parisiens employaient couramment deux tiers d'orge et un tiers d'avoine pour la confection de leur bière.

la Levure destinée à la panification, déclarant que la bière était contraire à la santé à cause du houblon qui entrait dans sa composition.

Les statuts de 1630 mentionnent pour les jurés, le droit de visite chez les Brasseurs des faubourgs et la visite des levures dures apportées par les forains pour les boulangers et les pâtissiers.

*
* *

Avant de faire rédiger leurs nouveaux statuts de 1630, les Brasseurs avaient payé au roi le prix des offices, que d'ailleurs ils firent supprimer en août 1629, et qui sombrèrent définitivement en 1635. Plus tard, en 1697, eut lieu la création de 40 offices d'essayeurs, à l'imitation de ceux de 1625 ; mais la Communauté ne paraît pas les avoir pris pour son compte. Ils furent du reste, supprimés par le roi, neuf mois après leur création, et, en 1703, (1) 20 offices furent de nouveau créés, avec un droit de 17 sous 6 deniers par Brasserie.

Un arrêt en date du 2 Décembre 1704, unit à la Communauté des brasseurs les offices de contrôleurs-essayeurs de brasseries créés en 1703.

La finance des dits offices se montait à 100.000

(1) Voir Appendice II,

livres. La communauté, malgré ses charges, parvint encore à les unir au métier pour la somme de 110.000 livres.

Le 3 juillet 1745, (1) le Conseil du roi accepta la réunion à la communauté des Brasseurs de 10 offices d'essayeurs ou d'inspecteurs des jurés, moyennant la somme de 60.000 livres, que les maîtres et veuves « seront tenus d'avancer personnellement, suivant « l'état qui en sera dressé et pour l'amortissement « de laquelle ils recevront les gages attribués et les excédents de droits » (2).

De 1691 à 1709, il fut institué quarante mille offices héréditaires, en France, rien que dans les corps de métiers. M. de Pontchartrain, pour satisfaire aux besoins du Fisc royal, crut devoir prendre un ensemble de mesures qui, contre son attente ne comblèrent pas les vides du trésor mais eurent pour résultat de ruiner les corporations et de les obliger à déroger à toutes leurs traditions. Ce ministre qui en 1699, devint chancelier, disait au roi : « Toutes les « fois que votre Majesté crée un office, Dieu crée un « sot pour l'acheter ».

(1) Voir Appendice III.

(2) « Parmi ces offices, nous avons remarqué les jurés unis le 11 Novembre 1691 pour 6.000 livres, et les inspecteurs des Jurés unis le 3 juillet 1745 pour 60.000 livres avec 3.000 livres de gages annuels ». (Lamoignon, tomes XVIII, f° 481 et XXXVI f° 82.)

Parlant de ces offices, M. Ouin Lacroix (1) s'exprime ainsi :

« Ces innombrables offices se vendaient ou s'affer-
« maient au profit du roi ; à quelques accapareurs
« qui, le plus ordinairement, ignorant l'art ou le métier
« dont ils devaient inspecter, visiter, contrôler les
« produits, s'occupaient uniquement de multiplier pour
« eux-mêmes, les revenus de leurs charges ; en sorte
« que ces offices de visiteurs-contrôleurs et autres,
« créés sous le spécieux prétexte de protéger et
« encourager l'industrie et la conduire à la perfec-
« tion, en devinrent réellement la plaie la plus
« hideuse qui ne put être guérie que par la sup-
« pression même des corporations dont ils avaient
« épuisé les forces et sucé le sang le plus précieux ».

Les corps de métiers, jaloux de leur indépendance, rachetaient autant qu'ils le pouvaient, ces sortes de fiefs, taillés dans la juridiction municipale ; et, dans ce but, avaient parfois recours à l'emprunt ; celui-ci devait être autorisé par le roi, qui ne manquait pas de l'accorder. En 1704, les brasseurs ne pouvaient trouver dans leurs propres ressources, ni dans le public, le moyen de se libérer des 17 sols et 6 deniers ; ils y parvinrent cependant.

Cet état de choses, conséquence de l'avidité jamais satisfaite du trésor royal, et du pouvoir absolu qui permettait au roi de créer de nouvelles charges,

(1) Ouin-Lacroix, Dr en théologie, Rouen 1850. Anciennes Corporations, pages 389, 390.

suivant sa fantaisie, subsista tant que dura le régime du bon plaisir. En 1662, on trouve 60 corporations de métiers ; en 1691, il y en a 120 (1) ; sans que rien, sauf les besoins toujours croissants du trésor, vienne justifier cette division du commerce et de l'industrie.

Par Edit de février 1776 Turgot, fit supprimer les corporations, sauf les Chirurgiens, Pharmaciens, Orfèvres et Imprimeurs-Libraires, qui demeurèrent astreints à des règlements spéciaux ; tous les autres furent abolis.

Liberté entière fut donnée à quiconque, d'exercer tel commerce ou métier, et même plusieurs à la fois. Mais cette liberté ne subsista pas longtemps ; en effet, un Edit du mois d'Août de la même année, rétablit les 6 corporations de marchands : 1791 devait voir leur abolition totale et définitive. En attendant, la corporation du métier des Brasseurs fut supprimée par Edit de 1777 et arrêt du Conseil en 1779.

---

(1) Un almanach de l'année 1764 fait connaître qu'à cette époque, Paris renfermait 118 communautés d'Arts et Métiers, comprenant 37,740 membres.

Statuts de la Corporation des Brasseurs de Paris

ÉDIT D'AOUT 1776 (1)

1° Nul ne brassera et ne charriera ou ne fera charrier bière, les dimanches, les fêtes solennelles et celle de la Vierge;

2° Nul ne pourra lever brasserie sans avoir fait cinq ans d'apprentissage et trois ans de compagnonnage, avec chef-d'œuvre;

3° Il n'entrera dans la bière que bons grains et houblon, bien tenus, bien nettoyés, sans y mêler sarrazin, ivraie, etc., etc.;

4° Il ne sera colporté par la ville aucune levure, mais elle sera toute vendue dans la Brasserie, aux boulangers et pâtissiers et non à d'autres;

5° Les levures de bière apportées par les forains, seront visitées par les jurés, avant d'être exposées en vente;

6° Aucun brasseur ne pourra tenir dans sa Brasserie bœuf, vache, porc, oiseaux, canes, volailles, comme contraires à la netteté;

(1) Encore en vigueur en 1782.

7° Il ne sera fait dans une Brasserie qu'un brassin par jour, de quinze septiers de farine au plus (environ 2.340 litres de farine). Diderot et d'Alembert disent : « Il est douteux que cet article puisse être exécuté » ;

8° Les caques, barils et autres vaisseaux à contenir la bière seront marqués de la marque du Brasseur, laquelle marque sera frappée en présence des jurés ;

9° Aucun maître n'emportera de la maison qu'il fournit de bière que les vaisseaux qui lui appartiennent par convention ;

10° Ceux qui vendent en détail, seront soumis à la visite des jurés ;

11° Nul ne pourra s'associer dans le Commerce, d'autres qu'un maître brasseur ;

12° Aucun maître n'aura qu'un apprenti à la fois, et cet apprenti ne pourra être transporté sans le consentement des jurés. Il y a exception à la première partie de cet article pour la dernière année ; on peut avoir deux apprentis, dont l'un commence la première année et l'autre la cinquième ;

13° Tout fils de maître pourra tenir ouvrier en faisant chef-d'œuvre ;

14° Nul ne recevra pour compagnon celui qui aura quitté son maître outre le gré de ce maître ;

15° Une veuve pourra avoir serviteurs et faire brasse, mais non prendre apprenti ;

16° Les maîtres ne se soustrairont ni ouvriers ni apprentis, les uns aux autres ;

17° Ils éliront trois maîtres pour être jurés et gardes, deux desquels se changeront de deux en deux ans ;

18° Ces jurés auront droit de visite dans la ville, les faubourgs et la banlieue ;

Les Brasseurs font à Paris une Communauté par Edit d'août 1776. Les droits de réception sont fixés à 600 livres.

TROISIÈME PARTIE

LA BRASSERIE DANS LES ANCIENNES PROVINCES

CHAPITRE PREMIER

Aperçu général

GOUT DES BARBARES ET DES FRANCS POUR LE VIN — L'ALLEMAGNE N'EST PAS LE BERCEAU DE LA BIÈRE MODERNE — BRASSERIES SEIGNEURIALES, RELIGIEUSES, COMMUNALES ET DOMESTIQUES — COUP D'ŒIL SUR LE LYONNAIS ET LES CONTRÉES VIGNOBLES — HYDROMEL, PIQUETTES, CIDRE, ETC. — LA PREMIÈRE CHANSON CONNUE SUR LA BIÈRE — GUILLAUME LE CONQUÉRANT PETIT-FILS D'UN BRASSEUR — LA BRASSERIE DEVIENT INDUSTRIELLE ET COMMERCIALE.

Si l'usage de la bière, sous les noms divers que cette boisson reçut à travers les âges chez les nombreux peuples qui la pratiquèrent et nous l'ont transmis, remonte à la plus haute antiquité, celui du vin, partout où la culture de la vigne fut possible et prospéra, prima tout naturellement l'usage du *vin d'orge*. Dans les Gaules, où la culture de la vigne paraît avoir été acclimatée et propagée surtout par les compagnons de Brennus, qui la rapportèrent d'Italie, environ quatre siècles avant l'ère chrétienne ; cette culture fut l'objet de la sollicitude des lois barbares qui la protégeait. Les Francs tenaient le vin en grande estime. On le vit de tous temps, en France, son pays de prédilection, et dans certaines contrées de la Germanie, occuper la place la meilleure et la plus étendue. L'Allemagne où, de nos jours, la bière est si fort en honneur, que cette boisson peut à juste titre y être considérée comme boisson nationale, l'Allemagne — de prime abord, cela peut surprendre — n'est pas précisément le berceau de la bière. Pline nous apprend que les Germains ne connurent la Cervoise que beaucoup plus tard que les Celtes, et lorsque cette boisson commençait à être abandonnée par les classes riches. Ce furent les Gaulois qui enseignèrent aux Germains l'art de brasser. Des Allemands épris de vérité n'hésitèrent pas à le reconnaître, témoin cette affirmation de l'un d'eux dont, M. Reiber nous fournit la traduction (1) « Soyons équitables et rendons justice à un peuple. Les Allemands ont beaucoup fait pour la production et la

(1) Etudes Gambrinales.

consommation de la bière, mais ils ne l'ont pas inventée. Un sujet de l'empire d'Allemagne, le docteur *Grässe* auteur des *Bierstudien*, le prouve lui-même, en faisant dériver le mot Allemand brauen de brasser et brasser du brace Gaulois de Pline. D'après l'affirmation du docteur, l'art de la brasserie vint donc aux Germains par la Gaule. Il en est ainsi et pas autrement. »

Est-ce à dire que les Gaulois ont inventé la bière ? nous sommes suffisamment fixés à ce sujet ; mais pour peu qu'à ce que nous venons d'exposer, nous ajoutions le vieux dicton : *Ad Galli ripas coquitur puls optima gutti* qui, nous dit encore M. F. Reiber, a été traduit ainsi : « La bière la plus sapide se brasse sur la rive Gauloise du Rhin » nous pouvons, sans infatuation, invoquer en faveur de notre pays, la supériorité des Gaulois, nos ancêtres, sur leurs voisins d'outre-Rhin. Cependant la richesse vinicole des Gaules qui, de tous temps fut un attrait pour les barbares et les attira sur notre sol, devait être et fut un obstacle au développement de l'usage de la bière : Partout on en produisit, partout on consomma cette boisson, mais rarement elle conquit la préférence ; elle fut la bienvenue aux époques de disette de vin, subsista parfois avec lui par suite d'habitude prise et, finalement, par la force irrésistible des choses, son usage se centralisa et se développa dans les contrées où la vigne vint à faire défaut.

Ce n'est guère que dans les chartes des anciens monastères que l'on peut trouver des traces des Brasseries Franques ; nous savons que l'empereur Charlemagne avait décidé que chaque monastère, chaque métairie royale devait posséder sa brasserie. « On voit le prévoyant Empereur, nous dit P. Lacroix, ordonner qu'à chacune de ses métairies soient attachés des artisans qui sachent fabriquer de la bière ; partout les *Manses* (demeures) monastiques, possédaient des appareils pour la fabrication de cette boisson ».

Son fils, Louis-le-Débonnaire, fut le fondateur de l'abbaye de *Corvey*, en Wesphalie, colonie de la célèbre abbaye qui existait alors à Corbie, en Picardie ; dès leur installation, on vit les moines Picards s'empresser d'organiser une Brasserie dans leur nouveau monastère.

Les Brasseries seigneuriales, religieuses, communales et domestiques, subsistèrent à travers les siècles ; certains couvents ont conservé les bonnes traditions, nous en avons des exemples en France. « L'Allemagne possède encore des congrégations de moines qui, de frères en frères, confectionnent toujours religieusement leur breuvage délicieux » (1).

Pendant les guerres, les seigneurs assuraient l'alimentation de leurs troupes en faisant en conséquence brasser dans leurs châteaux ; cela se pratiquait encore à la fin du siècle dernier, en Lorraine notamment. La Brasserie communale vivait encore hier; la Brasserie domestique subsiste aujourd'hui dans les

(1) Etudes Gambrinales.

contrées où la consommation de la bière est, par le fait des circonstances, une des bases de l'alimentation.

* * *

Quand, se renfermant dans le cadre de l'étude toute spéciale à laquelle nous nous sommes attaché, on recherche jusqu'aux moindres indices de nature à mettre sur la voie de tout ce qui peut se rapporter à ce qui en fait l'objet, on éprouve tout d'abord une certaine surprise en constatant l'absence parfois complète, non seulement de documents originaux — car malheureusement, un trop grand nombre de ceux-ci a disparu, ou ce qui revient au même pour nous, reste enfoui dans des coins d'archives ou l'indifférence les voue à l'obscurité — mais encore de traces de cet objet dans l'histoire de certaines contrées, surtout si au moment où l'on s'en occupe, cet objet revêt quelque caractère important. C'est ce qui nous est arrivé en particulier pour la Brasserie Lyonnaise si universellement et si avantageusement connue aujourd'hui, mais dont on ne trouve dans le passé, nulle trace, nulle hist.ire. La surprise, cependant est de courte durée et cède facilement devant le moindre examen. La région Lyonnaise, naturellement favorisée de tous temps sous le rapport de l'abondance des vins, le fut encore tout particulièrement dans le passé, la Lyonnaise et la Narbonnaise, ayant échappé aux rigueurs de Domitien. Les peuples de ces contrées ne furent donc point contraints d'avoir recours à la *Cervoise*, et, dès lors, ne purent contracter l'habitude — qui en d'autres lieux, se maintint plus ou moins, — de l'usage alternatif de cette boisson avec celui du vin.

Cette particularité se rencontre encore dans tous les pays vignobles, et dans toutes les contrées où l'on pouvait se procurer du vin. Toute la contrée méridionale, l'Auvergne, la Bourgogne, la Champagne, l'Alsace, la Lorraine, la région Parisienne, la Bretagne, l'Anjou, la Tourraine ; toutes ces provinces riches en celliers chers aux disciples de Bacchus, présentent — Paris et une partie de l'Est exceptés — un passé brassicole d'une indigence complète, jusqu'à la fin du siècle dernier ; limite que nous nous sommes tracée ici, mais que nous franchirons dans un chapitre spécial.

* * *

Avec le vin et la bière on faisait encore usage d'Hydromel, nommé aussi, au moyen-âge, *Borgerafre*, *bogeraste* ou *bochet*. L'hydromel était généralement composé de une partie de miel pour douze parties d'eau ; on y ajoutait des plantes aromatiques et l'on faisait fermenter pendant un mois ou six semaines. Cette boisson fut, du reste, de tous temps, généralement connue et pratiquée. Elle fut estimée aussi grâce à sa composition qui permettait des combinaisons susceptibles de flatter agréablement le goût et l'odorat. Les coutumes et statuts de l'ordre de Cluny, qualifient de *potus dulcissimus* (breuvage très doux) l'Hydromel dont les moines faisaient leurs délices aux grandes fêtes de l'Eglise (1). Avec les gâteaux des ruches dont on avait extrait le miel et aussi avec l'écume de l'hydromel, on fabriquait des *piquettes de bochet* à l'usage des paysans et des gens du peuple.

On lit dans le journal de Paris, sous Charles VI et sous Charles VII, p. 203 : « En cellui temps (1447) estoit à Paris le vin si cher et ne buvoit le pouvre peuple que sarvoise, ou *bochet*, ou bière, ou cidre ou peré » Le mot de bochet se rencontre dès l'année 1388 — et l'on voit toujours le marchand de cervoise, vendre du *bochet*.

Sous le nom de *dépense*, on fabriquait une piquette de vin destinée aux valets ; elle était, comme aujourd'hui, le simple produit de l'eau cuvée sur du marc de raisins pressurés. Il y avait aussi : la *dépense* qui était le produit de l'eau versée sur des pommes et qu'on faisait macérer ensuite pour en extraire une boisson aigre-douce.

Ceci nous amène, tout naturellement à parler du cidre et du poiré, boissons qui, toutes deux, ont une origine fort ancienne, car Pline en parle ; cependant

(1) Mœurs et coutumes au moyen-âge (Paul Lacroix).

rien ne prouve que les Gaulois les aient pratiquées. La première trace qu'on en trouve est dans un repas que Thierry II, roi de Bourgogne et d'Orléans (593-613), fils de Childebert et petit-fils de Brunehaut, offrit à Saint Colomban (1), repas où le vin et le cidre figurèrent ensemble (2).

Le pays d'Auge paraît être celui où le cidre fut le plus anciennement connu, on trouve la preuve de son usage dans cette contrée, au commencement du douzième siècle ; au treizième, un poète latin — Guillaume-le-Breton — dit que les habitants de cette vallée, faisaient du cidre leur breuvage habituel. Des vers de Baudry de Bourgueil (3) témoignent qu'à Lisieux on ne connaissait pas le vin mais seulement la Cervoise au XIIe siècle. De nombreux témoignages prouvent que la Cervoise était encore le plus en usage en haute Normandie au quinzième et jusqu'au commencement du seizième siècle. Paulmier de Grandimesnil, normand d'origine, médecin, auteur d'un traité sur le vin et le cidre (1538) assure qu'un demi-siècle avant lui, le cidre était encore assez rare à

(1) Saint Colomban, né en Irlande 540, mort exilé en Italie 615, fondateur du Couvent de Luxeuil. C'est lui qui ne craignait pas de paraître à la cour de Brunehaut pour lui reprocher ses fautes.

(2) Mœurs, coutumes du moyen-âge. — P. Lacroix.

(3) Balderic ou Baudry de Bourgueil (Baldericus), abbé de Bourgueil (1079).

Rouen, et que dans tout le pays de Caux, le peuple ne buvait que de la bière. Du côté d'Evreux au contraire, le cidre était d'un usage plus commun que celui de la cervoise.

La Normandie eut ses vignobles dont la culture fut, paraît-il, assez active autrefois : mais jusqu'aux treizième et quatorzième siècles la *cervoise* y fut la boisson la plus populaire. C'est la Normandie qui nous a légué la plus ancienne chanson que l'on connaisse sur la bière; c'est une parodie du *Letabuudus*, pièce latine qui se chantait à l'Eglise pendant la nuit de Noël ; elle fut composée au treizième siècle par un trouvère resté inconnu. Voici cette chanson : (1)

(1) Cette chanson se trouve écrite dans le Ms. Royal, 16, E, VIII, du British Museum, à Londres.

LETABUNDUS

Or i parra !	On va bien voir
La cerveise nos chantera	La cervoise va nous chanter
Alleluia !	*Alleluia !* (1)
Qui que en beit,	Qui que ce soit qui en boive
Se tele seit com estre deit,	Si elle est telle qu'elle doit être (c'est)
Res miranda	*Res miranda* (2)
Bevez quand l'avez en poing :	Buvez quand vous l'avez en main ;
Bien est droit, car mout est long	C'est raison, car bien loin est encore
Sol de stella	*Sol de Stella* (3)
Bevez bien et bevez bel	Buvez bien et buvez beau ;
El vos vendra del tonel	Elle vous viendra du tonneau
Semper clara	*Semper Clara* (4)
Bevez bel e bevez bien,	Buvez beau et buvez bien,
Vos le vostre et jo le mien	Vous le vôtre et moi le mien,
Pari forma	*Pari forma* (5)
De ço seit bien porveu ;	Qu'on fasse bien attention à ceci :
Qui un auques le tient al fu,	Si on la boit un peu près du feu.
Fit corrupta	*Fit corrupta* (6)

(1) Louez Dieu.

(2) Chose merveilleuse.

(3) Le soleil est loin des étoiles (c'est-à-dire encore loin de se lever).

(4) Toujours claire.

(5) Pareillement.

(6) Elle se corrompt.

Se riches genz font lor bruit
Faisons nos nostres déduit
Valla nostra

Si les riches mènent leur bombance,
Faisons, nous nôtre plaisir
Valla nostra ; (7)

Beneit soit le bon veisin
Qui nos done pain e vin
Carne sumptua.

Béni soit le bon voisin
Oui nous donne pain et vin
Carne sumptua. (8)

E la dame de l'ostal
Qui nos fait chiere réal !
Ja ne pusse elle par mal
Esse ceca !

Et la dame de la maison,
Qui nous fait un accueil royal !
Puisse-t-elle ne jamais par maladie
Esse ceca ! (9)

Mout nos donc volontiers
Bons beivres e bon mangiers :
Mieux vaut que autres moilliers
Hec predica

Elle nous donne très volontiers
Bonnes boissons et bons mangers ;
Mieux vaut qu'autres femmes
Hec predica (10)

Or bevons al derain
Par metiez et par plein,
Que ne ne séions demain
Gens misera.

Allons buvons pour finir
Par moitiés et par verres pleins,
Afin que nous ne soyons demain
Gens misera (11)

Nostre tone ne vuit
Car pleine est de bon fruit
E si ert tot nuit
Puerpera

Amen.

Que notre tonne ne se vide pas,
Car elle est pleine de bon fruit,
Et elle sera toute la nuit
Puerpera (12)

Amen

(7) Notre santé.

(8) Chère somptueuse.

(9) Perdre la vue.

(10) Ici vantées.

(11) Gens misérables.

(12) Bien accouchée.

M. Gaston Paris, l'éminent Académicien, administrateur du Collège de France, à qui nous avons eu recours pour la traduction de cette chanson, a bien voulu nous la donner et nous signaler en même temps la dissertation qu'il lui a consacrée dans « *la Romania* » (1). Nous faisons suivre cette traduction des lignes suivantes extraites de la dissertation de M. Gaston Paris sur une chanson qui nous paraît être la plus ancienne qui soit sur la Cervoise : « Si je la réimprime, dit le savant professeur, c'est que pour en faire comprendre le piquant il faut la mettre en regard de la séquence latine dont elle reproduit fidèlement le rythme, et dont elle a même gardé textuellement à chaque strophe, les deux petits vers latins qui servent de clausule à la première et à la seconde partie : le clerc facétieux qui a rimé cette chanson a trouvé moyen d'ajuster fort ingénieusement à son sujet les paroles latines qu'il gardait ; on conçoit la joie que devait exciter cette parodie chantée dans un milieu de clercs qui savaient tous par cœur la célèbre séquence.....

« Je crois, comme M. Fque Michel, cette chanson Anglo-Normande, surtout à cause de son sujet, *la Cervoise*, chère aux buveurs d'outre-Manche, et peu appréciée sur le continent, et de l'usage si souvent mentionné comme Anglais, de se porter l'un à l'autre des provocations par moitié et par plein ». M. G. Paris croit que c'est sinon tout à fait un Noël, du

(1) Tome XXI (1892) p. 260.

moins une chanson de Noël : « Le sujet de la séquence : *Letabundus*, est la maternité, et cette parodie devait se chanter la même nuit où dans l'église on avait chanté la pièce latine. Elle se rapporte à l'usage de passer cette nuit en banquets, usage païen toléré par l'Eglise ; alors les hôtes généreux ouvraient leurs maisons, et les convives payaient leur écot d'une joyeuse chanson célébrant le vin ou la cervoise qu'on leur servait. »

***

Les chroniques des ducs de Normandie, par Benoit, Trouvère Anglo-Normand du XIIIe siècle, dans lesquelles il est fait mention de la *Cervoise*, ainsi que nous le voyons dans les vers suivants :

Sovent li crient en oiance :
Dan peletier, dan peletier !
Savez vos rien de cest mestier ?
Vostre aiol Robert de Faleise
Soleit mult bien bracier cerveise

renferment une particularité assez piquante et peu banale eu égard au sujet qui tout particulièrement nous intéresse ; en effet, l'aïeul Robert, bourgeois de Falaise, cité dans le quatrième vers du fragment de poème que nous venons de lire, joignait à son commerce de pelleteries, la profession de brasseur de « Cerveise »; marié à une bourgeoise de Falaise, il en eut une fille nommée Harlette « fort belle et gracieuse pucelle », dont s'éprit Robert le Magnifique, dit le Diable, huitième duc de Normandie.

Dans le poëme intitulé « *Ci est ci cum li reis Guillaume fu engendrez à Falaise* » le chroniqueur Benoit raconte que ce fut à Rouen, où elle dansait, que le duc fit la rencontre de Harlette.

Un autre chroniqueur du XVIe siècle, (1) place cette remontre à Falaise et nous montre Robert demandant Harlette à son père « à espouse ou autrement, le père, de prime face ne luy accorda pas, toutesfois il fut par le duc tât importuné de prières, que voyant la grande affection et amitié qu'il portoit à sa fille, il s'accorda, en cas que ladicte fille le vousist accorder. Laquelle répondit à son père : Je suis vostre enfant et géniture, ordonnez de moy ce qu'il vous plaist, je suis preste à vous obéir. De cette response fut le duc moult joyeux »

De la liaison qui s'ensuivit naquit un fils à qui Robert, son père, transmit ses droits ; cet enfant devait plus tard conquérir l'Angleterre (1056) et la célébrité acquise par sa valeur, ajouter à son nom de Guillaume Ier *le Batard*, le titre de *Conquérant*.

*
* *

Il est encore question de Cervoise dans le poème intitulé : « Chronique de Jordan Fantosme » (guerre entre Henri II et son fils aîné, 1173-1174).

(1) Histoire et chroniques de Normandie par A. Roven (1560.)

La terre qui ert de tanz biens si pleine
De tuz aveirs est ore fade e veine ;
N'i ad beivre fors ewe de fontaine
U sont aveir cerveise en la semeine. (1)

*
* *

Ne traiez vos saiettes fors sul as granz mestiers
Ne savum lur curages ne rien de lur pensers.
Il unt larges veis e chemins et sentiers
Le vins et la cerveise, les beivres, les mangiers
Et sunt riches d'armes e de curanz destriers ; (2)

*
* *

L'histoire industrielle, commerciale et politique de la Brasserie en France, ne prit guère naissance qu'à dater du XIIe siècle. A cette époque la Brasserie était déjà importante dans les contrées du Nord (3)

(1) La terre serait fade et vaine si malgré les biens dont elle est pleine, on n'y trouvait pas, hors l'eau de fontaine, de la cervoise à boire en la semaine.

(2) Ne tirez vos flèches que s'il en est grand besoin. Nous connaissons le courage de nos ennemis mais non leurs projets. Ils ont de larges voies etc., le vin, la cervoise, à boire, à manger, ils sont bien armés, bien montés, etc. (ce sont des assiégés qui parlent).

(3) Au temps de Strabon, c'est-à-dire au cours des premières années de l'ère Chrétienne, la bière était d'usage courant dans les provinces du Nord, en Flandre et en Angleterre.

de la France ; en Picardie, en Flandre surtout. En 1268, les Brasseurs Parisiens soumis aux règlements d'Et. Boileau donnent le premier exemple officiel connu de l'organisation du métier. Nombreux devinrent par la suite, les règlements et statuts qui réunirent, lièrent et rendirent puissantes les corporations de Brasseurs partout où le nombre et l'importance des intérêts firent désirer et permirent d'organiser l'association.

Connaître la législation des jurandes d'une cité Française, c'est connaître celle des jurandes des autres cités, non seulement en France mais en Europe. On en trouve la preuve évidente dans la comparaison des textes des statuts des diverses corporations, quels que soient les métiers qu'elles représentent. M. Aug. Thierry, nous fournit cette preuve dans la publication qu'il a faite dans ses *Récits Mérovingiens* des statuts de Corporations étrangères. Le fond est le même ; les différences sont la conséquence naturelle des coutumes et des besoins locaux. En publiant, *in-extenso*, tous les statuts, règlements et documents se rapportant à la Brasserie en France, qu'il nous a été possible de rassembler ; en ne nous bornant pas à la concision de l'analyse de ces pièces authentiques, nous avons précisément voulu leur conserver cette couleur locale dont nous parlons plus haut, et permettre ainsi aux lecteurs, amateurs des détails se rapportant aux contrées qu'ils connaissent le plus particulièrement, de satisfaire, autant que nous l'avons pu nous-mêmes, leur légitime curiosité.

Nous n'émettons pas la prétention d'avoir tout trouvé, tout vu, tout lu de ce qui se rapporte à l'histoire de la Brasserie en France. Bien des faits nous sont inconnus, bien des documents ont dû nous échapper, et pour cause. L'importance historique de la Brasserie Flamande, par exemple, est telle, qu'il faudrait pour en faire l'exposé complet et détaillé, la possibilité d'investigation qui nous fait défaut, et, mis au service de chaque centre, de chaque localité brassicole, le talent et l'érudition que M. Pagart d'Hermansart (1) et M. Ad. de Cardevacque (2) ont consacré tout spécialement à l'histoire de la Brasserie de Saint-Omer et d'Arras,

---

(1) Mémoires de la société des Antiquaires de la Morinie, t. XVI et XVII.

(2) La Brasserie à Arras. — Arras 1899, Imprimerie Rohara-Courtin.

.LA BRASSERIE EN NORMANDIE

ROUEN

La corporation des Brasseurs, — nous dit M. Ouin Lacroix (1), — était à Rouen une des plus puissantes et des plus riches. On en peut juger par le nombre des gardes du métier qui s'élevait à quatre, nombre usité seulement dans les corps les plus importants.

Les maires de la ville et les officiers du roi se disputèrent souvent avec envie la juridiction de cette riche association. Guillaume Cousinot, bailli à Rouen, donna des statuts (2) aux brasseurs en 1456, statuts confirmés par Charles VII, et dans lesquels sont indiquées les prescriptions nécessaires pour fabriquer de bonnes bières. Dans la revision de ces statuts faite par Louis Daré, lieutenant du baillage en 1507, on doubla les droits à payer par l'apprenti et on porta à quatre ans la durée de l'apprentissage, ce qui fut ensuite sanctionné par Louis XII.

Guillaume Cousinot avait réglé la contenance des barils à bière, mais à cause des abus qui s'étaient introduits à cet égard, Henri Robert-aux-Epaules, bailli en 1606 (3) dut rédiger un règlement nouveau

(1) Histoire des anciennes corporations d'Arts-et-Métiers de la capitale de la Normandie par l'abbé Ouin Lacroix, Rouen 1850.

(2 et 3) Registres, archives municipales de Rouen.

pour déterminer les vaisseaux et les mesures à employer dans la vente de la bière.

Les brasseurs payaient des droits considérables. Le conseil de Rouen (1619), leur imposa un tribut annuel de quatre mille livres pour les droits de la vente en gros. En 1625, le même conseil doubla leurs droits d'octroi et d'aides. Les brasseurs mécontents repoussèrent l'arrêt royal et suscitèrent un procès aux officiers du roi devant le Parlement ; ils durent néanmoins céder et payer.

Pour obvier aux embarras d'un paiement quotidien exigé par chaque mesure de bière vendue, les brasseurs demandèrent à payer un prix fixe annuel qui remplacerait ce droit d'aides. On le fixa à 2.000 livres par an en 1671, puis ayant été trouvé trop fort, il fut abaissé à 1.000, l'année suivante.

A la fête de Saint Léonard, patron de leur Confrérie, les brasseurs assistaient à une Messe solennelle célébrée à l'abbaye de Saint-Amand et dînaient au couvent ; l'Abbesse elle-même et les religieuses avaient coutume de servir à table ces étranges convives. Cette singulière coutume fut abolie en 1600 et les brasseurs durent transporter leur table de festin dans la demeure d'un des gardes ainsi que le pratiquaient d'autres corporations.

Deville Bourget, brasseur pieux et généreux, donna à l'église de Saint-Godard, en 1507, une magnifique verrière où son nom était inscrit, puis ces mots : *Priez Dieu pour moi.*

*
* *

Au seizième siècle et jusqu'en 1594 les octrois à Rouen consistaient, en ce qui concerne la bière, en une taxe de 20 deniers sur chaque baril (125 litres) des cervoises ou bières, de fabrication locale et de 18 deniers sur chaque baril de bière venant de l'étranger ; en 1594, on doubla les droits, et le 31 mai 1597, on établit une nouvelle augmentation de un sol pour livre sur tous les octrois. (1)

En 1606, le 28 septembre, la vente de la bière fut à Rouen, l'objet d'un règlement par sentence du Baillage (2).

Un arrêt du conseil, en date du 14 Février 1619, décida que les Brasseurs de Rouen paieraient annuellement la somme de 4.000 francs pour être déchargés des droits de gros et de 4me.

Les Brasseurs avaient demandé à être déchargés du doublement des droits d'octroi et aides ; de là contestations, procédure etc., pour les contraindre (1624) mais ils furent déboutés de leur demande par un arrêt du Conseil du Roi en date du 13 mars 1625 et mis hors de cour par un second arrêt en date du 6 Septembre de la même année.

Vers la fin du dix-septième siècle, les débitants de bière de la ville de Rouen étaient abonnés pour

(1) Archives municipales de Rouen.

(2) Archives municipales de Rouen.

le paiement des droits. Un arrêt du conseil en date du 4 Novembre 1670, fixe le taux annuel à la somme de 2.000 francs ; cet arrêt fut confirmé par le même Conseil d'Etat, en date du 21 avril et 23 juin 1671.

En 1751, le 20 avril, un autre arrêt du conseil vint modérer l'impôt précité à la somme de 1.000 francs.

A cette époque (1750), il y avait 5 Brasseurs à Rouen. Le droit de réception à la Maîtrise, pour les marchands de bière était, en 1778, de 300 livres.

Au commencement de ce siècle (1701-1715) le droit de capitation d'industrie imposé sur chaque corporation était de 200 livres.

ARMOIRIES DES BRASSEURS DE ROUEN (1)

La communauté des Brasseurs porte :

d'Argent à une gerbe de gueules et accompagnée de trois barils de même posés sur leur cul, 2 en chef et 1 en pointe.

LE HAVRE

M. Alphonse Martin, auteur d'un remarquable travail sur les anciennes Communautés d'Arts-et-Métiers du Havre, parlant de l'industrie de la brasserie dans cette ville, exprime la pensée que les Brasseurs qui y exerçaient devaient observer les statuts de la corporation de leurs confrères de Rouen.

(1) Grand Armorial de France.

On ne trouve, en effet, aucune trace de règlements ou statuts particuliers aux Brasseurs de cette ville.

Nous savons que dès l'année 1456, la Communauté des brasseurs de Rouen possédait ses statuts ; or, la fondation de la ville du Havre remontant seulement à l'année 1516, il est fort probable que les corporations qui, plus tard, se formèrent, se modelèrent sur leurs aînées et de préférence sur leurs voisines ; les besoins, les goûts et les usages étant les mêmes.

Cependant le grand Armorial de France renferme les Armoiries des Brasseurs du Havre :

d'Argent a trois barils de gueules 2 et 1.

peut-être se rapportent-elles à la Communauté des cafetiers-limonadiers-vinaigriers, marchands de cidre et de bière, qui fut créée à la suite de l'Edit de 1779.

Mais la consommation de la Cervoise et de la Bière ne fut jamais importante en cette partie de la Normandie.

Au cours du XVIIIe siècle, on ne voit au Havre que quatre ou cinq Brasseurs de bière (dont quatre appartenaient à la même famille) (1).

* * *

En 1606 une tempête violente obstrua le port du Havre. On vit les champs voisins du rivage envahis par les galets ce qui causa de grands dommages à

(1) A. Martin.

l'agriculture et amena une quasi disette. Pour atténuer les conséquences de ce désastre, le roi Henri IV accorda à la Ville une indemnité de 6,000 livres et l'autorisa à frapper d'une imposition extraordinaire les vins, les cidres et *Cervoises* qui se consommaient dans les Tavernes et Cabarets. Cette libéralité, ainsi que le produit de l'imposition précitée, devaient être principalement appliqués au rétablissement de la mise en état du port (1).

« Les bières destinées aux approvisionnements des navires, étaient exemptes de droit de régie, les autres devaient payer deux livres sept sols trois deniers par *gonne*. Ce droit était peu productif car il ne rapportait que deux cent six livres en moyenne, à cause des abus commis par les brasseurs qui dissimulaient la bière destinée au détail. C'est alors que les brasseurs souscrivirent un abonnement de deux mille trois cents livres, destiné à remplacer les droits de consommation ; mais ce chiffre considérable fut réduit à sept cents livres quelques années après..... En 1719 le produit de l'octroi sur les bières, s'élevait à sept cent quarante livres, tandis que les vins, cidres et poirés produisaient seize mille six cent quarante-sept livres » (2).

La « gonne », mesure que nous rencontrerons plus loin, en Flandre, usitée à Boulogne-sur-Mer au XVIIe siècle, contenait cent litres.

(1) Archives municipales du Havre.

(2) Alp. Martin, p. 148.

*
* *

Les villes de Montivilliers, Harfleur et Eu possédaient leur communauté de Brasseurs.(2)

Montivilliers porte :

d'Argent a trois barils de gueules deux et un.

Harfleur

La communauté des Brasseurs jointe à celle des Orfèvres porte :

d'Argent à une croix de gueules contournée de quatre barils de même, la croix chargée en cœur d'une coupe couverte d'or.

Eu porte :

d'Argent à trois barils de sable deux et un.

Au commencement du XIXe siècle on fabriquait aussi de la bière à Ingouville, Dieppe et Blanzy.

CAEN

Les Archives de la Ville de Caen nous fournissent une déclaration du roi, en date du 16 Octobre 1708, concernant la Bière en Normandie, déclaration enregistrée en la cour des Comptes, Aydes et

(2) Au siècle dernier, en 1754, fut fondée à Montivilliers, dans une ancienne Abbaye Royale, la Brasserie dite de l'Abbaye Royale qui subsiste de nos jours.

Finances de Normandie, aux termes de laquelle, suivant forme et teneur de l'ordonnance de Juin 1680, toutes les Bières quelles qu'elles soient, fabriquées par des Brasseurs, des Communautés ou des particuliers, devront, toutes indistinctement, payer les droits.

Il paraît qu'au siècle dernier, les Brasseurs de la Ville de Calais s'approvisionnaient de Houblon dans la Généralité de Caen ; ce fait assez singulier est établi par une correspondance échangée entre les dits Brasseurs et le ministre Necker et, par suite, de ce dernier avec l'intendant de la généralité précitée.

Nous sommes en Janvier 1778, les brasseurs de Calais viennent d'exposer au ministre que les houblons du cru des Pays-Bas Autrichiens, venant d'être prohibés à la sortie, et que celui de la généralité de Caen étant porté au prix excessif de 20 et même 25 sols la livre, autant par l'effet de cette prohibition que par celui de la disette de la récolte, ils demandent, en conséquence, à en tirer d'Angleterre. Vous savez, écrit le ministre à l'intendant de Caen « qu'aux « termes de l'arrêt du conseil du 6 septembre 1701, « cette denrée ne peut entrer en France, mais cette « disposition doit céder à la loi de nécessité, aussi « s'agit-il de vérifier les faits ».

Le 5 février suivant l'intendant répond à Necker :

« Il paraît qu'effectivement le houblon se vend « actuellement dans mon département depuis 20 « jusqu'à 25 sols la livre, mais il ne s'y cultive point,

« l'on n'en fait point de récolte : le petit nombre de « Brasseries qui s'y sont établies, ont fait jusqu'à « présent leurs approvisionnements en Flandre et « en Picardie ; l'usage presque exclusif du cidre y « rend celui de la bière assez rare, et c'est un objet « de consommation annuel de peu d'importance, « au reste cette denrée (le houblon) croît naturelle- « ment dans plusieurs cantons de ce département, « mais ce n'est point encore un objet de culture, et « celui qui y vient est uniquement employé par les « quelques boulangers des principales villes à faire « fermenter la pâte qu'ils préparent journellement. « Aussi, si les brasseurs de Calais tirent quelques « parties de houblon de ma généralité, ce ne peut « être que par l'entremise de leurs commissionnaires ; « mais ne l'ayant que de seconde main, il n'est pas « étonnant qu'ils le paient plus cher.

« Au reste on m'assure que par tout le Royaume « la récolte du Houblon a été cette année on ne peut « plus défectueuse ».

La récolte des pommes fut particulièrement désastreuse en l'année 1786. Le 16 Août, M. Feydeau de Brou, intendant de la généralité de Caen, en référait au contrôleur des finances à Paris, lui exposant que par suite de la disette de pommes, le tonneau de cidre de 700 pots (environ 1400 litres) qui coûte habituellement de 60 à 80 livres, coûterait 3 à 400 livres et qu'il serait utile de répandre dans la contrée la connaissance du procédé de la fabrication d'une bière qu'on appelle en Angleterre *bière domestique*, parceque tout chacun peut la préparer chez soi ; que l'orge ne coûte pas 15 livres le sac de huit boisseaux, et qu'avec un seul boisseau (1) on peut faire 120 pots de petite bière. — Le 10 septembre suivant, M. de Calonne approuvait la publication dans la généralité de Caen, de la recette proposée à M. Feydeau de Bron, par M. Vandermonde de l'Académie Royale des Sciences à Paris qui, le 4 Octobre 1786, rend compte de l'expérience concluante pratiquée sous ses yeux par un ouvrier Anglais — auteur de l'offre du procédé de la fabrication de la bière dite domestique, suivant le procédé de *Nottingham.* — Cette expérience fut faite à l'hôtel de Mortagne, rue de Charonne, à Paris.

La recette forme un opuscule de huit pages ; il fut répandu dans la contrée, les Archives de Caen en possèdent deux exemplaires.

Le procédé est, on se l'imagine aisément, des plus simples, et le matériel peu compliqué : 1 chaudron de cuivre de la contenance de 300 pintes (ou 600 livres d'eau) 2 cuves de bois de même contenance ou à peu près ; 2 autres cuves d'environ 200 pintes chacune, qui pourront être placées sous le robinet de la cuve à brasser, deux futailles de même capacité à peu près, un tamis en crin, une pelle en bois à long manche pour brasser dans la cuve, quelques terrines, une cruche pour la levure, un seau pour puiser dans les différents vaisseaux et pour entonner, et

(1) Boisseau : environ 25 litres.

voilà la brasserie montée pour opérer sur 8 à 9 minots (1) de malt et 4 à 5 livres de houblon qui, traités au moyen de deux trempes, donneront environ 400 pintes de bières forte et petite ; après avoir fermenté 5 à 6 jours et que les tonneaux auront été bouchés avec des bandes de papier trempées dans de la levure épaisse, ces bières pourront être potables au bout de 5 à 6 semaines de repos.

CHERBOURG

Vers le milieu du XIVe siècle, le Roi de Navarre Charles-le-Mauvais, avait fait installer dans les dépendances du château de Cherbourg, des moulins qui étaient actionnés par l'eau emmagasinée en des fossés à la marée montante ; ces moulins, destinés à moudre le grain, furent utilisés par les Brasseurs de Cervoise. Mais ces moulins étaient, de par leur situation susceptibles de se trouver arrêtés en cas de guerre, par l'ennemi, qui pouvait assez facilement obstruer le passage des eaux dans les fossés ; aussi les Anglais en construisirent-ils d'autres dans les mêmes conditions et destinés aux mêmes usages, mais dans un endroit placé à l'abri d'un coup de main. On retrouve des traces de cette installation, la rue des Moulins en est restée le témoin (2).

(1) Le Minot équivalait à environ 0,33 centimètres cubes.

(2) Archives communales de la Ville de Cherbourg. S. B. F. F. 15.

*
* *

Dans le courant du mois de Décembre de l'année 1425, Henri V, roi de France et d'Angleterre, octroya des lettres de rémission à un jeune valet de labour nommé Pierre Alips, lequel se trouvant à Equeurdreville près Cherbourg, à l'hôtel d'un Anglais appelé Bingand, avait pris part à une rixe où un autre valet dudit Anglais, du nom de Moquet, avait blessé mortellement Richard Bidault, religieux en l'Abbaye de Cherbourg, parceque le dit moine surpris en flagrant délit avec une femme commune, avait refusé de payer aux dits valets, soit du vin, soit deux ou trois pots de *Goudale*. (1) — Le « pot » Anglais contenait environ 2 litres 27 centilitres et pouvait valoir 4 à 5 deniers soit 11 à 13 centimes.

*
* *

En 1509, il est question d'une Brasserie qui appartenait à un nommé Geoffroy Groult, puis, en 1562, on en retrouve une autre, rue du Nouet, (aujourd'hui rue au Blé) dont la vente eut lieu le 23 juin de l'année précitée ; mais il s'agit là de simples mentions de vente (2).

Il résulte de déclarations diverses, qu'en 1785, les Bières consommées à Cherbourg, étaient importées de Caen et de Dieppe.

(1) Archives communales de la Ville de Cherbourg S. B. F. F. 15.

(2) Archives communales de la Ville de Cherbourg S. B. F. F. 15.

Prix de la Bière en Normandie du XIVe au XVIIIe Siècle

D'après les Travaux de M. le Vicomte d'Avenel (1)

LOCALITÉS	ANNÉES	MESURES	NATURE	CONTENANCES	PRIX en monnaie de l'époque	VALEUR en monnaie actuelle	PRIX DE l'Hectolitre	ANNÉES
Evreux	1371	pot	cervoise	2 litres	6 d.	0 fr. 22 c.	11 fr. »	1371
Rouen	1388	baril	»	64 »	20 sous	7 50	11 70	1388
Seine-Inférieure	1409	»	»	125 »	22 » 6 d.	8 56	6 84	1409
Evreux	1418	rondelle	»	106 »	35 » 6 d.	12 26	11 56	1418
Rouen	1449	hambourg	bière	125 »	22 » 6 d.	6 39	5 11	1449
Seine-Inférieure	1452	baril	cervoise	125 »	30 » »	8 [illegible]0	6 80	1452
Rouen	1457	hambourg	bière	125 »	20 » »	5 20	4 16	1457
»	»	baril	cervoise	64 »	30 » »	7 80	12 16	»
Seine-Inférieure	1464	»	»	125 »	18 » »	4 74	3 79	1464
Rouen	»	»	»	64 »	15 » »	3 96	6 18	»
»	1466	90 pots	bière	180 »	42 » 6 d.	11 05	6 13	1466
Seine-Inférieure	1469	pot	cervoise	1 » 86	» 5 d.	0 10	5 37	1469
Rouen	1472	baril	»	64 »	25 » »	6 51	10 »	1472
»	1475	pot	bière	2 »	» 4 d.	0 08	4 »	1475
Seine-Inférieure	1478	pot	»	1 » 86	» 5 d.	0 10	5 37	1478
»	1483	queue	»	536 »	35 » »	9 11	1 70	1483
Rouen	1484	baril	cervoise	64 »	20 à 34	5 20 à 8 84	10 96	1484
»	1485	hambourg	bière	125 »	16 » 6 d.	4 35	3 47	1485
»	1490	baril	cervoise	64 »	30 » »	6 90	10 78	1490
»	1491	hambourg	bière	125 »	16 » 6 d.	3 82	3 05	1491
Seine-Inférieure	1494	baril	cervoise	125 »	39 » »	6 90	5 52	1494
Fécamp	1524	»	bière	125 »	14 » »	2 74	2 19	1524
»	»	»	cervoise	125 »	20 » »	3 92	2 73	»
Cherbourg	1554	1/2 rondelle	bière	53 »	8 » »	1 34	2 55	1554
»	»	pot	»	2 »	» 4 d.	0 06	3 »	»
Ouest	1790	pinte	»	0 » 93	3 » 7 d.	0 16	18 05	1790

(1) Tome IV, page 147.

Au quinzième siècle, alors qu'en Normandie on consommait autant de bière que de cidre, le salaire de l'ouvrier brasseur était, en 1401, à Rouen, d'environ 0 fr. 24 par jour ; en 1434, en haute Normandie, de 0 fr. 52 et en 1438 à Fécamp de 0 fr. 41 ; à cette même date et dans la même localité, l'aide-brasseur gagnait 0 fr. 31. A cette époque (1401-1450) la moyenne du gain des ouvriers boulangers, bouchers et brasseurs fut de 0 fr. 42, nourris et logés, ce qui représentait environ 0 fr. 65 par jour, la nourriture équivalant alors à environ 54 % du montant du salaire.

Le pouvoir des métaux, prix comparé à leur pouvoir actuel, pris comme unité, semblant avoir été pour la période précitée de 4 1/4 à 4 1/2, il en résulte que le gain moyen de 0 fr. 65 correspond à environ 2 fr. 85.

M. le vicomte d'Avenel dans les travaux de qui nous puisons ces éléments d'appréciation, nous fait remarquer que les brasseurs étaient payés à l'année et que cette classe d'ouvriers prend place aux XIVe et XVe siècles, parmi les moins lucratives. Un ouvrier maçon gagnait alors 1 fr. 05, soit environ 4 fr. 59, c'est-à-dire qu'avec 1 fr. 05 il pouvait se procurer l'équivalent de ce qui de nos jours coûte 4 fr. 59.

EPOQUES			PRIX DE L'HECTOLITRE d'Orge Normandie et Picardie		PRIX DE L'HECTOLITRE d'Avoine Normandie		POUVOIR des MÉTAUX comparé à celui de nos jours		
1201	à	1225	»		1 fr.	76	4 fois 1/2		
1226	à	1250	1 fr.	60	1	35			
1251	à	1275	1	73	1	28	4	»	
1276	à	1300	1	45	1	32			
1301	à	1325	1	14	1	23	3	»	1/2
1326	à	1350	1	04	1	~1	3	»	1/2
1351	à	1375	2	56	1	39	3	»	
1376	à	1400	»		2	47	4	»	
1401	à	1425	0	95	1	97	4	»	1/4
1426	à	1450	1	58	1	62	4	»	1/2
1451	à	1475	1	35	0	92	6	»	
1476	à	1500	0	62	2	46			
1501	à	1525	»		»		5	»	
1526	à	1550	»		»		4	»	
1551	à	1575	5	69	4	41	3	»	
1576	à	1600	»		»		2	»	1/2
1601	à	1625	»		»		3	»	
1626	à	1650	»		»		2	»	1/2
1651	à	1675	»		»		2	»	
1676	à	1700	7	95	»		2	»	33
1701	à	1725	5	28	2	10	2	»	75
1726	à	1750	6	50	3	95	3	»	
1751	à	1775	6	20	2	75	2	»	33
1776	à	1800	6	91	3	94	2	»	

Le blé ayant de tous temps été de prix plus élevé que les orges et avoines, il est peu probable que son emploi ait été recherché *par les Brasseurs ;* aussi n'en avons-nous pas fait figurer les prix dans les tableaux ci-contre ; de 1201 à 1550 le prix moyen de cette céréale est d'environ 5 fr. 80 l'hectolitre et de 14 fr. 88 pour la période de 1551 à 1800. En 1590 on voit le prix de l'hectolitre s'élever à 20 fr., ce qui correspond à environ 85 fr. les 100 kilos, prix de nos jours, et alors que l'ouvrier agricole ne gagnait que 0 fr. 78 par jour, soit environ 1 fr. 95. Un siècle auparavant, l'hectolitre de blé ne valut que 4 fr. et l'ouvrier agricole qui gagnait alors 0 fr. 60, avait un salaire d'un pouvoir équivalent à un gain d'une valeur actuelle de 3 fr. 60 (1).

---

(1) Les chiffres représentant le pouvoir comparé des métaux à différentes époques (Page 113 4e col.) sont pris d'une manière générale.

LA BRASSERIE EN BRETAGNE

Dans ses Commentaires, César dit que les anciens «*Bretons*» avaient beaucoup de vignes, mais qu'ils n'en faisaient cas qu'autant qu'elles servaient d'ornements à leurs jardins et qu'ils préféraient, comme plus salubre, le vin de grains à celui de la grappe. Il s'agit là sans doute de l'Angleterre, qui, du temps de César, se nommait simplement *Bretagne*, que cet Empereur conquit (55-54 av. J.-C.) et où les boissons à base de grains furent toujours l'objet de la prédilection des habitants. Il est du reste probable que si l'historien relève cette circonstance, c'est parce qu'elle dût lui paraître toute particulière et contraster avec les goûts et les habitudes des Romains, ses compatriotes, qui, s'ils buvaient, à défaut du jus de la grappe, la *Cera* des Celtes, mère de la *Cervoise*, s'empressèrent, dès qu'ils eurent conquis la Gaule, d'y introduire la culture de la vigne en important des plants de Falerne et de Tibur dans la Narbonnaise d'abord, puis dans la Lyonnaise; chez les Arvernes ensuite, chez les Senonnais et jusque chez les Armoricains. La vigne avant César n'avait pas dépassé les environs de Marseille.

Quoiqu'il en soit, l'ancienne province de Bretagne et par extension celles d'Anjou et du Sud-Ouest de la France, contrées riches en vignes, dont, à juste titre, les produits sont renommés, ne nous fournissent rien au point de vue de l'intérêt corporatif ; la moisson de documents est des plus maigre, et ce n'est guère que dans ceux relatifs aux impôts sur la bière, que l'on retrouve quelques traces de l'usage de cette boisson que prima semble-t-il, celui de l'hydromel dont il est souvent fait mention et qui, de nos jours, subsiste encore dans maintes localités Bretonnes.

RENNES

Les titres *Impôts et Billots*, des Archives de Rennes, renferment le Bail des Fermes unies fait par le Roi, à un nommé François le Gendre, pour la durée de six années, à partir du 6 Octobre 1668, pour la perception des droits sur les vins, cidres, *bières* et eaux-de-vie.

Ce document constitue la trace la plus ancienne que nous ayons rencontré au sujet de la bière en Bretagne.

Du temps des Ducs, les impôts que les receveurs percevaient dans les débits et les hôtelleries se nommaient le *Billot*, en raison de l'enseigne que les marchands suspendaient au-dessus de la porte. Il y avait aussi les *grands et petits devoirs*. On nommait ainsi tous les impôts perçus sur les boissons dans tous les Etats de Bretagne.

D'un acte contenu dans les archives de Rennes, nous extrayons ce qui suit :

DEVOIRS, BAUX GÉNÉRAUX (1686-1713)

Droits consentis par les généralités des trois Etats de Bretagne, pour être levés sur les vins, cidres, bières et eaux-de-vie ; les dits baux adjugés en présence du gouverneur de la province ou de son lieutenant et des commissaires du roi aux Etats. L'article premier porte que les devoirs se lèveront sur toutes sortes de personnes, tant du Parlement que de la Chambre des Comptes, Chancellerie, Monnaies, Seigneuries, Gentilhommeries, gouverneurs de Places et généralement sur toutes personnes vendant vins, etc., etc.

L'art. II, dit que les devoirs se lèveront en toutes les Villes, Bourgs, Doyennés, Paroisses, Châteaux, Forteresses, Forges, Verreries, Conciergeries royales et aux Geoles de la Province, Marchés, Foires, etc.

A cette époque l'impôt sur le vin breton, cidre ou *bière* était de onze sous cinq deniers par barrique de 120 pots (240 litres environ). Le vin *Français* payait 22 sous. En 1670 le « *petit devoir* » s'était élevé à 2 livres 15 sous par barrique de vin Breton, de cidre, de bière, d'hydromel ou autres boissons,

NANTES

« Il faut ajouter une autre chose à tant de belles commodités qu'a la ville de Nantes — écrivait en 1646 Jean Eon ([1]) — pour le commerce qui y est, que le débit de toutes sortes de marchandises, mais particulièrement des quatre principales que les étrangers emportent de la France par nécessité, qui sont : le blé, le sel, le vin et les toiles, et plus grand, plus facile et plus universel à Nantes qu'en aucun lieu de la France ; les vins y descendent d'Orléans, Blois, Anjou, Poitou et Bretagne, en très grande abondance ».

Dans « *La Bretagne Ancienne et Moderne*, par Pitre Chevalier, Paris 1844 » nous lisons ce qui suit :

« La vigne était très cultivée dans le territoire de Nantes, puisque des bas Bretons venaient par bandes, y faire la vendange à coup d'épée. Un acte de l'abbaye de Redon, prouve que le pays de Malestroit, dans le Morbihan, produisait du vin, au neuvième siècle ; il y en avait sans doute sur beaucoup d'autres points, car le droit de *bouteillage* était un des plus productifs et des plus rigoureusement exercés par les Seigneurs. »

Les circonstances établies par les extraits qui précèdent et le fait que les guerres, les révolutions poli-

(1) Jean Eon (qui s'était fait Carme) et qui écrivit en 1646 « Le Commerce honorable ».

tiques et l'indifférence ont contribué, dans une trop large part, à la perte et à la destruction des pièces relatives à l'histoire de Nantes, expliquent, dans la mesure hypothétique de l'existence de brasseries à Nantes, la pénurie de documents s'y rapportant. La seule indication que nous possédons nous a été fort obligeamment fournie par M. de la Nicollière-Teijeire, archiviste de la ville de Nantes. Au commencement du XVIIe siècle, la brasserie Rissel existait près de la Venelle, de la vallée de Misère (quartier de Launay). La rue de la Brasserie, près de Chesene, porte encore aujourd'hui ce nom (6e canton). Elle relie la place Lamoricière à la rue de la Hautière.

Enfin (4e canton) toujours à la même époque, on trouve la Ruelle du quai de la *Brasserie* en Vertais, qui y figurait encore en 1818 (1).

Ces indications sont puisées dans « *Camille Mellinet* ». Mais M. de la Nicollière est très porté à croire que la brasserie Rissel est beaucoup plus moderne, et, qu'avec plus de vraisemblance, ce nom doit être rapporté au siècle dernier.

QUIMPER

La Société Archéologique du Finistère, mentionne l'existence, en l'année 1750, de trois Brasseries à Quimper : n° 2, rue des Regaires ; n° 1, place Saint-

(1) Au commencement du siècle (1814) on voit naître la brasserie Freudenthaller, sous le nom de Brasserie des Quatre-Vents.

Médard. Une autre Brasserie avait précédé celle-ci : elle occupait, en 1636, la maison marquée D, sur le plan de 1764, qui barrait le passage entre la porte Médard et la rue des Fèbvres, qui fut démolie en 1768.

LA BRASSERIE A BORDEAUX

C'est dans un « ***Mémoire contre l'établissement des Brasseries de Bière dans la Ville de Bordeaux et dans le Bordelais*** » que nous allons trouver, sinon — et pour cause — des faits relatifs à la corporation des Brasseurs, en tant qu'association ; au moins des renseignements de nature à nous fixer sur l'existence de la Brasserie aux XVIIe et XVIIIe siècles, dans le Bordelais. Nous accompagnerons les appréciations de l'auteur dudit mémoire des documents qu'il cite, et dont nous avons la bonne fortune de posséder la copie, prise sur les pièces originales qui se trouvent aux archives de la ville de Bordeaux.

L'auteur constate que les inhibitions et défenses de faire de la Bière, prononcées par les sieurs Maire, sous-Maire et *Jurats* (1), gouverneurs de la ville de

(1) Jurats : Nom donné dans les actes du moyen-âge aux Magistrats municipaux.

Bordeaux, par leur sentence du 24 Juillet 1751, ne sont que l'exécution des anciennes ordonnances et règlements de police qui ont été renouvelés plusieurs fois, et qu'on a toujours exécutés avec soin. Il cite l'ordonnance suivante : « 5 Mai 1663. — Certains étrangers s'étant ingérés à faire de la bière, en telle sorte qu'ils en débitoient plus de deux mille tonneaux par an, MM. les Jurats, sur la réquisition de M. le Procureur-sindic, défendent à toutes sortes de personnes d'en faire dans la ville et banlieue, sous peine de confiscation et de 1,000 livres d'amende, parce que cela préjudicioit à la vente des vins, consommoit une grande quantité de grains, préjudicioit à la santé, en ce qu'on la faisoit avec des blés pourris et de l'eau corrompue et que ce n'étoit une boisson que pour les habitans des pays froids qui n'avoient point de vin ; ordonnent qu'un commissaire se transporteroit aux lieux où on la faisoit pour en dresser procès-verbal, et se saisir ou faire rompre, les vases et outils qui servoient à la faire (f° 69). »

En conséquence certains étrangers qui avaient fait cette tentative cessèrent leur entreprise, et l'on vécut plusieurs années sans la voir se renouveler.

Citons à notre tour deux pièces intermédiaires dont le mémoire ne fait pas mention : « 1665 10 avril. — Députation d'un Jurat et du Procureur-sindic pour se transporter sur les lieux, qu'on leur indiqueroit, et faire leur rapport des bières qui s'y fabriqoient (f° 108) ».

« 1665, 23 Avril. — Députation de M. Dalon, jurat,

et du Procureur-sindic pour aller informer le Parlement que MM. les Jurats ayant appris qu'il se fait beaucoup de bière, avoient député deux commissaires qui avoient dressé leur procès-verbal des fourneaux et autres choses qu'ils avoient trouvé propres à faire la bière, et pour prier la Cour de défendre de faire desdites bières, conformément aux ordonnances de MM. les Jurats » (f° 113).

Nous arrivons à l'année 1699, où, nous dit notre auteur, un particulier attiré sans doute par l'appât du gain, crut pouvoir impunément contrevenir à ces sages règlements, en travaillant dans quelque lieu secret : il choisit l'Abbaye de Sainte-Croix, qu'il regarde comme un lieu d'asile ; à peine eut-il commencé de mettre en œuvre sa Brasserie, que les Jurats en ayant été avertis, se transportèrent, le 30 du mois d'Avril de la même année, dans la maison de l'abbé, saisirent, non seulement les chaudières et les outils, mais encore la matière et la bière qui s'y trouva, firent porter le tout à l'Hôtel de Ville, assigner le particulier pour voir en ordonner la confiscation, et se voir condamner à l'amende : 1699, 5 mai. — Délibération qui députe M. Bilatte, jurat, pour se transporter avec M. le Procureur-syndic et le greffier de police, dans l'Abbaye de Sainte-Croix, y saisir la bière qui se trouvera y avoir été faite, de même que les ustensiles qui ont servi à la faire ; cette délibération est prise après que MM. Borie et Bilatte, jurats et commissaires, députés à la Cour, ont eu rapporté que la Cour trouvoit bon qu'on fît non seulement ladite saisie, mais encore qu'on se hâtât à la faire (f° 101). »

L'économe de l'Abbaye taisant ce qui s'était passé rendit sa plainte en crime de vol contre l'huissier et archers du guet; sous la désignation de certains personnages, il fut fait une procédure criminelle ; les Jurats en étant avertis se pourvurent au Parlement contre le sous-lieutenant criminel et, par arrêt contradictoire du 12 Septembre 1699, le Parlement cassa la procédure et information faite par le sous-lieutenant criminel, lui fit inhibition et défenses de recevoir des plaintes et informations en pareil cas soit par voie ordinaire, voie de recours, ni autrement.

Le particulier présenta sa requête, il chercha à excuser son entreprise et offrit de ne faire à l'avenir « ny par luy même ny voye interposée, aucune Bière, sous telle peine que de droit ».

*
* *

Le grand froid de l'année 1709 ayant fait périr la majeure partie des vignes de la province Bordelaise, le vin était devenu rare et extrêmement cher ; certains particuliers crurent alors la circonstance favorable à l'établissement de Brasseries que, pensaient-ils, le public verrait s'installer avec plaisir. Mais à peine eut-on commencé à distribuer de la Bière, que parut l'ordonnance que voici : « 1711 22 Juin. — Ordonnance de MM. les Jurats, qui défend à toute sorte de personnes de travailler ou faire travailler à faire de la bière, sous quel prétexte que ce soit, à peine de 500 livres d'amende pour la première fois, applicable la moitié au dénonciateur et l'autre au profit de la Ville, confiscation de tous outils, chaudières, vaisseaux, grains, *et cœtera*, et, en cas de récidive à celle de 1,000 livres (f° 114). »

Cette ordonnance fut publiée et affichée dans les formes ordinaires « De par Messieurs les Maire, sous-Maire et Jurats, gouverneurs de Bordeaux, juges criminels et de police.

Sur ce qui a été représenté par le Procureur-sindic, Qu'il demeuroit averti que plusieurs Personnes s'étoient avisées de faire des brasseries pour travailler à faire de la bière, et qu'il y en avoit même qui en avoient déjà fait pour être vendue et distribuée au public sous prétexte de la cherté du vin ; ce qui est une entreprise si pernicieuse et si opposée aux usages et au bien du Païs, et dont la tollérance doit être réprimée, par les conséquences des fuites ruineuses qui en proviendroient, si Messieurs les magistrats par leur prudence ne prenoient soin de prévenir un abus si dangereux, tant par la grande consommation des Grains qui s'y feroit, qui ne peut ni ne doit être autre que pour le Pain, que par une surséance et un empêchement infaillible à la débite du vin, qui étant la seule denrée qui puisse apporter quelque revenu, deviendroit inutile si telles entreprises n'étoient sévèrement reprimées : Partant requiert qu'attendu l'importance du cas il y soit diligemment pourvu.

Sur quoi les Maire, sous-Maire et Jurats, gouverneurs de Bordeaux, juges criminels et de police, faisant droit du requis du Procureur-sindic et des importantes raisons par lui alléguées, après meure délibération, font très-expresses inhibitions et défendes à toutes Personnes telles qu'elles puissent être, de travailler à faire de la Bière, sous quel prétexte que ce soit, à peine de cinq cens livres d'amende pour la première fois, applicable la moitié au Dénonciateur, et l'autre au profit de la Ville, confiscation de tous Outils, Chaudières, Vaisseaux, Grains et toutes autres choses servant à la fabrication de la dite bière ; et en cas de récidive, à celle de mille livres, applicable comme dessus : Et pour que la présente Ordonnance soit notoire à tous, et qu'un chacun ait à s'y conformer, ordonnent qu'elle sera lue, publiée et affichée à tous les Cantons, Coins et Carrefours de la présente Ville et Fauxbourgs d'icelle, et par tout ailleurs où besoin sera. Donné à Bordeaux dans la Chambre du Conseil le 22 Juin 1711 sous le seing du Conseiller, Clerc et Secrétaire ordinaire de la Ville.

Signé, DUBOSCQ.

Lue, publiée, a été la présente Ordonnance, et affichée à tous les Cantons et Carrefours accoutumés de la présente ville et fauxbourgs d'icelle, par moi, Huissier en l'Hôtel de Ville de B. le 23 Juin 1711.

(Signé) GUIVAUDON, huissier.

Si le Bordelais fut privé de Brasserie, il ne le fut pas entièrement de Bière, témoin la demande suivante : « 1710, 25 Février.-- Le sieur Neyrac [Nairac], marchand, demande en Jurade la permission de faire décharger cinquante tonneaux de bière qu'il a fait venir de Hollande dans le vaisseau *la Jeanne* d'Amsterdam, maistre Esvart, sous un passeport du Roy et de M. de l'Admiral, du 16 au 22 décembre dernier, et de les faire mettre dans un chay à la paleu des Chartrons ; ce qui lui est accordé, à la charge d'avertir MM. les Jurats quand il voudra en disposer, et afin que la consommation ne s'en fasse pas dans la ville ni fauxbourgs contre les statuts.

MM. Pontoise, jurat, et Lavaud, avocat du Roy, sont nommés pour aller faire état et procès-verbal du nombre desdits tonneaux (f° 165). »

Mais les Brasseries étaient exceptionnellement frappées ; les autorités Bordelaises redoutaient la concurrence que la Bière locale pourrait faire au vin. Elles toléraient, il est vrai, l'importation de bières étrangères, mais elles y étaient tenues de par la réciprocité de l'exportation de leurs vins, qui en était une des conséquences ; et, au surplus, cette tolérance ne pouvait entraîner de danger, car il est fort probable que, grevées de frais de transport et de droits d'entrée, les Bières étrangères devaient revenir à des prix inaccessibles au gros public.

L'arrêt que nous trouvons ici, démontre l'intransigeance des autorités Bordelaises à l'égard des Brasseries qu'elles persistent à interdire malgré la permission du Roy : N° 1 « 1710, 2 Septembre. — Arrêt du Conseil d'Etat, sous copie imprimée, dans lequel il est énoncé que le Roy s'étant fait représenter les arrêts rendus audit Conseil le 4 juin et 27 août 1709, par lesquels Sa Majesté voulant conserver pour la nourriture et subsistance des pauvres les grains qui se consommoient pour les bières, auroit fait deffense de brasser ou faire brasser aucunes bières dans toute l'étendue du Royaume, ni aucunes eaux-de-vie de bleds, d'orges ou autres grains, jusqu'à ce autrement il en fut ordonné ; mais Sa Majesté étant informée que par la grande quantité de toutes espèces de grains qui venoient d'être recueillis, il n'y avoit point à craindre que les peuples et principalement les pauvres, manquassent de subsistance, et qu'au contraire l'usage de la bière seroit d'un grand secours, aux uns et aux autres, pour suppléer au défaut des autres boissons qui manquent dans plusieurs provinces ; en conséquence, Sa Majesté permet de brasser des bières de grains, comme auparavant les défenses portées par lesdits arrêts. »

***

Les raisons justificatives des mesures que nous venons d'exposer méritent d'être citées : « Ces sages règlements ont toujours été en vigueur ; rien n'en prouve mieux la justice et l'utilité, que le long temps qui s'est écoulé sans que personne ait jamais osé réclamer ; les Négociants de Bordeaux en reconnaissent l'importance ; ils sont assez habiles et assez jaloux de leur commerce pour n'avoir point laissé cette partie à des étrangers, s'ils n'en avaient pas connu les dangereuses suites.

S'il falloit remonter aux raisons qui peuvent avoir déterminé nos pères, il est aisé de s'aperçevoir que l'intérêt du Roy, celuy de l'Etat ; l'avantage particulier de la ville et de la province, ont été des motifs puissants pour conserver ce privilège.

Il est important pour Sa Majesté que ses sujets soient en état de luy donner les secours dont elle peut avoir besoin ; le pays Bordelais n'a d'autre ressource que le vin, c'est sa principale denrée, et pour ainsy dire la seule dont il puisse retirer quelque revenu ; le moindre obstacle, le plus léger empêchement, peut être d'une conséquence infinie et ruiner ce Pays, si on ne favorise pas le débit de cette denrée ; d'ailleurs assez difficile, les habitants seront non seulement hors d'état de contribuer aux besoins du Royaume, mais encore de pouvoir vivre.

C'est principalement dans cet objet qu'il a plu au Roy et à son Conseil de confirmer le statut et privilège de la ville, qui permet uniquement l'entrée des vins Bourgeois, et d'empêcher pendant un certain temps de l'année que les vins des autres provinces et sénéchaussées, soient portés seulement hors de la Ville, pour y être vendus uniquement pour l'étranger.

Les Brasseries de bière seroient bien plus préjudiciables, la diminution sur le débit du vin, ne serait pas le seul mal qui en résulterait, les Fermes de Sa Majesté en souffriraient. Les Bières qu'on porte à Bordeaux payent certains droits, celles qu'on y fabriqueroit en seroient exemptes.

Il est de l'avantage et de la bonne harmonie d'un État que les différentes provinces qui le composent ayent certains besoins les unes des autres ; que les denrées n'y soient pas les mêmes et également abondantes. — C'est le moyen de conserver la nécessité de la correspondance qui forme l'union et la liéson. — Un établissement qui ne peut être utile qu'à ceux qui le forment et peut devenir préjudiciable au général, ne mérite pas d'être favorisé, l'intérêt particulier doit toujours céder à celuy du public.

Ce seroit éteindre une branche de commerce qui ne se soutient que par les besoins que les différentes provinces ou les différents états ont les uns des autres. La côte de France et l'étranger portent leurs bières et prennent nos vins ; s'il y avait des Brasseries dans le pays, il perdroit un débouché considérable et se trouveroit surchargé de sa denrée.

La ville de Bordeaux verroit ébrécher son patrimoine ; les *échats* (1) qui forment la majeure partie de son revenu et qui consistent dans un droit sur les vins qu'on débite dans la ville et fauxbourgs en seroient considérablement diminués, ses fermes tomberoient ; elle n'aurait plus de quoy soutenir ses charges, ny de quoy pouvoir soutenir Sa Majesté,

(1) Echats : *Profits.*

dans l'occasion ; ses privilèges se trouveroient énervés, ses ressources taries ; il n'y a que les étrangers qui puissent former un projet aussi Ruineux pour la Ville.

La Province en seroit la victime, on l'a déjà dit, son principal revenu consiste dans le vin ; il y a fort peu de grains qui dans les années les plus abondantes ne sçauroit être suffisante, pour faire vivre les habitants ; personne n'ignore l'immense quantité que les Brasseries en consomment ; double fléau pour la Province; ses grains consommés, son vin sans débit ; y a-t-il de bon citoyen qui ne soit touché de ces meaux qu'entraineroit infailliblement l'avidité du gain ; les sieurs Letellier et Marcilli (1), seroient les seuls qui en profiteroient et tous les habitans seroient écrasés.

Une pareille nouveauté est trop préjudiciable pour ne pas en craindre les suites ; la liberté générale a ses bornes, elle est toujours subordonnée au bien public. C'est Luy seul qui doit animer des Magistrats. C'est Luy seul qui a servi de guide aux Sieurs Maire. Soumaire et Jurats de Bordeaux, qui travailleront toujours avec le même zèle pour le service du Roy et du Public ».

(1) Letellier et Marcilli. — Sans doute les Brasseurs interdits ou qui demandaient autorisation de fabriquer de la bière.

*
* *

Les registres de la Jurade de Bordeaux desquels sont extrait les actes de 1663, 1665, 1699, 1710 et 1711 que nous venons de citer, renferment encore l'énoncé suivant : « 1759, 15 Juin — Imposition sur la Bière pour un don gratuit établi en faveur de Sa Majesté par Édit du mois d'Août dernier ».

Le 3 Janvier 1791. En vertu d'une délibération de la Municipalité en date du 31 Décembre 1790, les Commis aux Octrois de la ville de Bordeaux, se transportent aux domiciles et Magasins des « Marchands et Commissionnaires de bière » de cette ville, pour y constater les quantités de Bière qui peuvent encore exister dans leurs magasins ; ils procèdent au recensement en présence d'un officier municipal.

Leurs recherches portent sur cinquante et une maisons de commerce ; dans 33, les résultats sont négatifs, 18 présentent un stock de 720 Barriques, qui sont déclarées être destinées, soit à la consommation dans les cafés, soit à la satisfaction de besoins personnels (2 *barriques trouvées chez le Consul de Hollande*) ou bien aux colonies. Un sieur Marcadier déclare par écrit, que les 2,500 bouteilles pleines de bière, qui sont trouvées chez lui, représentent dix Barriques.

*
* *

Au commencement de notre siècle, la marine

marchande qui apportait au port de Bordeaux les produits des contrées septentrionales, avait encore l'habitude d'hiverner près d'une île située à quelques kilomètres du port, un peu au-dessous de la ville, elle attendait là que revienne le temps propice à la navigation. Cette circonstance devait tenter des Brasseurs. Vers 1806, un groupe d'ouvriers brasseurs [1] vint s'installer à Bordeaux et fonda à proximité de la petite colonie, une Brasserie qui devait trouver dans l'alimentation des deux ou trois milliers d'individus que comprenait cette population maritime, dont la bière était la boisson de prédilection, une base importante d'opérations. Ce fut là le point de départ d'une exploitation destinée à prospérer et peut-être l'embryon de l'industrie de la Brasserie contemporaine dans le Sud-Ouest de la France, où elle a pris une extension si remarquable.

(1) Dont faisaient partie MM. Fischer et Leppert. Leur œuvre subsiste de nos jours avec M. L. Leppert sous le nom de « Brasserie Générale ».

M. Rhodius qui, en 1808, fonda à Angoulême la Brasserie connue sous le nom de Brasserie de Strasbourg, paraît avoir fait partie de ce groupe.

LA BRASSERIE DANS LE CENTRE ET LE MIDI

LYON

Les contrées du Centre et du Midi de la France, c'est-à-dire celles qui comprennent les 50 départements du Syndicat de cette région, ne présentent aucune trace de Corporation, touchant de près ou de loin à l'industrie de la Brasserie, qui paraît n'y avoir vu le jour et ne s'y être développée que depuis le commencement de notre siècle.

Certes, ces contrées ont pratiqué, tour à tour, le Vin d'orge, la Cervoise, ne serait-ce que pendant la période qui fut marquée par la disparition de la vigne dans la presque totalité de la Gaule ; mais avec le retour des ceps, et la facilité de se procurer le vin, l'habitude des boissons de grains dut se perdre partout où elles ne furent plus indispensables ; elle ne persista très probablement que dans les établissements religieux, les métairies, les fermes ou chez les particuliers,

Quoi qu'il en soit, à Lyon même, où l'industrie de la Brasserie s'est acquis une réputation universelle, on ne trouve dans le passé, rien qui permette de supposer que sous ses désignations successives, la bière ait fait l'objet d'un usage quelque peu suivi, ayant entraîné la création de Brasseries dans cette importante cité, avant le commencement de notre siècle ou à peu près. La Bibliothèque est muette en ce qui concerne les Brasseurs d'autrefois, s'il en a existé. Le très aimable archiviste de la Ville n'a pas connaissance de faits s'y rapportant.

M. A. Bleton [1], secrétaire à l'Ecole des Beaux-Arts, et M. Steyert [2], à la science, à l'érudition et à la bienveillance desquels nous avons eu recours, nous ont déclaré n'avoir, dans leurs recherches de tout ce qui a pu autrefois intéresser le commmerce, l'industrie et les Corporations à Lyon, jamais rien rencontré se rapportant directement à la bière. M. Steyert croit, sans pouvoir préciser, que le XVIIIe siècle en renferme des traces.

Il convient aussi de remarquer que de toutes les villes de nos provinces qui étaient dotées de franchises, Lyon fut celle qui posséda les libertés les plus étendues ; elles étaient, au moyen-âge, plus larges que sous les Romains. Aussi loin que les documents permettent de le constater, on trouve les habitants de cette ville qualifiés *bourgeois*, on les voit exempts de grands privilèges et de la capitation ou taille personnelle. Le travail était libre ; la faculté de former des associations était entière.

(1) Auteur de l'*Ancienne Fabrique de Soierie*, 1897.

(2) Historien-publiciste, auteur de l'histoire du Lyonnais et du Beaujolais, 3 vol.

Mais Lyon fut longtemps, avant tout, une ville de commerce où le capital dominait, écartant l'industrie qui, alors, était pour la plupart des métiers, individuelle et exercée par la classe inférieure, dite des artisans. Si des Brasseurs y existèrent et s'y associèrent, l'absence de documents officiels s'explique par les franchises que nous venons de rappeler.

En 1810 la Ville de Lyon possédait 11 Brasseries ; en 1838, 24 ; en 1853, 20 ; en 1891, 36 ; en 1865, 17, et en 1870, 11.

Le nombre des établissements a décru, mais l'importance de ceux qui subsistent a considérablement augmenté.

Lyon est devenu au XIXe siècle un centre brassicole dont l'importance venait immédiatement après Paris.

La renommée que la Brasserie Lyonnaise s'est acquise avec ses bières de fabrication toute spéciale a depuis longtemps attiré chez elle, les brasseurs désireux de s'instruire.

A Lyon, en 1752, la bouteille de bière de la contenance de 0 litre 80 (?) coûtait, verre compris, trois deniers, soit environ 0 fr. 14 (1).

GRENOBLE

Ce n'est que vers le milieu du XVIIIe siècle que la bière moderne fit son apparition dans le Dauphiné.

(1) Vicomte d'Avenel. T. IV, page 147.

Il y avait trop de vignes dans tout le pays pour qu'on eût recours à une autre boisson que le vin.

C'est un Flamand, nommé Eisemann Frédéric, qui installa à Grenoble, la première Brasserie. « La bière qu'il fabrique, disait l'intendant du Dauphiné dans un rapport manuscrit conservé à la Bibliothèque de Grenoble, est légère et peu chargée, il s'en débitera à Grenoble environ deux cents charges par an. »
La *charge* correspond à cent litres.

Nous nous en sommes tenu, dans ce qui précède, à ce qui touche aux temps modernes. Il est indiscutable que les régions qui nous intéressent, sauf celles dont l'antique Phocée marquait la limite au point de vue de la culture de la vigne, étant privées de vin, la boisson d'Orge était leur suprême ressource.

Polybe raconte que les Celtibèriens — colonie celtique établie sur le versant méridional des Pyrénées et dont la civilisation se confondait avec la civilisation Gauloise — avaient pour boisson nationale, le vin d'Orge, qu'il s'en faisait de plusieurs espèces et de plusieurs qualités, et que le meilleur était servi aux rois d'Ibérie, dans des coupes d'or.

Cette boisson, la *Cera* (1) de la Gaule celtique, a laissé chez nos voisins d'au-delà des Pyrénées, une

(1) Zythum in Ægypto, Celia et Ceria in Hispania. Le Zythum en Egypte, le Celia et le Ceria en Espagne, dit Pline (de Zytho et Cervisia) ; et il ajoute : « L'écume de ces boissons est un cosmètique employé par les femmes pour entretenir la fraîcheur de la peau.

trace qui a subsisté à travers les siècles. L'Espagnol, respectueux de la tradition, possède encore la *Cerveza* (1) ; tandis qu'en France, nous avons insoucieusement laissé se perdre le vocable cher aux Gaulois, nos pères — Cervisia — la Cervoise, d'allure cependant si française, pour lui substituer celui de bière ; dont l'équivalent n'est pas de nature à éveiller en nous de réjouissantes pensées. Tandis que la Cervoise évoque la gracieuse image de Cérès, la déesse des moissons, c'est-à-dire l'abondance et la joie, la bière ne nous rappelle que le brutal *da bibere*, (*donne-moi à boire*) mot que les soudards romains, guerroyant en Germanie, avaient constamment à la bouche.

De l'Océan aux Alpes, la Brasserie industrielle est contemporaine de notre époque. Au siècle dernier, en 1723, la ville de Gannat possédait une Brasserie-(2) Malterie, dite *des Jonchères*. Vers 1765, sous l'administration et les auspices de Turgot, alors intendant du Limousin, une brasserie fut fondée à Limoges (3). Enfin Jules Juliani, dans son *Essai sur le commerce à Marseille*, nous apprend qu'en 1789 il existait 4 Brasseries à Marseille ; en 1805, 2 ; en 1830, 7 (4) ;

(1) En Portugal, selon Strabon, on ne trouvait presqu'autre chose que la Cera.

(2) Aujourd'hui Brasserie Tauveron et Cie.

(3) Aujourd'hui Brasserie Mapataud.

(4) Dont la Brasserie Velten.

A cette éqoque il y en avait à Aix, Salon et Auriol.

La ville d'Aurillac possède la plus ancienne Brasserie du département du Cantal. Elle fut fondée en 1810 par M. Doux qui avait appris en Angleterre la profession de Brasseur.(1)

Au sixième siècle, en Auvergne, on brassait grossièrement pour les moissonneurs, une boisson qui tenait plus de la Cera ou Celia des Espagnols que de la Cervoise.

De nos jours la Brasserie centrale et méridionale pourvue de moyens perfectionnés, prend place parmi les plus brillantes industries de ces régions.

* * *

En 1790, la bière coûtait :

Dans le Centre, quatre sous deux deniers la pinte de 0 litre 93, soit 0 fr. 20 ;

Dans le Sud, cinq sous six deniers, soit 0 fr. 25, pour une même mesure ;

A cette même époque le Houblon coûtait à Marseille :

Le quintal de 44 kilogs, soit 131 livres, 124 fr. 50, soit 254 francs les cent kilogs (2).

(1) Aujourd'hui dirigée par son petit-fils, M. Bideau.

(2) Vicomte d'Avenel, t. III, page 181.

DIJON

La première mention de la bière à Dijon se trouve dans une délibération de la Chambre de ville, en date du 24 Avril 1611, qui permet à Louis Dubourdieu, habitant, d'y établir une Brasserie de bière. (1)

Mais l'établissement paraît n'avoir obtenu aucun succès, car à partir de cette époque jusqu'à la Révolution, les documents sont absolument muets, touchant l'industrie de la Brasserie à Dijon. En effet, les brasseurs ne figurent ni dans les statuts des métiers, ni dans les réceptions ou les contraventions de ces métiers.

Enfin, les rôles d'impôts de 1786 à 1789, où figurent tous les habitants de la ville sans exception, avec leur profession, ne mentionnent aucunement des Brasseurs ou des vendeurs de bière.

L'Ordre du Houblon

Jean-sans-Peur (1371-1419) qui naquit à Dijon, fut le fondateur de l'Ordre du Houblon. Le *Lilium francicum* (2), de J. J. Chifflet, ouvrage héraldique, impri-

(1) Archives municipales B. 248.

(2) *Lilium francicum veritate historica et heraldica illustratum ancore J. J. Chiffletio.* Antwerpiae ex officina Plantiniana, Balthasaris Moreti MDCLVIII page 79. La (Bibliothèque Nationale et celle de Lyon possèdent cet ouvrage.)

mé à Anvers en 1658 contient, avec le dessin de cet ordre, un texte explicatif en latin, que nous reproduisons ci-dessous en le faisant suivre de sa traduction :

« Joannes Intrepidus Dux Burgundiae, Philippi Audacis filius, in paterni scuti nudio Flandreusem, praetulit tesseram ; hoc est linguâ Leonem nigrum, linguâ et facultis coccineis in aureâ parmulâ : Gallicè : *D'Or au Lyon de Sable, langué et armé de gueules* : sentumque totum einxit aurêo torque ex lupulo salictario, cuius flores decoqunt Belgae ad condiendam cereuisam, sic dictam quasi *Cerebisiam*, quod Cérès bibatur. Illum vero ordinem instituit, ad Flandrorum animos sibi conciliandos, quorum primus Francicae stirpis ex héréditate. Comes erat : primusque qui Flandrice loquebatur. Unde et Tuntonicum fuit eius vocale symbolum. Ich Zuighe quod est, *Ego filco*, quae suprà sentum Runcina est, (le Rabot) poculiaris erat Ducis tessera. Illum porro torquem anno MCCC,XI. Joannes Dux fœderis et amicitiae causâ, dedit Ludovico Aureliorum Duci ; eumdem' que existimo fuisse Joannis Ducis PULCHRIUN COLLARE et mouile pretiosum, quod Philippus Bonus, eius filino Atrebatensi pacto sibi restituendum transigit. »

« Jean-sans-Peur, duc de Bourgogne, fils de Philippe le Hardi, fit graver sur le milieu du bouclier de son père, un écusson Flamand, représentant en style héraldique français, *d'Or au lion de sable, langué et armé de gueules*. Il l'entoura d'un collier de houblon en or. Les Belges font cuire les fleurs du houblon pour fabriquer la *Cervoise*, ainsi nommée, parceque c'est la boisson offerte en libation à la déesse Cérès.

Il institua cet ordre du houblon pour se concilier l'esprit des Flamands dont il était le premier comte d'origine française et qui parlât le flamand.

Sa devise en langue Allemande est —*Ich Zuighe*— ce qui signifie : *Je rabote.* En effet, les armes particulières du duc étaient une branche d'épines surmontée d'un rabot.

En l'an 1411, le duc Jean donna, en gage d'amitié et d'alliance à Louis (1) duc des Auréliens, (habitants d'Aurelianum (Orléans), ce même collier, que j'estime avoir été le plus beau collier et le joyau le plus précieux de Jean-sans-Peur. Son fils, Philippe-le-Bon, par un pacte conclu suivant la coutume d'Artois, se le fit restituer. (2) »

*
* *

Quoique certaine version assimile Gambrinus (3) à Jean-sans-Peur, il est plus que probable que le duc de Bourgogne n'eut de commun avec la Brasserie que la fondation dont nous venons de parler. A l'exemple de Philippe-le-Hardi, son père qui, fiancé

(1) Frère du roi Charles VI.

(2) Traduction. Paul Fimbel à Bordeaux.

(3) Un savant belge, le Dr Coremans pense que Gambrinus est la méthathèse de Jean primus, (Jean 1er, duc de la Basse-Lorraine de Lothier et de Brabant, 1251-1295).

à Marguerite de Flandres et étant de ce fait, devenu héritier présomptif de ce dernier pays, avait créé l'Ordre des Marguerites (1), avec la devise galante, mais à double sens « *Il me tarde* » flattant ainsi les sentiments de ses futurs sujets, Jean-sans-Peur fit mieux encore, il flatta et les sentiments et la sensualité Flamande.

* * *

En Bourgogne, en l'année 1472, le baril (113 litres) de Bière *recuite* (?) valut trente sous soit environ 7 francs l'hectolitre. (2)

L'hectolitre d'orge coûta :

en	1376-1400	Francs	4,40
»	1476-1500	»	3,09
»	1601-1625	»	6,80
»	1651-1675	»	2,95
»	1676-1700	»	3,63
»	1701-1725	»	3,80
»	1651-1775	»	4,40
»	1776-1800	»	5,46

(1) On trouve la description de cet Ordre dans J.-J. Chifflet.

(2) D'après M. le vicomte d'Avenel T. IV, page 147.

LA BRASSERIE EN LORRAINE

Alors que nous venions de nous documenter aux Archives de Meurthe-et-Moselle, où l'obligeance de M. Duvernoy, le très aimable archiviste, avait facilité nos recherches, communication nous fut faite (1) du remarquable travail de M. Henri Lepage sur la « Bière en Lorraine. » (2)

Notre curiosité nous ayant fait remonter aux mêmes sources, nous devions fatalement nous rencontrer avec M. H. Lepage. Tout rapprochement fait, notre documentation était semblable, sinon dans les détails que l'auteur a prodigués pour le plus grand intérêt de ses lecteurs, au moins dans ses grandes lignes. Le cadre que nous nous sommes tracé ne comportant pas l'étude de la Brasserie de chaque région d'une manière aussi étendue, nous nous faisons un plaisir de rappeler aux lecteurs l'ouvrage précité.

D'après un historien (3) dont M. H. Lepage cite le

(1) Par M. J. Greff, brasseur à Nancy.

(2) Publié dans l'annuaire Administratif Statistique et Historique de Meurthe-et-Moselle — année 1885 — par la librairie Grosjean à Nancy, suivant recherches dans les Archives de Meurthe-et-Moselle.

(3) M. Digot.

texte, l'industrie de la Brasserie en Lorraine fut aux VIIIe et IXe siècles ce qu'elle était précédemment. « La fabrication de la Bière et de la Cervoise continuait à occuper une *multitude d'individus*, et ces liqueurs remplaçaient souvent le vin, qui était à ce qu'il paraît d'un prix assez élevé[1]. Le chapitre 23 de la règle établie par l'évêque de Metz, Chrodegang (749-767), pour les chanoines des cathédrales, mentionne la Cervoise », le même historien ajoute que dans la donation du Quincy à l'abbaye de Gorze (en 770) il est fait mention de Brasseries, *Camba*, dit le texte latin, d'où *Cambier*, brasseur, terme que nous retrouvons en Picardie et dans les Flandres.

Au point de vue corporatif (2), une seule pièce attire l'attention, elle est classée aux Archives sous le no B 220. Il s'agit d'une requête et des statuts que voici :

(15 Décembre 1716).

« Léopold par la grâce de Dieu........

Requête présentée par les Maîtres Boulangers, *ordinairement Brasseurs et vendeurs de Bierres*, et

(1) Le mot bière est ici improprement employé, car nous savons qu'il ne pouvait s'agir que de cervoise.

(2) La plus ancienne association industrielle de Nancy est la corporation ou confrérie des merciers, instituée en 1341, sous le duc Raoul. Les autres métiers, (écrit M. Alfred Rambaud) ne tardèrent pas à suivre cet exemple (*Journal de la Société Archéologique Lorraine et du Musée historique Lorrain*).

les meusniers de nos villes de Zarguemines, Bitche, Puttelange et autres lieux, comprenant l'office de la dite ville de Zarguemines, tendant à ce qu'il lui plaise Enthériner leurs lettres patentes en forme de Chartes, que nous leur avons accordé, le septième Octobre dernier, par lesquelles nous les avons érigés et establis en corps de Communauté de maîtrise, pour être régis et gouvernés suivant et conformément aux dites lettres de Chartes, statuts, ordonnances et règlements contenus es-articles. — Spéciffiez, l'ordonnance de notre dite Chambre de soit communiqué, etc. etc. »

Cette requête indique qu'en l'année 1632, leurs auteurs s'étaient pourvus, vers les ducs, pour en obtenir des lettres patentes en forme de Chartes d'érection de leurs corps en maîtrises, suivant articles qu'ils firent dresser à cet effet, mais que les guerres qui survinrent tout à coup « et qui ont pendant longtemps désolé nos Estats, les ayant empêchés de poursuivre cet établissement, il s'est depuis ce temps glissé plusieurs abus et malversations dans l'exercice de leur métier, au grand préjudice du public, pour lesquels faire cesser, et faire régner parmi eux une bonne police, ils désireraient, à l'exemple de leurs voisins, être establis en corps et communauté de maîtrise, suivant et conformément aux nouveaux articles qu'ils ont fait dresser sur les statuts et chartes accordés à ceux de pareils mestiers de plusieurs de nos Estats. Pour ce à quoy parvenir etc. etc. rappelons des causes qui leur ont fait désirer ces statuts. »

L'examen des statuts nous réserve une déception car, en fait de Bière, il n'y est guère question que d'eau-de-vie, que les intéressés pourront vendre les jours de fête « ainsi qu'ils ont fait d'ancienneté » (art. XIII). Les autres articles disposent : l'article premier, que chaque année les membres de la corporation pourront choisir un maître, deux jurés, un greffier et un sergent, pour gérer, gouverner et manier les affaires de ladite maîtrise et juger tous les faits et différents qui la concerneront ; lesdits prêteront serment entre les mains du Prévôt de Sarguemines.

L'art. II, que tous les maîtres et compagnons des dites professions seront tenus d'assister assidûment en corps aux vêpres qui se célèbreront la veillle de Saint Honoré, leur patron ; le lendemain à la messe et aux vêpres, à peine contre le contrevenant de deux francs d'amende « *monnaye du paijs* » chaque fois qu'il y manquera sans excuses légitimes.

L'art. III, obligation d'assister aux obsèques de leurs confrères et de leurs femmes. sous peine de deux francs d'amende.

L'art. IV, de la reddition des comptes.

L'art. V, chaque maître et chaque compagnon seront tenus de payer, le lendemain de la fête du patron, quatre sols, pour l'entretien de la chapelle.

L'art. VI, règle les conditions d'admission à la maîtrise ; les certificats d'apprentissage et de bonne vie sont indispensables, le droit d'entrée est fixé à 50 francs, dont moitié applicable aux domaines du duc et moitié aux deux livres de cire, au profit de la confrérie.

L'art. VII, nous apprend que les maîtres qui auront été reçus dans des maîtrises étrangères devront en justifier, pour être admis, qu'ils sont de bonne vie, et, en outre, « professent la foi catholique, apostolique et romaine. » Ils auront à payer 50 francs, plus deux livres de cire, applicables comme ci-dessus.

L'art. VIII dit que les veuves, fils de maîtres qui épousent des maris des dites professions, non encore reçus à la maîtrise et les fils de maître, ne paieront que moitié des droits de réception.

L'art. IX, traite de l'apprentissage : nul n'y sera admis s'il ne paie un droit de 7 francs ; les fils de maître ne paieront que moitié, qui seront applicables à la décoration de la confrérie.

L'art. X, défend aux maîtres de débaucher, sous quelque prétexte que ce soit, les compagnons de leurs confrères, sous peine de 3 francs d'amende pour la première fois et du double pour la seconde ; dont moitié applicable aux domaines du duc et moitié à la décoration de la confrérie.

L'art. XI, confère aux jurés le droit de s'assembler quand bon leur semblera.

L'art. XII, défend de travailler les jours de fêtes solennelles, comme : Pâques, Ascension, Trinité,

Fête-Dieu, Pentecôte et Noël, sous peine de 7 francs d'amende et du double pour la seconde fois.

Nous ne reviendrons pas sur l'art. XIII, et négligeant les XIV, XV et XVII, nous dirons que, de par l'art. XVI, les prix étaient établis par ceux des premiers arrivés dans les Bourgs, Villages etc., etc.

*
* *

On voit d'après ce qui précède, que l'usage de la Cervoise était pratiqué dès une époque très ancienne en Lorraine. Malgré cela les archives de cette province ne paraissent renfermer aucun document antérieur au XVIe siècle de nature à nous fixer d'une façon certaine; « on voit, dit M. H. Lepage, en 1516, le duc Antoine faire don d'une tonnette de Cervoise aux Clarisses de Pont-à-Mousson, dans le couvent desquelles s'était retirée sa mère, Philippe de Gueldres, après la mort de René II ; et il paraît que la fabrication de ce breuvage avait pris dès lors, une certaine importance dans cette ville, puiqu'il y faisait l'objet d'un impôt particulier. On lit dans un compte du domaine et de la Prévôté du Pont, pour l'année 1530 :

La Gabelle de la Servoise

« La dite gabelle que est telle que ceulx qui vendent

Servoyse dans la ville doibvent 8 gros j à nostre souverain seigneur (le duc), à cause de la Cervoise qu'ils vendent, ***brassée au dit Pont et ailleurs*** » suivent les reçus de divers vendeurs qui font déclaration sous serment, de l'importance de leurs ventes. Plus tard, en 1595, on voit le fisc affermer la gabelle pour trois années à un nommé « de Jean le Cuisinier dit le Bonnetier», pour la somme de quarante-quatre francs payable chaque année au jour de Noël.« Ledict droit qui est tel que tous ceulx qui vendent cervoise brassée audict Pont ou ailleurs, doibvent à Son Altesse de dix gros l'ung de celle qui se vend audict Pont ».

On trouve d'autres traces de droit de gabelle en 1583 dans des comptes du domaine de Hombourg et Saint-Avold, et, fait remarquer M. H. Lepage, à une époque plus reculée (1411-1415) où les «Gouverneurs» de Saint-Mihiel avaient obtenu d'Edouard III, duc de Bar, puis des ducs Réné II et Antoine, par « privilèges particuliers, le droit et permission de faire et vendre *bierre* (1) et cervoise, tant au dedans d'icelle ville que par tous les villages de la Prévôte etc. etc. » Ces privilèges furent confirmés par le duc Henri II en 1611.

(1) M. H. Lepage émet un doute sur l'hautenticité du terme *bierre* qu'on ne peut contrôler, (les lettres originales des ducs n'existant plus), ce doute s'appuie sur le fait que, suivant ce que pensent aussi d'autres auteurs, on voit le mot bière, apparaître pour la première fois dans les statuts des Brasseurs de Paris en 1489. Nous avons vu, 1re part. P. 59 que ce mot est employé officiellement en 1435.

Ces divers documents établissent suffisamment l'ancienneté de l'usage de la Cervoise en Lorraine.

* * *

En 1587, Commission fut donnée à un nommé Jean Collonet, contrôleur de l'hôtel du duc Charles III, « pour se transporter ès-baillages de Nancy, Vosges, Saint Mihiel etc. etc. (1) et reconnaître les lieux les plus convenables à brasser bierre, et y faire promptement travailler, et ce, à cause de l'extrême disette et cherté des vins, provenant de la stérilité des vendanges dernières, afin de servir de boisson tant aux sujets du duc qu'aux gens de guerre de son armée. »

A cette époque, soit pour cause de pénurie de vin, soit question de goût, on voit l'usage de la Bière se développer en Lorraine. Cette boisson apparaît sur les tables princières. En cette année 1587, le Cellerier de Nancy fait dépense de cinq bichets de blé pour servir à la confection de bière destinée aux princesses ; et de trois réseaux et un bichet (2) d'avoine, pour celle des domestiques de leur maison. A partir de 1589, le Cellerier délivre du blé et de l'avoine

(1) Allemagne, Bassigny, Clermont, Epinal et Châtel-sur-Moselle.

(2) Bichet. — Mesure variant suivant les provinces de 1 à 2/5 d'hectolitre, environ 3 boisseaux.

«pour faire bierre en l'Etat du duc» on trouve en 1590, mention de dépense à cet effet. En 1591, du blé fut délivré à frère Didier, brasseur au Couvent des Cordeliers, pour bière qu'il avait brassée pour le défruit[1] de l'hôtel du duc.

Il semble résulter de ce qui précède que deux qualités de bières étaient pratiquées, la première bière de blé pour les maîtres, la seconde bière d'avoine pour la domesticité.

Entre temps, en 1588, Charles III avait fait délivrer certaines sommes aux Cordeliers de Nancy pour les aider à acheter une grande chaudière «et avoir moyen de faire plus grande quantité de bière pour le défruit de l'hôtel du duc» et aux Cordeliers de Vic, pour les aider à réfectionner leur Brasserie

La bière des Cordeliers était renommée ; son mode de fabrication était donné pour modèle ; une ordonnance du Conseil de ville réglant la confection de la bière «telle quelle se fait aux Cordeliers» porte : «Fault pour une brassée (un brassin), ung resal et demy moyen bled, six resaux d'orge, vingt livres de houbelon».

En 1589, achat fut fait d'une chaudière pour établir au château de Hombourg, une brasserie destinée à alimenter les soldats. On trouve en 1591, le compte de dépenses faites pour la maçonnerie de cette chaudière.

En cette même année 1589, le duc Charles III fit

(1) Défruit. — *Usage personnel.*

ériger à la ville Neuve (Nancy), une Brasserie ; les dépenses qu'elle occasionna furent acquittées par le trésorier général des guerres ; cette Brasserie fut « démontée » en 1591 et menée à la Grande Maison de la ville Vieille ; le bâtiment dans lequel elle avait été établie conserva le nom de *Bierrerie* (1).

« L'usage de la bière s'était alors assez généralisé, dit M. H. Lepage, pour que cette boisson devint matière à impôt. Le 6 février 1590, les Etats généraux ayant accordé à Charles III une aide extraordinaire pour subvenir à l'entretien de son armée, ils l'autorisèrent à perçevoir le dixième denier du vin et de la bière qui se vendraient à la feuillée ». Nous passerons les détails de taux et de mode de perception jusqu'en 1628, pour nous arrêter à la remarque suivante de l'auteur précité : « Il ne paraît pas que l'on débitât de la bière dans les établissements publics, car les ordonnances de la Chambre de Ville relatives à la police des hôteliers et cabaretiers n'en parlent pas ».

* * *

En 1611, confirmation fut donnée aux habitants de Saint-Mihiel du privilège de faire et vendre bière et cervoise.

(1) Henri Lepage, Annuaire 1885, P. 21.

En 1615, on trouve un compte de dépense faite pour réparation à la brasserie du château de Jametz (1) (Meuse) et les suivants, qui comportent, soit des « recettes et dépenses en deniers » de la bière vendue en l'office ou « de l'Amodiation de la ferme ou faculté de faire bière » : 1616, Recette office de Charmes ; 1617, Amodiation de la ferme et faculté de pouvoir faire bière à Raon-l'Etape ; 1618, Recette en deniers des particuliers de Saint-Nicolas, amodiés pour faire et vendre bière audit lieu ; 1619, Amodiation du privilège de la confection de la bière dans l'office de Vaudrevange, Redevance due par un individu à cause d'une place pour y construire une brasserie proche de l'étang contre la dite ville (2) ; 1620, Recette provenant de l'Amodiation de la seigneurie de Bitche, et du droit de confection de la bière dans l'office de Charmes ; 1621 Recettes sur les bières qui se façonnent à Jametz, à Romagne en la Prévôté de Marsal ; 1626, en celles de Mirecourt et de Remoncourt ; 1629, Recette pour permission de faire bière à Tigéville ; Recette en l'office de Châtel-sur-Moselle ; Amodiation du droit de la confection de la bière au Val-de-Liepvre (canton de Sainte-Marie-aux-Mines ; 1631,

(1) Mention est faite en 1618 du houblon récolté dans la gruerie de Jametz, c'est-à-dire dans la circonscription territoriale de cette localité.

(2) Une mention en date de l'année 1661, porte que les Brasseries hors de la porte de Vaudrevange ont été détruites et démolies par les gens de guerre.

Recettes du droit de l'amodiation des bières en les offices d'Arches et de Lunéville ; 1632, Amodiation du privilège en les offices de Saint-Dié et de Raon ; 1665, Recette de la gabelle de la bière dans la ville de Fénétrange ; 1699-1712, comptes de la *mense* conventuelle de l'abbaye de Domêvre pour façon de bière ; 1700-1733, Dépenses pour bière du prieuré de Viviers (près Longwy). Ces indications permettent d'apprécier l'importance de la fabrication de la bière en Lorraine au point de vue de l'étendue de son usage du XVIe au XVIIIe siècle.

Au cours de cette période, une ordonnance, en date du 13 avril 1709, porte que l'on fera visite chez les Brasseurs et ceux qui ont des orges en réserve pour les obliger à en distribuer à 25 francs le rezal pour semer leurs terres, et défend aux brasseurs d'employer d'autres grains que de l'avoine pour faire la bière. Le 18 août de la même année, parut un arrêt du Conseil d'Etat qui leva la taxe des vieux blés et autres grains, réitérant les défenses d'en transporter hors des Etats et celles faites aux brasseurs.

Ces défenses furent levées par ordonnance en date du 18 Mars 1710.

Nous ajouterons les mentions suivantes qui, dans le même ordre d'idées, présentent quelque intérêt :

En 1627-1635, le couvent des Religieuses de Sainte-Elisabeth à Ormes (près Tantonville), consommaient de la bière de Vézelise et de Bayon et en 1643-1665 de la bière de Mirecourt ; ainsi qu'il résulte de leurs comptes d'achats. En 1650, mention est faite que le droit de « faire bière » dans la prévôté de Dompaire n'a été amodié depuis les guerres. En 1657, aucune recette ne fut faite en l'office d'Einville « n'y ayant eu personne qui en ait confectionné cette année, non plus qu'auparavant les guerres ». En 1664, permission fut accordée à plusieurs individus du comté de Ligny, de faire de l'eau-de-vie et de la bière. En 1716, on établit une Brasserie à Puttelange.

En 1734-1735, a lieu l'adjudication du droit de faciende et d'entrée des bières à Lunéville.

Parmi les arrêts nous relevons les suivants : année 1742, arrêt au sujet du privilège de la faciende de la bière dans l'office de Dieuze, et en 1751, arrêt défendant de brasser des bières sans la permission des fermiers du domaine.

En 1781, confirmation est donnée, d'acensement (1) du droit de faire brasser de la bière dans l'étendue de la seigneurie d'Eppelborn.

Dans les rôles de l'industrie des années 1789-1790, il est question des Brasseurs de Bouquenon, Sarrable et Blamont, que nous n'avons pas mentionnés jusqu'ici ; ce qui nous permet de relever que cette dernière localité possédait une Brasserie en l'année 1641, ainsi qu'il résulte de l'indication d'une somme payée à cette Brasserie, pour bière fournie à l'abbaye de Domèvre.

(1) Acensement, convention par laquelle on prenait un héritage.

*
* *

Quelques requêtes méritent d'être mentionnées. En 1619, le 17 janvier, les maire, gens de Justice et habitants de Saint-Avold et villages dépendant dudit lieu, présentèrent, au duc de Lorraine, une requête tendant « à ce qu'il lui plaise, accorder leurs franchises, privilèges et libertés contre les prétentions du sieur Croonders, receveur de Hombourg, qui voudrait empêcher les particuliers qui font de la bierre, de payer certaine redevance pour en avoir la permission. Décrétée d'un renvoy aux gens des Comptes de Lorraine, pour examiner les privilèges desdits habitants. »

En 1661, le 24 août. nouvelle requête des babitants de Saint-Avold, au duc de Lorraine, exposant que pour trouver les moyens d'acquitter les charges de leur dette communale, ils supplient le duc de leur permettre d'imposer la somme de dix gros par mesure de bierre. Cette permission leur fut accordée; le décret qui la leur confère suit la copie de l'acte.

En 1702, requête fut présentée par les Carmes de Gerbeviller aux commissaires-députés, pour les droits d'amortissement, dans laquelle ils font l'énumération de leurs dettes : « Ce qui fait que leur maison ayant à peine de quoi vivre, tant par leur peu de revenus que par leurs quêtes, ils se trouvent obligés, avec leur nourriture pauvre et maigre, de n'avoir que de la bière pour leur boisson ordinaire. »

⁂

L'extension de la fabrication de la bière en Lorraine tenta la cupidité de certains brasseurs ; des abus s'ensuivirent, au grand préjudice des consommateurs ; pour les réprimer, le duc Henri II, rendit une ordonnance motivée et aux termes de laquelle défense fut faite de brasser sans commission. « Les bières devront être faites de choses saines, afin de ne pas risquer de nuire à la santé de ceux qui usent de cette boisson ; elles ne devront pas être vendues à plus haut prix que de raison..... Et afin que, d'ici en avant, notre peuple et nos sujets soient bien et duement servis desdites bières, nous avons ordonné diverses commissions être expédiées à aucuns nos brasseurs et ouvriers d'icelle, pourvus de suffisance, fidélité et expérience en ce métier, pour en faire et brasser en telles de nos villes, bourgs et villages où nous jugerons y avoir besoin, et desquels commis, nos dits sujets qui voudraient en user auront doresnavant à les acheter au prix que, de trois mois en trois mois, les dites bières seront taxées, par tels de nos officiers des lieux à qui il appartient de connoitre et ordonner de la police des vivres. »

Ces défenses ne s'appliquaient pas aux communautés, qui ne pouvaient cependant brasser que pour leurs besoins ; ni à l'hôtel du duc, ainsi qu'aux maisons de « notre cher frère et de notre très chère sœur, en chacune desquelles il pourra y avoir tels brasseurs de bière que bon leur semblera, pour le défruit d'icelles, tant seulement. »

Cette défense ayant provoqué la fraude sous forme d'introduction de bières fabriquées au dehors ; une nouvelle ordonnance rendue en 1610, le 16 Janvier, défendit d'introduire des bières sans permission. Mais ces défenses étant impuissantes à empêcher la fraude elles furent renouvelées par ordonnance en date du 28 avril 1614; le taux des amendes fut élevé.

En 1621, privilège fut donné à un nommé Claude Martin (commis de la batterie de cuivre de Nancy) pour la fabrication et la vente de la bière, dans le duché de Lorraine : moyennant la somme de dix-huit mille francs, pour neuf années, à raison de deux mille francs chacune. C'était là un moyen de simplifier les opérations du fisc. Claude Martin ne renouvela pas son bail, mais prit seulement à ferme pour six années, moyennant la somme annuelle de 693 francs. le privilège de la fabrieation de la bière dans l'office de Nancy.

En 1666, réduction fut accordée à Tousssaint de Mory, fermier de la faciende des Bières en la ville de Nancy, à cause d'une certaine quantité de drap de Hollande qu'il avait fournie au duc; Charles III, lui fit donner quittance de la somme de 1350 francs, prix de la ferme de la dite faciende pour les trois premiers quartiers de 1666, somme équivalente à sa fourniture de drap. Par le chiffre de fermage ci-dessus, on voit qu'il y a progrès appréciable dans la fabrication et par conséquent dans la consommation de la bière au cours de la période de 1621 à 1666.

Brasserie des Bénédictins Anglais de Dieulouard

En 1721, on trouve mention de dépense faite pour la maçonnerie de cette Brasserie. Plus tard, en 1733 et 1736, le duc de Lorraine, François III, permet à ces religieux de distribuer dans ses états, la bière qu'ils feraient brasser dans leur maison,

Chassés de leur pays d'origine par la persécution religieuse, ces Bénédictins étaient venus s'établir à Dieulouard où, pour subvenir à leurs besoins personnels, puis pour se créer des revenus, ils se mirent à fabriquer de la bière qui acquit bientôt la renommée; ils la conservèrent ainsi que leur privilège (en payant toutefois les droits d'usage) jusqu'au moment de la suppression de leur communauté. En effet, en 1779-1790, mention existe d'achat de leur bière par le noviciat de l'abbaye de Pont-à-Mousson.

Un auteur contemporain, M. Andreu de Bilistein, dit M. H. Lepage, à même d'apprécier les qualités qui distinguaient la Bière des Bénédictins précités, donne les détails qui suivent à ce sujet :

« On ne brasse de la bierre qu'à Nancy et à Dieulouard et dans quelques contrées voisines de l'Allemagne, encore dans quelques couvens de religieux pour leur usage, quand le vin manque. Notre peuple en général ne connoit la bierre que de nom....

La bierre fait, après le vin, l'article le plus considérable pour l'usage. Les matières qui la composent sont des grains, blés barbus et orges, des houblons et de l'eau..... La brasserie principale de Lorraine est celle de Nancy ; il en est plusieurs dans la Lorraine allemande et dans les parties limitrophes du duché de Luxembourg. La brasserie de Dieulouard, tenue par des Bénédictins anglois et irlandois, doit passer pour Lorraine.... La bierre de Dieulouard approche de celle d'Angleterre en goût et en force, elle pétille comme du vin de Champagne mousseux, supporte le mélange de l'eau, se conserve longtemps et se transporte sans altération. Nos grains, nos eaux, notre air font ses qualités... Après la bierre de Dieulouard vient celle de Nancy, qui est de bonne qualité....

« La bierre se vend dans l'intérieur de la province et au dehors, et le houblon s'envoie également chez l'étranger, lorsqu'il est d'une qualité qui le fait désirer, comme est celui d'Angleterre, de Bohême, de Liège, etc.... C'est une boisson saine, lorsqu'elle est bien faite ; elle porte avec elle son agrément et son indemnité, étant fort substantielle. »....

***

L'abondance des documents relatifs à l'histoire de la bière en Lorraine, l'intérêt que nous avons trouvé dans la lecture de l'étude si attachante de l'œuvre abondamment circonstanciée qu'en a faite M. H. Lepage, nous a entraîné au-delà des limites que nous nous étions tracées. Nous ne saurions mieux faire que d'engager les lecteurs amateurs des moindres détails pouvant les intéresser, à lire l'étude précitée.

Maintenant, arrivons à la Brasserie de Nancy, où, en 1701, privilège fut accordé pour l'établissement d'une Brasserie, qui nous semble être celle qui fut établie près du moulin de Saint-Thiébaut, et dont état de dépenses de constructions nous apparaît en 1703, acquitté par le duc Léopold; ces dépenses « s'élevaient à la somme de 6.255 francs 9 gros faisant celle de 2.681 livres. »

En 1724, privilège fut donné à Evrard Hoffmann pour la fabrication de la bière des Flandres à Nancy. En 1767, le dit Hoffmann abandonna au domaine le terrain de la Brasserie de Saint-Thiébaut à Nancy, destiné à l'établissement du nouvel hôpital militaire, en échange des bâtiments de l'hôpital militaire, place de grève (Dombasle).

Evrard Hoffmann avait acheté pour la somme de 9.000 livres tournois le matériel de la Brasserie à une dame Françoise Frémion, veuve de Deschamps, fondateur de l'établissement. Ce Deschamps, valet de pied de Léopold et flamand d'origine, était parvenu à obtenir du duc le privilège de la fabrication et de la vente de la bière, de la façon et qualité de celle qui se brassait en Flandre, faciende dont il disait avoir l'expérience. Il devait du reste s'aider de Brasseurs flamands.

« Le sieur François Hoffmann, (fils d'Evrard), dit l'abbé Lionnois, commença cette belle maison qui est vis-à-vis de l'Université...., et, derrière, jusqu'au fossé, sa brasserie : *l'une des plus belles et des plus commodes de France.* »

Des mains de F. Hoffmann la Brasserie passa dans celles de son gendre J.-A. Arnauld de Praneuf, officier au régiment de Schomberg-dragons, qui obtint confirmation des lettres patentes de 1702, 1723 et 1768, qui lui conféraient les privilèges dont nous avons parlé.

Praneuf vit tomber ces privilèges au moment de la Révolution. Il continua néanmoins à exercer jusqu'en l'an IV. Mais à cette époque, fait remarquer M. Lepage « il avait alors sept concurrents qui devaient lui causer un notable préjudice ».

Nous terminerons par l'annonce suivante publiée le 19 Décembre 1772, et que relève M. H. Lepage :

Le sieur Hoffmann « propriétaire de la Brasserie de Nancy, rue Saint-Stanislas 288 » (n° 65 actuel) fait savoir qu'il « a découvert la méthode sûre de faire des Bières de la première qualité, qui se conserveront plusieurs années en s'améliorant, soit en tonneau, soit en bouteilles, — il fera faire également des bières douces et fournies, claires et agréables, qui se boiront jusqu'au mois de Juillet, le tout à prix raisonnable ».

Heureux Brasseur !

Prix de la Bière en Lorraine (1)

en 1501-1625	prix correspondant à l'hectol.			Fr.	12,30
1626-1650	»	»	»	»	14,40
1651-1675	»	»	»	»	19,10
1701-1735	»	»	»	»	6,95
1751-1775	»	»	»	»	18,40
1776-1800	»	»	»	»	18,70
1790	pinte de o l. 93	3 sous 8 deniers			18,05

* * *

Les Archives municipales de Verdun ne renferment aucune trace de corporations de Brasseurs. Cependant on voit dans le grand Armorial de France(2).

Verdun

La communauté des Brasseurs porte :

d'Or a un pal de gueules chargé d'un croissant d'or.

et aussi :

Damvilliers (Meuse) près Montmédy

La communauté des Brasseurs porte :

de sable a une fasce d'argent chargée d'un trèfle de sable.

Vic (Meurthe)

La communauté des Brasseurs de Vic porte :

d'or a une fasce de gueules chargée d'un croissant d'or en chef.

(1) Vicomte d'Avenel. Histoire économique de ia Propriété.

(2) D'Hozier Bibliothèque Nationale. Manuscrit.

METZ

Metz qui fut notre berceau familial et dont nous ne saurions sans tristesse et sans espérance évoquer le souvenir, n'a pas d'histoire brassicole. Nous connaissons maintenant celle de la Lorraine en général ; le pays messin en particulier, ne présente rien qui soit susceptible de fixer l'attention sur ce sujet spécial ; il fut, au même titre et pour les mêmes causes que ses voisins, le pays de la cervoise, mais il ne fut jamais celui de la bière. Sans doute Bacchus et Cérès y firent-ils bon ménage, et mosses et bouteilles y fraternisèrent-ils ; mais aussi la riante Moselle vit-elle toujours ses rives Lorraines plus riches de luxuriants vignobles que de vertes houblonnières, et ses vins gris et rosés y rutillèrent-ils plus souvent dans les verres, que la mousse crêmeuse ne déborda des chopes.

La production de la bière à Metz et dans la généralité de cette ville aux siècles derniers, ne dépassa guère les limites de la nécessité créée par les disettes de grains et de vins, ainsi que l'indiquent les documents suivants :

En 1693, année de disette de grains, M. de Sève, intendant à Metz, écrivait au Contrôleur Général pour lui proposer d'établir des défenses relatives à l'emploi des Grains et parlant de la bière, s'exprimait ainsi :

« Quant à la bière, quoyqu'elle consomme beaucoup davantage de grain que le brandevin, j'ay quelque peine à me déterminer. Il est constant que cette boisson humecte et nourrit en mesme temps ; les vendanges de l'année dernière n'ont produit que du verjus, celles-cy ne seront pas abondantes et par conséquent le secours de la bière ne serait pas inutile au peuple et aux soldats. Je croirais néanmoins qu'en exceptant celle qui se fera pour la nourriture des étapes il seroit à propos de la défendre, surtout dans les Eveschés et dans la Lorraine, où ce n'est que depuis peu qu'on en a introduit l'usage, et il vaut mieux que le peuple soit réduit à boire de l'eau qu'à manquer de pain. » (21 septembre 1693).

M. de Sève reçut le jour suivant l'arrêt qu'il proposait et qui était déjà expédié ; mais il insista pour que les étapiers en fussent exemptés (22 septembre 1693).

Arrest du Conseil d'Estat
du Roy

Qui permet la faciende des Bierres dans le Département de Metz, à la charge de prendre des Permissions par écrit de Monsr. l'Intendant.

Du huitième Avril mil sept cent dix.

Extrait des registres du Conseil d'Estat.

Le Roy s'étant fait représenter en son Conseil, les Arrêts par lesquels il auroit été fait défenses à tousParticuliers de brasser et faire brasser aucunes Bierres jusqu'à ce qu'autrement en ait été ordonné ; les Mémoires présentez au nom des habitants de la Généralité de Metz, contenant que la Récolte des Vins ayant entièrement manqué, il leur seroit difficile de se passer de Bierre dont l'usage est absolument nécessaire, principalement pour les Troupes ; que les raisons qui ont porté Sa Majesté à faire des défenses de brasser, se trouvent présentement cessées à l'égard du département de Metz, dans lequel il se trouve une quantité considérable de Grains, quoyque les Semailles de l'Automne et du Printemps y ayent été faites avec tout le succès qu'on pouvoit désirer ; l'Avis du Sieur de Saint-Contest, Commissaire départy pour l'exécution des Ordres de Sa Majesté audit Département de Metz : Oüy le Raport du Sieur Desmaretz, Conseiller ordinaire au Conseil Royal, Contrôleur général des Finances. *Sa Majesté estant en son Conseil*, a permis et permet aux Particuliers et Habitants demeurans dans l'étenduë du Département de Metz, de brasser et faire brasser des Bierres suivant l'usage ordinaire et comme par le passé, à la charge néanmoins de prendre des Permissions par écrit du sieur de Saint-Contest, commissaire départy audit Département, auquel Sa Majesté enjoint de tenir la main à l'exécution du présent Arrest, qui sera lû, publié et affiché (1) partout où besoin sera. Fait au Conseil d'Estat du Roy, Sa Majesté y étant, tenu à Versailles le huitième jour d'Avril mil sept cent dix. Signé VOYSIN.

(1) Nous avons copié cet arrêt sur l'affiche originale.

Dominique de Barberie, Chevalier, Seigneur de Saint-Contest et autres lieux, conseiller du Roy en ses Conseils, Maître des Requêtes ordinaire de son Hôtel, Intendant de Justice, Police et Finances, en la généralité de Metz, Frontières de Champagne, du Luxembourg et de la Sarre.

Veu l'Arrest du Conseil d'Etat du Roy cy-dessus: Nous ordonnons qu'il sera exécuté suivant la forme et teneur dans l'étendue de notre Département.

Fait à Metz le vingt-sixième Avril mil sept cent dix. Signé. de BARBERIE. Et plus bas, Par Mondit Seigneur, DE LESPINE.

LA BRASSERIE EN ALSACE

STRASBOURG

Quoique l'usage de la Cervoise soit fort ancien en Alsace, ce n'est qu'en l'année 1259 qu'on trouve dans la mention : *Altam domum Arnoldi Cervisariis*, (la haute maison d'*Arnold le brasseur*) l'indication de la première Brasserie professionnelle connue à Strasbourg, et dans les annales des Dominicains de Colmar, en date de l'année 1303 cette autre mention :

In Columbaria cervisia pro duodecium denariis et XVI vendebatur, (*à Colmar la Cervoise se vendait 12 et 16 deniers*) qui prouvent qu'à cette époque, le commerce de la Cervoise était organisé à Colmar, puisque cette boisson y était l'objet d'une taxe.

Dans ses Etudes Gambrinales [1], M. F. Reiber a trop consciencieusement et trop spirituellement traité le sujet pour que nous tentions de refaire l'historique de la bière et de la Brasserie en Alsace et principalement à Strasbourg ; l'auteur a épuisé le sujet en le traitant dans ses moindres détails ; son talent et l'avantage de pouvoir se documenter sur place, lui ont permis de produire un ouvrage dans lequel nous puiserons les matériaux qui nous seront nécessaires pour un rapide aperçu, et que nous recommandons aux amateurs.

Avant l'époque (XIIIe-XIVe siècles) que nous venons de citer, en Alsace, comme en Allemagne, la Cervoise était un produit de la fabrication domestique ; dans les ménages les femmes préparaient la Cervoise en même temps que les autres aliments de la famille ; le talent de brasser une bonne bière était, si l'on en croit les anciennes légendes du Nord, compté au nombre des vertus féminines.

En Alsace le vin, abondant du reste, était la boisson préférée ; on ne voit en tous temps l'usage de la Cervoise puis de la bière ne s'y accentuer qu'au moment des disettes de vin ; témoin celle qui fut en

(1) Berger Levrault et Cie, Paris 1882. 1 vol. broché, 10 fr.

1446, la conséquence de la gelée qui pendant la nuit des Rameaux, ravagea la vigne, disette qui détermina le Magistrat à ordonner de brasser de la bière « *notamment à Strasbourg, Schlestadt, Colmar, Guebwiller, Thann, Belfort, Alkirch, Ferrette, Bâle et ailleurs ;* la mesure de bière coûtait 2 deniers ».

Pendant la seconde moitié du quinzième siècle et jusqu'à l'année 1536, où l'on voit de nouveau apparaître une brasserie professionnelle à Strasbourg, il semble que cette industrie ait disparu de la cité alsacienne. A cette époque la Réforme avait envahi l'Etat Strasbourgeois ; les lois sévères qu'elle créa contre les abus, le goût de la boisson et de la bonne chère, en nuisant à la consommation générale, ne purent certainement qu'entraver le développement d'une boisson nouvelle à l'usage de laquelle le public bourgeois ne s'était pas encore formé.

En 1586, Strasbourg comptait 6 brasseries qui avaient fabriqué la valeur de 1373 hectolitres de bière ; chiffre modeste en vérité.

Jusqu'au dix-huitième siècle l'industrie de la Brasserie fut plutôt précaire à Strasbourg, mais à partir de cette époque elle prit son essor et, depuis, ne fit que prospérer. C'est au cours du dix-neuvième siècle seulement, que la consommation de la bière remplaça presqu'entièrement celle du vin dans les établissements publics ; cette transformation amena, vers le milieu du siècle, la décentralisation du débit ancien qui, jusqu'à cette époque, était constitué par celui attenant à l'usine même du brasseur.

***

Les brasseurs Strasbourgeois n'eurent pas de communauté qui leur fût spéciale, ils furent, à une époque encore indéterminée, réunis à la *tribu* des tonneliers qui était fort ancienne ; leur *poële* ou lieu de réunion « était situé au quai Saint-Thomas dans la maison n° 13 connue sous le nom de *Küferstub* ».

Le chef-d'œuvre du tonnelier aspirant à la maîtrise, consistait en l'exécution, en quatre semaines, d'un foudre de la contenance de cinquante mesures au moins ; il devait être de beau bois poli, sans raies ni marques. L'aspirant était autorisé à se faire aider par un apprenti.

Avant la Révolution, la plupart des brasseurs de Strasbourg exécutaient le chef-d'œuvre des tonneliers. En 1789, sur 34 brasseurs strasbourgeois, 13 l'avaient exécuté.

Le brasseur débitant vendait des harengs et des cervelas, il était de par ce fait, tenu envers la tribu des aubergistes ou « Fribourgeois » à une redevance compensatrice, en argent.

On trouve en 1793 une preuve de la prospérité de la Brasserie à Strasbourg dans un décret que rendit le tribunal révolutionnaire institué par Saint-Just et Lebas : « *Considérant que la soif de l'or a constamment guidé les brasseurs de la commune, il les condamne à deux cent cinquante-cinq mille livres d'amende qu'ils doivent payer dans trois jours sous peine d'être déclarés rebelles à la loi et de voir leurs biens confisqués* ».

Mais les intéressés ne versèrent que 180.000 livres ainsi que cela résulte du compte général de la Trésorerie révolutionnaire (1) où figurent les noms de 20 Brasseurs imposés avec le détail des sommes par eux versées « pour les abus qu'ils ont pu se permettre sur leur comestibilité ».

En 1789 la *tribu* des tonneliers se composait de 126 tonneliers, 55 baquetiers, 33 brasseurs et 22 personnes diverses qui étaient tenues de s'affilier à l'une ou l'autre des tribus de métiers, cet usage remontait fort loin puisque le nombre de ces affiliés étrangers aux professions représentées par ces associations, avait été fixé à 20 depuis 1471. On voit que les brasseurs y occupent une part modeste.

L'organisation de l'administration de la tribu était compliquée. Depuis le Chef suprême nommé président à vie par le Magistrat jusqu'aux préposés à la police en passant par les échevins et le simple chef de la tribu, nombreux étaient les fonctionnaires ; nous n'entreprendrons pas de les énumérer.

La communauté des tonneliers porte : (2)

(1) Livre bleu, recueil de pièces authentiques servant à l'histoire de la Révolution à Strasbourg, ou les actes des représentants du peuple. Strasbourg, chez Dannbach-Ulrich, imprimeurs, 2 vol. in-8°, 2e édit., t. II, page 24.

(2) Armorial d'Alsace.

D'Argent à un tonneau de sable cerclé d'or, posé en fasce et une flèche de même plantée dans le bondon du tonneau, la pointe en haut,

Aux termes d'une ordonnance en date de 1736, il était interdit aux brasseurs de Strasbourg sous peine de 20 livres d'amende en cas de contravention « d'employer pour brasser leur bière d'autres ingrédients, qu'ils aient nom et propriété n'importe lesquels, si ce n'est le houblon, l'orge et l'eau ». Cet article fut modifié en 1783, et la défense ne s'appliqua plus qu'à l'emploi « des herbes et autres substances qui peuvent rendre l'homme malade ».

Les autres dispositions de cette ordonnance correspondent à celles que nous avons déjà vues un peu partout en France : déclaration de brassage, visites des gourmets, taxes suivant la qualité déterminée, (le brasseur devait un schelling par visite du gourmet juré) réglementation des rapports de brasseurs à débitants, ventes en gros et en détail, restrictions concernant les achats de matières premières qui devaient être effectués à des endroits et à des heures déterminés (1), obligation de fournir des hommes pour la garde des portes de la ville, et pour le service des incendies (ce qui existait notamment à Saint-Omer pour le *feu de malheur*) ; tout cela se retrouve à peu près dans toutes les ordonnances municipales des autres villes importantes.

(1) Voir l'ordonnance de 1662, (Paris), page 72.

LA BRASSERIE EN FRANCHE-COMTÉ

BESANÇON

En l'année 1609, permission fut donnée à trois marchands de la ville de Besançon de faire et de vendre de la bière ou « *Cerevisa* » (1) moyennant la taxe de 18 gros par muid vendu.

De 1607 à 1743 les documents font défaut ; en cette dernière année, le 13 Octobre, la Ferme de la bière fut adjugée à un nommé Hugues Mentrille ; on retrouve celui-ci en 1747, le 30 Décembre se rendant acquéreur d'un emploi d'inspecteur-contrôleur de Brasseurs, office qui avait été créé par Edit de Février 1745.

Nous voici en 1767, un arrêt du Conseil en date du 13 Octobre, casse l'arrêt du Parlement qui reconnaissait à la ville de Besançon le droit au débit exclusif de bière. Liberté est accordée à tous d'établir des Brasseries à Besançon (14 Novembre). En compensation de l'anéantissement du monopole précité, la ville de Besançon reçoit, en 1769, le 27 Novembre, des lettres patentes qui l'autorisent à percevoir pour elle, six deniers sur chaque pinte de bière amenée du dehors, ce qui, dans le premier cas, représentait

(1) A cette époque Besançon était encore ville Espagnole.

environ 64 deniers par hectolitre soit environ 2 fr. 90, et dans le second environ cinq francs.

Favorisées par l'Edit de 1767, de nouvelles brasseries s'étaient établies à Besançon, elles prospéraient sans doute au point de porter ombrage, préjudice peut-être aux vignerons, car on voit ceux-ci, présenter en Décembre 1776, une requête au sujet des brasseries nouvellement établies dans la ville, ou que l'on pourrait y établir encore.

Il paraît que malgré l'arrêt de 1767, des sentences de police maintenaient au profit de la ville de Besançon, le monopole de la fabrication de la bière, car le 18 Octobre 1777, intervint un arrêt du Conseil d'Etat qui cassa les dites sentences.

Enfin, par arrêt du Conseil d'Etat en date du 4 Avril 1781, il fut accordé au sieur J.-Baptiste Mentrille (probablement le fils de l'ancien fermier cité plus haut) propriétaire de la plus ancienne Brasserie de Besançon, la qualité de Brasseur royal « titre qu'il affichera avec l'écu de France sur sa Brasserie hors les murs, et sur sa maison en ville ; il aura le privilège de la fourniture de la bière aux troupes de la garnison, avec faculté de faire entrer 387 muids par année, sans payer aucun droit ».

La municipalité protesta contre cette innovation contraire aux intérêts de la ville ; on ignore le sort qui fut fait à cette protestation.

Voir Archives départementales du Doubs B. B. 48-155-160-181-184-193-194-197.

LA BRASSERIE EN CHAMPAGNE

REIMS

La pénurie de renseignements sur la Brasserie en Champagne est à peu près complète, les Archives départementales de la Marne ne renferment que quelques mentions, et ce n'est que dans une ancienne chronique de France que nous trouvons qu'en l'année 1204 le raisin ayant totalement fait défaut, on vit renchérir le prix de l'*Avoine*, parce qu'on brassa beaucoup de *Cervoise* à cause de la disette du vin (1). Sept siècles auparavant Saint Rémi avait importé dans son diocèse, les premiers sarments de la vigne qui plus tard devait produire le roi des vins ; nul doute que les populations n'aient donné la préférence à la précieuse liqueur, le fait cité plus haut l'indique, mais il prouve aussi que l'usage de la Cervoise était courant en Champagne ; on y brassait habituellement, mais surtout quand le vin venait à manquer.

En mai et juin 1705, M. Harouys, intendant en Champagne, proposait de fixer le droit de la vente en gros sur la bière à 2 sous 6 deniers par poinçon.

Un peu avant la Révolution, un sieur Tazin, brasseur à Reims, présenta une requête à l'intendant de Champagne, en vue de faire soumettre ses confrères

(1) Recueil des historiens de la France T. XVIII p. 699.

à la maîtrise et aux visites. « Je pense — écrit le subdélégué (1) de Reims, à propos de cette requête — que l'usage momentané de la bière dans ce canton, à raison de la rareté ou de la cherté du vin, ne permet pas que l'on prenne cette requête en considération (2) ».

On voit que les Brasseurs de cette région n'avaient ni maîtrise, ni corporation.

Un état des gens de métiers rédigé au XVIIIe siècle mentionne deux brasseurs exerçant à Reims : Jean-Baptiste Benoist, rue Large et Philippe Hourelle, rue des Crénaux (3).

Prix de l'orge en Champagne, Franche-Comté et Lorraine : (4)

de	1351 à 1375	Francs	16,95	l'hectolitre
»	1426 à 1450	»	5,30	»
»	1551 à 1576	»	7,02	»
»	1576 à 1600	»	8,23	»
»	1626 à 1650	»	2,45	»
»	1651 à 1675	»	1,25	»
»	1751 à 1775	»	3,40	»
»	1776 à 1800	»	5,53	»

(1) Les subdélégués étaient comme nos sous-préfets, dispersés dans divers arrondissements où ils rédigeaient leurs rapports sur toutes réclamations etc., etc.

(2 Archives départementales de la Marne S. C. 493.

(3) Bibliothèque de Reims.

(4) Vicomte d'Avenel (Histoire économique de la Propriété).

MÉZIÈRES

Aux termes d'un règlement (1) établi au cours du seizième siècle (1527) par les échevins de Mézières et dont, plus loin, on trouvera le texte original, les brasseurs de cette ville étaient tenus d'employer pour la confection de chaque brassin, un minimun de trois quartels d'orge ou de froment et deux quartels d'avoine par chaque *caque*, et trois quartels d'orge ou froment et un quartel et demi d'avoine par chaque tonne, de contenance usuelle, de *servoise* ou de *queute*. On donnait généralement ce dernier nom à la bière d'orge (2).

La fabrication devait être soignée, suivant des règles déterminées : cuisson poussée jusqu'à concurrence de la réduction aux deux tiers du volume. La livraison pour vente en gros ou en détail, ne pouvait avoir lieu que lorsque les « servoises ou queutes » avaient séjourné (reposé) trois jours entiers après l'entonnement, de plus, il était interdit aux brasseurs de n'opérer aucune sortie de bières, que les inspecteurs ne les aient vérifiées. Devaient être aussi contrôlées, les bières provenant du dehors ; et toute

(1) Appendice IV.

(2) En 1388, on employait déjà le terme *queute* à Mézières. Le pot de queute coûtait alors 4 deniers. En 1584, on se sert du mot bierre. Mézières, Arch. hosp.

queute ou servoise mauvaise, jetée à la rivière *contenant et contenu.*

Au cas où les dites « queutes ou cervoises » étaient demandées avant qu'elles aient atteint la durée de repos fixée par le règlement, les brasseurs ou revendeurs devaient les déclarer nouvelles.

Le tout sous l'obligation pour les brasseurs de prêter serment d'observation des règlements, serment dont le renouvellement pouvait être demandé de quarante en quarante jours, par les inspecteurs, sous peine d'amende en cas de refus.

On voit qu'en l'année où fut établi ce règlement, la cherté des grains fit obtenir aux brasseurs l'autorisation d'élever le prix de leurs bières en conséquence.

Le quartel équivalait à un boisseau fort — mesure de Paris — le boisseau valait 12 litres 1/2, si ces mesures correspondent à celles usitées en 1527, à Mézières, on trouve qu'on employait :

Pour une	*caque*	environ	22 kil. 50	d'orge ou de froment
»	»	»	15 kil.	d'avoine
»	tonne	»	22 kil. 50	d'orge ou de froment
»	»	»	11 kil. 25	d'avoine.

Ce qui représente :

37 kil. 50 de matière pour la caque
33 kil. 75 » » » tonne.

En 1536, la tonne de cervoise contenait 90 litres et coûtait d'après M. d'Avenel, 10 sous soit francs 2.96.

SEDAN

« Quand j'ay compris les maîtres-brasseurs de la ville de Sedan dans les Etats sur lesquels le rôle du 27 septembre 1712 a été arrêté au Conseil, écrivait le 15 janvier 1715 M. Lescalopier, intendant en Champagne au Contrôleur Général, ça été en vue des profits considérables qu'ils ont fait en 1709 et 1710, par la vente des bières qui tenoit lieu de vente de vin en gros dont l'espèce avoit manqué, et je ne prétends pas pour cela les obliger à prendre de nouvelles lettres de maîtrise, mais à contribuer par des cotes bien inférieures à leurs profits et facultés, à un secours extraordinaire que le roi demande nommément à ceux qui ont fait le commerce de vin en gros, et par une interprétation nécessaire et tacite, à ceux qui dans deux années de stérilité de vin ont fait, par un prodigieux débit de bière, le personnage et les fonctions utiles de marchand de vin en gros ».

Il paraît qu'en cette année 1709 où les grains atteignirent des prix excessifs, où l'orge se vendit à Meaux jusqu'à 40 livres le setier, mesure de Paris (156 litres), à Cambrai jusqu'à 15 florins la razière (78 litres), où le sieur Cholier, commissaire pour la vente des blés en Auvergne, se plaignait de ce que des marchands de Nantes « viennent faire des enlèvements jusqu'à Aigueperse pour fabriquer la bière ». [1]. Il paraît

(1) Correspondance des intendants.

disons-nous, que les brasseurs de Sedan avaient été quelque peu favorisés et que cela prit aux yeux du fisc des proportions tellement alléchantes, qu'il s'empressa de leur rogner leur bénéfice ; encore s'agit-il de savoir si réellement ils les réalisèrent ?

LA BRASSERIE EN PICARDIE

COMPIÈGNE

Pendant le siège de Compiègne par les Anglais on ne brassa pas Cervoise en cette ville. Les comptes de recettes établis à cette époque disent, en effet, que les nommés Regnault Cailleux et Jehan Hellart, dit Petiot, n'eurent pas à payer les 8 deniers sur chacune *quaque* de cervoise vendue en ladite ville parcequ'on ne brassa pas cervoise pendant le siège des Anglais et des Bourguignons.

On sait que ce siège dura près d'une année, et que ce fut le 23 mai 1430 que Jeanne d'Arc fut prise par les Bourguignons et vendue aux Anglais en novembre de la même année par Jean de Luxembourg.

De nos jours, une brasserie occupe l'emplacement immédiatement voisin du lieu où Jeanne d'Arc fut prise (1), et dont le souvenir est consacré par une plaque commémorative.

En 1445 on retrouve la ferme de la cervoise établie sur la taxe de 7 deniers par *quoquet* de cervoise vendue en ville. Cette ferme est dite du « brassin de la cervoise ». Le quoquet ou coquet, contenait 37 litres.

En 1482, assemblée fut tenue (baillage de Senlis, dont Compiègne dépendait), au cours de laquelle permission fut demandée de brasser avec de l'avoine, — on disait alors faire *brazin*.

On voit en 1514-1517 un sieur d'Arnould de Roussay, entrer en composition avec la ferme des aides, pour le procès qu'il a eu pour le brassin de cervoise pendant plusieurs années.

Enfin, un acte du 27 mars 1693 relate la visite et l'état de lieux d'une construction faite pour servir de brasserie près le couvent des Jésuites ; il y est question d'une chaudière de 6 pieds de diamètre destinée à produire des brassins de 6 muids.

A cette époque un nommé Hennequin construit une brasserie rue d'Ardoise.

Il se fabriquait alors dans Compiègne environ 200 pièces de bière. Il y entrait enxiron 200 pièces de cidre et de bière. Un projet d'état d'imposition, propose la taxe de 10 sous par pièce (2) — environ 0,70 centimes.

(1) Brasserie Ancel.

(2) Archives de Compiègne, B. B. 7. C. C. 13. 17. 36.

BEAUVAIS

En 1372, commission fut accordée aux maire et *pairs* par le lieutenant général du bailly de Senlis qui, à cause de la disette, interdit l'emploi des grains aux brasseurs de cervoise et autres breuvages (1).

NOYON

Les brasseurs de Noyon formaient une corporation ainsi qu'en témoignent les armoiries suivantes :

La communauté des brasseurs de Noyon porte :

D'Argent à trois barils de gueules posés sur leur cul, 2 et 1 (2).

AMIENS

Au XIIe siècle, les cambiers ou cervoisiers de la ville d'Amiens; étaient tenus à des redevances diverses au profit de leur évêque. Parmi celles-ci, certain droit va nous édifier sur ce qui paraît avoir été la base ou, au moins, l'une des bases de la fabrication. Il s'agit en effet, d'un prélèvement annuel de vingt-deux setiers de l'avoine torréfiée, qu'on employait, et de trois setiers de Cervoise par semaine et par brasserie.

(1) Archives de Beauvais.

(2) Grand Armorial de France.

A la fin du XIVe siècle, les brasseurs devenus puissants, tentèrent de se soustraire aux charges précitées. Ils s'adressèrent au Parlement et intentèrent un procès à leur évêque ; mais ils furent obligés de se désister de leur action en justice et, finalement, reconnurent par actes en date du deux et du quatre février 1392, à l'évêque, les droits qu'ils lui avaient contestés, entre autres celui du prélèvement des 22 setiers d'avoine, par année : « sur cascune cambe (1) là eù on brasse goudalles ou cervoise. » Sans excepter les trois setiers de Cervoise par semaine.

Dans une Charte de Philippe d'Alsace, portant règlements de droits entre lui et les trois autres seigneurs d'Amiens, on trouve, entre autres droits, les suivants auxquels étaient soumis les brasseurs :

Art. 5. — Le *Touillage*, droit perçu sur l'avoine torréfiée avec laquelle se faisait la bière. Il était partagé entre l'évêque et le comte, à la charge pour ce dernier, d'en rendre une partie au Vidame.

Art 6. — Le *Cambage*, droit sur le brasseur. Il était selon toute apparence partagé comme le précédent.

Art. 7. — La *coutume de l'Arcediacre*, troisième impôt qui paraît porter sur le débit de la bière (2).

(1) Cambe : brasserie.

(2) Recueil des documents inédits de l'histoire du Tiers-Etat, région du Nord, par Aug. Thierry.

Coalition des Brasseurs d'Amiens

Analyse de la pièce originale (1)

Cette pièce nous apprend que le 13 avril de l'année 1444, l'échevinage d'Amiens fut tenu par le maire, « *maïeur* », les échevins et les procureurs de cette ville, à seule fin de délibérer sur le cas de plusieurs brasseurs de la ville, que les magistrats municipaux avaient fait emprisonner au beffroy, à la suite d'une assemblée que lesdits brasseurs avaient tenue, dans le but d'établir des règlements relatifs à leur métier, et au cours de laquelle ils avaient pris un arrêté ayant pour objet le relèvement du prix de vente de la bière.

Ils avaient décidé que la bière, qui, jusqu'alors, avait été vendue 19 et 20 sous le petit tonneau, « *caquet* » (2), aux cabaretiers, ne leur serait plus livrée à moins de 24 sous ; que, de plus, ils ne se feraient plus concurrence avec les prix, et que ceux qui n'observeraient pas ces conventions seraient passibles d'une amende de 4 livres au profit de la corporation.

Les officiers royaux ayant vu dans le fait des mesures prises par les brasseurs, un cas privilégié dont la juridiction royale seule devait connaître,

(1) Appendice V.

(2) Caquet ou coquet, environ 37 litres.

firent, par le lieutenant du bailly et à la requête du procureur du roi, défense au maire d'élargir les prisonniers.

D'autre part, l'échevinage soucieux de maintenir sa juridiction en matière d'industrie, sa surveillance à l'égard des gens de métier et ses droits de justice, vis-à-vis des officiers royaux, soutint que le cas n'était pas privilégié et que le corps de ville en pouvait connaître.

Finalement, il fut conclu qu'une demande serait adressée au roi, par les brasseurs, à fin d'élargissement anticipé et que, de plus, les échevins adresseraient au nom de la Ville une requête au duc de Bourgogne, laquelle serait présentée par maître Jehan l'Orfèvre, conseiller de ladite ville d'Amiens.

On a remarqué qu'il vient d'être question d'un règlement que les brasseurs voulaient établir, mais cela paraît se borner à un accord ; quoi qu'il soit possible et même probable, que la corporation des brasseurs qui eut toujours une certaine importance dans le pays Picard, ait eu ses règlements, on n'en trouve des traces officielles qu'à partir de 1498, ainsi que la suite nous l'apprendra.

Premiers Règlements officiels connus des Brasseurs d'Amiens (1)

En 1444, les brasseurs d'Amiens étaient relativement puissants ; l'ordonnance que nous analysons

(1) Appendice VI.

nous les montre depuis longtemps réduits à trois ou quatre, puis, redevenus nombreux, demandant et obtenant de l'Echevinage, le 19 septembre 1498, l'homologation de règlements qu'ils avaient élaborés entre eux, et les privilèges qui s'attachaient aux corporations officiellement règlementées.

La requête signée et présentée par 15 brasseurs, contient les articles suivants :

Art. Ier. — Ceux qui voudront entrer dans le métier de brasseur, devront faire deux années d'apprentissage, après s'être fait inscrire à l'hôtel-de-Ville, et auront à payer cinq sous au profit de la ville, plus cinq sous à la bannière et cierge, c'est-à-dire pour l'entretien des emblèmes de leurs privilèges, droits et besoins de la corporation.

Art. II. — Nul maître ne pourra avoir plus d'un apprenti à la fois.

Art. III. — Nul ne pourra exercer le métier de brasseur à Amiens, s'il ne peut prouver avoir fait son apprentissage en cette ville ou autre reconnue.

Art. IV. — Ceux qui voudront devenir maître seront tenus, pour chef-d'œuvre, d'accomoder (*germer*), le grain d'un brassin, et d'en faire, à leur choix, un brassin de blanche, de noire ou de brief-maic, le tout en la maison et sous la surveillance de l'un des inspecteurs du métier.

Le nouveau maître, reçu sur le rapport des maîtres et inspecteurs, paiera un droit de maîtrise de 50 sous au profit de la corporation.

Art. V. — Tout fils de maître sera tenu de faire le

chef-d'œuvre, mais n'aura à payer que 10 sous, pour droit de maîtrise.

Art. VI. — Tout compagnon qui voudra entrer dans la corporation sans passer la maîtrise, devra payer une fois pour toutes une somme de 30 sous.

Art. VII. — Les brasseurs faisant partie de la corporation devront assister aux enterrements ainsi qu'aux mariages de leurs confrères et de leurs enfants, sauf empêchement légitime, sous peine d'une amende de 12 deniers. La femme pourra en ces circonstances remplacer son mari.

Art. VIII. — Ce dernier article règle l'application d'une amende de 12 deniers, à tout brasseur, chaque fois que, ne répondant pas aux convocations, il se sera dispensé d'assister aux assemblées, où il sera délibéré de tout ce qui intéresse le métier.

Le terme *brief-maic* que nous venons de rencontrer dans l'article IV du règlement des brasseurs d'Amiens, peut se traduire par *bière légère*, mais il paraît plutôt employé pour *briesmart* ou *briesmars*, dont voici une définition :

Bière importée d'Allemagne—ce terme est peut-être une corruption de « bière de Mars » Dans un compte du Comité de Boulogne-sur-Mer en 1402, on dit : « Recepte des dangiers de Godale, de Chervoise, de *Bromars* et Houppenliers, amenés par mer à Boulogne. » En Picardie, on appelait Bromardiers, les gens qui s'énivraient de vin et de bière (1)

(1) D'après M. Lacurnè de Sainte Palaye. Dictionnaire historique.

*
* *

Au cours de l'année 1663, à la suite d'un procès-verbal d'épalement et des difficultés qui s'élevèrent entre le fermier général et les brasseurs de la ville d'Amiens à qui on ne voulait accorder que le sixième de diminution pour déchet ces derniers protestèrent et placèrent entre les mains du sieur de la Reinie, conseiller du Roy le soin de la défense de leurs intérêts. Ils obtinrent gain de cause, car « Sa Majesté en interprétant les arrêts rendus en iceluy les quatre juillet et vingt-trois octobre derniers, ayant égard aux raisons déduittes par lesdits brasseurs pour la diminution des déchets de la cuisson desdites bierres et autres, a réglé les diminutions à faire sur la contenance de chacune chaudière, au quart, tant pour les chaudières où il y aura des *gantes* (1) que pour celles où il n'y en aura point, à la charge que lesdites gantes ne pourront être plus hautes que de quatre pouces et en conséquence, ordonne Sa Majesté, que ledit Rounilin (2) en fera diminution auxdits brasseurs, et qu'ils seront contraints au paiement du surplus, par les voyes portées sur son bail, à commencer du premier octobre 1663, déduction faite de ce qu'ils pourront avoir payé nonobstant les arrêts d'opposition

(1) Jantes, hausses.

(2) Le fermier général.

ou appellation quelconques et sans préjudice d'icelles (2). »

Plus tard, le 22 janvier 1665, intervint un procès-verbal, aux termes duquel les brasseurs d'Amiens devront dorènavant payer sur la quantité de tonnes qu'ils auront façonnées et vendues « ainsi que cela se pratiquait avant 1662 » (1).

Le 2 juin 1688, M. Chauvelin, intendant à Amiens, exposait au Contrôleur Général que :

Les brasseurs d'Amiens cherchent de toutes manières à éluder l'exécution de l'arrêt qui a continué leur abonnement avec le fermier des aides au même taux que pour le bail précédent.

Une partie ont cessé de brasser et ceux qui ont persisté dans leur convention ne peuvent payer pour tous, il conviendrait pour rétablir l'ordre et la bonne entente, de ne pas leur cacher plus longtemps que le roi leur accorde une diminution de 10,000 livres, à condition qn'ils s'unissent et qu'ils travaillent. (L'abonnement était de 61.000 livrcs, qui fut réduit à 50 000 payable *sans aucune remise ni difficulté.*)

Pour se procurer le million destiné au paiement de la contribution de guerre de l'Artois, les Etats imposèrent un droit de 15 sous par tonneau de forte bière et de 5 sous par tonneau de petite bière. Ceci se passait en Juillet-Août 1708, M. de Bernage, intendant à Amiens, qui exposait ce qui précède, écrivait en janvier 1709, au Contrôleur général, pour lui deman-

(1) Archives nationales, section judiciaire, E. 1726, p. 79.

der d'obliger le fermier des aides, selon la coutume des places de guerres où il n'y a pas de cantine d'établie, à avoir à Amiens, du vin et de la bière que la garnison puisse acheter à un prix fixé par l'intendant « au prix actuel des boissons, les officiers et les soldats seraient réduits à ne boire que de l'eau qui est de mauvaise qualité ». En cette année où la disette de grains fut générale la région d'Amiens ne fut pas épargnée. « Si l'état des choses continue, écrivait en novembre 1709, le même intendant, on ne pourra plus faire subsister les troupes, on manque de tout (1).

* * *

En 1762, la ville d'Amiens possédait tant maîtres que veuves 10 Brasseurs, plus huit autres qui n'étaient pas établis.

En exécution d'une sentence du Baillage d'Amiens, en date du 14 Décembre 1655, relativement au paiement d'usage à la réception des maîtres, les fils de maîtres devaient payer 60 livres et les apprentis 120 livres.

Le moulin qui servait à moudre le grain propre au brassage appartenait à la communauté.

Enfin et toujours à cette même époque, 9 septem-

(1) Correspondance des intendants, Bibliothèque nationale.

bre 1762, les dettes passives ou charges de la communauté s'élèvent

en capital	à	24.000 livres		
» rentes	»	816	»	17 sous (1)

* * *

ARMOIRIES

La communauté des Brasseurs d'Amiens porte (2) : *de sable à une barre d'or dentelée.*

CORBIE

La petite ville de Corbie située dans la vallée de la Somme, a conservé une abbaye classée parmi les monuments historiques, qui possédait ses moines brasseurs. Lorsque le roi Louis le Débonnaire fonda, en Wesphalie, la célèbre abbaye qui porta le même nom et qui fut une colonie de son aînée, il y envoya des moines de celle-ci, et nos Picards ne manquèrent pas d'y joindre une brasserie.

(1) Documents inédits sur l'histoire de France. *Situation des métiers.*

(2) Grand Armorial de France.

DOULLENS — ALBERT — MAILLY

En l'année 1718, les ecclésiastiques, doyens et curés des doyennés de Doullens, Albert et Mailly ayant à leur tête le curé de la paroisse de Saint-Jacques d'Amiens, syndic du diocèse, mis dans l'obligation par la ferme des Aydes, de payer le droit de fabrication sur les bières qu'ils produisaient, présentèrent une requête aux fins d'exemption des dits droits en vertu de diverses ordonnances, règlements, en particulier de celle de l'article 192 de la coutume d'Amiens, et enfin parce que la bière qu'ils faisaient était composée de grains provenant du crû de leurs dîmes et que cette boisson était exclusivement destinée à leur consommation.

En outre les requérants faisaient valoir que placés sur les frontières d'Artois, où ils ne recueillaient ni vin, ni cidre, la bière leur était absolument nécessaire.

Cette requête [1] fut repoussée ; la coutume d'Amiens invoquée ne constituant pas, en matière d'Aides, et en ce qui concerne la bière, un privilège d'exemption du paiement des droits ; l'ordonnance invoquée contient bien un privilège pour le vin en faveur du clergé mais n'en contient aucun pour la bière.

(1) Voir Appendice VII.

ARMOIRIES (1)

*
* *

La communauté des Brasseurs, Boulangers et Meuniers de Doullens porte :

d'Or à une pelle de Sable.

*
* *

PÉRONNE

La communauté des Brasseurs porte :

de Gueules à une fasce d'or chargée d'une croisette d'azur.

*
* *

HAM

La communauté des Brasseurs et Tonneliers porte :

d'Argent à trois barils de gueules posés sur leur cul 2 et 1.

*
* *

NESLE

La communauté des Brasseurs, Pâtissiers et Boulangers porte :

d'Azur à une Notre-Dame d'or.

(1) Grand Armorial de France.

ABBEVILLE

Edouard III, roi d'Angleterre, accorda par Charte en date du 26 Octobre 1363, aux habitants d'Abbeville, faculté d'établir pendant un an, un impôt sur toutes les boissons, pour y faire travailler aux fortifications... « *de quolibet loto cervisie de Gramville, unum denarium parisiensem ; de Quolibet loto de godale, unam abolum* » [1] soit...un denier Parisis sur chaque lot de cervoise et une obole sur chaque lot de godale, (soit un demi-denier).

La différence de moitié qui existe entre ces deux taxes, paraît indiquer aussi une différence dans la qualité des deux boissons ; elle se trouve confirmée par les indications que nous trouverons plus loin, dans le tableau du prix des bières en Picardie, publié par M. le Vicomte d'Avenel, et où nous voyons figurer la *goudale* sous la dénomination de petite bière, avec un prix toujours correspondant à celui d'une boisson de qualité inférieure. Cela peut donner à supposer qu'à la *godale*, (à la bonne bière des Anglais), la *Cervoise* Picarde était bien supérieure.

* * *

En l'année 1369, les Cambiers faisaient moudre

(1) Archives départementales de l'Oise (Beauvais).

leur grain dans un moulin d'Abbeville appartenant au comte de Ponthieu ; à l'origine,les droits avaient été fixés à un denier parisis par chaque setier de grain, mais depuis longtemps déjà on exigeait une somme plus élevée.Le roi Charles V, dans une ordonnance en date de l'année précitée, ramena la perception au chiffre primitivement payé.

Une ordonnance de l'Echevinage d'Abbeville en date du 15 Juin 1494, défend de vendre aucune bière aigre et de la colorer avec des mûres sèches ou tous autres fruits.

*
* *

Les statuts des Cambiers d'Abbeville comprennent 14 articles, qui furent promulgués à trois époques différentes ; la première partie paraît appartenir à la fin du XIVe siècle, la suivante au milieu du XVe. Les trois derniers articles sont datés du 24 Novembre 1491.

On y remarque la défense faite aux Cambiers, de faire sécher des cuirs sur leurs chaudières ou leurs fourneaux,et de fabriquer du drap dans leurs établissements.

Les bières de mauvaise qualité, seront jetées, et, de plus, ceux qui les auront fabriquées, seront passibles d'une amende de 60 sols, de l'emprisonnement et de l'exclusion du métier pendant un an et un jour.

Ces statuts font mention du moulin dont il est parlé

plus haut, et qui, depuis, devenu la propriété des rois de France, et pris à Cens par les Cambiers, se trouvait, au milieu du XVe siècle, en si mauvais état, qu'il fut décidé par les collèges, sur la demande des maïeurs de bannière de la corporation, qu'à l'avenir tous les maîtres Brasseurs, sauf les fils de maîtres, paieraient la somme de 8 livres parisis pour l'entretien du moulin.

En juillet 1532, dans une ordonnance réglant le prix des denrées, il est ordonné aux Cambiers, suivant les anciennes coutumes, qu'ils « ayent à bras« ser bonnes bières, et icelles cervoises de bonnes « matières et estoffes, à eulx ordonnées afforer, « *mettre en perce* à chacun brassin qu'ils feront « pour sçavoir la bonté d'icelles et donner pris (*prix*) « et *affeur* (1) par les dits mayeur et eschevins à « peine de 60 sols d'amende pour chacun Brassin. »

ARMOIRIES (2)

La communauté des Marchands de vin et brasseurs d'Abbeville porte :

de Gueules fascé dentelé d'or.

*
* *

André Hocquet, Marchand-Brasseur et bourgeois de la Ville d'Abbeville porte :

d'Or à un pal écartelé d'azur et d'argent.

(1) Affeur : Estimation.

(2) Grand Armorial de France.

La communauté des « *Cabaretiers de Bière* de la Ville d'Abbeville porte :

d'Argent au chef bandé de sinople et d'or de six pièces

PRIX DE LA BIÈRE A AMIENS (1)

1437	lot	*cerv. blanche*	4 litres	4 den^rs	0 f. 10	2 f. 50 l'hec.
»	»	*p^te b. goudale*	4 »	2 »	0 05	1 25 »
1439	»	*année de bon marché*	4 »	3 »	0 08	2 »
			4 »	5 »		
1456	»	*bière noire*			0 10	2 50 »
»	»	» *blanche*	4 »	4 »	0 08	2 »
»	»	*p^te goudale*	4 »	1 »	0 02	0 50 »
1475	»	*cerv, noire*	4 »	4 »	0 08	2 »
»	»	» *blanche*	4 »	4 »	0 08	2 »
1487	coquet	*bière, cervoise noire ou brismart*	37 »	22 sous	5 81	15 70 »
»	»	*bière blanche*	37 »	14 »	3 59	9 27 »
»	»	*p^te ou goudale*	37 »	12 »	3 16	8 55 »
1686	pinte	*bière*	0 » 93	1 »	0 07	7 55 »

Pour l'évaluation des prix anciens comparés à ceux de nos jours, nos lecteurs voudront bien se reporter aux pages 110, 111, 112 et 113 du présent livre.

(1) D'après M. le Vicomte G. d'Avenel. Histoire économique de la propriété.

LA BRASSERIE DANS LE SOISSONNAIS

Il y a cent ans, écrivait en 1896, M. Bouchel, dans son *Essai historique sur Presles-et-Boves* (1) « les vignerons eux-mêmes ne buvaient que de la piquette et vendaient leur vin, quoiqu'ils en récoltassent beaucoup plus qu'aujourd'hui. Il n'y a pas cinquante ans, bon nombre de moissonneurs passaient tout le temps de la moisson sans boire une goutte de vin ».

La culture de la vigne fut en effet prospère autrefois dans le Soissonnais, dans le Laonnais surtout, où, fait assez curieux, furent replantés les premiers ceps, dès leur réapparition dans les Gaules.

Mais, malgré que de l'industrie de la brasserie on ne trouve guère de traces intéressantes au même titre que chez ses voisins du Nord, ce qui subsiste suffit à établir que la bière fut avec le cidre une ressource sérieuse pour le pays, et que si la vigne alla toujours en déclinant, le brasseur sut compléter le vigneron et le remplacer souvent en maints endroits.

En Thiérache notamment, la culture du Houblon était développée et ses produits avantageusement appréciés.

(1) Bulletin Archéologique, IIIe partie, p. 54.

LA FÈRE

La Communauté des Patissiers, Boulangers, Bouchers et Brasseurs porte. (1)

d'Argent à un Saint Michel de carnation habillé à la Romaine d'azur et de gueules, ailé de même, tenant de sa main dextre une épée flamboyante de gueules et de sa senestre une chaîne de sable à laquelle est attaché un diable de même lampassé et armé de gueules terrassé et renversé sous ses pieds sur une montagne de sinople, et une cuve d'or cerclée de sinople et remplie de sable posée en pointe brochant sur la terrasse et sur le diable le tout accosté à dextre d'une pelle à four de sable chargée de trois pains d'or et à senestre d'un couperet de sable emmanché d'or.

En 1639 Le Baillage royal de La Fère perçevait sur la bière, les droits de huitième et de vingtième (2).

On voit par le groupement des diverses professions parmi lesquelles figurent les brasseurs, que ces derniers n'étaient pas assez nombreux pour former à La Fère, une corporation spéciale, par contre, la ville de Saint Quentin nous montre une communauté uniquement formée de brasseurs ; elle porte (3) :

d'Azur à un Saint Arnould d'or

(1) Grand Armorial de France.
(2) Archives du département de l'Aisne B 894.
(3) Grand Armorial de France.

Saint Arnould était un des patrons de prédilection des Brasseurs, si l'on ne rencontre pas plus souvent ce Saint dans leurs Armoiries, il n'en fut pas moins l'objet du choix de nombreuses corporations de brasseurs qui volontiers célébraient sa fête.

*
* *

La petite ville de Bohain possédait aussi sa communauté de Brasseurs, jointe aux Bouchers ; elle porte : (1)

de Gueules à un couperet d'argent en chef, et en pointe un baril d'or

Moins importante que l'ancienne capitale du Vermandois, la petite ville de Vervins nous montre ses brasseurs joints aux vinaigriers, former une communauté qui porte : (1)

d'Azur à une fourche d'argent emmanchée de sinople posée en pal accostée en fasce de deux étoiles d'argent, et en pointe d'une cuve d'or à dextre cerclée de sinople.

Il existe une Charte de l'année 1163, donnée aux habitants de cette ville par Raoul de Coucy, cette Charte est connue sous le nom de *loi de Vervins.*

Une autre Charte de l'année 1563, connue sous le nom de Charte de Jacques de Coucy « *Déclarations,*

(1) Grand Armorial de France.

aisances, franchises et privilèges qu'ont les bourgeois et habitants de Chemery » est, à quatre siècles de distance, conçue dans le même esprit que sa sœur aînée celle de 1163.

Entre autres choses, ces Chartes accordaient la liberté des fours et des moulins et celle d'ouvrir des tavernes, sans patentes, sans licences, sans droits sur les boissons. Néanmoins, au début, on paya une légère redevance. « *Quicumque furnam ant cauponam ant molendinum caballinum vel mannale facere voluerit, faciat ; de duobus horum nihil dabit ; sed de caupona quator Attrebadenses cerevisiœ domino dabit, et duos presbytero* » (il donnera six septiers de cervoise, mesure d'Arras, quatre pour le seigneur et deux pour le prêtre).

On sait que les sires de Coucy avaient pour devise : « Roy ne suis, ne duc, ne comte aussi : je suis le sire de Coucy. » et que cette noble famille fut à la hauteur de ces fières paroles. Raoul, auteur de la Charte de 1163, périt au siège de Saint Jean d'Acre.

Vers la fin du XVIIe siècle la bière était à Vervins encore frappée du droit de *Gambage* ; il était interdit d'entonner la bière hors de la présence du fermier qui le perçevait. Ce droit était, vers le milieu du XVIIIe siècle, de quatre setiers. Le Gambage ou Cambage était le plus ancien droit sur la cervoise ; ce terme venait de la Flandre. Le Brasseur fut le *Cambarius* puis le *Cambier*.

*
* *

Aubenton, aujourd'hui chef-lieu de canton de Vervins, possédait une Communauté composée des Menuisiers, Charrons, Tonneliers et Brasseurs. Elle avait choisi Sainte Anne pour patronne.

Cette communauté porte : (1)

d'Azur à une Sainte Anne d'or

Il existe un traité qui fut passé entre Mathieu Godard, direteur général de la généralité de Soissons et Jean Decq, brasseur à Aubenton pour la fabrication de la bière.

Guise, chef-lieu de canton de Vervins avait sa communauté de Brasseurs, ceux-ci s'étaient joints aux marchands de vins en gros, elle porte : ( )

d'Azur à trois barils d'or deux en chef un en pointe.

Vers la fin du XVIIe siècle, on trouve à la prévôté de Ribemont, nomination des syndics des Bouchers, Boulangers et Brasseurs qui formaient une communauté dont les Armoiries portent : (1)

d'Azur au chevron d'or accompagné en chef d'un couperet d'argent à drextre et d'un baril d'or à senestre et en pointe d'une pelle de four d'argent chargée de trois pains de gueules.

(1) Grand Armorial de France.

*
* *

On cultivait le houblon dans le baillage de Ribemont. Vers l'année 1717, à l'occasion de la perception de la dîme sur les houblons à Lesquielles, on signale que la première plantation qui en fut faite dans ce village est due à un nommé Pierre Mara qui la pratiqua en l'année 1670 (1).

En 1746-1747, estimation fut faite de houblonnières situées à Etaves-et-Bocquiaux.

A la même époque, il est question du produit et de la valeur de houblonnière situées à Vaux-en-Arrouaire, à Seboncourt et à Hannape. Ces diverses localités se trouvent dans les arrondissements de Saint-Quentin et de Soissons.

A Pontavert, association fut formée entre les nommés Henri Moron et Martin Sulin, pour l'exploitation d'une Brasserie. Cela se passait vers 1601-1613.

Enfin à peu près à la même époque, 1611-1619, le seigneur du Terrier de Laigny avait le droit de prendre quatre setiers de bière sur chaque brassin de bière qui se fabriquait sur ses terres (2)

(1) Dans ses « Prognostications » Rabelais, (1495-1553), parle du *hobelon de Picardie.*

(2) Archives départementales de l'Aisne, B. 181, 299, 300, 413, 894, 2299, 3350, E. 172, 177, 365, 451.

SOISSONS

A la fin du siècle dernier vivait à Soissons un brasseur nommé J.-F. Brayer, auteur d'un ouvrage resté à l'état de manuscrit et conservé à la Bibliothèque de la Ville. C'est l'analyse de ce travail que nous avons publiée sous le titre de ***l'Art du Brasseur au XVIIIe siècle***.

Brayer, disciple des John Richardson et de Le Pileur d'Appligny, fut épris de sa profession au point de consacrer à son étude un travail qui comprend plus de neuf cents pages manuscrites, et constitue un document des plus rares et des plus précieux, pour servir à l'histoire technique et pratique de l'industrie de la Brasserie à cette époque.

A défaut d'une reproduction qui ne peut trouver sa place ici, nous tenions à rappeler que la ville de Soissons posséda un brasseur qui fut l'honneur de sa profession.

Le musée de la ville renferme une aquarelle représentant la salle de brassage de Brayer au moment du vaguage à bras dans la cuve, matière (1) ; puis un autre tableau : ***Le Serment à la Liberté*** (2) où, parmi les patriotes de la ville, on remarque le brasseur Brayer ; et enfin une aquarelle de Carrier-Belleuse, représentant le château de Clermont-en-Beauvoisis

(1) N° 53 du catalogue.

(2) N° 66 du catalogue.

dans lequel le dessinateur (1) et le brasseur patriote furent enfermés en 1793 sous la tyrannie de Robespierre.

Le portrait de Brayer-Willesme, fils du précédent, botaniste émérite, écrivain distingué qui reprit la brasserie en 1790, et devint plus tard, bibliothécaire de la ville, figure également au musée (2).

Au cours de notre publication de *l'Art du Brasseur au XVIIIe siècle*, dans le Journal *Le Brasseur Français*, nous reçûmes de M. G. Moreau, Professeur de brasserie à l'Ecole Nationale des Industries agricoles de Douai, la très intéressante communication que nous publions ici, elle était destinée à nous éclairer sur ce que fut Le Pileur d'Appligny au sujet de qui nous n'étions pas encore documenté :

« Le Pileur d'Appligny vivait à la fin du XVIIIe siècle et au commencement du XIXe ; on ignore la date de sa naissance et celle de sa mort. Il était chimiste et s'occupait plus spécialement d'études sur les couleurs et les teintures. On a de lui plusieurs traités sur l'art de la teinture des fils, étoffes de coton, etc., et sur la culture du pastel, de la gaude, de la garance. etc.

Il est l'auteur d'un livre sur la brasserie, intitulé : *Instructions sur l'art de faire la bière au moyen*

(1) Carrier-Belleuse aïeul des célèbres artistes.

(2) N° 121 du catalogue.

desquelles chaque particulier peut faire cette boisson chez lui à peu de frais et dans la plus grande perfection (Paris, 1783).

L'ouvrage eut du succès, puisqu'en 1803 il en fit paraître une nouvelle édition, considérablement augmentée (1). Les additions consistent surtout en *observations très utiles sur la bière, la drêche et la culture du houblon, traduites de l'anglais* (probablement de Richardson).

Tous les écrivains qui se sont occupés de la fabrication de la bière pendant le second quart de ce siècle ont puisé dans le Pileur d'Appligny, et Rochart le cite dans son *traité théorique et pratique de la fabrication des bières*, qui faisait encore autorité il y a quelque trente ans.

Son livre est devenu très rare. Je l'ai eu entre les mains, il y a fort longtemps, et je n'en ai gardé qu'un souvenir assez confus de recettes plutôt empiriques. Mais cet ancêtre n'en mérite pas moins un souvenir et l'estime dans lequel le tenait *Jean-François Brayer* prouve qu'il a rendu des services.

Le Pileur d'Appligny n'était pas seulement un savant, c'était encore un littérateur d'un certain mérite. Il a publié des *Essais historiques sur la morale des anciens et modernes* (1772) ; *des principes de morale, tirés des anciens et modernes, propres à former les jeunes gens qui entrent dans le monde* (1781) ; un roman en style épistolaire, *l'Ermite de la*

(1) Paris, Servière, 1803, in-12 de 332 p., prix 3 fr. 60.

Rochenoire ou la marquise de Lauzanne et le comte de Luzy (1820); un *traité sur la musique et sur les moyens d'en perfectionner l'impression* (1778), etc.

Ce n'est pas le seul écrivain de la brasserie qui ait à la fois cultivé les Muses et l'art de traiter l'orge et le houblon. On pourrait citer, vers la même époque, M. Longchamp, auteur de l'article sur la bière dans l'Encyclopédie de Diderot et dont d'Alembert fait ce bel éloge : « La brasserie a été faite sur un mémoire de M. Longchamp, qu'une fortune considérable et beaucoup d'aptitude pour les lettres n'ont point détaché de l'état de ses pères. »

Ce qui prouve qu'en France du moins, la science de faire de la bière et de la bonne bière, se concilie très bien avec une haute culture intellectuelle. »

Cette communication est une page d'histoire, elle devait trouver sa place ici.

Parmi les signataires d'un certificat délivré à J. F. Brayer par les Brasseurs Parisiens le 29 février 1780 pour lui servir dans un procès qu'il soutenait contre la Ferme des Aydes, on voit à côté de la signature : *Santerre* figurer celle de *Longchamp* : nous pensons que c'est le Brasseur dont d'Alembert fait l'éloge.

* * *

Le 5 Mars 1814, à cinq heures du soir, au cours d'une attaque par une division de troupes françaises aux ordres du maréchal de Raguse, attaque dirigée contre la place alors occupée par l'armée des alliés, depuis le 3 du même mois, l'Hôtel de Ville devint la proie des flammes ; cet incendie entraîna la perte irréparable des titres, papiers, actes de l'Etat civil, registres déposés au greffe du Tribunal, archives de la municipalité : sans qu'il ait été possible de sauver une parcelle de ces précieux documents.

Evacuée par les Russes le 7, la ville de Soissons se voyait, le 21 Mars, l'objet d'un nouveau siège, (le quatrième depuis le 13 février) dirigé par le général Bulow, commandant la division russe et prussienne ; le 24, nous dit un témoin oculaire (1) « La ci-devant abbaye de Saint Léger qui se trouvait dans la direction, fut la plus maltraitée par les obus qui éclatèrent dans l'église mais qui ne mirent pourtant le feu nulle part. Par une fatalité singulière, le premier boulet entré par une fenêtre de l'église, avait fait voler en éclats l'arbre d'un manège employé à élever les eaux pour le service de l'usine (*une brasserie*) et détruit ainsi un mécanisme extrêmement précieux dans un moment où des incendies pouvaient se manifester à chaque minute. »

On sait que la vaillance des habitants et de la garnison, sous les ordres du commandant Gérard valut à la ville de Soissons une capitulation honorable, qui eut pour conséquence de la préserver du passage des alliés à leur retour. Ce fut avec un orgueil patrioti-

(1) Victor Letellier. Journal des évènements qui se sont passés à Soissons du 13 Février au 17 Avril 1814. (Manuscrit).

que, bien légitime, que les habitants de Soissons purent, du haut de leurs remparts, contempler les bataillons ennemis, humiliés de ne pouvoir rentrer dans une ville, qui leur avait dicté la condition de passer autour de ses murs.

CHAPITRE II

LA BRASSERIE DANS LE NORD

Van Artevelde — Artois — La brasserie a Arras — Facéties contre la bière — eswards et Goudaliers — Abbaye de Saint-Vaast — Taxes — Règlements de police de 1461 — Ordonnances de 1626 a 1643 contre la Fraude; Tolérance a la vente — Placard au sujet de la qualité des bières 1589 — Arras sans bière — La Cambe — La Brasserie a Bapaume, Béthune, Boulogne-sur-mer, Montreuil-sur-mer (Armoiries).

***

L'Artois et les Flandres desquels furent formés les départements du Pas-de-Calais et du Nord constituent incontestablement les provinces où, tout naturellement, la Cervoise a, de temps immémorial, joui du privilège d'une préférence presque exclusive de la part de la population, et où cette boisson, dont l'usage s'imposait, a une histoire politique comparable pensons-nous, à celle de ce qui, par excellence, forme la base de notre alimentation : celle du pain

Un savant a écrit quelque part que la bière est du *pain liquide*. Sous le nom de ***Cervoise*** surtout, ce titre lui est acquis ; la Cervoise n'est-elle pas la ***Cera*** Celtique qui signifiait ***grain liquide***, de même que ***Korma*** signifiait ***froment liquide***, (dont la latinité a fait Cérès, déesse des moissons), puis la ***Cervisia*** et dont enfin nos pères ont fait la ***Cervoise*** : « ***Où le brasseur entre le boulanger n'entre pas***, » dit un proverbe Wallon.

Aussi les disettes de grains, les interdictions, l'augmentation des prix, l'aggravation des impôts, les questions de mesures, de qualité, enfin toutes les causes dépendantes de ce qui peut défavorablement modifier les conditions économiques de la consommation d'un objet de première nécessité, eurent-elles dans les Flandres, des conséquences dont on ne retrouve que de faibles exemples en d'autres lieux. Aussi la corporation des Brasseurs y était-elle des plus puissantes ; on en trouve une preuve frappante dans le fait de l'affiliation du tisserand, Jacques Van Artevelde, à la corporation des brasseurs de la capitale flamande, ce qui accrédita la légende qui nous montre un Artevelde, brasseur, tandis que le héros Gantois n'eut de commun avec cette profession que l'agrégation politique à la corporation.

On connaît les faits qui illustrèrent Jacques d'Artevelde : En l'année 1336, Louis de Nevers, comte d'Artois, qui devait sa couronne au roi de France Philippe le Bel, régnait en Flandre ; il avait, sur l'ordre de Philippe, chassé de ses États tous les négociants anglais, et le roi d'Angleterre, Edouard III, avait immédiatement répliqué à cette mesure par l'ordre qu'il donna à tous ses sujets de ne plus exporter de laines en Flandre et de n'employer que des draps de fabrication nationale.

Or, la Flandre vivant principalement du produit de ses métiers, la prohibition dont Edouard III frappait le pays équivalait à sa ruine ; c'est alors que Jacques d'Artevelde, usant de l'influence que sa richesse, son habileté comme administrateur, son esprit entreprenant et sa brillante éloquence lui avaient acquis, persuada à ses compatriotes de chasser leur comte et de s'allier à l'Angleterre, leur disant « que, sans le roi d'Angleterre, ils ne pouvaient vivre, car toute Flandre était fondée sur draperie, et, sans laine, on ne pouvait draper. »

Elu en 1337 « ruwaerd » (gardien du repos public) il fut pendant des années revêtu du pouvoir dictatorial. Jacques d'Artevelde périt victime plutôt des jalousies qu'il s'était attirées par l'ascendant qu'il exerçait sur ses compatriotes, que du désir de ses ennemis de réformer son système politique. Il fut tué dans sa propre maison, au cours d'une émeute, par ses concitoyens, le 17 Juillet 1345.

A l'histoire de la bière en Flandre se rattache la légende du personnage mythique connu sous le nom de Gambrinus, roi de Brabant, dont on a fait le roi de la bière. De nombreuses recherches et dissertations sur l'origine du rival de Bacchus il résulte, fait assez piquant, que la France peut, au même titre que le Brabant, mais à l'exclusion de l'Allemagne, revendiquer la gloire (?) d'avoir donné le jour à ce majestueux avaleur de chopes. Ceci dit à titre de simple constatation et non pour essayer d'en tirer vanité.

ARTOIS

Même dans les contrées où elle est le plus en faveur, la bière n'a pas échappé aux critiques, à celles des disciples de Bacchus, surtout. L'un de ceux-ci, Trouvère inconnu du XIIIe siècle a, dans les motets[1] que nous reproduisons ci-après, exercé sa verve aux dépens des Brasseurs, des buveurs et de la bière. Les Brasseurs, dit-il, ont transformé Arras en succursale de l'Ecosse. A la bière il préfère le vin clair de l'année.[2] Parlant des buveurs : ils en avalent tant

(1) Chansonnier de Noailles T. II, Nos VII et VIII. Bibliothèque Mazarine.

(2) Les vins, généralement mal travaillés à cette époque, devaient être consommés jeunes. Contrairement à ce qui a lieu de nos jours, ils perdaient de leur valeur en vieillissant.

continue-t-il, qu'ils en sont devenus Anglais. La bière est du reste pernicieuse à notre poète, et il s'émerveille que les Normands qui en boivent tant, n'en prennent pas la colique. Ce qui, une fois de plus, prouve qu'au XIIIe siècle la bière était fort en honneur en Normandie et que si les habitants d'Arras possédaient du vin, ils ne boudaient pas la Cervoise.

Hare ! hare ! hic !
Goudalier ont fait avvan
D'Arras Escoterie,
Saint Andrie !
Hare ! hare ! godeman
Et hare ! druerie
Caritate crie ;
Pour Sainte Marie
Faites nous demie
De poumon et de fie !
Honie soit tel vie ;
Mais le vin sur lie
Ne mespris - je mie
Or bevons a hie
De cest boin vin d'avvan

Hare ! hare ! hic ! (1)
Les brasseurs ont fait cette année
D'Arras une succursale de l'Ecosse,
Saint Andrie ! (2)
Hare ! hare ! Godeman ! (3)
Hare ! Amitié
Charité ; (4)
Pour Sainte Marie
Donnez nous une demie (5)
De poumon ou de foie ! (6).
Honnie soit telle vie ;
Mais bon vin sur lie (7).
Je ne le méprise pas
Or buvons avec entrain
De ce bon vin de l'année.

(1) Interjection.
(2) Patron des Ecossais.
(3) Good man.
(4) Ou confrérie Ecossaise d'Arras.
(5) Une maille.
(6) Supposés être les mets favoris des Ecossais.
(7) Bien reposé.

Balaan	Buveurs
Goudalier ont bien avvan	Les buveurs de bière ont bien cette année
Lour tans pour la goudale	Leur [bon] temps pour la goudale
Ke chascun embale,	Car chacun en avale (?) [tant]
Ke en sont engliskeman	Qu'ils en sont [devenus] Anglais.
Quant il l'ont bien estale,	Quand ils l'ont bien reposée,
Demi lot a maille,	La demi-mesure par une maille ;
Pour çoi i font leur taille	C'est pourquoi ils font leurs comptes (1)
Si dient : « Bien le vaille ! »	Et disent : Qu'elle la vaille » !
Passions l'assaille !	Que la passion la frappe (2)
Elle m'est trop male	Elle m'est trop pernicieuse
K'en mes genous m'avale :	Car elle me descend (jusque) dans les ge-
Mervelle ai Ke chil Norman	Je m'émerveille que les Normands [noux
N'em prendent le coraille,	N'en prennent pas la colique
Ki tant en boivent au goman !	(Eux) Qui en boivent tant en gobelet (?)

(1) Avec le marchand.
(2) La goudale.

*
* *

Trois ou quatre siècles plus tard, en 1611, Arras voyait éclore une facétie, intitulée : ***Le Bragardissime et joyeux testament de la bière, dédié aux magnanimes biberons pour les festes de caresme prenant*** (1). Dans cet opuscule, l'auteur, en un langage d'une crudité Rabelaisienne, nous dépeint la bière se reconnaissant boisson misérable, s'accusant de méfaits sans nombre, répandant des pleurs à la vue de la terre toute

(1) Bibliothèque Nationale Y bis, 3 — 212.

bossuée des corps qu'elle a infectés. « Père, mère dit-elle, à quoy songiez-vous de m'engendrer ? l'amour vous tenait-il en ses lacs ? ou si vous estiez du tout contre la raison opiniastre ? Ouy, je le crois, car vous n'aviez pas compassion de voir le fils de Sylène, langoureux, chétif, froidurer, mécanique, pensif, triste comme un bonnet de nuict sans coiffe. Vous ne recognoissiez pas qu'il estait raison de le colloquer sur un Trosne, au lieu de moy : Sus, fus, quand bon lui semblera qu'il face son entrée magnifique, je lui cedde mon pouvoir, le revenu de mon domaine, et l'intendance des cerveaux : que l'on m'amène seulement des notaires afin que je face mon testament : Brasseurs, Gastebleds, faictes vos despêches et soyez avec ce constans en vos afflictions. » Les brasseurs, les gastebleds, ainsi que l'auteur les qualifie, se sont assez engraissés et enrichis aux dépens de l'humanité, il est temps qu'ils fassent place aux disciples de Bacchus ; la bière doit céder au vin, « cinquante et cinquante mille experts biberons d'Allemands sont toujours à ma dévotion — dit la bière — ils s'immoleront je le scay *tanquam icenati* pour ma défense ; quant il serait équipé (Bacchus) de toutes pièces, quant tous les fourbisseurs de saucisses l'auroient enforcy de leurs lames de cervelas, et quant même tous les pampres de l'univers lui serviraient de boucliers, je ne le crains ni le redoute ». Malgré cette fanfare guerrière la bière doit céder, elle fait son testament, meurt, et sur sa tombe on inscrit l'épitaphe suivante :

En ce tombeau une bière repose,
Qui de la mort de plusieurs est la cause,
Et qui n'a sceu jamais en son vivant
Rien dans le corps y loger que du vent :
Partant, brasseurs qui suyvez ce passage
De son trespas m'attristez le courage,
Car vous verrez que les fils de Bacchus
Vous pilleroient comme un pot de verjus.

M. F. Reiber qui mentionne cette facétie (1), y voit la preuve qu'au seizième et au dix-septième siècle, le vin l'emporta peu à peu sur la bière en France. D'autre part, nous trouvons dans un compte présenté aux magistrats d'Arras de 1614 à 1616, au sujet de la recette de l'impôt de six deniers au tonneau, sur toutes les bières (dépensez) en la ville d'Arras, faubourgs et banlieues pour la durée d'une année, que la ville d'Arras possédait, à cette époque, onze brasseurs, dont le chiffre de fabrication s'était élevé à 21.765 tonneaux.

Or, il convient d'augmenter ce chiffre de celui de la bière qui échappait aux droits, il devait être d'une certaine importance, car nombreuses sont les mesures qui furent prises pour combattre les fraudes que commettaient les *goudaliers*, au détriment du trésor et des finances de la ville (2). La bière avait donc été bien inspirée en faisant un *joyeux testament*, car si elle mourut, ce ne fut pas pour longtemps !

(1) Etudes Gambrinales, p. 218.

(2) Appendice XIII-XVI

* * *

Les statuts de la corporation des brasseurs d'Arras ne sont pas connus.

En 1355, les *Cambiers* furent autorisés à élire un mayeur et des échevins qui devaient prêter serment devant le Magistrat. « *promettant de se bien et loyalement conduire, et de mettre à chaque tonne au moins quatre livres de houblon* » (1). L'impôt sur la bière était une des principales ressources de la ville, et le magistrat en surveillait avec soin la fabrication et la vente.

Le 6 septembre 1394, parut sous le titre de *Eswart des Goudaliers*, (2) le premier règlement sur les brasseurs. Aux termes du dit, ils étaient tenus de n'employer pour la fabrication de la *Goudale*, que de l'eau et du bon grain, sans addition d'aucune autre mixtion; ils ne devaient brasser que deux fois par semaine à des jours qu'ils avaient à déterminer entre eux une fois pour toutes, chaque année.

Les habitants de la ville devaient être servis tous les premiers, sous la surveillance de l'Eswart ; toute goudale reconnue mauvaise par ce dernier devait être anéantie par son ordre au préjudice du Goudalier.

(1) La bière à Arras par A. de Cardevacque, p. 7 (Arras 1899)

(2) Appendice VIII.

Si la qualité de la goudale soumise à l'apréciation de l'eswart, n'était pas jugée par celui-ci en rapport avec le prix ordonné, il devait taxer la dite goudale à son estimation, et défense était faite au goudalier de la vendre à plus haut prix que celui qui était fixé par l'eswart, auquel respect et obéissance étaient dus.

Les contrevenants aux diverses obligations imposées par ce règlement étaient frappés d'amendes dont l'importance variait de cinq à neuf sous Parisis, dont moitié revenait à l'eswart et moitié à la ville.

L'ancienne abbaye de Saint-Vaast, aujourd'hui Palais Saint-Vaast, dont les religieux jouissaient à Arras d'une grande autorité, possédaient au moyen-âge la brasserie la plus importante de la ville. On voit, en l'année 1383, cette abbaye reconnaître à l'échevinage la permission qu'elle lui a accordé d'étendre à ses pouvoirs l'impôt octroyé par le comte d'Artois, à prendre sur la goudale de la dite ville et échevinage, en retour de quoi, l'échevinage accorde à l'abbaye que cette imposition prise sur ses terres sera employée à la fortification et que pendant le temps qu'elle sera levée, il ne pourra demander aux religieux de contribuer, en quoique ce soit, aux frais qui sont faits ou se feront pour la réparation ou la fortification de la ville ou de sa forteresse.

La taxe officielle était couramment imposée. En 1408 le corps échevinal donne aux goudaliers l'autorisation de « vendre gowdale, trois mailles jusqu'à ordre contraire. »

Le 31 Juillet 1417, il fut prescrit qu'à partir de ce jour, il ne soit « brasseur ou brasseresse » de cervoise, de cabarets ou autres en la ville, loi et échevinage, qui vende le lot de cervoise plus de quatre deniers, ou « aucun ne aucune brasseur de ***goudaille*** » qui vende le lot de goudaille au-dessus de sept deniers, sous peine de 50 sous d'amende. Les magistrats profitent de cette circonstance pour recommander aux brasseurs de faire de bonne marchandise et de ne pas brasser en dehors des jours fixés (1).

La taxe variait avec le cours des matières premières employées et la qualité des bières produites.

Par suite du prix élevé des grains les brasseurs avaient, en 1420, obtenu des autorités municipales un adoucissement dans l'application des règlements (2) mais en l'année 1439, les magistrats considérant que les brasseurs avaient le grain à bon marché, et que depuis longtemps ils avaient profité d'un prix de vente élevé, taxèrent les Cervoises et ***cocqplumes*** à dix sous le (tonnel ou coquet) et le (***briesmars***) à quatorze sous — ajoutant que rien ne devait être touché ni diminué des prescriptions des édits sur le métier et que le lot de Cervoise et cocqplumes

(1) Extrait du *Reg. mém.*, 1405-1412, par A. de Cardevacque. Voir Appendice IX.

(2) Voir Appendice X.

devait être vendu au détail deux deniers et celui de briesmars six deniers [1].

Deux siècles plus tard, Ferdinand, Infant d'Espagne, écrivait en date du 17 Juin 1639 de son camp de Lilliers aux gens du Conseil d'Artois :

« Chers et bien amez, comme il y at cherté de bière « en ce camp et que nous sommes informez qu'elle « procède de ce que les brasseurs le meslent et ven- « dent à sy haut prix que bon leur semble, nous « avons bien voulu vous faire la présente vous ordon- « nans de donner ordre aux Brasseurs de la ville de « Béthune de ne vendre davantage le tonneau de « bière aux vivandiers que six francs comme ilz ne « font aux bourgeois de ladite ville, et de la cuire à « l'advenir mieulx qu'ils n'ont fait, etc., etc. » (Arch. dép^{tes} B. 8 f° 322).

*
* *

Aux termes d'un règlement de police en date du 26 Octobre 1461 : « Pour renouveller et bailler en mémoire aulcuns Édis appartenans sur le mestier et brasseries de Cervoises et aultres boires bouillis » il était rappelé aux brasseurs qu'ils ne pouvaient vendre au détail en leur maison sans s'être pourvus du congé et licence délivrés par les fermiers, de même pour les cabaretiers.

(1) Voir Appendice XI.

Les brasseurs ne pouvaient, en dehors des heures de jour qui étaient comprises entre celle de la cloche sonnant pour l'entrée des ouvriers, jusqu'à celle du coucher du soleil, ni transporter ou faire transporter aucun tonneau de bière aux cabaretiers ou revendeurs.

Les fermiers ou leurs commis avaient, de jour et de nuit, accès dans les brasseries, et pour leur faciliter l'exercice, le personnel de la brasserie était tenu de leur prêter assistance ; les boissons soumises à l'impôt devaient être placées de façon telle, que leur reconnaissance ne puisse donner lieu à aucune difficulté (1).

Les fréquentes infractions et fraudes que commettaient les brasseurs, attirèrent contre eux des mesures dont on trouve d'autres exemples encore que dans Arras ; la défense que nous signale l'auteur précité, d'établir aucune brasserie dans les caves, et l'Edit en date du 12 Décembre 1564, par lequel Philippe II défendit à toute personne « d'ériger et bâtir des brasseries dans les faubourgs, à une demi-lieue à la ronde de la ville avec ordre de fermer celles qui existaient depuis vingt ans » nous paraissent avoir eu pour but de faciliter la surveillance.

Le 10 juillet 1626, une ordonnance destinée à réprimer la fraude, prescrivit d'ordonner à tous les hôteliers, taverniers et cabaretiers d'avoir à démolir promptement les chaudières qu'ils peuvent avoir chez eux et de se débarasser des ustensiles leur

(1) Voir Appendice XII.

servant à brasser ; défense leur est faite de brasser chez eux ni de faire brasser au dehors [1].

Dix-sept années plus tard, le Magistrat ordonna sous forme provisoire et de tolérance, que les hôteliers, taverniers, cabaretiers et autres bourgeois, manants et habitants de la ville d'Arras pourraient brasser ou faire brasser autant de bière que bon leur semblerait, pour la vendre ensuite à leur convenance au pot et au lot, sous condition qu'ils ne la pourraient vendre en tonneau, sous peine de trente livres d'amende chaque fois qu'ils feraient le contraire. Echantillon de chaque brassin devait être soumis aux commis afin qu'ils puissent s'assurer de la qualité de la bière. Observation faite que, bien entendu, les brasseurs publics auraient droit tout en vendant au tonneau, de débiter leur bière au détail par pot et par lot [2].

M. de Cardevacque à qui nous avons emprunté les citations que nous avons signalées et les pièces justificatives qui figurent dans l'appendice que l'on trouvera plus loin, fait encore mention du règlement qui fut rédigé en Chambre échevinale, le 29 Juin 1742, « pour empêcher que les gros brasseurs et cabaretiers ne puissent frauder les impôts par fausses déclarations en mêlant la nouvelle bière avec la vieille » [3].

(1) Voir Appendice XIV.

(2) Voir Appendice XV, XV[a] XV[b].

(3) Inventaire des archives départementales p. 233.

*
* *

A la suite de diverses plaintes formulées au sujet de la qualité des bières fournies par certaines localités en l'année 1589 ; un placard daté de la ville de Buich, du 5 Décembre, fut, en vertu d'une délibération d'Alexandre Farnèse, duc de Parme et de Plaisance, gouverneur du pays d'Artois, adressé aux gens des comptes sur les brasseurs : ceux-ci accusés de mêler aux grains servant à la fabrication de « diverses sortes de bierres et cervoises, tant blanches que aultres sortes boissons » des ingrédients illicites et de nature à compromettre la santé des consommateurs, étaient avertis que, désormais, personne ne pourrait plus brasser des bières qu'avec de bons grains et houblon, comme on le faisait auparavant, sous peine de se voir, outre la saisie du brassin, condamner à une amende de 60 livres et, de plus, d'être « corrigez » corporellement ou autrement, non seulement par la privation de leur maison mais aussi par d'autres peines (1).

Quelque vingt ans auparavant pareil avertissement avait déjà été fait aux brasseurs. (2).

« En l'an 1693 et au commencement de l'année 1694, la ville d'Arras a esté sans bière, et il estoit impossible d'en trouver à cause du différent des cabaretiers et des brasseurs » (3).

(1) Voir Appendice XVI.

(2) Archives départementales B. 615.

(3) Archives départementales B. 835.

Il est regrettable que la connaissance de ce fait ne résulte que d'une simple mention de l'écriture du temps sur une feuille particulière, car les détails de cette grève peu banale ne devaient pas manquer d'intérêt.

Vers la fin du siècle dernier les brasseurs faisaient encore moudre leur malt dans des moulins particuliers. Une ordonnance des maïeur et échevins, en date du 19 Janvier 1770, fixe le salaire des meuniers de Sainte-Catherine, Saint-Nicolas-en-Méaulens et Blangy-les-Arras, à *six livres*, pour la mouture des grains d'un brassin (1).

Au XVIIIe siècle il y avait 23 brasseurs à Arras.

* *

A chacune des brasseries d'Arras, une salle de débit était annexée, dans laquelle bourgeois et négociants se réunissaient pour boire et causer d'affaires ; ce fut la *Cambe* qui, suivant M. de Cardevacque, prit une si grande extension qu'elle imposa son nom aux brasseurs eux-mêmes, qui devinrent les *Cambiers*. Cette version fait remonter à une époque fort ancienne l'origine de la *Cambe*. Car déjà, au XIIe siècle, on voit le terme Cambier, du latin *Cambarius*, appliqué aux brasseurs d'Amiens.

(1) Archives départementales C. 459.

BAPAUME

Le 11 Juillet 1561, les maïeur et eschevins de la ville de Bapaume, présentèrent une requête pour demander que l'on interdise l'installation de toute brasserie ; « hors des limites dudit *Bapalmes*, plus prez de la ville qu'une lieue allentour ».

Information fut faite par le Procureur général d'Artois et la cour fut d'avis que Sa Majesté accordât des lettres patentes aux requérants dans le sens de leur demande (1).

BÉTHUNE

Pour remédier aux abus qui se commettaient par les brasseurs de la ville de Béthune et du dehors en matière de recouvrement d'impôts, au préjudice de l'Empereur (2) et de la ville, et dans le but de pourvoir au bien de la (République) la création d'Eswards fut décidée et arrêtée par statuts et ordonnances publiés à la Bretecque de Béthune, le 9 Juillet 1546 (3).

Ce règlement qui comprend 16 articles, dispose de la création des eswards, de leurs fonctions, obliga-

(1) Archives départementales B. 621.

(2) Charles-Quint.

(3) Voir Appendice XVII.

tions et rétributions ; de leur surveillance et taxation des *Cervoises* et *Queutes*. On y retrouve les Brasseurs rigoureusement soumis aux déclarations de fabrication, qui étaient généralement exigées partout dans la province. Les brouetteurs assermentés qui, seuls, étaient autorisés à charrier les bières, dépendaient du fermier et étaient salariés par ce dernier, sauf pour les Cervoises ou Queutes venant du dehors par eau, le transport de celles-ci était dû par l'envoyeur ou le destinataire, etc., etc.

Nous avons vu en 1639 l'Infant d'Espagne ordonner aux brasseurs de Béthune de ne vendre à ses troupes la bière plus de 6 francs le tonneau et de la mieux cuire ; en 1710, la ville assiégée par les alliés fit dresser un état des brassins fournis pendant le mois d'Août aux troupes assiégées.

BOULOGNE-SUR-MER

On trouvera à l'appendice (1) l'extrait d'un règlement de police en date de 1685 qui détermine les quantités de grains (baillard et soucrion) et de houblons qui devront être employées à la confection des bières simple et double, la *gonne* étant prise comme unité de contenance. Puis la taxation des prix de vente en gros et en détail. Ces prix devant suivre les fluctuations de ceux des matières premières.

(1) Voir Appendice XVIII.

En novembre 1693 un arrest du Conseil du Roi avait interdit dans toute l'étendue du Royaume de brasser aucunes bières de quelque nature et qualité qu'elles soient, cet arrêt fut prorogé en Mars 1694 jusqu'au 1er Mai de la même année, mais cette prohibition n'atteignit pas les Flandres, Hainaut, Artois et Luxembourg (provinces comprises dans le comté de Namur). Notification fut faite de ce nouvel arrêt à la ville de Boulogne, par le Conseiller du Roy, résidant alors à Amiens (1).

En 1702 intervint un règlement ayant pour objet la taxation du prix de la bière. Celui pratiqué paraissant excessif par rapport au prix des grains, en même temps fut de nouveau réglementée la confection de la bière. Il est question dans ce règlement des *Elus*, qui devront être prévenus de la mise de feu et de l'entonnement ; ils seront en outre tenus de goûter les bières.

On trouvera ce règlement à l'appendice (2).

MONTREUIL-SUR-MER

Possédait sa communauté de Brasseurs elle porte :

d'Argent à une bande palée de gueules et d'or de six pièces.

(1) Archives communales de Boulogne-sur-Mer L. 1183, p. 6.

(2) Voir Appendice XIX.

CHAPIRE III

SAINT-OMER

La Brasserie de Saint-Omer au XIIIe siècle — Organisation de la communauté — Statuts de 1492, leurs modifications successives — Les impots — Emeute dite des 14 jours — La Cœure du houblon — L'impot du Bray — Le corps des Egards — Règlement sur la composition de la bière — Le feu de malheur — Armoiries, jetons — La Brasserie a Aire-sur-la-Lys et a saint-pol (Armoiries).

Au treizième siècle, nous dit M. Pagart d'Hermansart[1], la communauté des brasseurs de Saint-Omer « était assez riche pour qu'à cette époque un de ses membres, Jehan Darques et sa femme, aient pu fonder l'hôpital Saint-Louis, hors la ville ». Saint Arnould qu'elle avait choisi pour patron était « honoré dans une chapelle dont l'échevinage avait permis la construction le 22 Mai 1405, d'accord avec les marguillers de Sainte-Marguerite, dans le cimetière de cette église, entre les deux piliers, au nord de la chapelle Saint Séverin. »[2]

(1) Mémoires de la Société des Antiquaires de la Morinie t. XVI et XVII.

(2) Voir Appendice XVII et XVIII.

Cette donation ne fut pas un fait isolé, un siècle plus tard, en 1504, un bourgeois de Saint-Omer, nommé Pasquier Pippelear et sa femme Agnès Notte, firent don à la chapelle de Saint-Arnould, en premier lieu, de deux sommes formant ensemble 55 sous Parisis de rente et de 6 quartiers de blé, et en second lieu, d'une autre somme de 108 sous de rente.

Les premiers statuts connus de la communauté remontent à l'année 1424, ils furent complétés les 29 Mai 1492, 20 Mai et 4 Novembre 1627, et 26 Janvier 1648. (1) Mais, nous dit l'auteur cité plus haut : « Ce métier était néanmoins en franchise depuis un temps immémorial, et pour le maintenir franc, les Brasseurs payèrent mille livres au Magistrat, le 26 Juin 1655. »

***

Au point de vue de la juridiction, la communauté des brasseurs de même que celle des autres corps de métiers, relevait en premier lieu du Magistrat, qui remplissait les fonctions de Juge de police ; après lui venait le grand maître, celui-ci présidait la communauté, la représentait dans ses relations avec le corps échevinal, auquel il devait obéissance, et était chargé d'exercer la surveillance sur le corps de métier à la tête duquel il se trouvait placé ; il avait pour

(1) Ils furent modifiés en 1653.

mission de réprimer les abus qu'il découvrait dans la corporation, de faire exécuter les statuts, règlements, etc. ; il prononçait aussi les amendes fixées par les statuts (bien qu'il n'eût pas de juridiction sur les corps de métier dont il était le chef, et qui appartenait au Magistrat) ; ses décisions étaient exécutoires par provision jusqu'à 20 sols ordinairement et même jusqu'à 60 sols pour les brasseurs. (1)

Cette charge de grand maître était rétribuée ; (au XVe siècle le grand maître des brasseurs reçevait annuellement cinq écus), elle était remplie par un bourgeois éminent, simple dignitaire choisi en dehors de la corporation.

Le doyen venait ensuite, cette fonction était remplie par un maître brasseur. On verra plus loin qu'en 1626, les brasseurs arrêtèrent que cette charge serait à tour de rôle acceptée par chacun d'eux.

Dans l'ordre municipal se plaçait d'abord le Mayeur, sorte de prévôt des marchands, puis les échevins. Les statuts et règlements étaient dressés par le Mayeur, les échevins et les dix jurés de la communauté. Chaque année, en Janvier et Février, on publiait « au Doxal, espèce de tribune placée dans un angle à droite de la halle » (1) en même temps que les règlements de police, ceux de la communauté des brasseurs.

Grâce au texte de leurs capitulations, les villes des

(1) Pagard d'Hermansart.

Flandres et d'Artois dont la municipalité avait le droit de régler les statuts des corporations industrielles, continuèrent à jouir de ce droit après leur retour à la France, tandis que dans tout le reste du royaume, les règlements corporatifs étaient soumis au pouvoir royal qui les rédigeait ou les confirmait.

Le Mayeur était tenu par devoir, de faire prêter serment à tous les *Cœuriers* par devant un échevin, au commencement de l'année, après la Chandeleur, et de se rendre, sinon tous les jours, au moins deux fois par semaine à la *cœure des bières*, à qui il était dû de ce fait, une rétribution de quatre sols par brassin ; à la *cœure des tonneaux* qu'on ne pouvait jauger sans son intervention et dont il possédait les jauges, et enfin à la *cœure du houblon* à qui il était dû sept sols pour chaque balle, et trois sols six deniers, pour une querke, dont le mayeur avait double part (1).

La Cœure (2) était formée de quatre personnes ou davantage suivant les circonstances, elle était nommée par les mayeur, échevins et jurés réunis, les cœuriers devinrent des égards.

(1) Voir texte original à l'appendice XXVI.

(2) Cœure : du latin *cora* et du Flamand *keure* qui signifie statut ; loi : désigna aussi le métier lui-même (Pagard d'Hermansard).

STATUTS (1)

En l'année 1492, les mayeur, échevins et les 10 jurés, après mûr examen des faits qui leur étaient soumis, accordèrent aux doyen et compagnons du métier de brasseur, tant pour le profit et utilité de la *chandelle* dudit métier, que pour servir à l'entretien des ornements et autres choses nécessaires à la célébration annuelle du service divin, les statuts suivants :

1° Dorénavant, tous les maîtres dudit métier devront chaque année, au jour du Saint-Sacrement, se réunir autour de la chandelle dudit métier, avant que la procession ne parte de l'église de Saint-Omer, et accompagner leur doyen durant cette procession jusqu'à son retour à l'église, sous peine, pour chaque défaillant ne pouvant faire valoir de légitime excuse, d'une amende de douze deniers au profit de l'entretien de la chandelle.

Dans le but d'entretenir entre eux l'amour, l'union et l'esprit de charité, tous les maîtres seront tenus en ce même jour de fête, d'accompagner leur doyen au dîner qui se fera, sous peine de douze deniers d'amende. Le lendemain de ladite fête les maîtres devront se réunir à huit heures du matin pour assister à la messe et obit qu'ils font annuellement célébrer pour les âmes des trépassés ; chacun des maîtres sera tenu

(1) Voir textes originaux à l'appendice XXII.

d'aller à l'offrande de ladite messe, sous peine de douze deniers d'amende, au profit dudit service divin et ce, sauf excuse légitime.

Ils devront la nuit et le jour de la fête de Saint-Arnould, leur patron, assister aux offices et aux vêpres qui se chanteront ; le lendemain ils assisteront ensemble à la grand'messe, et aussi le jour suivant à la messe et à l'obit qui se chantera chaque année, comme cela s'est déjà fait ; les maîtres devront à l'aller et au retour accompagner leur doyen sous peine d'amendes de six deniers, pour manquement aux vêpres et douze deniers pour celui aux messes.

Les maîtres seront tenus d'assister aux funérailles des maîtres ou de leurs femmes, sauf s'ils sont morts de maladie contagieuse, et d'assister au service religieux qui se chantera pour le repos de leur âme, sous peine de douze deniers d'amende au profit dudit service.

Ceci exposé et accepté à l'unanimité, les maîtres devront pour l'entretien de la chapelle, verser chaque fois qu'ils brasseront, trois deniers par brassin (1), grand ou petit, et de plus, la livre de cire qu'ils ont coutume de donner chacun tous les ans, ou à défaut, de la chandelle, à condition que lorsqu'ils en seront sommés par le mayeur et les échevins, le doyen et les compagnons rendront compte de la somme qu'ils auront recueillie et de l'usage qu'ils en auront fait, sous peine, en cas de faute ou de détournement,

(1) En 1577, ce versement fut porté à 6 deniers.

d'être punis suivant ordonnance et discrétion des mayeurs.

(Les statuts de 1627 portent le montant des amendes à cinq sous pour manquement aux offices de la Saint-Arnould et à vingt sous pour ceux de la fête du Saint-Sacrement.

Ceux de 1648 fixent l'amende pour manquement aux offices de la fête de Saint-Arnould et de celle du Saint-Sacrement à une livre de cire pour chaque office et arrêtent que les maîtres reçus à la franchise du métier qui, se retirant de la ville, voudront conserver leurs droits de bourgeois devront payer annuellement, au jour de la Saint-Arnould, une livre de cire pendant leur absence, et rester soumis à leurs anciennes charges de doyennage.

Il est aussi ordonné aux maîtres brasseurs qui actuellement résident et exercent dans la ville de Saint-Omer et qui ne sont pas bourgeois, de se faire bourgeois et à l'avenir de n'accepter dans le métier quiconque ne sera pas bourgeois.

Le nouveau venu devra payer au profit de la chandelle : celui qui sera fils ou aura épousé la fille d'un maître, vingt sous ; celui qui aura appris le métier à Saint-Omer, mais qui ne sera fils de maître et n'aura épousé fille de maître, quarante sous, et celui qui n'aura pas appris le métier en cette ville, soixante sous.

Les statuts de 1627 ajoutent que nul ne pourra être reçu maître, ne pourra brasser ni vendre de bière en la ville ou banlieue, s'il n'est bourgeois et qu'il n'ait exercé le métier pendant deux années, sous les ordres d'un maître dudit métier et payé dix florins au profit de la chapelle ; à moins qu'il ne soit fils de maître, auquel cas il sera affranchi et ne paiera que cinq florins.

Les statuts de 1648 arrêtent que les apprentis qui auront été reçus à la franchise du métier, devront rester en qualité de domestiques pendant deux années chez leur maître, sans pouvoir quitter la maison, interrompre leur apprentissage, ni le continuer avec un autre maître.

Avant de commencer son apprentissage, l'apprenti devra se faire inscrire par le doyen et payer une livre de cire à la chapelle.

Les veuves du métier ne pourront recevoir ni affranchir d'apprentis que ceux qui auront commencé leur apprentissage du vivant de leur mari. Elles ne pourront affranchir un nouvel époux que s'il est fils de maître affranchi au métier.

Ceux qui voudront être affranchis devront se présenter à l'assemblée des grands-maîtres, doyen et quatre maîtres, pour y être interrogés sur leurs capacités ; reçus, ils auront à payer dix florins au profit de la chapelle.

Avant de mettre le feu sous leur premier brassin, ils devront prêter le serment ordonné par les magistrats et les statuts de 1627, et exhiber acte de cette prestation au doyen, puis payer soixante sous, sauf le fils de maître, trente sous seulement.

Les statuts de 1627 décidaient que nul brasseur ne

pourrait brasser de bière ou vinaigre pour vendre ou faire vendre par ses domestiques, au pot ou au lot, (la vente en cercles jusqu'uà concurrence du demi-quartelet lui était permise) sous peine de vingt florins d'amende par contravention.

Nulle personne ne pouvait brasser et vendre en cercles, si elle était étrangère au métier, sous peine de saisie du brassin et de 60 florins d'amende.

Défense était faite à quiconque, brasseur ou non, de vendre au pot ou au lot, sous peine de 60 florins d'amende.

Il était loisible à quiconque habitait la ville et la banlieue, de brasser ou faire brasser pour ses besoins personnels, de bonne foi et sans abuser de cette permission.

Chaque maître était tenu d'accepter à son tour la charge de doyen.

Défense était faite aux brasseurs d'aller ou d'envoyer leurs femmes, serviteurs ou autres à la *pippe* (1), pour y faire provision d'eau pour leurs brassins, sous peine de 60 sous d'amende par cuvelée et de 6 florins par tonnelée d'eau qu'ils auraient recueillie pour servir à leurs brassins.

1653 : MODIFICATIONS AUX STATUTS QUI PRÉCÈDENT

Les brasseurs s'étant plaints de ce que des gens de

(1) Pippe : Fontaine publique de la ville. Le terme s'étend parfois aux conduites d'eau.

toutes conditions, qui soi-disant ne brassaient que pour leur usage, vendaient de la bière au dehors et même en faisaient monopole entre eux, le magistrat modifie les statuts de la manière suivante :

Les magistrats n'entendent pas empêcher chacun de brasser pour son ménage, mais pour remédier aux abus, ils font, comme autrefois, défense à quiconque, bourgeois, manants et habitants de la ville et des faubourgs, de vendre aucune bière, seuls les débitants ayant ce droit, à peine de 6 florins d'amende et de saisie des bières.

Défense est faite à tous brasseurs qui ne possèdent de brasserie chez eux, de brasser ou faire brasser, même pour les besoins de leur ménage, sans permission accordée par les magistrats sur requête par eux présentée de l'état de leurs familles, quantité de grains qu'ils désirent mettre en œuvre et des bières qui en doivent provenir, sous peine de dix florins d'amende et saisie des bières. Il est interdit à ceux qui voudront faire brasser, de permettre de travailler dans leurs brasseries, s'il ne leur est présenté le congé des magistrats, sous peine de 20 livres d'amende pour chaque brassin.

Pour établir un contrôle, il est fait commandement à tous brasseurs non affranchis, possédant brasserie en leur maison, de venir la déclarer avec capacité et état de son outillage, au *greffe du crime* de la ville, dans les huit jours à dater de la publication dudit commandement, sous peine de voir démonter ladite brasserie à leurs dépens.

A l'avenir aucune brasserie ne pourra être installée sans permission, sous peine de vingt livres d'amende et de démolition aux dépens des contrevenants.

Aucun particulier ne pourra brasser ni faire brasser, chez lui ou pour les personnes demeurant hors de la ville et banlieue ; les dites personnes seront tenues d'acheter leur bière aux brasseurs.

Les statuts de 1627 furent publiés à la bretecque à son de trompe, au marché et à Haulpont le 22 mai et republiés le 6 août 1628. Ceux de 1648 furent publiés au marché de Haulpont le 8 février et ceux de 1653 à la bretecque de la ville et du Haut-Pont le 22 mars.

On nommait *bretecque* la halle où habituellement se faisaient les proclamations.

En vertu des statuts du 2 mars et des 7 et 10 mai 1655, qui furent presque immédiatement révoqués, les hôteliers et taverniers avaient été autorisés à brasser chez eux. En 1674 l'échevinage leur rendit ce droit pour trois trois années, à condition qu'ils rembourseraient aux brasseurs les 1000 florins que ces derniers leur avaient prêtés en 1655 pour divers travaux à la rivière d'Aa, vers Gravelines.

*
* *

En 1411, la commune de Saint-Omer, pour qui l'impôt sur les boissons formait le revenu le plus considérable, s'était rendue acquéreur pour une durée de trois années, de la ferme des accises, moyennant le paiement au duc Philippe de Bourgogne de la somme de 9,500 livres, mais celui-ci avait révoqué cette convention qui ne lui parut pas assez avantageuse. Plus tard, la commune obtint de Philippe le Bon, par charte en date du 13 août 1447, le droit gratuit d'affermer au plus offrant l'impôt des accises ou de le perçevoir elle-même en cas de non-adjudication. Au nombre des objets soumis aux droits figuraient le houblon et la cervoise.

Nous avons dit que l'aggravation des impôts qui frappaient la cervoise avaient parfois causé des troubles en Flandre ; on en trouve un remarquable exemple dans l'émeute dite des *quatorze jours* « qui eut pour principal motif l'impôt d'une *maille* (un demi-denier) sur chaque lot de cervoise consommée dans la ville et les faubourgs, dont la perception avait été ordonnée par le duc Philippe de Bourgogne suivant lettres patentes du 3 mai 1467 » (1). *La table des délibérations* du magistrat de Saint-Omer relate le le fait de la façon suivante : « Il y eut en 1467 une émotion si considérable dans cette ville, que le duc de Bourgogne y envoya des troupes sous le commandement de Philippe-de-Crèvecœur, seigneur d'Esquerdes... Cette émeute était l'œuvre des gens du faubourg du Haut-Pont... insurgés contre l'autorité de Monseigneur le Duc, du Bailly, des mayeurs et échevins.

Le jugement des commissaires envoyés de Bruxelles

(1) Pagard d'Hermansart.

à cet effet date du 18 avril. Il y est porté que les séditieux avaient exigé l'ouverture de la porte du château ; que le duc Charles, XXIXe comte de Flandre, ôta à la ville tous ses privilèges et notamment celui de rendre la justice, et la condamna à une forte amende ; que le magistrat lui ayant envoyé des députés pour s'excuser, le 7 février 1467, il n'en fut pas content et ordonna que ledit magistrat, les connétables et les corps de métier, lui envoyassent des députés pour entendre leur jugement, ce qui fut fait, et ils représentèrent qu'ils n'avaient pu résister à la force. Mais par ledit jugement, le duc ordonna que Ph. de Crèvecœur et Albert de Baladinghe, bailli, commissaires à cet effet, choisiraient 200 personnes dont les connétables et trois hommes de chaque métier qui feraient amende honorable, savoir : 100 étant nue-tête et nu-pieds, 50 autres de même, et les 50 autres en chemise, portant chacun une torche de cire blanche de 3 livres, et qu'étant au grand marché à genoux, ils déclareraient que mauvaisement ils avaient fait les dites assemblées séditieuses, dont ils demandaient pardon ; que les dites torches seraient distribuées dans les églises de la ville suivant l'ordre des commissaires... cette ordonnance fut exécutée le jour de Saint-Marc 1468 ». La répression, on le voit, fut cruelle.

En février 1476, la ferme de la bière fut mise à prix à 6,500 livres.

*
* *

Il résulte d'une décision prise et publiée à Saint-Omer par les magistrats en 1653, qu'à cette époque des abus avaient été commis par un fermier des accises, brasseur de son métier : celui-ci diminuait le montant de l'impôt à quelques hôteliers pour les engager à se servir chez lui, tandis qu'il percevait intégralement cet impôt chez les autres ; de là intervention du magistrat.

Il fut décidé que lorsque le fermier de l'impôt diminuerait ledit impôt aux débitants, ceux-ci seraient tenus d'en faire profiter l'acheteur.

Si malgré la décision prise, le fermier qu'il soit ou non du métier, continuait à diminuer ou à libérer de l'impôt, qui que ce soit, les autres, du même métier, ne devraient exceptionnellement au fermier, que le montant de l'impôt réduit ainsi que, toute preuve faite, il l'aurait perçu ailleurs (1).

En 1589, les brasseurs ne pouvaient faire que trois sortes de bières : la petite, la forte et la double, qui étaient taxées au prix de 18, 40 et 60 sous. En 1609, ce prix fut élevé à 18 patars (2), 2 florins et 5 florins, soit 25, 50 et 125 sous.

(1) Voir texte original à l'appendice XXVII.

(2) Le patar était la vingtième partie du florin. 25 sols de France faisaient un florin, de sorte que la livre de France valait 16 patars.

Cœure du Houblon (1)

Règlement du 3 novembre 1651.

Dans le but de remédier à la fraude qui résultait du mélange opéré par certains négociants de houblon suranné avec du nouveau, les magistrats de Saint-Omer décidèrent d'établir une cœure destinée à assurer la surveillance du commerce des houblons. Cette cœure fut composée de quatre personnes qui furent choisies par les mayeur, échevins et les dix jurés pour la communauté, suivant la coutume, dont un brasseur, un marchand de houblon et deux « de ceux qui ont accoustumé de brasser sur bourgeois ».

Aux termes du règlement, tous les houblons destinés à la consommation en ville ou à la vente, devaient être soumis à la visite et au pesage par les cœuriers, dans les six heures de leur arrivée, et marqués ensuite à la marque de la ville sans qu'on en puisse disposer avant l'accomplissement desdites formalités.

Les houblons vieux et nouveaux devaient être en balles distinctes, les premiers ne pouvaient être mis en vente s'ils étaient vieux de plus de deux années ; les balles devaient porter la date de l'année et l'indication du crû afin que l'acheteur ne se puisse méprendre sur la valeur de ce qui lui était offert ; le mélange du houblon vieux avec le nouveau était interdit.

(1) Voir texte original à l'appendice XXVI.

Pour assurer l'exécution du règlement, il était loisible aux cœuriers de visiter les houblons à la vente et à la distribution, ainsi que ceux que les brasseurs avaient chez eux ; pour ce dernier cas, ils devaient avoir l'autorisation du mayeur et se faire accompagner d'un officier de police.

Passé trois *foeuilles* (1) les houblons ne devaient être ni consommés, ni conservés.

*
* *

Diverses ordonnances rendues notamment en 1558, 1597, 1599, 1602, 1623, 1648, 1653 et 1707, dans le but de réprimer les abus qui se commettaient dans la composition, vente et distribution des bières, furent renouvelées en 1736 (2), ces abus ayant de nouveau été constatés, un nouveau règlement fut dressé, les articles 6 et 9 furent en 1741 l'objet d'une interprétation qui fut publiée.

Avant de faire moudre leurs brais (3) (malt), les brasseurs devaient en déclarer la quantité au fermier

(1) Ce terme paraît correspondre à trois années.

(2) Voir le texte original à l'appendice XXVIII.

(3) Brais. Le mot se trouve dès l'année 1282, au cartulaire de Saint-Wandrille I, 995 : « Et porron avoir maint mole (meule) à moudre nostre gru et nostre *brais* en ladite mesure ». Le brace de Pline est déjà *bracium* dans Papias « bracium unde cervesia fit ». C'est de bracium qu'est venu Brais.

et lui en payer le droit comptant ; les grains crus (1) devaient être mêlés avec les brais et portés ainsi à la mouture.

La création de l'impôt sur les brais avait été octroyée à la ville par lettres patentes du roi d'Espagne, Philippe IV, en date du 16 août 1636 et 13 juillet 1643. En 1627, l'impôt était de trois deniers par sac, en 1536, il était de six patars (2) par sac de la contenance d'une razière. En 1677, pour établir un étalon de la mesure servant aux brays, le magistrat fit broyer une quantité déterminée de grain sec, on mesura ensuite le volume qui servit d'étalon. L'impôt du bray ou brais, était dû par quiconque, soit de la ville ou de la banlieue, fabriquait de la bière.

Les commis du fermier des brais étaient autorisés à faire mesurer les brais par un mesureur juré.

Après le paiement du droit sur les brais, le brasseur devait, avant de commencer à brasser, faire par écrit déclaration au préposé à la collecte, de la part des fermiers des impôts d'Artois, de la quantité et qualité des bières qu'il comptait brasser, d'indiquer l'usage qu'il en voulait faire, ainsi que les noms de ceux à qui elles étaient destinées (3).

(1) Blé, Soucrion (escourgeon) seigle, avoine, etc.

(2) Le patar valait 15 deniers.

(3) Sous peine de 100 livres d'amende, ordonnance de 1736. Appendice XXVIII.

*
* *

Défense était faite aux brasseurs de livrer leur bières en *guilloires* (1) aux débitants, à moins toutefois qu'ils acceptent la responsabilité de la qualité de la bière ainsi livrée, et ce, pendant 15 jours, au terme desquels ils étaient tenus d'en faire vérifier la qualité par les Egards commis à cet effet; les tonneaux devaient être bien remplis. (Amende en cas de contravention : 50 livres).

Le corps des Egards pour la bière était formé de deux bourgeois, deux marchands de houblons, deux tonneliers et deux cabaretiers, qui étaient tenus par serment de bien et fidèlement s'acquitter de leurs fonctions et de faire exécuter les ordonnances. Ils recevaient pour salaire 7 sols et 6 deniers par brassin.

Tous les tonneaux devaient être jaugés et marqués de la marque de la ville (2).

Cette mesure avait été déjà appliquée par règlement du 1er mai 1550 ; les fûts devaient être, sous peine d'une amende de 60 patars, jaugés et marqués.

(1) Guiller. Du Wallon Guêse (levure de bière) ; du Scandinave gâsa ; de l'Allemand gâhren (fermenter), ou du Bas Breton goel, aussi fermenter (technique : pousser la levûre au dehors. *(Cette bière guille.)*

(2) L'application de la jauge et de la marque fit l'objet d'une ordonnance en date du 7 mai 1776 dont on trouvera copie à l'appendice XXX.

Il était interdit aux débitants de transvaser leurs bières « rassises » dans des vaisseaux plus grands que les tonneaux jaugés des brasseurs.

Les cabaretiers et hôteliers pouvaient, par économie, brasser comme les bourgeois, faire transporter leurs bières en guilloires chez eux et les placer dans des vaisseaux plus grands, à condition d'employer les matières prescrites et de se soumettre aux règlements.

Défense était faite aux brasseurs de faire entrer dans la composition de leurs bières (1) de la chaux, du savon et autres ingrédients.

Pour la bière forte, ils étaient tenus d'employer : 3 quartiers de soucrion cru et 3 livres de houblon par tonneau, de sorte que 16 tonneaux de guilloire se réduisent à 15 lorsque la bière est rassise.

Pour la petite bière : 3 biquets de soucrion cru et trois quarterons de houblon à la tonne.

Toutes bières rassises, tant fortes que petites, ne pouvaient être livrées avant d'avoir été visitées ; toutes celles qui étaient reconnues trop faibles ou défectueuses étaient placées par les Egards dans un local spécial et vendues à leur prix d'estimation.

Jugées nuisibles elles étaient jetées.

Aucunes bières ne pouvaient être brouettées après le coucher du soleil (2).

Défense était faite aux brasseurs d'entonner un

(1) Le premier règlement sur la composition de la bière date de 1548, il comprend 16 articles. Arch. Rég. de Délibérations.

(2) Les brouetteurs avaient le monopole du transport.

brassin, que le précédent ne soit hors de la brasserie; sauf permission du mayeur, ils ne pouvaient entonner que dans leurs entonneries et devaient séparer la petite d'avec la forte.

Toutes les contraventions étaient punies de peines variant avec l'importance du délit.

On trouvera à l'Appendice la copie *in-extenso* du règlement de 1736 et de l'interprétation des articles 6 et 9 de 1741.

En 1775, on obligea les brasseurs à porter à la boîte du petit bailli, une déclaration de l'importance du brassin qu'ils avaient fabriqué, des livraisons qu'ils avaient faites et de ce qui leur restait en magasin.

Aux termes d'une ordonnance du 27 octobre 1609, il était interdit aux brasseurs de travailler ni allumer du feu dans leurs brasseries pendant les jours fériés.

Les brasseries étaient le plus souvent bâties le long de la rivière, l'échevinage défendit de bonne heure d'en bâtir ailleurs. En 1648, leur nombre était devenu si considérable qu'on décréta qu'il n'en serait plus créé sans autorisation. On interdisait notamment (1) d'en fonder dans le Haut-Pont, parce que les nombreux canaux qui aboutissaient derrière les maisons de ce faubourg permettaient trop facilement des transports clandestins.

Chaque brasserie avait des cabarets loués à des débitants qui étaient les clients obligés de leurs pro-

(1) Ordonnance rendue en 1639.

priétaires ; on appelait ces cabarets *Pistavernes* (1).

Les brasseurs de Saint-Omer étaient astreints à l'obligation du Guet-des-Métiers. En cas d'incendie dénommé *feu de malheur*, chacun dans le métier devait les services que ses aptitudes et ses fonctions lui permettaient. Charretiers, brouetteurs, brasseurs, prêtaient, remplissaient, transportaient tout ce qui était nécessaire à l'extinction de l'incendie.

ARMOIRIES

La communauté des brasseurs de Saint-Omer porte :

d'Or à une barre d'azur chargée d'une merlette d'argent.

*
* *

Jeton relatif à la communauté des Brasseurs

Sur l'une de ses faces, ce jeton porte une pelle à remuer le grain (vague). Elle est accostée de deux globules. Deux groupes de globules sont aussi dans le champ à droite et à gauche du manche, avec une rose en contre-marque. L'autre face porte une anse de seau (?)renfermant la lettre P, de forme gothique ; dans le champ à gauche, un objet indéterminé.

(1) Pagard d'Hermansart.

Cette pièce a été trouvée à Saint-Omer, ce qui fait supposer qu'elle a appartenu à la corporation des brasseurs de cette ville. Elle devait servir de jeton de présence pour assister aux réunions et aux repas corporatifs (1).

AIRE-SUR-LA-LYS

Les brasseurs de la petite ville d'Aire, dont au dix-huitième siècle les produits étaient renommés, formaient une communauté et confrérie dite de Saint Arnould, dont on retrouve des traces dans trois lettres du grand Bailly d'Aire à l'Intendant, pour savoir dans quelle mesure il doit intervenir dans un différend qui s'est élevé entre les brasseurs. Deux d'entre eux protestent contre l'inexécution des statuts de la confrérie, qui veulent que le dîner annuel du corps soit aux frais communs de tous les membres. Depuis quelque temps le coût en est presqu'entièrement à la charge du seul doyen. Ils réclament l'ancien état de choses (2).

Parmi les défenses ayant la brasserie pour objet, on remarque celle qui, en 1741, interdit aux brasseurs d'Aire et de Saint-Omer, l'usage de la *pamelle* pour

(1) D'après la note de M. Deschamps de Pas, reproduite par M. Pagard d'Hermansart.

(2) Archives départementales du Pas-de-Calais C. 432 (années 1733-1751).

la fabrication de la bière, ce grain devant servir à la subsistance des habitants.

ARMOIRIES

La communauté des brasseurs de la ville d'Aire porte :

de Sinople à une bande d'argent chargée d'une merlette de gueules.

SAINT-POL

Au seizième siècle, la ville de Pernes payait à la ville de Saint-Pol une redevance de 12 patars par rond-lle de bière dont par la suite elle fut exemptée ( ).

La communauté des brasseurs de Saint-Pol porte :

de Gueules à une fourche d'or en pal.

---

(1) Archives départementales du Pas-de-Calais Série B. 706.

CHAPITRE IV

FLANDRE FRANÇAISE

La Brasserie a Lille — Tablettes, jetons, poinçons et enseignes — Armoiries des Cabaretiers a bière de Lille — Armoiries des brasseurs de Menin — Bières et mesures anciennement usitées en Flandre.

LILLE

La ville de Lille ne paraît pas avoir eu de corporation de brasseurs, cela tiendrait à plusieurs causes, notamment à ce qu'au XVIIIe siècle, dans un but fiscal, les brasseries de la ville furent érigées en offices financés absolument comme des charges de notaire (1).

(1) On trouvera ce sujet traité dans le chapitre consacré à la Brasserie de Valenciennes.

Il existe à vrai dire une indication qui, jointe à la supposition qu'il n'est nullement téméraire de faire en présence de l'importance considérable de la brasserie de Lille à toutes les époques (1), vient donner une certaine vraisemblance à cette supposition. Il s'agit des démarches dont furent chargés, en l'année 1434, deux échevins de la ville d'Arras « qui furent envoyés à *Lille*, Douai, Aire et Saint-Omer, pour y étudier les règlements concernant les corporations des brasseurs de ces différentes localités » (2).

On trouve bien à Lille une ordonnance en date du 20 Février 1628 prescrivant à diverses corporations de faire enregistrer leurs armoiries (3) et parmi ces corporations figure celle des brasseurs, mais il paraît bien certain que cette ordonnance ne fut pas appliquée en ce qui concerne les brasseurs, et dans aucun autre document on ne trouve mention de leur corporation. Elle ne figure en quoi que ce soit dans les archives communales ou départementales qui pourtant renferment nombre de statuts de corps de métiers, ainsi que de pièces de toute nature relatives aux dits métiers.

(1) Le 7 Avril 1699, M. de Bagnols, intendant en Flandre, informait le contrôleur général que depuis quinze mois la ville de Lille avait payé près de 900,000 livres pour le rachat des nouveaux droits de brasserie et de jeauge ou pour la suppression des nouveaux Edits.

(2) La Brasserie à Arras par A. de Cardevacque, p. 8.

(3) Reg. aux Mandements L L f° 41. Archives communales.

L'armorial de d'Hozier qui relève les armoiries des corporations des brasseurs de nombreuses villes du Nord, ne contient pas celles des brasseurs de Lille, nous n'y avons trouvé que celles des cabaretiers à bière, dont plus loin nous donnons la description.

Les brasseurs de la ville de Lille ont très probablement possédé leur confrérie, leur bannière et leur chapelle, mais si cette confrérie a existé, elle a dû disparaître de bonne heure, car elle n'a laissé aucune trace, et la supposition que nous faisons s'appuie seulement sur le fait de la démarche des échevins d'Arras, citée plus haut.

⁂

Dans une très intéressante lettre, qu'en sa qualité de ***Président des Syndicats de la Brasserie Française***, il écrivait le 31 Décembre 1894 au *Progrès du Nord*, à Lille, l'honorable M. Paul Delemer s'exprimait ainsi : « La Brasserie dans cette région est une industrie modeste, essentiellement populaire. Si la prospérité est venue par elle à quelques foyers, elle n'y est venue que lentement. A Lille, en particulier, elle est le résultat de ***plusieurs siècles*** de travail et d'économie dans les mêmes familles. » Nous nous en tiendrons ici à ces simples et caractéristiques paroles qui synthétisent admirablement l'existence d'une corporation.

***

M. La Fons-Mélicoq a publié sous le titre : ***Les tablettes de cire, les jetons, les poinçons, les enseignes et les mesures des échevins de la ville de Lille*** (1) les mentions qui suivent, relatives aux brasseurs :

Dépense de 20 deniers faite au XIVe siècle (Tablettes) « Pour une des taules où l'on escript le frine des boulenghiers, et pour escrire les brais des goudaliers, XX d (XIV Se.) »

(1404) « A. Gille des Godaux pour une enseigne, (en 1503, elle avait deux pieds de long) à fleurs de lys, à enseignier des tonniaux de Cervoise XIIs »

« On enseigne aussi les tonniaulx à deux fons, lau en met le forte Cervoise ».

(1520) « XXXs à Henry Benelaud, orfèvre, pour avoir gravé deux ponchons servans à ***enseigner les billetzs que les clercs du broucquain bailleront*** quant on payera l'assiz de la cervoise, chescun desdicts ponchons gravé du tonnelet. »

(1523) « Guillaume Le Cat demande XXXs pour avoir fait deux fleurs de lys, et une ***enseigne autour de ung*** C, pour l'esgard à enseignier les tonneaux de cervoise Xs » (la pièce).

(1538) « Enguerand Deslices, orfèvre, demande Ix pour deux ponchons ***à tout Lille*** pour merquier

(1) Bulletin du comité de la langue, de l'histoire et des Arts de la France, tome III, p. 627.

les tonneaux (A XXIIII^s en 1543) 1543 une fleur de lys et une *esse* à X^s pièche. »

Il s'agit là de marques à feu, de poinçons ou timbres à estampiller les pièces de régie et aussi d'enseignes flottantes. M. La Fons Melicoq accompagne les mentions (1447-1503) citées plus haut, des notes suivantes 1447 « Banierètes de drap blanc et rouge pour mettre aux huys des brasseurs, après ce que leurs cervoises ont esté eswardées et mises à prix (à 11^s chaque) » 1544 « Celui qui enclot aucuns tonneaulx de Keutte de Menin sans mettre *blocqueletz* devant sa maison, encourt amende de Ix^s. Le brasseur doit porter le *plommet* aux esgardz avant de mettre grain molu en *masquière*.

La « Baniérète » dont il est question ici, est le « signe » que les brasseurs étaient tenus d'arborer à leur maison, pour indiquer que leur bière était mise en vente après estimation et taxe légales. Le *signe*, l'*enseigne*, nécessaire aux époques relativement peu éloignées où les classes populaires étaient illettrées, devaient forcément se traduire par des images conventionnelles susceptibles de frapper l'imagination ; ces signes permettaient aussi de reconnaître les maisons alors qu'elles n'étaient pas numérotées. Une ordonnance en date de 1577 obligea les habitants à placer à l'endroit le plus apparent de leur maison, une enseigne pour que tous, même ceux qui ne pourraient pas lire, aient la possibilité de se reconnaître. En l'année 1692, il fut ordonné que : « *Taverniers mettront enseignes et bouchons* » Autrefois c'était le plus souvent un bouchon de paille, qui, arboré au-dessus de la porte du débitant, indiquait que celui-ci était vendeur de bière ; le nom de *bouchon* donné au cabaret est la conséquence de cette coutume.

Le *blocquelez* était un petit bloc sur lequel on plaçait les clefs d'une maison ; ce terme, cité plus haut, semble en la circonstance, signifier que celui qui emmagasinait de la *Keutte* venant du dehors, devait, en plaçant les clefs de sa maison sur le blocqueletz, permettre le libre accès du fisc chez lui.

Le *Plommet* qui en Picardie désignait un sceau de plomb qu'on suspendait aux étoffes pour indiquer qu'elles étaient conformes à l'ordonnance, pouvait bien être pour les brasseurs de Lille un jeton de plomb correspondant à la déclaration de brassage.

*
* *

En 1709, année de disette de grains, les brasseurs furent particulièrement éprouvés dans le Cambrésis, où la razière d'orge valut 15 à 16 florins, et la pamelle 10 et 11 florins le mencaud. Ce fut pire encore en 1740 où l'orge de Mars (temps de la semence) valut 34 florins la razière, la pamelle 19 et le soucrion 8 florins la razière.

*
* *

ARMOIRIES DE LILLE (1)

La communauté des cabaretiers à bière de Lille porte :

(1) Grand Armorial de France.

d'Argent à un homme de carnation vêtu d'un justaucorps d'azur à une culotte de gueules, ayant des bas de sinople et des souliers et un chapeau de sable, assis sur un tonneau au naturel, tenant de sa main dextre un verre à bière d'argent rempli de gueules, qu'il porte à sa bouche et de sa senestre un pot de terre au naturel, à dextre en pointe d'une bancelle de sable chargée d'une pipe d'argent et d'un morceau de tabac en corde d'or, le tout posé sur une terrasse de sinople et accosté en fasce à dextre d'une salière et à senestre d'un pot ou coquemart d'or. Et l'autre de fayence au naturel.

*
* *

La ville de Menin située sur la rive belge de la Lys, et dont la *Keutte* semble avoir joui d'une certaine faveur à Lille, puisqu'on y faisait venir cette bière, possédait sa communauté de brasseurs dont les armoiries portaient :

d'Argent à deux tonneaux de gueules chacun surmonté d'un chaudron de sable.

BIÈRES ET MESURES USITÉES EN FLANDRE (1)

LOCALITÉS	ANNÉES	MESURES	NATURE	VALEUR EN LITRES
Flandre	1384	tonneau	Cervoise	160 litres
»	1550	quartaut	bière d'Angleterre	67 »
»	»	tonne	» de Frise	900 »
»	»	»	» de Hambourg	900 »
»	»	tonneau	» de Malines	106 »
Bruxelles	1599	»	cervoise	160 »
Boulogne-sur-Mer	1616	gonne	bière	100 »
»	1630	»	bière double	100 »
»	»	»	bière simple	100 »
Lille	1668	Rondelle	»	164 »
»	1673	poincon	»	148 »
Nord	1790	pinte	»	0 lit. 93

---

(1) D'après M. d'Avenel. *Histoire économique de la Propriété.*

CHAPITRE V

FLANDRE MARITIME

La Communauté des Brasseurs de Dunkerque. — Règlement. — Ordonnances relatives aux Droits d'Accises et a la Confecton des Bières. — Armoiries des Brasseurs de Dunkerque, d'Hazebrouck et de Bergues.

DUNKERQUE

La communauté des brasseurs de la ville de Dunkerque était gouvernée par un connétable, un doyen et deux assistants ; le connétable était choisi par le magistrat, le doyen et les assistants étaient choisis tous les deux ans par le connétable et les anciens doyens, le jour de la Saint-Arnould, patron de la communauté (1).

(1) Règlement du 4 mars 1728. Appendice XXXI.

Nul ne pouvait tenir une brasserie s'il n'était bourgeois. Un étranger forain admis au métier, devait payer un droit de cent livres et le brasseur natif de la ville, soixante-et-onze livres seulement.

Il était interdit aux brasseurs de permettre aux cabaretiers de faire dans la brasserie des brassins de bière ; les bourgeois pouvaient cependant user de cette faculté.

L'organisation de la communauté, les obligations de ses membres, correspondent aux règles générales que nous avons déjà eues sous les yeux.

En octobre 1764 fut rendue une ordonnance (1) pour la conservation des droits d'accise sur les bières, renouvelant partie des anciennes dispositions et en ajoutant de nouvelles dans le but d'une sage administration et d'écarter les fraudes qui pourraient se commettre.

On trouvera à l'appendice le texte de cette ordonnance qui comprend 31 articles.

Aux termes de l'article XVII, il était interdit à quiconque de vendre ou débiter de la bière, à moins d'une demi-lieue de la ville, à compter des derniers forts des fortifications.

L'art. XVIII réservant les cantines exclusivement à l'usage des officiers et soldats, il était interdit à toutes autres personnes de les fréquenter ou de s'y approvisionner.

(1) Appendice XXXIII.

En vertu de l'article XX, le magistrat disposait de la faculté d'autoriser la création des cabarets.

L'article XXI dispose que la taxe du prix de vente sera déterminée par le magistrat.

On pratiquait à cette époque le mélange d'un tiers de bière, dite bonne, avec deux tiers de petite, le mélange obtenu s'appelait *Vier gulden bier* (bière à quatre florins). Il était interdit aux brasseurs de livrer aux petits débitants d'autre bière que cette dernière et de la petite ; la bonne bière ou de ménage était réservée sans doute à la consommation bourgeoise.

En novembre 1764 une ordonnance (1) vint réglementer la confection des bières et modifier les anciennes ordonnances à ce sujet. Cette pièce dont on trouvera copie à l'Appendice, renferme relativement aux matières premières, à la fabrication et à la qualité des bières des prescriptions et des défenses qu'on lira non sans intérêt.

ARMOIRIES

La communauté des brasseurs de Dunkerque porte :

d'Argent à deux fourches de sable passées en sautoir et une botte renversée de même brochant sur le tout entourée d'un ruban de gueules noué en chef et auquel est suspendu en pointe un chaudron de même.

(1) Appendice XXXII.

Les brasseurs des villes d'Hazebrouck et de Bergues possédaient leur communauté, en voici les curieuses armoiries :

HAZEBROUCK

La communauté des brasseurs porte :

d'Argent à un saint Evêque de carnation sur une terrasse de sinople vêtu d'une robe de gueules, le Rochet d'argent, la chape d'or, la mitre d'azur bordée d'or, tenant en sa main dextre un oiseau contourné de sable et de sa senestre tenant sa crosse d'or.

BERGUES

La communauté des brasseurs porte :

d'Azur à un saint Evêque sa carnation, sa barbe longue d'argent, vêtu de pourpre revêtu d'une chape pluviale d'or, la mitre en tête aussi d'or, tenant de sa main dextre une fourche de même sur une terrasse de sinople.

CHAPITRE VI

CAMBRÉSIS

LA BRASSERIE CAMBRÉSIENNE. — DÉFENSES, ORDONNANCES. — LA QUESTION DU BOIS. — BRASSERIE COMMUNALE. — ORIGINE DU MOT ESTAMINET. — DISETTES DE GRAINS.

CAMBRAI

« Nous Prévost et Eschevins, en suivant plusieurs de nos ordonnances précédentes, avons défendu et défendons à tous brasseurs de s'ingérer doresenavant brasser plus d'une sorte de bière forte, commune ou petite, et que ceux qui brassent la forte ne puissent brasser la petite et réciproquement, sur peine la première fois, de 50 livres, applicable en tiers : le premier au profit de l'office du Prévost, le deuxième aux pauvres, le troisième au dénonciateur ; et pour la deuxième et aultres fois, d'être pugnys arbitrairement jusqu'au dire de nous Prévost et Eschevins.

Publié à la *Pierre*, présents MM. les Prévost et Eschevins, ce jourd'hui douzième du mois d'octobre 1618. »

Cette défense de brasser plus d'une sorte de bière, que nous retrouverons rigoureusement appliquée dans le Hainaut, paraît avoir été toute particulière à ces régions. A Cambrai, on voit les peines encourues par les contrevenants, aller en s'aggravant ; une ordonnance en date du 15 août 1625, confirme celle de 1618 : les brasseurs « auront à suivre et pratiquer effectuellement l'ordonnance ci-devant faicte de brasser *bière d'une sorte tant seulement* » en cas de contravention « leur brassin sera déclaré acquis pour la première fois ; que pour la deuxième fois, ils seront commandés et interditcs de ne plus brasser du jour de leur contravention, en un an entier, et que pour la troisième fois ils seront défendus de brasser dès lors en avant pour tousiours ».

Le 23 juin 1633, fut lue aux brasseurs, en pleine *chambre*, une ordonnance semblable aux précédentes.

« Les taverniers et autres tenant usine publique et vendant de la bière aux potiments, dit une ordonnance de 1628, ne seront pour l'advenir reçeus à brasseurs, et ne pourront brasser ni faire brasser. »

Cette défense sanctionnée par une ordonnance en date du 19 décembre 1641, édictait les peines suivantes : Amende de 50 florins et de la *rupture* de la brasserie, pour la première contravention, de 100 florins pour la deuxième et du bannissement pour la troisième. (Il s'agit sans doute, en ce qui concerne cette dernière peine de l'exclusion du métier)

Les brasseurs étaient tenus de donner pour remplissage, à leur clientèle, des bières de qualité semblable à celles qu'ils leur avaient livrées.

Aux termes d'une ordonnance du 15 octobre 1590, tous les tonneaux à bière devaient porter l'empreinte de la marque de la ville, c'est-à-dire de l'Aigle et de la marque du tonnelier.

La contenance des tonneaux réglée par une ordonnance non datée, fut de 60 lots, « les fillettes et quartelets à l'advenant ».

Au commencement du XVIIe siècle, le bois, qui était d'un usage courant chez les bourgeois de Cambrai, diminuait déjà. En 1635, le Magistrat décida que désormais les brasseurs alimenteraient leurs usines avec de la houille ; l'ordonnance qu'il rendit à ce sujet le 11 juin de la même année, nous apprend qu'à cette époque la ville de Cambrai possédait 12 brasseurs, qui durent, après avoir été désignés par le sort, satisfaire à l'ordonnance en s'approvisionnant : les quatre premiers dans le délai de trois semaines, les quatre autres dans les trois semaines suivantes et les quatre derniers dans le même délai, après les huit premiers, du combustible qui leur était imposé.

*
* *

De même que dans la plupart des villes voisines,

telles que Valenciennes, où nous en verrons des exemples circonstanciés, les brasseurs de Cambrai étaient tenus à l'emploi de quantités déterminées par règlements, de matières pour la confection de leurs bières. Le magistrat voulant se rendre compte de la manière d'opérer des brasseurs, résolut de fabriquer deux ou trois brassins au couvent de Saint-François, « y mettant la mesme quantité des ingrédiens que doibvent mettre les brasseurs et non plus, pour recognoitre si la bière ne serat meilleure que celle des brasseurs ». Ce fut le 12 octobre que cette résolution fut prise, son exécution eut pour conséquence la création à Cambrai d'une brasserie communale (1647).

*
* *

Estaminet. — L'usage en est originaire de la Flandre. Avant la création de ce genre d'établissement les industriels, les commerçants et les bourgeois se réunissaient volontiers chez eux, à tour de rôle, pour y boire, fumer et s'entretenir de leurs intérêts ou des questions publiques ; ces réunions privées au cours desquelles de copieuses libations avaient lieu, cessèrent à cause des inconvénients nés d'excès qui n'étaient pas du goût des ménagères. Pour jouir d'une plus entière liberté, il fut décidé qu'on se réunirait désormais dans des établissements publics. Or, les débitantes désireuses de gagner la clientèle avaient l'habitude d'engager le consommateur à entrer dans leur débit en leur disant, de leur air le plus aimable : « *Sta Mynher* », arrêtez-vous, monsieur, ce qui sous-entendait : « Ici vous trouverez de bonne bière, etc., et pourrez à l'aise causer de vos affaires ». On disait alors « allons au *Stameny* », dont par corruption on a fait Staminet, puis enfin Estaminet [1].

Cette version paraît se rapprocher davantage de l'exactitude que celle qui fait dériver Estaminet de *Etamine*, enseigne flottante qui signalait le lieu où l'on fumait en buvant.

***

Nous avons mentionné (page 256) les prix excessifs qu'atteignirent les grains dans le Cambrésis au cours des années 1709 et 1740.

Ces années marquent avec celles de 1415, 1482 et 1693, des époques de disette générale de grains.

En 1740, la bière se vendit à Cambrai 4 patars et 4 doubles le lot [2].

L'excellence des produits de la brasserie Cambrésienne était déjà proverbiale au XIIIe siècle.

(1) Voir Ephémérides du Cambrésis par Ad. Bruyelle, Cambrai, 1852.

(2) Mémoires chronologiques (1837). Bibliothèque de Cambrai.

La corporation des brasseurs de Cambrai avait saint Arnould pour patron.

CHAPITRE VII

HAINAUT (1)

La Brasserie dans le Hainaut principalement a Valenciennes — Droit de Cambage — Défenses, requêtes ordonnances — Bières cabaretières bourgeoises et petites, leur composition — Ce que coutait un brassin au XVIIe siècle — Matières premières, charbon, main-d'œuvre, impots — Prix de vente, gains dérisoires — Brasserie communale — Armoiries des Brasseurs de Valenciennes.

VALENCIENNES

Copie d'un règlement du XIVe siècle. Extrait du registre des revenus du Comté de Haynault reposant

(1) Nous avons puisé les principaux éléments des chapitres concernant le Hainaut dans les archives municipales de Valenciennes, la Correspondance des intendants (Bibliothèque Nationale) et dans l'Essai sur le régime économique, financier et industriel du Hainaut, après son incorporation à la France par H. Caffiaux. (Valenciennes 1873).

en la Chambre des Comptes du Roy à Lille en Flandres (f° 107) (1).

« Et si a eu waiges en Valenchiennes Ke chelkuns cambiers ki doit cambaige au conte doit à le Saint-Remy iiij s. de cou à liquens iij s., iiij d. et li hoirs Monseigneur Rogiet maû cors viij s.

Et si a li quens a chescun cambier la v se raisons s'estent de cescun brassin quels chiervoise que ce soit viij caudrons de chiervoise se doibt valoir li caudrons ij s. et dou brassin de goudale iiij lots et dou brassin demies iiij lots. »

Et as cambiers qui mainent en le justice de Lille liquens n'a au brassin de chiervoise que vj caudrons de chiervoise et au brassin de goudale iij los, et au brassin demies iij los. »

Il paraît s'agir ici du droit de Cambage, que chaque Cambier de la ville de Valenciennes s'est engagé à fournir au comte son seigneur et qu'il doit verser à son représentant Mgr Rogiet le jour de la Saint-Rémy. Le comte paraît avoir droit à quatre sous et Mgr Rogiet à trois sous et quatre deniers.

En outre il est dû au comte (li quens) par chaque cambier, huit chaudrons par brassin de cervoise quelle qu'elle soit, estimée valoir deux sous le chaudron, quatre lots par brassin de goudale et quatre lots par brassin de demie.

Le Cambier qui travaille dans la juridiction de

(1) Archives de Valenciennes. Registre des choses communes M s : 543-751 f° 366.

Lille, doit seulement six chaudrons par brassin de cervoise, trois lots par brassin de goudale et trois lots par brassin de demie.

*
* *

Le droit de Cambage ou Gambage l'un des plus anciens de ceux auxquels les brasseurs furent assujettis, subsista longtemps.

Le 28 Mars 1689, M. de Bagnols, intendant en Flandre, informe le contrôleur général que le comte de Solre, en qualité de seigneur de Condé, réclame le droit de *Gambage* qui consiste en 4 pots de bière par chaque brassin, brassé tant dans la ville que dans les dépendances et que le cantinier refuse d'acquitter sous prétexte que son bail l'exempte de tous droits. Celui-ci est si minime, dit l'intendant, qu'il n'y a pas d'inconvénient à le maintenir.

*
* *

Malgré la défense qui depuis longtemps leur était faite de ne fabriquer ni vendre pour être distribuée à pot ou à lot aucune autre bière que la petite à 6 deniers, et de ne brasser qu'une sorte de bière, plusieurs brasseurs, taverniers et cabaretiers tenant *Sacqueries* ayant contrevenus aux ordonnances, les autorités informées de ces faits nuisibles « au bien du commun peuple » rendirent en date du 15 Janvier

1574, une nouvelle ordonnance confirmant les précédentes et portant défense aux brasseurs et cambiers de la ville de Valenciennes et faubourgs de brasser et vendre aucunes fortes *chervoises* à plus haut prix que 16 deniers, sous peine pour eux de 33 livres blancs, et pour tout bourgeois et manant à 65 livres blancs sans préjudice de la punition et du châtiment à discrétion de justice (1).

Nous verrons souvent renouvelées, pareilles défenses et ordonnances relatives à la taxe, à la perception des impôts et à l'obligation pour les brasseurs de s'en tenir à la fabrication (à leur choix) d'une seule sorte de bière, obligation qui devait assurer la perception régulière de l'impôt, faciliter l'application de la taxe et parer aux dangers de fraude.

Trois années se sont à peine écoulées que nous voyons revivre la défense relative à la production d'une seule bière dans une même usine, cette fois elle se trouve accompagnée de celle de faire charger leur bière pour livrer hors la ville sans avoir averti le fermier, sous peine de la perte du montant de la déduction du droit de ville. Cette ordonnance publiée le 11 Janvier 1577, a pour but principal d'assurer l'impôt de 4 patars nouvellement mis sur chaque tonneau de bière forte excédent le prix de 16 deniers, et de parer aux fraudes qui se commettent au préjudice du fermier, à cet effet il est enjoint aux brasseurs d'avoir, à l'avenir, à entonner en une seule fois

(1) Voir Appendice XXXIV.

et à une seule place, dans la journée, entre la cloche du matin et celle du soir, après avoir préalablement averti le fermier. Les bières devront ***tenir siège*** pendant 24 heures avant de pouvoir en disposer ; les brasseurs devront la libre entrée de leurs usines et maisons aux fermiers pour les besoins de leurs visites (¹).

En cette même année 1577, le 7 Septembre, une nouvelle ordonnance fixa le prix de la bière forte à 16 deniers ; cette fois l'amende applicable aux contrevenants est de 10 livres blancs pour la première fois, et de 20 livres pour la seconde ; la troisième fois la peine se transforme en interdiction de brasser ou de vendre de la bière pendant une année.

De plus, défense formelle est faite de brasser dorénavant de la bière blanche (on ne sait pourquoi).

Il paraît que de tous temps défense avait été faite aux habitants de Valenciennes d'aller boire hors de la ville ; cette défense est rappelée (²). De cette façon l'habitant de la cité ne pouvait échapper à la contribution fiscale.

Malgré les ordonnances, certains brasseurs et cabaretiers s'étaient permis de vendre ***Cervoise*** à plus haut prix que 16 et 24 deniers, aussi une nouvelle ordonnance parut-elle le 4 Juillet 1579, enjoignant aux brasseurs de ne pas vendre leur cervoise à plus

(1) Voir Appendice XXXV.

(2) Voir Appendice XXXVI.

haut prix que 24 deniers le lot, et recommandant qu'elles soient de bonne qualité et en rapport avec le prix, à ces conditions les brasseurs peuvent brasser à leur choix la bière blanche ou la *rousse* destinées aux cabaretiers, sauf pour « les abbayes, couvens, gens d'église et le *mesnaigier* à 16 deniers, en la brasserie du *Caudron d'or* [1]).

En 1580, défense fut faite à tous brasseurs ou brouetteurs de ne charger aucunes cervoises, ni en brouetter sans être muni du billet du nouveau bureau, sous peine de 50 livres tournois d'amende, de confiscation des bières, et de punition sévère aux brouetteurs ([2]).

Les brasseurs étaient tenus de payer les droits de Maltotes pour leur consommation ; une sentence en date du 2 Mars 1641, fixe ce droit aux trente patars et dix patars « dont il a été question » qui devra être payé sous forme de provision et sous note de caution, pour la bière qu'ils consommeront dans leur ménage, en prenant comme base du droit un tonneau par brassin. ([3]).

*
* *

En l'année 1674, les « Conestable, maistres et suppost du *Stil* » (procédure) des brasseurs de Valen-

(1) Voir Appendice XXXVII.

(2) Voir Appendice XXXVIII.

(3) Voir Appendice XXXIX,

ciennes présentèrent aux « Prévôts, Jurez et Eschevins » de cette ville, une requête exposant qu'ayant déféré à l'ordonnance par laquelle leurs « Seigneuries » avaient taxé le prix de la bière à 3 patars le lot, ils se trouvaient en perte depuis plus de six mois, attendu qu'à ce prix ils n'obtenaient que 8 livres 10 sols par tonnne, et que vu le prix élevé des matières premières, le maintien de cette situation amènerait leur ruine ; à l'appui ils énumèrent le coût des matières premières, de la houille, de la main d'œuvre et des impôts, et démontrent qu'il ne leur reste pas un « liardt » de profit pour leur façon ni pour l'amortissement de leur matériel. Il s'agit ici de brasseurs, brassant la bière « cabaretière » leur condition, disent-ils, ne doit pas être moindre que celle des brasseurs qui brassent pour les bourgeois : et qui reçoivent, en plus de la drêche et du « *gez* » (levure), 10 patars de façon par tonne, or, la tonne de bière revient aux requérants à 11 livres et 4 patars et le « *bancq politicq* » les oblige à la vendre 8 livres et 5 patars ; on leur objectera le profit qu'ils tirent de la petite bière ; à cela ils répondront que la petite bière n'altère ni ne diminue en aucune façon la forte, attendu qu'elle résulte du « dégreissement » de la drêche ; que leur profit n'est pas considérable, ainsi qu'on peut le vérifier au bureau de la maltotte.

En conséquence, les requérants supplient que la vente de la tonne de bière à deux « *menchaults* » soit taxée à un prix raisonnable qui leur permette de réaliser quelques profits pour l'entretien de leurs ustensiles et l'aliment de leur famille.

Les états et certificats qui accompagnent cette requête, établissent que les charges résultant de l'impôt du brai, de la maltotte et de la débite s'élèvent à 11 livres 9 sous pour une tonne de bière qui, façon comprise, revenait à 8 livres 10 sous.

Nous voyons que le 6 Janvier 1674, le houblon avait été payé 29 et 30 livres, les cent livres (environ 43 à 49 kils) et que le 17 Avril de la même année, l'orge valut 25 patards le mencauld (environ 55 litres).

Un « Extrait des ingrédiens, impost et fraix pour faire et vendre une tonne de bière » nous apprend que pour faire et vendre une tonne de bière il fallait 2 mencauds de grain et 4 livres de houblon ; (ces quantités étaient obligatoires pour les brasseurs).

Les Jurez de *Cattel* (estimateurs) requis par les connétables et maîtres du stil des Cambiers après enquête faite chez divers brasseurs, délivrèrent aux requérants des procès-verbaux de constat, mais il ne paraît pas qu'ils eurent gain de cause immédiat. Un rapport présenté la même année pour combattre leurs prétentions insiste sur le profit que les brasseurs tirent de la vente de la petite bière, évaluée modérément à 60 sous le tonneau, attendu que la plupart du temps ils la vendent un « *patacon* » et 3 florins la tonne, et que pour chaque tonne de bière forte on peut compter une demi-tonne de petite. Les brasseurs invoquent la cherté des matières premières mais, pour la plupart, ils ont leurs provisions faites avant la hausse.

Le rapport attire aussi l'attention des autorités sur le préjudice que cause au bien public l'augmentation de la contenance de la tonne consentie par le Magistrat aux « *ottelain* » en l'année 1644 ; à cette époque la tonne contenait 62 lots, cette contenance ayant été portée à 64 lots, il en est résulté que pour satisfaire à cette obligation et maintenir leur bénéfice, les brasseurs ont allongé leur bière, diminuant ainsi sa qualité ; ils accordent à l'hôtelier 2 lots pour le fond, mais celui-ci, en réalité, bénéficie pour le moins de 2 lots et demi, soit 15 sous par tonne ; d'autre part, si le brasseur fait une concession à l'hôtelier, il a le profit de la drêche et de la levure évalué à 3 patars par tonne.

Mais le principal préjudice résulte de la non perception de l'impôt sur les deux lots de tolérance, préjudice évalué à 15 tonnes par semaine, ce qui, à raison de 8 livres par tonne, donne un total de 6,240 livres pour une année.

Ce document nous permet d'établir qu'en l'année 1674, la quantité de tonnes consommée à Valenciennes était de 23,400 ; en effet, le préjudice de 15 tonnes par semaine donne un total de 780 tonnes, soit 46,800 lots pour une année ce qui, à 2 lots par tonne, représente bien l'importance de la consommation.

Toujours en la même année 1674, les fermiers des impôts sur la bière, avertissent les prévôts, jurez et eschevins, des abus que les brasseurs commettent depuis longtemps et journellement, au préjudice de l'intérêt public, attendu qu'ils tirent de la quantité de matières qui leur est imposée, un nombre de tonnes supérieur à celui que prescrit le (ban politique) constatation de ce fait chez divers brasseurs, ne laisse aucun doute à cet égard ; non seulement les brasseurs s'attribuent 17 patars de façon par tonne, c'est-à-dire 7 patars de plus que ce qui cependant est suffisant, mais encore ils bénéficient du montant de la vente de la bière provenant de l'allongement. A ce moment (septembre 1674) le lot était taxé au prix de 6 sous 6 deniers ; on voit que la première requête des brasseurs avait abouti à une augmentation de 6 deniers. Dans l'intérêt public et des fermes, les fermiers demandent aux autorités de prendre leur avertissement en considération et d'abaisser, à bref délai, le prix de la bière. Les brasseurs produisent alors un « Estat des freix pour faire ung brassain de bière à deux mencaux » (1).

Quatorze années plus tard, en 1688, on rencontre une nouvelle requête des brasseurs aux fins d'obtenir une nouvelle augmentation de taxe du prix de vente de la bière fixée alors à 4 patars le lot, cette demande est justifiée par l'augmentation du prix des « choses nécessaires pour la composition de la bière » les brasseurs énumèrent le prix des matières premières, le coût des salaires, l'importance de l'amortissement et de l'entretien de leur matériel, leurs charges et im-

(1) On trouvera la copie de ce très intéressant document avec celles des pièces que nous venons d'analyser, à l'appendice XL et XLI.

pôt : ils doivent fournir aux hoteliers, tables, chantiers et les entretenir, de plus, ils doivent payer la maltotte de la 36e tonne, que les hôteliers « ne consomment point à beaucoup près » et de ce fait ils paient cet impôt pour une bière non consommée, etc.

Le magistrat faisant droit à cette requête leur permet de vendre la bière à 4 patars et 6 deniers le lot (1).

En 1698 ordonnance fut rendue contre les « Cambiers et aultres de ne vendre la petitte bierre à plus hauct prix que 6 deniers le lot » cette mesure fut basée sur la diminution du prix des grains (2).

Nous voici en 1709, les brasseurs accablés par la « confortune » renouvellent leurs doléances à « Messieurs du Magistrat ». Le modeste profit de 10 patars à la tonne qu'ils réalisent ne peut suffire à leurs besoins, certains d'entre eux ne brassant que trois ou quatre cents tonnes par année : et puis ils ont à supporter la perte que leur cause « les meschantes dettes des cabarettiers qui sont encore fort fréquentes » alors ils perdent non seulement la valeur de la matière première, mais encore le montant de l'impôt du grain ; de plus, ils sont obligés de payer au fermier la 36e tonne de toutes les bières qui se consomment ou non, ce qui diminue leur gain de 2 patars et demi par tonne (on voit que la maltotte est toujours de 8 livres ou 80 patars par tonne). Les bras-

(1) Voir Appendice XLII.

(2) Voir Appendice XLIII.

seurs font remarquer qu'à l'encontre d'autrefois, l'application stricte des règlements ne leur permet plus de se tirer d'affaire : l'impôt du brais a augmenté ; de mémoire d'homme on n'a vu les grains si cher : les gelées de janvier et l'inondation qui a succédé ne leur ont pas permis de brasser ; les bières sont épuisées, une partie même a été perdue à la suite de l'inondation et les cabaretiers sont obligés de débiter, non suffisamment reposée, celle qui se brasse journellement. L'orge qui ne se vendait que 44 patars a atteint jusqu'au prix de 17 à 18 livres (170 et 180 patars). Le maintien de cet état de choses est de nature à entraîner la ruine des brasseurs (1).

* * *

Le 5 juillet 1709, M. de Bernières, intendant en Flandre, écrivant au contrôleur général au sujet du charbon qu'employaient les brasseurs disait : « La wague (c'est le nom de la mesure du pays) se vend 20 patars faisant 25 sols de France, rendue dans les villes de mon département. Elle pèse 144 livres, poids de Valenciennes, qui font 136 livres trois quarts, poids de marc. Le charbon vient de Mons et de Charleroi ».

Ceci nous permet d'apprécier l'importance de la mesure précitée qui figure dans les comptes des brasseurs.

1712. L'armée ennemie est dans le voisinage de

(1) Voir Appendice XLIV.

Valenciennes, toute la campagne des environs et principalement le « terroir du Cambrésis » sont « entièrement fourragés » ce qui fait prévoir une augmentation du prix des grains. Cependant il a été décidé que le prix de la bière serait diminué de « deux doubles » pour être vendue 6 patars le pot. Les brasseurs prévoyant que force sera d'augmenter la bière de 2 et peut-être de 4 doubles à la fois « puisque l'orge vaut déjà 7 livres 12 sous » ce qui fera sans doute crier le peuple, proposent aux autorités un arrangement aux fins duquel le prix actuel sera maintenu jusqu'en septembre de telle façon que les fermiers ne seront pas lésés. Droit fut fait à cette requête (1).

* * *

Aux termes de l'article XIII du règlement de 1767, il était interdit aux brasseurs de fabriquer confusément de la bière cabaretière et de la bière bourgeoise ; l'une ou l'autre de ces bières comportait l'emploi d'une quantité égale et obligatoire de matières premières par tonne, c'est-à-dire 2 mencauds d'orge et 4 livres de houblons, mais la tonne cabaretière contenant 60 pots et la bourgeoise 70, il en résultait une différence de densité, la première étant d'un sixième

(1) Voir Appendice XLV.

plus forte que la seconde ; une déduction de 4 pots était accordée pour la lie.

Les brasseurs ayant présenté une requête aux fins de suppression de l'application de l'article précité, alléguant que son maintien était contraire à leurs intérêts, en ce sens que s'ils étaient obligés de brasser séparément chaque sorte de bière, leurs brasseries chômeraient s'il leur fallait attendre que des demandes importantes leur permette de brasser, etc., etc., les requérants furent déboutés de leur demande par jugement rendu à Valenciennes le 14 Mars 1768.

L'ordonnance en forme de règlement qui contient et développe les motifs de refus de la prise en considération de la requête des Brasseurs, rappelle la rigueur des lois anciennes, telle que l'interdiction qui leur était imposée de ne brasser que la seule bière cabaretière; les particuliers brassaient librement alors; la ville même, pour donner plus d'aisance aux particuliers, loua en l'année 1623, une brasserie « ce fut celle de Sainte-Barbe, vis-à-vis l'église Saint-Géry » (Si depuis les brasseurs ont su s'attribuer le droit de brasser des bières bourgeoises, il ne faut pas que le public en souffre). L'ordonnance décide pourtant qu'il sera permis aux bourgeois et particuliers qui voudront avoir une bière plus forte que la bourgeoise de se faire livrer de la bière cabaretière dans des tonneaux de jauge cabaretière pourvu qu'il n'y ait aucune suspicion de fraude (1).

(1) Voir Appendice XLVII.

ARMOIRIES

La communauté des brasseurs de Valenciennes porte :

d'Azur à un Saint-Arnould d'or vêtu pontificalement, la mitre en tête et tenant de sa dextre une crosse et de sa senestre supportant un oiseau, essorant le tout d'or dextré et senestré des outils et instruments de ce métier.

CHAPITRE VIII

Les impots dans le Hainaut — Régime Espagnol et Régime Français — Petite Bière et Braquet — Exactions des Fermiers — Brassin a la verge et brassin a la tonne — Droit d'afforage et de jaugeage — Prisée des grains — Les offices de Jurés-brasseurs — Valenciennes s'affranchit — Spoliation et Spéculation — Les maitres-égards-gourmeurs — Les octrois a Valenciennes au xviiie siècle.

De tous temps les impôts dont la bière fut frappée pesèrent lourdement sur le peuple et accablèrent les brasseurs dans les Pays-Bas. Pendant la domination espagnole, cependant, ils furent relativement modérés ; en 1577, ils ne s'élevaient qu'à 4 patars par tonne, mais à partir de l'année 1635, ils croissent avec les besoins et on les voit atteindre des proportions inconnues jusqu'alors : les bières cabaretières ont à supporter un droit de 26 patars et les bières bourgeoises paient 17 patars. Nous avons vu en 1641, la Maltotte portée à 30 patars au minimum sur la tonne de bière consommée chez le brasseur pour ses besoins ménagers.

Au cours de la période qui s'écoula entre le traité des Pyrénées et celui de Nimègue, c'est-à-dire de

1659 à 1678-1679, l'impôt s'éleva à 39 patars pour les bières cabaretières et à 27 pour les bières bourgeoises.

* * *

Dans le Hainaut espagnol, la petite bière considérée comme de première nécessité à l'alimentation de l'ouvrier et du pauvre, était affranchie de tous droits, au moins dans la plupart des cas et des localités c'est-à-dire, lorsqu'elle n'était que le produit de la drêche ayant déjà servi. On en trouve la preuve dans ce qui se pratiquait pour le *braquet*, boisson que la misère et l'impossibilité de trouver de l'eau pure dans le pays, avait fait adopter par les malheureux. Le fermier espagnol se contentait d'un droit de 5 à 20 patars fixé à l'amiable, lorsque, pour rendre ce breuvage à peu près potable, en y ajoutait un peu de grain ou de houblon.

M. Faultrier, intendant de la partie du Hainaut redevenue Française, parlant des causes qui imposaient l'usage de la petite bière, s'exprimait comme suit :

« Ça n'était pas tant une aversion de l'imagination que de la constitution du corps. L'eau ne valant rien dans le pays ; le climat y est plus froid, la température plus humide et l'expérience qui est au-dessus de la raison donne assez d'exemples du mal que l'eau y produit quand elle sert de boisson puisque le vin y est un *catholicon* (1) contre les fièvres même etc.. Ce n'est pas par ménagerie qu'on boit de cette petite bière, c'est quand on n'a pas le moyen d'en boire de la forte : on en donne aux domestiques qui ne s'engagent qu'à cette condition et qui se récriraient quand même on doublerait leurs gages si on les réduisait à l'eau ».

Le même intendant dont l'administration heureuse pour la province fut toute de bonté et de dévoûment disait, alors que le fermier français demandait qu'on imposât non seulement la petite bière, mais aussi le braquet, que celui-ci « n'était bon que pour ceux à qui on donne la question. »

Malgré les efforts de Faultrier en présence de l'état lamentable dans lequel l'exigence du fermier plongeait la classe pauvre, et des doléances qui lui parvenaient de toutes parts, le fermier fut inexorable, et s'il fit grâce de sa tolérance à certains villages en autorisant le braquet, il exigea en retour, une indemnité de 60 patars.

L'appréciation de Faultrier et la défense qu'il prenait de ses administrés, se trouvent confirmées et justifiées dans une lettre de M. de Bagnols, intendant en Flandre, adressée au contrôleur général, en date du 15 Juin 1686 : « Il est certain, disait-il, qu'il y a quelque différence à faire entre le Hainaut compris dans le département de Flandre et celui qui est sous la direction de M. Faultrier. Le premier est

(1) Panacée.

composé de la Prévôté-le-Comte, de la ville et Chatellenie de Bouchain, de la ville de Condé et de ses dépendances, dans laquelle la bonté du pays et le voisinage des grandes villes, soulagent le paysan qui n'est pas à beaucoup près dans une aussi grande misère que celle qui est répandue dans tout le reste du Hainaut, où il n'y a que très peu de commerce, dont le pays est ingrat, stérile, et les villes pauvres et petites.

C'est cette mesme pauvreté qui fait qu'on se sert dans cette partie du Hainaut d'une boisson inconnue dans le département de Flandre, elle s'appelle *bouillie*, *boulinage* ou *braquet* (1), elle est composée de son et de marc de grain qui a déjà servi pour faire deux ou trois sortes de bières, on y ajoute quelquefois un peu de houblon et on fait bouillir le tout pour en composer une liqueur qui est fort nuisible à la santé ; je n'en dirai pas davantage.

Les impôts qui se lèvent dans les villes appartiennent ordinairement au Magistrat, et il est certain que toutes les bières de quelque qualité qu'elles soient, fortes, médiocres ou petites, payent des droits, mais plus ou moins grands, à proportion de leur force et de leur bonté.

(1) « Le fermier des aides de l'élection d'Arques se plaint qu'un grand nombre de particuliers de Dieppe (200 environ) fabrique avec de l'eau de son et du levain une boisson qu'ils appellent *bouillon* et que les habitants consomment au lieu de bière sans avoir à payer aucun droit » Correspce intendant (Rouen 10 Août 1691).

Il est aysé après cela de décider si les petites bières dans les lieux où les impost appartiennent au Roy, comme dans tout le plat pays du Hainaut de mon département, doivent payer. Je ne puis pas dire si du temps de la domination espagnole, le Hainaut du département de M. Faultrier, payait pour les petites bières, mais je puis bien assurer que le mien n'en était pas exempt ».

M. de Bagnols ne croit pas que même les petites bières doivent être exemptes d'impôts : « Autrement les droits sur les bières seraient perdus et anéantis sans ressources ; le paysan qui ne songe qu'au moyen de tromper le fermier, ferait de la bonne bière la petite et de la petite la bonne ». Il conclut en proposant le droit à la qualité : « la forte bière étant meilleure et plus chère des trois quarts que la petite » et explique que dans les villes qui jouissent des impôts, le Magistrat ne fait payer que 10 ou 7 sols de cette petite bière lorsque la forte en paye 50 ou 60.

Un arrêt du Conseil en date du 8 Août 1682 avait fixé le droit sur la petite bière à la moitié de celui de la forte.

Jusqu'en 1659, le fardeau fiscal qui pesait sur le brasseur et le consommateur de bière était, quoique lourd, rendu supportable par certaines tolérances dont le régime des petites bières et du braquet vient de nous donner un exemple. Aussi longtemps que fut appliquée l'évaluation du brassin dans la chaudière de fabrication (avec le sixième de déduction pour déchet), le brasseur profita du bénéfice que pouvait lui laisser un jaugeage plus ou moins méticuleux ; de plus, la tonne cotée officiellement 52 pots, en contenait en réalité 80, 90 et jusqu'à 120, sans que les droits soient plus élevés que ceux de la taxe officielle appliquée à la tonne de 52 pots.

Le taux général créé en 1667 et dont Faultrier disait que c'était « un véritable abonnement par lequel le peuple avait la liberté de boire et de manger tant qu'il le voulait, sans qu'il lui en coûtât davantage que s'il avait moins consommé » venait ajouter son avantage à ceux que nous venons d'énumérer.

Cet état de choses se maintint jusqu'au commencement de l'année 1680, époque où le fermier du domaine prit possession de son poste dans la province. Ce fut au taux général que tout d'abord s'attaqua le traitant ; il en demanda la suppression à Colbert, et l'obtint pour les prévôtés de Maubeuge et de Bavay. A ce sujet le Ministre fit savoir à Faultrier « qu'il ne convenait pas au service du Roi de le tenir : ces sortes d'abonnements avec de nouveaux sujets, n'imprimant pas assez la souveraineté ». Les abbayes seules continuèrent à jouir d'un abonnement.

Ce fut ensuite la contenance des tonnes qui attira l'attention du fermier, il demanda et obtint du Ministre la réduction à 66 pots ; peu après, en 1682, il finit par obtenir la réduction à la contenance officielle de 52 lots (1).

(1) Au Quesnoy la tonne de bière cabaretière, réglée à 64 pots par l'arrêt du 8 août 1682, correspondait à la tonne de 52 lots, du reste de la province (d'après Faultrier).

(En 1644, la tonne cabaretière à Valenciennes contenait 62 lots, en cette même année cette contenance fut portée à 64 lots).

Vint le tour de la petite bière ; le fermier, dit Faultrier, exigeait : « qu'il ne fut plus permis de faire de la petite bière autant qu'on en faisait mais seulement par proportion à la quantité de la forte. » Il réduisit la proportion de la petite bière à la moitié de la forte et imposa à ses assujettis, d'aller deux fois au bureau pour y prendre le congé de boute-feu et celui d'entonnement. Ces mesures reçurent l'approbation de Colbert. En 1682, le fermier demanda que la petite bière payât la moitié du montant du droit de la forte, cette nouvelle exigence eut pour conséquence la cessation de la production de la petite bière dans certaines localités, où l'on préféra n'en pas fabriquer plutôt que de payer ce droit excessif.

Ce fut en 1682 que le fermier obtint la transformation du jaugeage du brassin à la « verge ou au trouble » en celui du jaugeage par tonnes : celles-ci furent jaugées une à une à l'eau froide, ce qui réduisit encore les modestes chances de bénéfices des brasseurs.

Conformément au règlement du 4 Avril 1669, les tonnes cabaretières devaient être marquées de l'image d'un Lion et les tonnes bourgeoises de celle d'un Cygne ; ces empreintes indiquaient que les tonnes avaient été jaugées. En 1736, un nouveau règlement fit marquer des lettres T. C. les tonnes cabaretières et T. B. les tonnes bourgeoises, auxquelles le fisc ajoutait son empreinte de rouanne (1).

*
* *

Aux droits et obligations que nous venons d'énumérer, il convient d'ajouter le droit d'afforage qui consistait en un prélèvement de 4 pots 1/2 par tonne au profit du roi et du chapitre des Chanoinesses. Le Mayeur en prélevait un, et comme les droits étaient payés avant l'afforage, il s'en suivait que le brasseur les payait sur la totalité de la tonne. Dans les places de guerre le major prélevait (avec autorisation du roi) un patar par tonne.

Peu après le traité de Nimègue, les droits avaient été abaissés de 39 à 25 1/2 patars pour les bières cabaretières, et de 27 à 17 1/2 pour les bourgeoises ; en 1688 on les voit à 27 pour la première, 18 pour la seconde et 13 1/2 pour la petite bière ; la première réduction de droit n'avait pas dû être maintenue, car la seconde obtenue le 26 Mars 1688, fut accordée sur les instances de M. Faultrier, qui, à cette époque, avait demandé la réduction de plusieurs droits domaniaux et particulièrement de ceux qui se levaient sur les bières ; cette réduction fut de 1/3 (2) ; les droits

(1) En 1696, le droit de jauge fut fixé à 2 sous pour le tonneau de 48 pots et de 1 sou pour la tonne de petite bière.

(2) Lettre de M. Voysin, successeur de Faultrier, 20 septembre 1688.

réduits en 1679, étaient donc revenus à leur taux primitif.

Mais avec les guerres, les besoins s'accrurent et nécessitèrent de nouveaux impôts ; le 16 Mai 1688, M. de Bagnols écrit au contrôleur général que les excessives dépenses que le Magistrat de Valenciennes a dû faire pour le service du roi, l'a obligé de demander à sa Majesté des octrois pour rétablir des impôts, principalement sur les boissons ; les droits se sont augmentés si considérablement, que la tonne de bière paye 7 florins dans les cabarets de la ville, pendant qu'elle n'est chargée que de 39 patars dans les cabarets des plats pays de la Prévôté-le-Comte. La grâce que le roi vient d'accorder à ses sujets du Hainaut réduit ces 39 patars à 27, et cette différence est si grande, que si on ne soutient et ne secourt pas la ville de Valenciennes, il est impossible que la ferme de ses bières, qui vaut près de 100.000 écus par an ne soit abimée.

En conséquence, l'intendant demande qu'on fasse revivre les anciens règlements, interdisant aux habitants de Valenciennes d'aller boire à la campagne. On ne peut, dit-il, empêcher les cas isolés, mais on ne doit pas tolérer que les habitants y aillent par troupes les dimanches et fêtes.

*
* *

On trouvera à l'appendice, copie d'un règlement en date du 13 Juin 1763, concernant la prisée des grains : orges fines, moyennes, petites, etc., qui permettait d'établir les droits d'octroi et la taxe des bières. Cette taxe, basée sur la moyenne du prix des grains, prise semaine par semaine, était fixée deux fois par année (les 8 Juin et 8 Décembre) de telle façon « que la valeur des ingrédients qui servent à la composition de la bière pendant les six mois passés, en détermineront le prix pour les six mois suivants, excepté que des circonstances particulières et imprévues obligeraient d'en user autrement » [1].

*
* *

L'année 1693 vit la création des offices héréditaires de Jurés-brasseurs en Flandre, Hainaut et Artois. Les intendants durent dresser l'état par estimation du nombre d'offices qu'ils jugeaient qu'il fut possible de créer dans les villes et villages de leur département respectif ; le 3 Septembre, M. de Bagnols, soumet son travail au contrôleur-général.

Mais le débit des charges n'avançait point ; l'intendant en réfère au contrôleur le 5 Décembre suivant, et s'exprime ainsi : « Il faut nécessairement aux traitants un homme qui aille dans les villes et qui paraisse vouloir vendre les charges et avoir des acheteurs, ou qui, faute d'en trouver, engage quelqu'un des plus pauvres brasseurs à brasser, pour

(1) Voir Appendice XLVI.

pouvoir faire des défenses à tous les autres, de continuer leur commerce : c'est le plus sûr moyen pour les obliger à financer ».

Nous donnons ici copie du brevet-quittance qui était délivré aux acquéreurs d'offices de jurés-brasseurs :

BRASSEURS DE FLANDRES

« J'ay receu de .... la somme de trois
« mil six cens livres pour la finance d'un des vingt
« huit offices de brasseurs de la ville de Valenciennes,
« créez héréditaires par Edit du mois de May 1693,
« registré au Parlement de Tournay deuxième Juin
« audit an, pour façonner, brûler, composer et four-
« nir seuls, à l'exception de tous autres, les bierres
« qui se débitent dans les hôtelleries et cabarets de
« la ville de Valenciennes, en observant par eux les
« Réglemens et Ordonnances faites par les Souve-
« rains du Païs, ainsi que celles des Magistrats à la
« police desquels ils seront soumis, tant pour la
« composition que pour la vente en gros desdites
« bierres, avec défenses expresses ausdits brasseurs-
« jurez de vendre aucunes bierres, autrement qu'en
« rondelles tonneaux, demy tonneaux et quarts
« d'iceux, ainsi qu'il sera réglé par lesdits Magistrats
« le tout ainsi qu'il est plus au long porté par ledit
« édit. Fait à Paris le 25e jour de novembre 1693.

« Quittance du trésorier des reveaus casuels de la « somme de III^{c} vj. l ».

Au rolle du 6 octobre 1693, art. 14.

Archives H 2-149.

On voit que le droit des Jurés-brasseurs, qui leur conférait la faculté de fabriquer et vendre seuls les bières qui se débitaient dans l'étendue de leur office, constituait une véritable spoliation, au détriment de leurs confrères et des hôteliers, cabaretiers, etc., auxquels la fabrication était désormais interdite; aussi vit-on la plupart des débitants imposés, plutôt que d'abandonner la fabrication à des étrangers ou aux premiers venus, se racheter en corps et s'acquitter au moyen de nouveaux droits qu'on leur permit d'imposer sur les bières; ce fut notamment le cas de la ville de Valenciennes qui s'affranchit de l'ingérence des traitants en payant à l'Etat les sommes qu'elle s'était engagée à fournir, moyennant quoi, elle percevait à son profit les droits du domaine.

* * *

Avant la création des Jurés-brasseurs, les cabaretiers et détaillants de toutes les villes du Hainaut, presque aussi nombreux que les bourgeois, fabriquaient eux-mêmes la bière dont les troupes faisaient une grande consommation ; mais quand les jurés eurent seuls le droit de fabriquer et que les débitants furent obligés de leur acheter la bière à la tonne pour la revendre à pot, la consommation diminua considérablement et la ferme des domaines souffrit dans des proportions équivalentes; cet état de choses exposé par l'intendant, en Octobre 1698, lui fait dire que : puisque les charges sont toutes débitées, il est facile de remédier à cet inconvénient en acceptant, par exemple, les propositions de certaines villes où les Magistrats offrent de racheter au profit des cabaretiers, le droit de brasser moyennant la perception temporaire d'un droit de 10 patars par tonne, MM. les Jurés-brasseurs, dit-il, sont prêts à se désister de leurs privilèges, à des conditions analogues ou même moins lourdes (1).

* * *

Dans le but d'obvier aux inconvénients pouvant résulter de l'espèce de monopole dont jouissaient les jurés-brasseurs et garantir le public de produits défectueux, il fut créé, par Edit de Juin 1694, en titre d'offices héréditaires, des *maistres-égards* dont les fonctions consistaient à goûter les bières pour s'assurer de leur bonne qualité et à surveiller tout ce qui entrait dans la fabrication de la bière ; cette nouvelle

(1) Correspondance des intendants. Les droits des Jurés-brasseurs étaient de 10 patars par tonne de bière forte et de 3 patars par tonne de petite.

création eut pour conséquence celle du droit de *regard* ou *gourmage*, il fut de 5 patars par tonne de bière forte, de 2 patars 6 deniers pour la bourgeoise et de 2 1/2 patars pour la petite. Ce droit fut imposé pour un certain nombre d'années, il était renouvelable de neuf en neuf années ; un arrêt du 13 Mars 1696, en réglementa la perception et on accorda l'exemption aux bourgeois pour leur consommation personnelle, à condition que ces bières fussent brassées chez eux et pour eux seulement. Les hôpitaux du roi et les cantines militaires avaient été exemptées de ce droit par arrêt du 20 Décembre 1685.

La spéculation devait fatalement essayer de tirer parti de la création des offices financés : on vit des particuliers acquéreurs des dits offices, céder, sous bénéfice, leur privilège de brasser à des cabaretiers. En Décembre 1696, l'Administration accepta l'offre qui lui fut présentée par un nommé Bidel, de verser 500.000 livres en sus du remboursement du montant des offices ; si l'on voulait supprimer ceux-ci à son profit, il n'exigeait pour toute indemnité que le droit de percevoir pendant 12 années, 12 patars par tonne de bière forte et 4 patars par tonne de petite.

Dans un rapport adressé en date du 30 Mai 1708, au contrôleur général, M. Roujeault, intendant du Hainaut, expose ses raisons de repousser l'offre de 30.000 livres faite par « quelques gens d'affaires » pour jouir à perpétuité des droits des brasseurs de bière et de gardes et gourmeurs, en Hainaut : « Il y a un abonnement au moyen duquel aucune affaire extérieure n'y a lieu. Cet abonnement cessant à la paix, la Flandre sera exempte de toutes les charges établies à cause de la guerre, pendant que dans le Hainaut les droits sur les boissons devant durer à perpétuité, les peuples continueront toujours à les payer comme ils faisaient pendant la guerre, dans le temps de leur établissement ».

Les taxes de 12 et 4 patars d'impôt furent payées jusqu'au 1er Janvier 1720 dans le Hainaut, et jusqu'au 31 Décembre 1725, dans la Prévôté-le-Comte. Par suite d'impérieux besoins, on rétablit en 1723 ces deux taxes pour 9 années dans le Hainaut et pour 6 ans et neuf mois dans la Prévôté-le-Comte. Depuis, les droits d'impôts furent régulièrement renouvelés, de neuf en neuf années, au moins jusqu'en 1772.

De 1752 à 1762 le revenu moyen en droits d'octroi et autres fut pour la ville de Valenciennes (1) :

Grain braisé (Malt)	126.731 livres 15 sous 6 deniers
Fortes bières et cidres(2)	231,202 livres 10 sous 10 denrs.
Petites bières	25.740 livres 10 sous 5 deniers

Nous donnons ci-après le détail des droits d'octroi auxquels étaient soumises les différentes sortes de bières en 1763 à Valenciennes:

(1) Archives de Valenciennes, C. C. 844.

(2) Le cidre avait été assimilé aux bières par arrêt du 23 Novembre 1694.

Droits d'octroi de la ville de Valenciennes

Bières (1763)

« Quatre florins quinze patars à la tonne de forte « bière cabaretière de 60 à 64 pots de la ville et de « l'ancienne et nouvelle Banlieuë, ci 4 florins 15 patars

« Quatre florins à la tonne de forte bière bourgeoise « de 70 à 74 pots, ci 4 florins

« Un florin à la tonne de forte bière foraine de même « continance de 70 à 74 pots, ci 1 florin

« Dix huit patars à la tonne de forte bière de 70 à « 74 pots qui se consomme par les habitants de la « nouvelle banlieue autres que les cabaretiers, « ci 18 patars

« Seize patars à la tonne de petite bière cabare- « tière dite sacrie de 60 à 64 pots, ci 16 patars

« Seize patars à la tonne de petite bière bourgeoise « de 70 à 74 pots, ci 16 patars

« Neuf patars à la tonne de petite bière manante « de 70 à 74 pots qui se consomme par les habitants « de la nouvelle Banlieuë autres que les cabaretiers « et sacries, ci 9 patars

« Cinq patars à la tonne de petite bière foraine de « 70 à 74 pots, ci 5 patards

« Cinq patars à la tonne de 64 pots de bière aigre, « ci 5 patars

« Les droits desdites fortes et petites bières et « bières aigres, s'adjugeroient par quatorze criées ».

Recueil de règlements Ms : 545-697.

QUATRIÈME PARTIE

CHAPITRE PREMIER

La Bière et l'Ecole de Salerne

Le docteur en médecine, Michel Le Long, traducteur et commentateur du poëme hygiénique, composé par le médecin poète, Jean de Milan, à l'intention de Robert II, duc de Normandie, vers l'an 1100 ; traduction connue sous le nom de « *Le Régime de santé de l'Eschole de Salerne* » Paris 1637. Nous édifie tout à la fois sur les vertus et les inconvénients de la cervoise au XIIe siècle. Au moment d'ouvrir le chapitre de la création des droits, création qui eut pour prétexte une question apparente d'hygiène, il n'est pas inutile, pensons-nous, de prêter l'oreille à ses discours.

Voici d'abord le poëme de Jean de Milan et sa traduction :

« Non acidum sapiat cervisia, sit bone clara
« Ex granis sit coctas bonis, satis ac veterata,
« De qua potetur, stomachus non inde granetur.

Du vinaigre le goust la cervoise ne sente,
Que claire, transparente et bien cuite elle soit ;
Soit faite de bons grains, non trop vieille ou récente,
Ne charge l'estomac de cil qui la reçoit.
« De la *Cervoise ou Bière et du Vin aigre.*

« Crassos humores nutrit cervisia, vires
« Prestat, et augmentat carnem generàt que cruorem :
« Infrigidat modicûm, fea plus dessicat acetum,
« Infrigida, maurat, melanch dat, sperma minorat,
« Siccos infestat nervos, et pinguia, siccat »

Les grossières humeurs la cervoise entretient,
Envoye de la force, et la chair elle augmente,
Elle engendre du sang, le ventre libre tient,
Provoque à uriner, rafraichit et enflante,
Le vinaigre plus qu'elle est froid et desseichant,
Il rend maigre le corps, fait la mélancholie,
Nuit aux nerfs desseichez, va la graisse alléchant,
Et du sperme par lui la force est amolie.

Michel Le Long accompagne cette traduction de deux discours desquels nous extrayons les passages suivants :

« La bière est un breuvage absolument malsain ; témoing sa composition de grains pourris et corrompus ; et bien que nous voyons ceux qui en font leur ordinaire, comme les Allemands et les Flamands, estre gros et gras et la plupart se bien porter, nous devons plutôt attribuer cette bonne disposition à la force de leur nature et à leur constitution, qu'à la qualité de la bière. » Voilà qui n'est guère flatteur pour la Brasserie de l'époque, ni engageant pour les buveurs. Voyons encore : « La bière tient lieu de vin, et breuvage délicieux au païs où la vigne ne se cultive point, côme en Fladre, Picardie, Angleterre, et autres contrées du Nord ; sa composition est de froment, d'orge, d'avoine seule ou meslée, selon lesquels ingrédiens, et les degrés divers de sa cuisson, joint l'artifice et la préparation, elle acquiert diverses saveurs. Ce breuvage oppile (*obstrue*) le foye, s'il n'est altéré de force houblon, et fait mesme, au dire de *Dioscoride* (1), devenir ladres, ceux qui en font l'ordinaire : d'abondant il fait mal à la teste, cause une yvresse beaucoup plus longue que le vin, et qui ne s'en va pas si facilement : de plus on remarque que ceux qui en sont yvres, tombent plustost en arrière que devant, pource que les vapeurs qu'il envoye au cerveau, ne pouvant estre promptement dissipées à

(1) *Dioscoride.* Médecin grec du premier siècle de notre Ère.

cause de leur épaisseur, se changent en humeurs crües et terrestres qui s'arrestent aux parties latérales et postérieures de la teste, occupent le principe des nerfs, et ostent aux esprits la liberté de leur chemin, d'où il arrive que tant à cause du poids de l'humeur que du principe des nerfs préoccupé, la chûte se fait plustost derrière que devant : qui pis est, telles yvresses sont suivies non rarement d'apoplexies, paralysies, affections léthargiques et autres ».

Provoque à uriner [a], *rafraichit* [b], *est enflante* [c]

Ce vers est particulièrement commenté.

« [a] A sçavoir quand elle est altérée (additionnée) de suffisante quantité de houblon. Or jaçoit que le houblon ne soit pas l'ingrédient principal en la composition de ce breuvage, pourtant il est celuy sans lequel il ne peut estre pris seurement, attendu que par sa faculté apéritive, il empesche les oppilations du foye, de la rate et du misentère, que la bière causerait sans difficulté.

[b] A sçavoir celle qui a beaucoup d'orge et peu de houblon ; pour tant telle bière que ce soit est de tempérament chaud, plus ou moins ; celle d'orge et d'avoine, médiocrement ; celle de froment le plus de toutes : car bien que le froment soit de nature tempérée, et que les autres grains susdits déclinent au froid, pourtant la seule préparation faite par fermentation, assation, putréfaction et coction, ne peut estre sans qu'elle retienne la qualité du feu. Or est elle

d'autant plus chaude qu'il y a de houblon meslé ; pourtant celle qui est fort houblonnée, peut autant ou mieux rafraischir que celle d'orge simple, attendu que le houblon fait évacuer l'humeur billieux qui entretient la chaleur dans le corps.

« Entendre des vents, faute d'une bonne coction, ou pource que l'estomac ne la peut digérer que lentement et difficilement : ou pource que l'orge qui en est le principal ingrédient, est venteuse à cause de sa froideur et viscosité. »

Terminons sur l'appréciation suivante :

« La bière se brasse en tous temps, pourtant celle de Mars est estimée la meilleure, à cause du houblon qui, lors est en sa force et vertu ».

CHAPITRE II

Origine de la Régie des Bières

Création, en 1625, de trois offices de visiteurs et controleurs des bières — Justification de cette création — Réglementation de la fabrication des différentes sortes de bières — Contenance obligatoire des futs — Défenses relatives a l'emploi des matières réputées nuisibles ou malsaines — Police relative a la vente des bières — Contraventions, confiscation, amendes — Valeur des charges des visiteurs-controleurs — Charges incombant aux brasseurs.

En ce qui concerne l'origine de l'exercice de la Régie et des droits qui ont d'abord été la conséquence toute simple de la création des emplois et qui, plus tard sont devenus impôts complémentaires ajoutés au salaire des employés. Il paraît qu'en 1625 la qualité des Bières laissait à désirer et que ce fut là la cause de la Création de trois offices de Visiteurs et Contrôleurs de bière jouissant de droits transmissibles par héridité.

Ces contrôleurs eurent leurs statuts.

Voici quelques extraits des considérants qui justifient cette création.

« Louis, etc., etc... Ayant reçu plusieurs plaintes
« de divers endroits de notre royaume où il y a Bras-
« serie de bierre, des abus qui se commettent en la
« composition, vente et débit desdites bierres, par
« les brasseurs et autres qui s'y entremettent, et qu'à
« cause de ce, il arrive de grans accidens de maladies
« à plusieurs personnes qui usent dudit breuvage,
« nous avons voulu être plus particulièrement informé
« desdits abus, afin d'y pourvoir, et nous ayant été
« rapporté que la plupart desdits brasseurs, au lieu
« de se servir de bons ingrédiens, comme ils sont
« tenus par les ordonnances et par les règlemens,
« composent lesdites bierres avec des eaux épaisses
« et corrompues, et pour la colorer et lui donner un
« goût haut et piquant, y font bouillir plusieurs
« mauvaises drogues, comme aussi y mêlent plusieurs
« sortes d'épiceries les plus grossières [1], tellement

(1) Le laurier-rose, la gentiane, la sauge, la lavande, l'absinthe, la coriandre, etc.

« que par ces matières et de la crudité de la bierre, « qu'ils ne font bouillir qu'à demy pour épargner le « bois, la peine et la journée des ouvriers, elle a des « qualités toutes contraires à celles qui la font recher- « cher, car au lieu de rafraîchir et désaltérer et « nourrir, elle échauffe le sang, altère et cause des « catares, des fluxions, hydropisies, fièvres et autres « grièves maladies, ainsi qu'il a été reconnu par « plusieurs médecins expérimentez et les autres qui « semblent apporter plus de considérations que leurs « compagnons en leur métier, rejettant ces mauvaises « matières, emploient le plus souvent à la composi- « tion de leur bierre des grains et houblons moisis et « corrompus, et ne lui donnent la cuisson qu'à demy, « qu'elle est pareillement cause qu'elle n'est ni saine « ni de garde.....

« ..... Sur quoy, jugeant très nécessaire d'y appor- « ter quelque ordre et règlement salutaire. » *(Ici indication d'enquête concluant à l'existence des abus signalés, puis ordonnance par édit perpétuel et irrévocable.)* « Q'en la confection, vente et débit des « bierres qui se composeront et se débiteront dores- « navant en notre royaume, païs, terres et seigneu- « ries de notre obéissance, les Brasseurs et autres « qui s'entremettent du fait desdites bierres suivent « l'ordre et règlement qui en suit :

« Seront les doubles bierres composées avec eaüx « nettes, grains, froment, orge et houblon qui soient « sains et non corrompus, lesquels grains, les Bras- « seurs auront soin de faire proprement mouiller,

« germer, touriller et gruer, et moudre à part ; puis « en prendront sçavoir desdites parts, les parts « d'orge et les autres parts de froment, sur lesquels « grains y feront passer l'eau qu'ils auront préparée, « après la prendront avec la fleur du houblon et met- « tront le tout en quantité équivalente, proprement « bouillir et cuire jusqu'à la diminution d'un quart « ou environ, observant les levains ou autres façons « requises ensemble, les saisons propres pour faire « que la bierre puisse estre de garde.

« La petite bierre autrement appelée seigle qui se « fait coutumièrement en été, en se servant de grains « et de houblons ayant déjà servi, devra être cuite « au moins jusqu'à la diminution de la quatrième « partie.

« Pour se bien conserver les bierres ainsi faites et « spécialement les doubles devant quillier le temps « convenable, puis être entonnées dans des vais- « seaux bons et non vieux, après qu'ils auront été « lavez à eau bouillante.

« Tous les muids, demi-muids, tonnes et autres « vaisseaux dans lesquels les Brasseurs vendront « leurs bierres, devront être tous de la même jauge et « mesure que doivent être ceux dans lesquels le « vin est vendu.

« Défendons très expressément auxdits Brasseurs et « autres employez à la confection, vente et débit « desdites bierres, de plus se servir à la composition « d'icelles, d'eaü mal nette, grains et houblons cor- « rompus, ni pareillement user d'aucunes drogues,

« épiceries et autres matières que celles dont se doi-
« vent faire les bonnes bierres, à peine à l'encontre
« des contrevenans de confiscation de leurs bierres
« et amende arbitraire »... Ici l'énoncé de la création des visiteurs-contrôleurs nécessaires à assurer la sécurité publique et le respect des règlements. Les visiteurs-contrôleurs devaient non-seulement voir les bières chez les Brasseurs, mais aussi toutes celles qui étaient mises en vente en gros et en détail afin « qu'il ne soit vendu aucunes bierres gatées ou cor-
« rompues, ni à plus haut prix que celui qui a été
« limité. » La taxe existait donc pour la bière, elle était établie d'un commun accord avec les Brasseurs.

« Lesdits contrôlleurs feront leurs rapports des-
« dites contraventions..... et oüys les jurez Bras-
« seurs donneront chacun sur le prix qu'ils jugeront
« raisonnable pour la vente desdites bierres, eu
« esgard au tems, lieux, achats, ingrédiens, qui en-
« trent en icelles, vivres et journées des ouvriers,
« lequel prix donné ne pourra être surpassé par les-
« dits Brasseurs ou vendeurs de bierres. »

Le montant des confiscations et amendes était appliqué 1/3 aux coffres du roi, 1/3 aux pauvres et 1/3 aux dénonciateurs et aux visiteurs-contrôleurs, ce dernier 1/3 par moitié.

« Sans préjudice des maîtrises et droits des jurez-
« brasseurs, qui continueront leurs visites et rap-
« ports ainsi qu'ils en ont accoutume de faire, à ce
« que les uns veillant sur les actions des autres, le
« public soit plus fidèlement servi. »

Voyons enfin ce que fut la valeur de ces charges de visiteurs-contrôleurs et ce qu'elles firent peser de frais sur la Brasserie ; on remarquera que si les brasseurs furent soumis au paiement d'un droit, ils purent trouver quelque compensation dans la défense qui devait être prise de leurs intérêts chez les vendeurs. « Et afin de donner moyens auxdits contrôl-
« leurs et visiteurs de s'entremettre et bien vacquer
« à leurs charges, nous leur avons attribué et octroyé,
« attribuons et octroyons pour tous droits, salaires
« et vaccations, à raison de 6 sols tournois pour
« visite de chacun muid de bierre, mesure de Paris,
« et à l'équivalent pour les autres vaisseaux, dans
« lesquels lesdites bières seront mises au lieu de leur
« établissement, qui seront payez par lesdits bras-
« seurs, en faisant ladite visite, et seront lesdits
« droits partagez également entre les contrôlleurs-
« visiteurs d'une même ville et bourg, à la charge
« de vacquer chacun au dû et exercice de sa charge,
« comme il appartiendra pour desdits offices ; jouir
« par les acquéreurs, les veuves, héritiers ou succes-
« seurs ou autres ayant leur droit et cause, hérédi-
« tairement comme leur chose propre, vray et loyal
« acquest, sans que pour leursdits salaires, il soit
« loisible d'en exiger davantage qu'à raison desdits
« 6 sols pour muid, à peine de concussion ; ny qu'ils
« puissent sous aucun prétexte que ce soit faire aug-
« menter la dite attribution, laquelle demeurera ainsi
« modérée, le prix des bières demeurant toujours
« raisonnable Et afin que lesdits contrôlleurs-visi-

« teurs puissent continuellement vacquer à la fonc-
« tion de leursdits offices, nous les avons exemptés
« et affranchis de toutes charges publiques et per-
« sonnelles, ainsi que les exempts des Paroisses créez
« par édit du mois de septembre 1603 ; et ne pourra
« être procédé à la revente desdits offices, de six ans
« sinon par doublement sur le prix total qui en aurait
« été payé en nos coffres par les acquéreurs d'iceux,
« si donnons...

CHAPITRE III

Droits et Règlements de 1635 à 1791

SUPPRESSION DES OFFICES — ETABLISSEMENT D'UN DROIT DE CONTROLE DES BIÈRES — DROIT EXIGÉ SUR TOUTES LES BIÈRES — DROITS DIVERS ET LEUR APPLICATION A DIFFÉRENTES ÉPOQUES.

Dix ans plus tard, les offices dont nous venons de parler furent supprimés et l'on établit un contrôle de bières, entraînant un droit qui fut d'abord porté à 22 sous par muid dans tous les pays d'Aides, c'est-à-dire qui étaient soumis aux impôts indirects, et à 28 sous pour la ville de Paris seulement.

Ces droits firent plus tard, en 1680, la matière d'un titre de l'ordonnance des aides qui, en réglant les cas où ils étaient percevables, (Article 1er) « Droit « de contrôle qui se lève sur chaque muid de bière, « mesure de Paris, qui se façonne dans toutes les « brasseries du royaume » fixa leur quotité à 37 sous 7 deniers par muid, dans la ville et faubourgs de Paris et à 30 sous partout ailleurs, dans les pays d'Aides, villes, bourgs et paroisses. Ils étaient dûs indistinctement sur toutes les bières petites ou fortes, qu'elles fussent produites ou non par des brasseurs de profession, des communautés, des hôpitaux ou des particuliers. Aucune déduction n'était accordée pour consommation de famille.

Les motifs de cette rigueur apparente, relatives à des bières brassées par des particuliers ou des communautés pour leur consommation, tiennent (disent Diderot et d'Alembert) « à ce qu'en général les immu- « nités ne sont accordées que pour des boissons de « crû, que celles qui exigent une préparation, telles « que la bière et l'eau-de-vie, ne peuvent être mises « dans la même classe, encore qu'elles soient faites « avec des matières du crû, ces matières étant déna- « turées de façon que leur origine ne peut plus être « reconnue ; et, d'ailleurs, la fabrication des bois- « sons tenant à l'industrie et au commerce d'une pro- « fession ne jouissant à cet égard d'aucun privilège. »

Indépendamment des droits qui viennent d'être énumérés, la bière était, en outre, soumise aux droits de gros, jaugeage-courtage, entrée, détail. Ces droits étaient (article 6 de l'ordonnance de 1680) pour le gros, du vingtième du prix de la vente, de quelque qualité que soit la bière, c'est-à-dire : blanche, petite ou double, et celui du huitième à 8 sols par muid dans tous les endroits où le huitième du vin se percevait, à la réserve de la ville et des faubourgs de Paris qui en étaient déchargés par le 9e article, aussi bien que du droit réglé de subvention et augmentation de la vente en détail. Le droit de jeauge-courtage à l'entrée des villes soumises à ce droit était de 9 sous par muid.

La bière qui avait été frappée de droit chez le Brasseur était exempte de toute autre taxe, si elle était consommée dans Paris, parce que ces droits comprenaient celui d'entrée, celui de contrôle et, plus tard, en 1697 celui qui fut créé par édit et attribué aux offices d'essayeurs, érigés pour inspecter la fabrication des bières, droit qui s'élevait à 35 sous par muid et qui fut perçu par le roi, quand, par Édit de Mars 1698, les offices d'essayeurs furent supprimés.

La réunion de ces droits formait un total de 9 livres 13 sous 10 deniers par muid, et les 10 sous par livre, ou moitié en sus créés par l'édit du mois d'août 1781.

Les droits d'entrée et de sortie étaient dûs en vertu des droits de haut passage, rêve et impositions foraines ; ces droits étaient fixés d'après l'appréciation de la valeur et déterminés par édits ; par exemple les droits de sortie, dans toutes les provinces, sauf l'Anjou, furent pour les Bières, basées sur l'évaluation de 4 livres 10 sols le tonneau, mesure de Paris.

On trouve cette évaluation dans les édits de 1542, 1551, 1556, 1581 ; en 1621 et 1629, le montant de cette évaluation fut porté à 7 livres 10 sols le tonneau, les droits variant de 16 à 20 deniers pour livre ; cette charge représentait de 6 à 8 °/o de la valeur de la bière mise en circulation. Ces droits subsistèrent jusqu'à 1664.

DROITS DE CONSOMMATION DE 1680 A 1791

Le 8e article de l'ordonnance de 1680 dispose, que le droit réglé qui se paie pour la vente au détail « à Pôt » ou à assiette, c'est-à-dire pour ce qui se consomme isolément ou s'emporte (l'expression « à porte Pôt » qui subsiste encore dans le Lyonnais notamment, le rappelle clairement) ou ce qui se consomme avec accompagnement de repas chez les débitants, sera de 3 livres 10 sols par muid, pour être payé, dans tous les lieux où le droit est appliqué au vin.

Le Pôt contenait deux grandes pintes de Paris, environ deux litres.

Enfin le 10e article ordonne le paiement du quatrième Parisis, du sol et 6 deniers et du droit de subvention réglé à 13 sols 6 deniers par muid, partout aussi où ces droits se paient sur le vin.

Réglementation de la Brasserie de 1680 a 1791

Nous allons maintenant présenter aux lecteurs l'analyse des règlements auxquels les Brasseurs furent soumis de l'année 1680, jusqu'en février 1791, date de l'abolition de l'exercice et des droits.

Les Brasseurs et tous ceux qui fabriquaient de la biére étaient tenus d'avertir par écrit, à chaque brassin, les commis, du jour et de l'heure où ils mettraient le feu sous les chaudières, au moins trois heures avant de l'allumer et de retirer le double de la déclaration qui leur sera délivrée sans frais.

Les heures de l'entonnement étaient fixées de cinq heures du matin à sept heures du soir pendant l'été, et de sept heures du matin à cinq heures du soir, du 1er Octobre au 1er Avril. Les commis devaient être prévenus ou appelés par les Brasseurs sous peine de confiscation des Bières et des instruments servant à la fabrication, et d'une amende de 100 livres.

Les arrêts du Conseil en date des 14 Mars, 14 Avril 1719, 26 Septembre 1721, 21 Mars 1722 et ceux du 22 Janvier 1726, renforcèrent cette amende contre les Brasseurs de Paris qui avaient contrevenu aux dispositions ci-dessus, quelques-uns furent condamnés à 300 et 500 livres d'amende, avec interdiction d'exercer leur commerce pendant 6 mois et un an.

Il était interdit de se servir de cuves, chaudières,

baquets, etc., dont le jaugeage n'aurait pas été fait par les commis, qui devaient apposer leurs marques et en dresser procès-verbal.

A mesure que les entonnements étaient effectués, les commis devaient aussitôt marquer les tonneaux pleins, tenir registre de leur nombre et de leur contenance.

Il était défendu aux Brasseurs de souffrir l'enlèvement des dits tonneaux avant qu'ils aient été démarqués par les commis, sous peine de confiscation et de 500 livres d'amende.

Les droits pouvaient être exigés des fermiers ou sur le nombre et la contenance des vaisseaux dans lesquels la bière était renfermée, sans déduction sur les coulages ni remplissages, ou sur le pied de la jauge des chaudières, sous réduction du quart.

Il était défendu aux Brasseurs d'enlever ou de laisser enlever les bières vendues en gros, sous congé, dans les mêmes heures que celles prescrites pour l'entonnement, sous peine de confiscation des bières et des voitures servant à leur transport, et de 100 livres d'amende.

Ils étaient tenus sous les mêmes peines, de souffrir les visites et exercices de commis, dans tous les temps et toute heure, tant de jour que de nuit. Les arrêts et lettres patentes des 22 Novembre et 4 Décembre 1725, enregistrés à la Cour des Aides le 24 Janvier 1726 confirmèrent le droit des commis et fermiers sur ce point.

CONSOMMATION DE LA BIÈRE A PARIS A LA FIN DU XVIIIe SIÈCLE

Dans un tableau des objets consommés ou entrés à Paris chaque année, antérieurement à la Révolution, et qu'il remit en 1791 au comité d'impositions de l'assemblée constituante, le savant Lavoisier expose que la consommation était de : 20.000 muids de bière, soit 54.800 hectolitres, (le muid de 288 pintes de Paris équivalait à 274 litres) pour une population qui, suivant Necker, était, en 1784 d'environ 660.000 habitants.

D'autre part, dans leur encyclopédie, Diderot et d'Alembert disent : « Un écrivain moderne assure, « dans un ouvrage intitulé : *La vie privée des Fran-* « *çais*, qu'en 1750 on fabriquait communément 75.000 « muids de bière et qu'actuellement, en 1782, on n'en « fabrique plus que 26.000 muids. Cet historien est « mal informé, la fabrication de la Bière a été année « courante, depuis 1768 jusqu'à 1780, de 66 à 72.000 « muids (180.840 à 197.280 hectolitres) suivant que « le vin s'est trouvé plus ou moins abondant ».

Les chiffres ci-dessus ne peuvent être pris comparativement puisqu'ils expriment respectivement la fabrication et la consommation de Paris ; ce qui pourtant ne prouve pas que la différence que leur rapprochement fait ressortir, indique exactement ceux de l'exportation Parisienne.

Les mêmes auteurs nous signalent les Brasseurs du faubourg Saint-Antoine et du faubourg Saint-Marcel parmi ceux qui, notamment débitaient le plus de bière, ils ajoutent : « Le commerce des bières en « France ne s'étend guère au delà du Royaume, « mais il s'en fait un très considérable à Paris, et « dans quelques provinces, particulièrement dans la « Flandre Flamingante, la Flandre Française et la « Picardie ».

Nous serons fixés sur le prix approximatif de la bière à cette époque quand nous saurons que, dans le rapport cité plus haut, Lavoisier, au chapitre du prix des objets consommés dans Paris, l'évalue à 60 livres le muid.

CHAPITRE IV

Abolition et Restauration des Droits

La Constituante supprime les aides et gabelles — Habile réglementation des aides — Rétablissement des droits réunis — Le nouveau régime copie l'ancien — Le brasseur Santerre débiteur envers la nation est dispensé des droits — Notes biographiques sur le citoyen, général Santerre.

Par décrets en date des 19 Février, 2 et 21 Mars 1791, l'Assemblée Constituante supprima les aides et gabelles, impôts indirects odieux ; les droits dans les villes, bourgs et villages se trouvèrent abolis. Le décret qui proclame la liberté de l'industrie, supprime les droits d'aides ; la même assemblée créa un impôt destiné à remplacer les droits de maîtrise : celui des patentes.

L'organisation des aides était telle que, plus tard, lors de la création de nouveaux impôts sur les boissons, elle fut copiée par le régime politique qui rétablit les droits. Voici en effet ce qu'on lit dans (l'*Histoire des finances de l'ancien régime*, de R. Stourm) : « L'impôt des aides, malgré l'incohérence de ses « tarifs, contenait en germe dans sa réglementation, « la constitution même de l'impôt des boissons, tel « que nous le possédons aujourd'hui.

« .... Cette habile réglementation était l'œuvre « de la ferme générale. Déjà nous avons signalé la « perfection de tout ce qui sortait de ses mains ; à « force d'art et d'obstination, elle avait assuré dans « un même réseau de prescriptions solides et effi- « caces, les droits multipliés et la taxation variable de « l'impôt des aides.

« Nous pourrions continuer à constater les mêmes « ressemblances en parcourant les chapitres relatifs « à la conclusion des contraintes, à la conclusion des « abonnements, à la recherche des fausses caves, à « la déclaration des prix ; des visites des vins au « transit, *aux droits de fabrication sur la bière, avec « l'épalement des cuves, chaudières et bacs, et aux « déclarations de mise de feu et d'entonnement ...... « tous ces points figuraient dans l'ordonnance fonda- « mentale des aides, tels à peu près que nous les « retrouvons aujourd'hui* ».

« Conclusion : sous le désordre apparent de la « diversité et de la multiplicité des taxes, l'impôt « des boissons possédait donc avant 1789, une règle- « mentation très puissante ; aussi le régime poli- « tique qui rétablit, en 1804, les droits réunis, s'em- « pressa-t-il de restaurer cette ancienne législation ».

Lorsque la loi du 17 Mars 1791 eut prononcé la suppression de tous les droits d'Aides, l'Assemblée Constituante n'entendit plus parler d'impôt sur les boissons. La seule pièce qui, durant cette époque, subsiste de l'impôt des boissons est relative au Brasseur Santerre, établi au faubourg Saint-Antoine, et qu'on avait surnommé le ***Père du Faubourg***.

Le citoyen Santerre, maréchal de camp et commandant général de la garde nationale Parisienne, était débiteur envers la Nation des droits sur la bière fabriquée dans ses Brasseries pendant les années 1789, 1790 et les trois premiers mois de 1791, après lesquels les perceptions avaient été supprimées. Le débet du citoyen Santerre s'élevait à 49.603 livres 6 sous 6 deniers. Il ne le conteste pas, dit le rapport, « mais il prétend qu'il doit en être déchargé parce « que le peuple a consommé la plus grande partie de « ses bières à l'occasion des mouvements auxquels « la Révolution a donné lieu ».

Le rapport s'étend sur la bienfaisance et le patriotisme de Santerre : « Il a servi la chose publique ; « sa maison était ouverte à tout venant, on y distri- « buait de la bière gratuitement. Sans doute il « n'existe plus aucune preuve de cette consommation

« gratuite, mais cette preuve, les évènements l'ont « rendue impossible ».

Le rapport conclut ainsi :

« Il serait non seulement injuste, mais encore « odieux, de faire payer à Santerre le droit sur les « bières qu'il a sacrifiées à la Nation ».

Le ministre va jusqu'à louer la discrétion de Santerre, qui ne demande pas le remboursement de la valeur des bières consommées chez lui.

Finalement, Santerre fut dispensé du paiement des droits précités aux liquidateurs de la Ferme Générale (7 Avril 1793).

Antoine-Joseph Santerre, né le 16 Mars 1752, était fils d'un Brasseur de Cambrai, qui était venu s'établir à Paris, au faubourg Saint-Antoine. Il continua l'état de son père, sa fortune, sa réputation de probité et de générosité, sa conduite envers les nombreux ouvriers qu'il employait, — lisons-nous dans la *Biographie générale* publiée par *Firmin Didot frères*, — lui attirèrent une grande influence dans son quartier, au début de la Révolution. Nous avons vu plus haut, qu'il avait été surnommé le Père du Faubourg. En 1792, les agitateurs des faubourgs se réunissaient souvent dans la Brasserie de Santerre. C'est là, nous dit la biographie précitée, que fut préparée de longue main l'émeute du 20 Juin (1).

(1) On sait que le roi ayant usé de son droit de *veto* suspensif sur les décrets du 26 Mai et du 19 Juin, une immense manifestation en l'honneur de l'anniversaire du serment du Jeu de

Envoyé avec une division, pour combattre les insurgés vendéens (Mai 1793) il se comporta bravement, mais subit des échecs. A la suite de l'un d'eux, celui de Coron peut-être ? on lui fit d'avance cette épitaphe :

Ci git le général Santerre
Qui n'eut de Mars que la bière (1)

Mais il convient de reconnaître que si Santerre fut un tacticien médiocre, les dix-huit à vingt mille hommes qu'il commandait comprenaient une quantité très sensible de non-valeurs, représentée par les volontaires de la formation de Paris qu'on appelait les « héros à cinq cents livres » qui ne jouissaient pas d'une grande réputation de bravoure et des levées en masse de tous les départements voisins : ouvriers, employés, paysans ; soldats improvisés, la plupart sans armes.

Arrêté à Rennes sous prétexte d'Orléanisme, enfermé aux Carmes, libéré après le 9 thermidor, Santerre donne sa démission ; arrêté de nouveau, il est relâché en 1795.

(1) On l'avait aussi surnommé le « *Général mousseux* ».

Paume, devint une émeute. Sous la conduite de Santerre, du boucher Legendre et de l'orfèvre Rossignol, le peuple se rendit à l'Assemblée Nationale, en criant : « A bas le *veto* ! Vivent les Ministres Girondins ! » et envahit le château des Tuileries.

Pendant sa première détention, sa Brasserie était tombée dans l'inactivité, par suite du désaccord qui existait entre Santerre et sa femme au point de vue des idées politiques et du caractère, on voit alors celle-ci tirer sa dot et tout ce qu'elle peut de cette maison en désarroi. Santerre vend sa Brasserie et, finalement, reste avec une cinquantaine de mille francs pour vivre avec ses trois enfants. Il spécule sur les biens nationaux et refait sa fortune. Pendant le Consulat, il s'adresse à Bonaparte pour obtenir de rentrer dans l'armée ; il est réintégré dans son titre de général, avec le traitement de réforme.

Vers la fin de sa vie, Santerre se laisse entraîner par le beau-père de l'un de ses fils dans des spéculations désastreuses ; il est alors ruiné si complètement qu'il est obligé d'abandonner tout à ses créanciers, jusqu'à une partie de sa pension de retraite. Accablé par l'infortune et les souffrances, Santerre mourut le 6 février 1809.

La grande Encyclopédie de Larousse, dans laquelle nous avons puisé une partie des éléments qui nous ont permis de faire la rapide analyse biografique de Santerre, termine ainsi : « Quoiqu'il fût oublié, l'ombrageuse police de l'Empire craignit des funérailles tumultueuses et intercepta, dit-on, les lettres d'invitation ; en sorte qu'il n'y eut presque personne derrière le char funèbre de ce chef révolutionnaire, qui avait régné un instant sur Paris, com-

L'étude toute spéciale à laquelle je me suis livré depuis l'impression de cet ouvrage, et qui a fait l'objet dans le journal *Le Brasseur Français*, de Mai à Août 1904 et de Juin à Août 1905, des publications suivantes :

Santerre, brasseur parisien, général de la République française.

La famille Santerre et la brasserie parisienne au XVIIIe siècle. — Notes et documents.

me permet de redresser ici une erreur dans laquelle bon nombre d'historiens et moi-même sommes tombés touchant l'origine du célèbre brasseur :

Antoine-Joseph Santerre, né à Paris, rue Censier, n° 7, le 10 Mars 1752, était le fils de Antoine Santerre, né à Saint-Michel-en-Thiérache, le 12 Mai 1705, petite ville d'où il était venu en 1747 s'établir brasseur à Paris, et de Marie-Claire Santerre, sa cousine, fille d'un brasseur de Cambrai, qu'il avait épousée en 1748.

Nota. — Le soi-disant buste de Santerre offert comme tel au Musée Carnavalet, a été reconnu apocryphe.

France Weber.

Erratum, page 327, première ligne, lire 100.000 hommes.

mandé à 10,000 hommes, et tenu en quelque sorte entre ses mains, les destinées d'un grand peuple ».[1]

---

(1) Le Musée Carnavalet à Paris, possède le buste de Santerre qui provient de son ancienne brasserie de la *Rose Rouge*.

CHAPITRE V

Modifications successives de la Loi sur la Brasserie de 1680 à 1899

L'exercice tel qu'il existait en Brasserie en 1680, lors des ordonnances de Louis XIV, subsista donc jusqu'à l'abolition des droits en 1791 ; il ne fut rétabli qu'avec la loi du 5 ventôse an XII (25 février 1804). Les Brasseurs furent tenus de déclarer la contenance de leurs chaudières, l'heure de la mise de feu et celle de l'entonnement. Il fut perçu un droit de 0 fr. 40 par hectolitre, quelle que fût la qualité de la bière, d'après la contenance des chaudières, déduction faite de 15 % pour ouillage, coulage, etc.

La bière fabriquée par les particuliers pour leur consommation fut exempte du paiement des droits à condition que cette bière ne ferait l'objet d'aucune vente, sous peine de contravention, poursuites, amendes, etc., etc. Cette loi a subsisté conjointement avec les droits de vente en gros 5 °/₀ et de détail 10 °/₀, auxquels la loi de 1806 avait soumis les autres boissons, jusqu'en 1808 où la loi du 25 novembre applique de nouveau à la fabrication les droits et les moyens de perception, l'ancien mode de perception, dit M. d'Agar, dans son *Manuel alphabétique des Contributions indirectes*, offrant beaucoup de difficultés dans le Nord de la France, où la bière est la boisson ordinaire des habitants de toutes les classes, le gouvernement se détermina à remplacer ces divers droits par une perception unique de 2 francs par hectolitre à la fabrication, ainsi qu'il résulte de l'article 24 de la loi précitée.

Depuis, la quotité de ce droit a éprouvé des variations successives ; la loi du 8 décembre 1814, l'avait fixé à 1 fr. 50 par hectolitre de bière forte et à 0 fr. 75 par hectolitre de petite bière.

La loi du 28 avril 1816 avait élevé le premier de ces droits à 2 fr. et réduit le second à 0 fr. 50.

Cependant ce dernier droit était de 0 fr. 75, lorsqu'il était constaté par un arrêté du Préfet, pour chaque arrondissement et sur l'avis du sous-préfet, qui prenait l'avis des maires, que l'hectolitre se vendait 5 fr. et au-dessus (article 107).

La loi du 25 mars 1817 (art. 86) avait fixé cette

quotité à 3 fr. par hectolitre de bière forte et à 0 fr. 50 par hectolitre de petite bière, et à 0 fr. 75 dans le cas où la petite bière se vendrait 5 fr. et au-dessus.

Celle du 1er mai 1822 avait maintenu la taxe de la bière forte à 3 fr. l'hectolitre et établi qu'il n'y aurait plus pour la petite bière qu'un droit unique fixé à 0 fr. 75.

La loi du 12 décembre 1830, réduit ces taxes à 2 fr. 40 par hectolitre pour la bière forte et à 0 fr. 60 pour la petite bière.

En juillet 1855, ces droits sont portés à 3 fr. 60 et 1 fr. 20.

Définitivement, l'article 4 de la loi du 1er septembre 1871 porte le droit à la fabrication des bières, pour la Bière forte à 3 fr. 75 par hectolitre, décime compris
Petite bière à 1 fr. 25 — —

Le système d'application des droits ci-dessus et le mode de perception de la loi de 1808 est réglementé par les diverses lois des 8 décembre 1814, 28 avril 1816, 25 mars 1817 et 14 mai 1824 ; les lois de mars 1822, Avril 1836, Mars 1852, Septembre 1871 et Mai 1882 les modifient.

L'antique loi de 1816 avec son ambiguité, son cortège de circulaires, d'arrêts de cours, de tolérances, etc., etc., tombe enfin le 28 Mars 1899 devant le vote de la Chambre des députés qui la remplace par la loi à la densité dont le texte officiel trouve tout naturellement sa place ici.

LOI A LA DENSITÉ

DÉCRÉTÉE LE 30 MAI 1899, MISE EN VIGUEUR LE 1er JUIN 1899

Art. 6 (*de la loi de finances*)

Le droit de fabrication sur les bières tel qu'il est établi par la législation en vigueur est supprimé. Il est remplacé par un droit, en principal et décimes, de 0 fr. 50 par degré-hectolitre de moût, c'est-à-dire par hectolitre de moût et par degré du densimètre au-dessus de cent (densité de l'eau), reconnu à la température de 15 degrés centigrades ; les fractions au-dessous d'un dixième de degré sont négligées.

Si le produit de l'impôt des bières réalisé pendant les douze premiers mois de la mise en exécution de la présente loi était inférieur ou supérieur à la somme de 27.420.000 francs, le tarif fixé ci-dessus serait relevé ou abaissé au taux qui, appliqué au nombre de degrés-hectolitres constaté pendant cette première période de douze mois, aurait été reconnu nécessaire pour assurer une perception au moins égale à ladite somme de 27.420.000 fr.

Ce taux serait rendu applicable par un décret, qui, inséré au *Journal Officiel*, serait obligatoire dans les délais de promulgation.

Art. 7

Sauf le cas prévu à l'article 11, il ne peut être fait usage, pour la fabrication de la bière, que de chaudières de 8 hectolitres et au-dessus. Il est défendu de se servir de chaudières non fixées à demeure.

Art. 8

Les brasseurs et les distillateurs de profession sont soumis, tant de jour que de nuit, même en cas d'inactivité de leurs établissements, aux visites et vérifications des employés de la Régie et de l'Octroi, et tenus de leur ouvrir, à toute réquisition, leurs maisons, brasseries, ateliers, magasins, caves et celliers.

Toutefois, quand les usines ne sont pas en activité, les employés ne peuvent pénétrer pendant la nuit chez les brasseurs ou distillateurs de profession qui ont fait apposer des scellés sur leurs appareils, ni chez les distillateurs qui auront adopté un système de distillation en vase clos agréé par l'Administration, ou qui, pendant le travail, muniront leurs appareils de distillation d'un compteur agréé et vérifié par l'Administration.

Les appareils ne peuvent être descellés qu'en présence des employés de la régie et qu'après que l'industriel a fait une déclaration de fabrication.

Les scellés peuvent cependant être enlevés par l'industriel, en l'absence des employés, dans des conditions que déterminera le décret prévu par l'article 14.

Toute communication intérieure entre la brasserie et les bâtiments non occupés par le brasseur, ou ceux dans lesquels l'industriel se livre à la fabrication ou au commerce des substances saccharifères (mélasses, glucoses, maltoses, maltines, etc., sucres végétaux ou toute autre substance sucrée analogue), est interdite et doit être supprimée.

Art. 9

Si le nombre total des degrés-hectolitres, applicable à l'ensemble des chaudières ou appareils à houblonner déclarés pour le brassin, dépasse le dixième de la quantité déclarée conformément à l'article 16, l'excédent est soumis en totalité :-

1° Au double du droit fixé par l'article 6 de la présente loi s'il est compris entre 10 et 15 % de la quantité déclarée ;

2° Au droit de 5 francs par degré-hectolitre au-dessus de 15 et jusqu'à 20 % inclusivement de la même quantité.

Un excédent de plus de 20 °/₀ à la quantité déclarée suppose une déclaration frauduleuse ; dans ce cas, la totalité des quantités reconnues est imposable au droit de 5 francs par degré-hectolitre.

Art. 10

A l'exception des excédents de trempes qui font l'objet du décret prévu par l'article 14 ci-après, toute quantité de moût trouvée en dehors des chaudières à houblonner après l'heure déclarée pour la fin de la rentrée définitive des trempes dans ces chaudières, est considérée comme ayant été frauduleusement soustraite à la prise en charge et soumise au droit de 5 francs par degré-hectolitre, sans préjudice de l'amende édictée par l'article 16.

Art. 11

Les propriétaires ou fermiers peuvent, sans payer de droits, fabriquer la bière exclusivement destinée à la consommation de leur maison, à condition :

1° De n'employer que des matières provenant de leur récolte ;

2° De faire une déclaration à la régie pour chaque brassin ;

3° De se servir d'une chaudière fixée ou non fixée à demeure, mais d'une contenance inférieure à cinq hectolitres.

La sortie des bières de la maison où elles ont été fabriquées ainsi en franchise est formellement interdite.

Les particuliers, collèges, maisons d'instruction et autres établissements publics sont assujettis aux mêmes taxes que les brasseurs de profession et tenus aux mêmes obligations.

Toutefois, les particuliers et les établissements spécifiés ci-dessus qui n'emploient que des chaudières d'une capacité inférieure à 8 hectolitres sont dispensés de fixer ces chaudières à demeure; ils sont, en outre, exonérés du payement de la licence.

Les brasseries ambulantes sont interdites.

Art. 12

Le droit de fabrication est restitué sur les bières expédiées à l'étranger ou pour les colonies françaises.

Ce droit est calculé, par degré-hectolitre, d'après le tarif fixé à l'article 6 de la présente loi, en remontant à la densité originelle des moûts des bières exportées.

Art. 13

Les contestations relatives à la densité des moûts, et, en cas d'exportation, à la densité originelle des moûts des bières exportées, sont déférées aux commissaires experts institués par l'article 19 de la loi du 27 juillet 1882 et par la loi du 7 mai 1881.

Art. 14

Un décret déterminera les obligations complémentaires et de détail, ainsi que les déclarations auxquelles sont tenus les brasseurs. Il fixera notamment :

1° Le mode de payement des droits ;

2° Les conditions d'agencement et d'installation des établissements et des chaudières à cuire et à houblonner ;

3° Les dispositions à prendre pour déterminer le volume et la densité des moûts, ainsi que le nombre minimum de degrés-hectolitres à imposer par brassin, le mode de reconnaissance des brassins et la période pendant laquelle cette reconnaissance pourra être effectuée ;

4° Les prescriptions à remplir par les brasseurs :

a) Pour être exemptés des visites de nuit ;

b) Pour obtenir la restitution du droit de fabrication sur les bières exportées ;

c) Pour être admis à employer, dans la fabrication de la bière, des mélasses, des glucoses, de la maltose, de la maltine, des sucs végétaux ou toute autre substance sucrée analogue ;

5° Les conditions auxquelles seront subordonnés l'introduction et l'emploi en brasserie des mélasses, glucoses, maltose, maltine, sucs végétaux et autres substances sucrées analogues, les bases d'imposition des produits régulièrement employés et des manquants constatés.

Un décret déterminera également les mesures d'exécution de l'article 8 en ce qui concerne les distillateurs et bouilleurs de profession.

Art. 15

Les actes réguliers inscrits au portatif des bières tenu par les employés des contributions indirectes sont valables même lorsqu'ils ne sont signés que par un seul agent.

Art. 16

L'emploi d'appareils clandestins, soit pour la saccharification, soit pour la cuisson des moûts, l'existence de tuyaux ou conduits dissimulés et non déclarés, sont punis d'une amende de 3,000 à 10,000 francs.

En cas de récidive, l'amende est portée au double, et l'usine pourra être fermée pendant une période de six mois à un an.

Les autres infractions aux dispositions des articles 7 à 13 de la présente loi, et du décret qui sera rendu pour son exécution, sont punies d'une amende de 1.000 francs sans préjudice du payement des droits fraudés.

L'article 19 de la loi du 20 mars 1897 relatif à l'admission des circonstances atténuantes n'est applicable qu'aux dispositions du paragraphe qui précède.

Art. 17

Les articles 107 et 110 à 137 de la loi du 28 avril 1816, 4 de la loi du 23 juillet 1820, 8 de la loi du 1er mai 1822, 23 du décret du 17 mars 1852 et 4 de la loi du 1er septembre 1871, sont abrogés.

Décret déterminant les Obligations complémentaires et de détail auxquelles sont tenus les Brasseurs par application de la nouvelle loi.

Art. 1er. — Les brasseurs de profession sont tenus de faire apposer au-dessus de l'entrée principale de chacun de leurs établissements une enseigne sur laquelle est inscrit, en caractères apparents, le mot « Brasserie ».

Quinze jours au moins avant de commencer leur travail, ils devront faire, au bureau de la régie, une déclaration comportant l'indication du lieu où est situé leur établissement. Cette déclaration mentionnera en outre la contenance de leurs chaudières (hausses fixes comprises), bacs cuves et vaisseaux à demeure de toute nature.

Art. 2. — Les brasseurs fourniront l'eau, les ustensiles et les ouvriers nécessaires pour vérifier par empotement la contenance de ces divers vaisseaux. Cette vérification sera faite en leur présence par les employés de la régie, qui dresseront procès-verbal du résultat de l'épalement. Elle ne pourra être empêchée par aucun obstacle du fait des brasseurs. Elle pourra être faite à nouveau toutes les fois que le service le jugera utile.

Sont compris dans l'épalement des chaudières les hausses et couvercles fixés à demeure sur ces vaisseaux jusqu'au niveau d'écoulement.

Les brasseurs sont autorisés à se servir de hausses ou de couvercles mobiles qui ne sont point compris dans l'épalement, pourvu qu'ils ne soient placés sur les chaudières qu'au moment de l'ébullition de la bière et qu'on ne se serve point de mastic ou autres matières pour les luter, les soutenir ou les élever.

Les hausses mobiles ne devront pas avoir plus de 1 décimètre de hauteur.

Art. 3. — Les chaudières, les bacs et cuves ou vaisseaux à demeure de toute nature reçoivent un numéro d'ordre avec l'indication de leur contenance en litres et de leur destination.

Dans les dix jours qui suivent la signature du procès-verbal d'épalement, ces indications sont peintes à l'huile, soit sur le récipient, soit sur une plaque fixée à proximité, en caractères ayant au moins 5 centimètres de hauteur, par les soins et aux frais du brasseur.

Art. 4. — Il est interdit de changer, modifier ou altérer la contenance des chaudières, cuves et bacs ou d'en établir de nouveaux sans en avoir fait par écrit la déclaration à l'avance, et de faire usage desdits appareils et récipients avant que leur contenance ait été vérifiée par le service de la régie.

Le service peut, en tout temps, faire procéder à la recherche des tuyaux, pompes, élévateurs, conduits et récipients clandestins. Si cette recherche a occasionné des dégâts et si elle n'amène aucun résultat, les dégâts seront réparés aux frais du Trésor.

Les brasseurs sont tenus : 1° de ménager un accès facile et direct de la porte de l'usine aux appareils de saccharification, cuves-matières, chaudières de cuisson, bâches, bacs rafraîchissoirs et autres vaisseaux analogues, y compris ceux destinées au chauffage de l'eau ; 2° de disposer ces divers vaisseaux de telle sorte que les employés puissent en tout temps y prendre des échantillons soit par un robinet de vidange, soit de toute autre manière agréée par la régie ; 3° de faciliter l'accès de la partie supérieure des chaudières par l'installation d'escaliers ou d'échelles solides, commodes et fixées à demeure ; 4° de placer dans la salle des chaudières à houblonner, à un endroit accessible et convenablement éclairé, une boîte formant tablette à l'usage des agents de l'administration ; les ampliations des déclarations y seront conservées jusqu'à la fin de la période de reconnaissance légale.

Art. 5. — Les tuyaux, pompes, élévateurs, conduits et caniveaux dans lesquels circulent les moûts, doivent être installés dans desconditions telles qu'on en puisse suivre de l'œil tout le parcours.

Un numéro d'ordre est donné à chacun de ces tuyaux, pompes, etc. Ce numéro d'ordre doit être peint ou poinçonné d'une manière très apparente auprès de chaque point de raccord.

Aucune ouverture ne doit être pratiquée aux tuyaux, pompes,

etc., mentionnés au présent article, sans que le brasseur en ait préalablement fait la déclaration à la recette buraliste.

Le brasseur est tenu de remettre, en double expédition, une déclaration indiquant pour chacun des tuyaux, pompes, élévateurs, conduits et caniveaux visés ci-dessus, son numéro d'ordre sa longueur, son point de départ et son point d'arrivée, sa contenance approximative et l'usage auquel il est affecté.

Pour les établissements déjà en exploitation, cette déclaration est remise au chef du service local de la régie, dans le délai d'un mois à partir de la promulgation du présent décret.

Pour les établissements nouveaux la déclaration sera remise à la recette buraliste en même temps que la déclaration de profession prescrite par l'article 1er précédent.

Les changements ultérieurs seront déclarés vingt-quatre heures à l'avance et feront l'objet d'une note descriptive qui sera remise en double expédition, en même temps que la déclaration relative à ces modifications.

Art. 6. — Chaque chaudière à cuire et à houblonner doit être pourvue soit d'un bâton de jauge gradué, soit d'un indicateur avec un tube en verre d'un diamètre intérieur d'au moins 2 centimètres, accessible sur toute sa longueur et disposé de manière à présenter extérieurement le niveau du liquide.

Le tube indicateur est muni, à sa partie inférieure, de robinets et d'ajutages permettant d'en renouveler le contenu.

Les chaudières où il est fait usage d'un bâton de jauge doivent être munies intérieurement de deux anneaux métalliques rigides fixés à demeure placés verticalement, l'un au-dessus de l'autre et distants d'une longueur au moins égale à la moitié de la hauteur de la chaudière. Un troisième point fixe sera disposé extérieurement sur la même ligne verticale, de manière à assurer le repérage exact du bâton de jauge.

Le bâton de jauge doit avoir une longueur telle qu'il dépasse d'au moins 1 décimètre le point de repère placé en dehors de la chaudière ; il porte, gravé d'une manière indélébile, le numéro de la chaudière à laquelle il appartient. Il est muni à son extrémité inférieure d'une garniture en cuivre, et gradué sur toute la hauteur de la chaudière.

L'échelle de graduation du tube de niveau ou du bâton de jauge est établie d'un côté par décimètres et centimètres, d'un autre côté par hectolitres, d'après les résultats du jaugeage par empotement.

L'agencement des tubes, robinets, ajutages, jauges graduées, devra être agréé par l'administration. Il est interdit d'y apporter aucune modification de nature à en fausser les indications. Le brassseur est tenu de les entretenir en bon état de fonctionnement et de propreté.

Un délai de deux mois à compter du jour de la mise en application de la loi du 30 mai 1899 est accordé aux brasseurs pour faire agréer les installations définitives de mesurage exigées par le présent article. Jusqu'à ce que ces installations aient été agréées, les brasseurs seront tenus de fournir aux employés les instruments nécessaires pour leur permettre de reconnaître facilement le vide des chaudières à toutes les périodes de la cuisson.

Art. 7. — Les brasseurs sont tenus de fournir le matériel (bascules ordinaires, balances, poids, etc.), ainsi que les ouvriers nécessaires pour que les agents de l'administration puissent vérifier le poids des matières entrant dans la confection des métiers de chaque brassin.

Un bâton de jauge de bois, gradué en centimètres et muni a sa partie inférieure d'une garniture métallique, doit être également mis par les brasseurs à la disposition des employés pour déterminer le volume occupé par les métiers ou les moûts dans les vaisseaux autres que les chaudières à cuire ou à houblonner, avant la fin de la période de reconnaissance.

Le bâton de jauge doit avoir une longueur telle qu'il dépasse de 10 centimètres au moins le bord supérieur du vaisseau le plus profond.

Art. 8. — Pour être affranchi des visites de nuit pendant les périodes d'inaction de son usine, le brasseur devra mettre hors d'usage tous les appareils, cuves-matières ou autres pouvant servir à la saccharification, et tous vaisseaux, chaudières, bâches, etc., susceptibles d'être chauffés soit à feu nu, soit par la vapeur.

La mise hors d'usage sera obtenue :

1° En ce qui concerne les vaisseaux pouvant servir à la saccharification, par l'apposition de couvercles en métal ou en bois pouvant être fermés par des plombs, et par l'apposition de scellés sur les robinets adaptés auxdits vaisseaux ;

2° En ce qui concerne les récipients susceptibles d'être chauffés ;

(*a*) Si le chauffage est à feu nu, en disposant la porte du foyer placée sous chacun d'eux de façon qu'elle puisse être maintenue fermée par un plomb ;

(*b*) Si le chauffage se fait à la vapeur, en scellant les robinets d'adduction de la vapeur agencés à cet effet.

Le mode de scellement devra être agréé par le service des contributions indirectes.

S'il comporte l'usage de boulons, ceux-ci devront être rivés.

Les robinets qui doivent recevoir un scellé seront tenus à l'abri de toute atteinte, à l'intérieur d'une boîte fermée par un plomb.

Le service pourra, en outre, s'il le juge convenable, apposer à l'intérieur des vaisseaux, des scellés composés de matières solubles ou fusibles.

L'apposition des scellés sera réclamée, soit par la déclaration de fabrication, ainsi qu'il est dit à l'article 9 ci-après, soit par une déclaration spéciale déposée à la recette buraliste de la résidence des employés qui exercent l'établissement.

Il sera remis au brasseur une ampliation de l'enregistrement de sa déclaration spéciale.

Le brasseur qui aura fait régulièrement la déclaration ci-dessus n'aura pas à souffrir les visites de nuit à partir du jour qui suivra celui où sa déclaration aura été déposée, alors même que les scellés n'auraient pas encore été apposés par le service.

Art. 9. — Le brasseur ne pourra pas desceller ses appareils, cuves et chaudières.

Toutefois si, une heure après celle fixée par lui soit pour la reprise du travail dans ses déclarations ordinaires de fabrication, soit pour la mise de feu visée à l'article 2 suivant, le service n'est pas intervenu pour rompre les scellés, le brasseur pourra les briser, sauf à remettre les plombs aux employés au cours de leur plus prochaine visite.

Quand, après la clôture de la fabrication en cours, le brasseur désirera faire replacer ses appareils sous scellés, il l'indiquera dans la déclaration qui fait l'objet de l'article 10 du présent décret.

Le service pourra, dans ce cas, apposer les scellés aussitôt après l'heure fixée pour la fin du déchargement des chaudières de cuisson.

Art. 10. — Chaque fois qu'ils voudront se livrer à la fabrication de la bière, les brasseurs seront tenus de déclarer à la recette buraliste :

1° Les numéros des cuves-matières et vaisseaux assimilés ou autres appareils dans lesquels la saccharification doit être opérée, ainsi que l'heure du versement des matières premières dans ces vaisseaux ;

2° Le numéro et la contenance de chacune des chaudières qu'ils veulent employer ainsi que l'heure de la mise de feu sous chacune d'elles ou de l'introduction de la vapeur dans les serpentins de chauffe ;

3° Le nombre de degrés-hectolitres qu'ils entendent produire sans que ce nombre puisse être inférieur à deux fois le volume total des chaudières ou appareils à houblonner déclarés pour le brassin ;

4° L'heure du commencement et celle de la fin de la rentrée définitive de toutes les trempes dans les chaudières à cuire et à houblonner ;

5° L'heure du commencement et celle de la fin du déchargement de chacune de ces chaudières.

Le préposé qui a reçu une déclaration en remet une ampliation signée de lui au brasseur, lequel est tenu de la représenter à toute réquisition des employés pendant la durée de la fabrication.

La déclaration prescrite par le présent article doit être faite douze heures à l'avance au moins dans les localités où résident les employés chargés de l'exercice de l'usine, et l'avant-veille à quatre heures du soir au plus tard partout ailleurs. Toutefois, ce dernier délai sera réduit à douze heures lorsque le brasseur fera déposer sa déclaration à la recette buraliste de la résidence des employés et un duplicata de cette même déclaration au bureau dans la circonscription duquel la brasserie est située.

Art. 11. — Le chauffage de l'eau dans une chaudière ou bâche, en dehors des périodes de fabrication peut être autorisé, moyennant une déclaration faite dans les conditions spécifiées à l'article précédent, pourvu que cette eau ne soit utilisée qu'au lavage des ustensiles de la brasserie ;

Si, après avoir fait usage de ce vaisseau, le brasseur veut le replacer sous scellé, il en fera mention dans sa déclaration.

Art. 12. — Les moûts produits sont sous le contrôle de la régie dès leur apparition. Aucune quantité de ces moûts ne peut être séparée de la fabrication en cours ; la présence de moûts dans des vaisseaux autre que ceux inscrits à la déclaration prévue par l'article 10 serait constatée par procès-verbal, et les quantités reconnues comprises dans le produit du brassin pour la liquidation des droits.

La reconnaissance du nombre de degrés-hectolitres est faite tant dans les chaudières ou appareils à houblonner que dans les bacs rafraîchissoirs.

La période légale de reconnaissance commence immédiatement après la rentrée définitive du produit des trempes dans les chaudières et bacs à cuire ou à houblonner et finit dès que les chaudières et bacs sont vidés ; si la reconnaissance a lieu sur les bacs, elle ne peut être faite qu'autant que la température des moûts n'est pas descendue au-dessous de 60 degrés centigrades. Cette période doit avoir, au minimum, une durée de trois heures avant le commencement du déchargement des chaudières : toutefois, sur la justification de conditions spéciales de fabrication et d'une cuisson moins prolongée, ce minimum peut être abaissé sans qu'il soit jamais inférieur à une heure et demie.

Dans tous les cas, les drèches doivent être retirées des cuves-matières avant la fin de la période de reconnaissance des moûts.

Dans les brasseries où il n'est pas fait plus d'une fabrication en vingt-quatre heures, cette période de reconnaissance de la densité des moûts doit être comprise entre huit heures du matin et huit heures du soir.

Dans celles qui fabriquent plusieurs brassins en une journée de vingt-quatre heures, la période de reconnaissance de la moitié des brassins au minimum sera comprise entre huit heures du matin et huit heures du soir.

Art. 13. — Un brassin comprend l'ensemble de tous les métiers produits par une même quantité de grains. Le produit d'un brassin peut comporter l'emploi de plusieurs chaudières.

Dans le cas où il est fait usage de plusieurs chaudières pour le même brassin, le minimum de degrés-hectolitres déclarés s'applique à l'ensemble des moûts introduits dans les chaudières.

La période légale de reconnaissance ne commence que lorsque la totalité des métiers est rentrée dans les chaudières.

Mais, qu'il soit fait emploi d'une ou plusieurs chaudières, le service peut, à partir du moment où commence la rentrée définitive des métiers, constater le nombre des degrés-hectolitres que représentent les métiers déjà rentrés. Toute diminution de plus de 2 p. 100 qui serait ultérieurement reconnue sur le nombre de degrés-hectolitres constatés dans la chaudière unique ou dans l'une des chaudières du brassin suppose une décharge partielle et donne lieu à la rédaction d'un procès-verbal.

Le nombre de degrés-hectolitres reconnu en moins est, en outre, ajouté pour l'application des droits, aux quantités constatées pendant la période légale de reconnaissance.

Par dérogation au deuxième paragraphe du présent article, les brasseurs qui justifieront de nécessités particulières de fabrication, pourront, dans les conditions que l'administration déterminera, être admis à réclamer la reconnaissance du produit de la fabrication par chaudière séparée. Dans ce cas, chaque chaudière sera considérée, au point de vue de la déclaration de rendement et de la constatation du produit de la fabrication, comme constituant un brassin distinct.

Les opérations de fabrication faites en vertu de déclarations successives ne pourront avoir lieu qu'à la condition que chacun des appareils servant à la saccharification et à la cuisson reste vide pendant deux heures au moins.

Lorsqu'il est fabriqué simultanément plusieurs brassins, les opérations de fabrication de chaque brassin doivent rester séparées. La période légale de reconnaissance de chacun d'eux doit s'ouvrir à la même heure.

Art. 14. — Pour déterminer le volume des moûts contenus dans les chaudières à houblonner, les agents peuvent, s'il est nécessaire, faire opérer le ralentissement du feu de manière à faire cesser l'ébullition.

Dans le cas où la chaudière est munie d'un tube indicateur, ils sont autorisés à faire couler au préalable un volume de 1 hectolitre de moût qui est immédiatement reversé dans les chaudières.

Le brasseur est tenu de mettre à leur disposition, en vue de leur permettre de déterminer la température des moûts, un thermomètre agréé par la régie.

Art. 15. — Un échantillon du moût est prélevé, immédiatement après la constatation du volume, pour en déterminer la densité et la température.

La prise d'essai peut se faire, soit en plongeant un puiseur spécial dans les vaisseaux, soit en se servant du tube indicateur.

Le liquide sur lequel elle est prélevée doit avoir été rendu homogène dans toute sa masse, soit par une ébullition prolongée, soit par un brassage que l'industriel est tenu, lorsqu'il en est requis, de faire opérer séance tenante.

L'échantillon est refroidi au moyen d'un appareil spécial fourni par le brasseur et agréé par la régie et propre à abaisser la température jusqu'à 15 degrés centigrades en dix minutes au plus.

La densité est constatée à cette température à l'aide du densimètre construit conformément aux dispositions du décret du 2 août 1889. Toutefois, si l'eau mise à la disposition des employés ne permet pas d'atteindre exactement 15 degrés centigrades, la constatation peut être faite entre 19 et 25 degrés. Mais, dans ce cas, les corrections indiquées au tableau annexé au présent décret sont opérées sur la densité trouvée.

Art. 16. — Sur le volume constaté dans les conditions fixées par l'article 14 ci-dessus, il est accordé, pour tenir compte de la dilatation des moûts dont la température est supérieure à 30 degrés, une déduction de :

0.5 p. 100 pour les liquides vérifiés à une température comprise entre 31 et 40 degrés inclusivement ;

0.9 p. 100 pour ceux reconnus entre 40 et 50 degrés ;

1.3 p. 100 pour ceux reconnus entre 51 et 60 degrés ;

1.8 p. 100 pour ceux reconnus entre 61 et 70 degrés ;

2.4 p. 100 pour ceux reconnus entre 71 et 80 degrés ;

3.2 p. 100 pour ceux reconnus entre 81 et 90 degrés ;

4 p. 100 pour ceux reconnus entre 91 et 100 degrés ;

6 p. 100 lorsque la température est supérieure à 100 degrés ;

Il n'est opéré aucune déduction pour tenir compte du volume occupé par le houblon.

Le houblon ne pourra pas être enlevé avant le déchargement de la chaudière.

Art. 17. — Si, en cas de force majeure, soit avant, soit pendant le cours des opérations de la fabrication, celle-ci doit être ajournée, le brasseur rapporte, immédiatement après l'accident, l'ampliation à la recette buraliste, en indiquant les motifs et la durée probable de l'interruption.

Il prévient, en outre, télégraphiquement ou par exprès les employés en leur fournissant les mêmes indications.

Si l'interruption ne doit pas se prolonger au delà de deux heures, il se borne à en mentionner la cause et la durée au dos de l'ampliation de la déclaration de fabrication. Les délais fixés à cette déclaration sont prorogés d'un temps égal à la durée de l'interruption.

Art. 18. — Après l'heure fixée pour la fin de la rentrée des métiers dans les chaudières de cuisson, tous les robinets de vidange des appareils de saccharification seront ouverts et les moûts pourront être versés à l'égoût ou évacués à perte en présence des employés, pourvu qu'ils n'aient pas une densité supérieure à 2 degrés et que le nombre de degrés-hectolitres qu'ils représentent n'excède pas 5 p. 100 du rendement déclaré.

Si ces conditions ne sont pas remplies, les moûts dont il s'agit entrent dans la détermination du nombre total de degrés-hectotres passibles de l'impôt. Le brasseur peut alors les introduire dans ses chaudières de cuisson jusqu'à concurrence du vide qui y existe. Le surplus est immédiatement versé à l'égoût ou évacué en présence des employés.

Art. 19. — Aucune quantité de mélasses, de glucoses, de maltose, de maltine, de sucs végétaux, ou de toute autre substance sucrée analogue, ne peut être introduite dans une brasserie ou dans ses dépendances sans être accompagnée d'un acquit-à-caution.

Les quantités introduites devront être placées, au choix du brasseur, soit dans un magasin spécial, soit dans un ou plusieurs récipients préalablement déclarés pour cet usage.

Lorsque le brasseur veut employer des mélasses, glucoses, maltose, maltine, sucs végétaux ou autres substances sucrées analogues, il doit compléter la déclaration visée à l'article 10 précédent par les indications suivantes :

1° Quantités de matières énumérées ci-dessus dont il veut faire emploi ;

2° Date et heure à partir desquelles ces matières seront incorporées aux moûts de bière, et indication du numéro des chaudières dans lesquelles se fera le versement.

Le brasseur est tenu de déposer isolément à proximité de la chaudière où ils seront versés les mélasses, glucoses, maltose, etc., qu'il veut employer, et cela une heure au moins avant le moment fixé pour leur introduction en chaudière.

Les employés sont autorisés à en vérifier la quantité et l'espèce, et le brasseur est tenu de fournir sur réquisition les balances, les poids et les ouvriers nécessaires pour cette vérification.

Si les employés se présentent moins d'une heure avant celle fixée pour l'emploi des matières, ils peuvent exiger que l'opération de versement soit immédiatement commencée pour se continuer sans désemparer.

Art. 20. — Il ne pourra être fait emploi des matières visées à l'article précédent dans la fabrication de la bière ;

1° Qu'après que le service aura reconnu la densité des moûts de bière ou, à défaut, que pendant la dernière demi-heure qui s'écoulera avant le moment fixé pour le déchargement de la dernière chaudière du brassin ;

2° Qu'après que les drèches auront été enlevées des appareils de saccharification ;

Le minimum fixé par le troisième paragraphe de l'article 12 du présent décret pour la durée de la période légale de reconnaissance sera accru d'une demi-heure.

Le nombre de degrés-hectolitres reconnu après l'incorporation des mélasses, glucoses, etc., aux moûts de bière, sera diminué du nombre de degrés-hectolitres résultant de l'emploi des mélasses, glucose, maltose, maltine, etc., pour le calcul des degrés-hectolitres produits par le malt et l'application des dispositions de l'article 9 de la loi du 30 mai 1899.

Toute quantité employée sera imposée au tarif fixé par l'article 6 de la loi du 30 mai 1899 pour le nombre de degrés-hectolitres correspondant au rendement de chaque matière.

Ce rendement est fixé :

1° A 32 degrés-hectolitres par 100 kilogrammes de mélasses ;

2° A 30 degrés-hectolitres par 100 kilogrammes de glucoses.

Cette fixation, faite à titre provisoire, sera, s'il y a lieu, revisée par décret rendu sur le rapport du ministre des finances après avis du comité consultatif des arts et manufactures.

Le service déterminera la valeur en degrés-hectolitres des autres matières lors de leur introduction en brasserie ; le brasseur sera tenu de fournir la balance et l'éprouvette jugées nécessaires.

Un arrêté ministériel rendu après avis du comité consultatif des arts et manufactures fixera la marche à suivre pour cette détermination.

En cas de contestation sur les résultats des opérations effectuées par le service, on recourra à l'expertise légale instituée par les lois des 27 juillet 1822 et 7 mai 1881.

Art. 21. — Les mélasses, glucoses, maltose, maltine, sucs végétaux ou substances sucrées analogues introduits dans les brasseries doivent être représentés aux employés lors de leurs vérifications. Ils sont pris en charge à un compte spécial qui est tenu par les employés de la régie.

Ce compte est successivement déchargé des quantités employées à la fabrication des bières.

Les employés peuvent arrêter la situation des restes et opérer la balance du compte aussi souvent qu'ils le jugent nécessaire.

Le brasseur est tenu de fournir les ouvriers, les balances et les poids nécessaires pour opérer ces vérifications.

Les manquants constatés à ce compte seront imposés pour le double de leur poids d'après les bases de rendement fixées à l'article précédent.

Par application de l'article 23 de la loi du 19 juillet 1880, les glucoses employées à la fabrication de la bière continueront à être affranchies du droit de 13 fr. 50 afférent aux produits de l'espèce.

Il ne peut être admis en brasserie que des mélasses provenant de sucres libérés d'impôt.

Art. 22. — Les brasseurs peuvent avoir un registre, coté et paraphé par le juge de paix, sur lequel les employés consignent le résultat des actes inscrits à leurs portatifs.

Art. 23. — Les brasseurs ont avec la régie des contributions indirectes, pour les droits constatés à leur charge, un compte ouvert qui est réglé et soldé à la fin de chaque mois.

Le décompte des droits est calculé sur la quantité déclarée, en exécution de l'article 10 du présent décret, et sur les excédents supérieurs à 10 p. 100, d'après les bases déterminées par l'article 9 de ladite loi.

Les sommes dues peuvent être payées en obligations cautionnées à quatre mois de date, conformément aux dispositions de la loi du 15 février 1875.

Art. 24. — Tout brasseur qui veut exporter des bières avec le bénéfice de la restitution du droit de fabrication est tenu d'en faire la déclaration à la recette buraliste.

Aucune expédition de bières destinées à l'exportation ne peut être faite hors de la présence des agents des contributions indirectes.

Au jour et à l'heure indiqués par ceux-ci, les vases et vaisseaux contenant les bières à exporter doivent être réunis au même endroit et complètement séparés des autres récipients de la brasserie.

Le brasseur est tenu d'effectuer, au préalable, toutes les opérations préliminaires qui peuvent être faites hors de la présence des employés, afin que ceux-ci puissent immédiatement procéder aux reconnaissances et au scellement dont il est question ci-après.

Art. 25. — Les employés prélèvent sur les bières à exporter, contradictoirement avec le brasseur ou son représentant, une quantité suffisante pour constituer trois échantillons de 1 litre chacun environ.

Les bouteilles renfermant les échantillons sont revêtues du double cachet de la régie et du déclarant.

Tous les frais qu'entraîne ce prélèvement sont à la charge de l'exportateur.

Art. 26. — L'un des échantillons est transmis, par les soins du service et aux frais du déclarant, au laboratoire du ministère des finances, pour que la densité originelle en soit constatée, à moins que le service ne soit en mesure d'effectuer cette constatation sur place.

Le second échantillon est conservé par les agents pour être

transmis, en cas de contestation, aux commissaires experts institués par les lois du 27 juillet 1822 et du 7 mai 1881.

Le troisième échantillon est remis au brasseur.

Un arrêté ministériel, rendu après avis du Comité consultatif des arts et manufactures, déterminera la marche à suivre pour reconstituer la densité originelle, à l'état de moût, des bières présentées à l'exportation.

Art. 27. — Aussitôt après le prélèvement des échantillons, il est procédé au scellement des caisses, paniers, fûts et autres récipients dans des conditions qui devront être agréés par l'administration.

La cire est fournie par le brasseur, qui rembourse également les frais de plombage à raison de 10 centimes par plomb apposé.

Le service complète ensuite l'acquit-à-caution levé préalablement à la recette buraliste par les indications suivantes :

1° Heure de l'enlèvement du chargement ;

2° Nombre, numéro et marque distinctive de chacun des colis à exporter ;

3° Empreintes figurant sur les cachets ou plombs.

Le chargement doit être conduit directement au point de sortie dans le délai fixé pour le transport.

Art. 28. — A l'arrivée du chargement au point de sortie, l'acquit-à-caution est remis aux agents des douanes.

Ceux-ci s'assurent que le scellement des colis est intact. Ils peuvent, s'ils le jugent nécessaire, prélever des échantillons pour les soumettre à une analyse de contrôle.

Sur la représentation au service des contributions indirectes du point de départ de l'acquit-à-caution dûment déchargé par le service qui a constaté le passage des bières à l'étranger, le décompte des droits à restituer est établi d'après le volume et la densité de ces bières à l'état de moût.

La somme revenant à l'exportateur lui est payée après ordonnancement de la dépense.

Art. 29. — Les bières fabriquées en vertu de déclarations reçues et enregistrées avant la date de la mise en application de la loi du 30 mai 1899 resteront soumises au mode d'imposition et au tarif en vigueur au moment où cette déclaration a été reçue.

Les produits visés à l'article 19 du présent décret qui se trouveront en la possession des brasseurs au moment de la mise en vigueur de la loi du 30 mai 1899 seront déclarés et pris en charge au compte prévu par l'article 21 précédent.

*
* *

Au lendemain du vote de la loi par la Chambre des Députés, dans un remarquable article intitulé : *La Genèse de la loi à la densité*, M. Ch. Docquin, Président de l'Union générale des Syndicats de la Brasserie Française, s'exprimait ainsi :

« En résumé, et étant donné qu'aucune loi n'est « parfaite — en l'espèce le quantum de l'impôt laisse « surtout à désirer et quelques articles demande- « raient à être modifiés — la brasserie, après tant « d'échecs successifs, n'obtient-elle pas enfin satis- « faction, sauf à débattre les termes du règlement ? « Peut-être ce nouveau régime va-t-il donner lieu ici « à quelques tâtonnements, là à quelques protesta-

« tions — et pour cause, — mais la très grande
« partie de nos industriels se seront vite familiarisés
« avec ce mode de perception et ils en reconnaîtront
« bientôt les avantages.

« A qui revient l'honneur de ce succès relatif ?

« Nous le devons certainement et avant tout à la
« bonne entente de nos syndicats. Nous ne pouvons
« donner ici les noms de tous ces courageux citoyens
« qui, s'élevant au-dessus de critiques souvent si
« acerbes, négligeant leurs propres intérêts, accou-
« raient à la moindre alerte à Paris des points
« extrêmes du pays. Rien ne les arrêtait et pendant
« vingt à ving-cinq ans, plusieurs d'entre eux ont
« lutté sans trêve et avec le plus complet désintéres-
« sement pour le bien de la brasserie ; quelques-uns
« de ces vaillants ne sont plus ou bien ont disparu
« de la scène sans voir le couronnement de leur
« œuvre ; ayons au moins pour eux ce souvenir.

« Mais parmi cette phalange dont doit s'honorer
« une corporation, deux hommes éminents, doués
« d'aptitudes spéciales, sont restés de la première à
« la dernière heure à leur poste, et malgré nos échecs
« passagers, n'ont cessé de tenir en mains fermes
« notre drapeau. Je voudrais qu'une voix plus auto-
« risée que la mienne redît à nos confrères tout ce
« qu'ils ont dépensé de temps, de talent pour la
« brasserie, un volume n'y suffirait pas. A défaut et
« comme mandataire de l'*Union* de nos Syndicats,
« il m'incombe le devoir de les signaler à la recon-

« naissance de la brasserie : honneur donc à M. Taffin-
« Binauld ! honneur à M. Paul Delemer !

« Mais ces hommes énergiques ne risquaient-ils « pas de rester en chemin s'ils n'avaient eu le concours « de la presse et de nos représentants ? ni l'un ni « l'autre ne leur firent défaut. Je ne puis citer ici « non plus, — ils sont trop nombreux, — tous les « sénateurs, tous les députés du Nord-Est et d'ailleurs « qui, pendant les anciennes et la dernière législa- « ture nous ont ouvert les portes des Ministères et « des Commissions et nous ont prêté le talent de leur « parole ; ils ont droit aussi à toute notre reconnais- « sance et particulièrement M. Plichon dont l'appui « vient d'être si efficace.

« Nos vifs remerciements sont dus également à « MM. Robert Charlie, Langlais, Puvrez et à tous ces « distingués publicistes qui, pendant des années, « ont soutenu notre cause. Que tous nos collabora- « teurs connus et inconnus qui ont coopéré au ren- « versement d'une loi néfaste et, par suite, vont favo- « riser le développement d'une des industries de la « France reçoivent ici l'expression de notre grati- « tude. »

Ces paroles synthétisent admirablement l'esprit dont la corporation des Brasseurs est animée aujourd'hui. Elles donnent la mesure de la force qu'elle puise dans l'union des nombreux talents et dévouements qu'elle renferme. Très éloquemment aussi, elles expriment ce sentiment fils des idées larges et des cœurs généreux : la reconnaissance.

Application de la Loi à la Densité

Dans le tableau publié dans le *Journal Officiel*, des corrections à faire subir, conformément aux dispositions de l'article 15 du décret du 30 mai 1899, à la densité des moûts lorsque leur température est comprise entre 10 et 25 degrés centigrades, une erreur a été commise.

Voici le véritable tableau indiquant les corrections à faire subir à la densité des moûts lorsque leur température est comprise entre 10 et 25 degrés centigrades :

Lorsque la température des moûts est supérieure à 15°

Température	La densité doit être augmentée de
16°	0,01
17°	0,03
18°	0,05
19°	0,07
20°	0,09
21°	0,11
22°	0,13
23°	0,15
24°	0,17
25°	0,19

Lorsque la température des moûts est inférieure à 15°

Température	La densité doit être diminuée de
14°	0,01
13°	0,02
12°	0,03
11°	0,04
10°	0,05

Note officielle communiquée au nom de l'Administration à M. Paul Delemer, président du Syndicat des Brasseurs de la région du Nord, *par M. Curmer, directeur des Contributions indirectes, à Lille :*

Lille, le 3 juillet 1899.

A la suite de divergences d'interprétation relatives à certaines dispositions du décret du 30 mai dernier, l'Administration supérieure, consultée, a notifié les solutions suivantes :

1° Les brasseurs ont la faculté de conserver de l'eau chaude après la jetée de la dernière trempe du brassin ;

2° Ils peuvent licitement, après le déchargement des chaudières, soumettre à un lavage, soit à l'eau froide, soit à l'eau chaude, les houblons qui ont été infusés dans le brassin ;

3° La période légale de reconnaissance, comprise entre 8 h. du matin et 8 h. du soir, ne s'ouvre qu'au moment où la totalité des métiers est rentrée en chaudière de cuisson. Le brasseur peut donc commencer l'opération de la rentrée définitive du produit de ses trempes avant 8 h. du matin pourvu qu'il la termine pendant le jour c'est-à-dire de 8 h. du matin à 8 h. du soir ;

4° Aux termes de l'art. 12 du décret, les brasseurs, qui ne font qu'une fabrication en 24 heures, sont astreints à vider les chaudières de cuisson à 8 heures du soir au plus tard.

Mais l'administration estime que ceux d'entre eux qui justifieront de nécessités de travail bien démontrées pourront être autorisés par les directeurs, sur demandes spéciales et après enquêtes, à conserver les moûts en chaudières après 8 h. du soir, aux conditions ci-après :

A) Que la période de reconnaissance sera ouverte à 5 heures du soir au plus tard ;

B) Que les drêches seront enlevées des cuves-matières avant huit heures du soir ;

C) Que les succédanés du malt seront mis en œuvre à huit heures du soir ;

D) Que la concession sera immédiatement retirée en cas de retard dans le déchargement des cuves de saccharification ou dans l'incorporation des succédanés aux moûts ;

5° Il y a lieu de tenir la main à ce que les appareils de saccharification soient vidés, au plus tard, en même temps que les chaudières à cuire, ainsi que le prescrit l'art. 12 du décret.

Enfin, des brasseurs ont sollicité le remboursement du droit de consommation sur les glucoses libérées qu'ils avaient reçues avant l'application de la nouvelle législation et qui ont été prises en charge en vue de l'imposition ultérieure au droit de 50 centimes. Cette question est à l'étude ; aucune décision n'est encore intervenue.

* * *

LES MÉLASSES ET LES GLUCOSES

EN BRASSERIE

Article premier. — La fixation du rendement en degrés-hectolitres des mélasses et des glucoses employées dans la fabrication de la bière est ramenée aux quotités ci-après :

1° A 31 degrés-hectolitres par 100 kilogr. de mélasses :

2° A 29 degrés-hectolitres par 100 kilogr. de glucoses.

Art. 2. — Le ministre des finances est chargé de l'exécution du présent décret, qui sera inséré au *Journal Officiel* et au *Bulletin des lois.*

Fait à Rambouillet, le 11 août 1899.

*
* *

DIRECTION GÉNÉRALE DES CONTRIBUTIONS INDIRECTES

EMPLOI DU CARAMEL

Extrait de la *Circulaire n° 370* de la Direction Générale des Contributions indirectes (*9 Novembre 1899*).

Saisi de la question de l'emploi du Caramel en Brasserie, le Comité consultatif des arts et manufactures, dans sa séance du mois courant, émis l'avis :

« 1° D'admettre librement en brasserie le caramel ne renfer-
« mant pas plus de 7 % de matières fermentescibles, c'est-à-
« dire ne pouvant produire plus de 4 centilitres 2/10 d'alcool
« par kilogramme.

« 2° D'assimiler aux succédanés du malt les colorants qui
« fourniraient plus de 4 centilitres 2/10 d'alcool par kilogramme. »

Cet avis ayant été sanctionné par décision du Ministre des Finances en date du 21 octobre 1899, l'Administration décide que le caramel pourra être utilisé librement en brasserie, sans paiement du droit, lorsque sa teneur en sucre indécomposé n'excédera pas 7 %. Quand il en contient davantage, il doit être assujetti à la taxe sur la base de son rendement en degrés-hectolitres (1), il ne peut être introduit en fabrique qu'en vertu d'un

(1) Ce rendement doit être déterminé expérimentalement dans les conditions indiquées page 34 de la circulaire n° 340 du 31 mai dernier.

acquit-à-caution ; il est pris en charge au compte spécial ouvert à l'industriel ; son emploi doit être déclaré.

Pour garantir le Trésor contre tout abus, les employés prélèveront de temps à autre, dans la forme ordinaire, sur le caramel introduit librement en brasserie, des échantillous à soumettre à l'examen du service des laboratoires. Ils rapporteront procès-verbal lorsque l'analyse établira qu'en raison de sa teneur en substances fermentescibles le produit aurait dû être déclaré et pris en charge à l'entrée.

CHAPITRE VI

Une Brasserie au Siècle dernier

« Une Brasserie — nous disent dans leur Encyclopédie, MM. d'Alembert et Diderot,— est un bâtiment considérable et le nombre des agrès ne l'est pas moins ».

Il y a quelque cent vingt ou cent vingt-cinq ans, à l'époque où ces célèbres philosophes traçaient les lignes que nous venons de citer, voici de quoi se composait une Brasserie convenablement montée, c'est-à-dire renfermant tout ce qu'un praticien exercé pouvait souhaiter posséder pour pratiquer son art et tirer de ses opérations le résultat poursuivi :

Chaque établissement possédant sa Malterie, on

remarquait dans celle-ci : Les cuves mouilloires construites le plus souvent en pierres maçonnées ; puis les germoirs qui étaient de deux sortes : les uns formés de vastes salles situées au rez-de-chaussée, les autres de grandes caves voûtées. Ces derniers étaient réputés les meilleurs.

Puis venait la touraille dont les plateaux se composaient soit d'une toile de crin ou tamis qu'on appelait *la haire*, soit de briques de terre perforées. Le bois était le combustible employé. L'ouvrier chargé de l'opération du maltage commençait à retourner la couche dès que la buée résultant de l'élévation de la température commençait à apparaître au-dessus de cette dernière.

La force motrice destinée à la mouture du malt et à l'élévation des eaux, était engendrée par un ou plusieurs chevaux actionnant un manège.

Le moulin à deux tournures, possédait deux meules : la meule dite *courante*, qui se trouvait placée un peu au-dessus de l'autre qu'on nommait meule *gisante* ; le malt arrivait aux meules au moyen d'une trémie et d'un auget, puis une fois concassé, tombait à l'état de farine dans un sac fixé à un organe nommé *anche*.

La salle de mouture placée au rez-de-chaussée était en même temps celle de manège ; les chevaux étaient attelés par le moyen de *pâtons* aux queues ou leviers, ou *aisseliers* du moulin, ceux-ci étaient emmanchés dans l'arbre debout qui, du rez-de-chaussée montait à l'étage supérieur en passant par une ouverture pratiquée à cet effet dans le plancher; cet arbre supportait deux volumineux engrenages horizontaux qu'on appelait grands rouets, lesquels commandaient au moyen de petits rouets verticaux et de lanternes dans lesquelles ils venaient s'engrener, le mouvement des meules et celui de l'étoile qui, fixée à l'extrémité de l'arbre de couche placé à l'étage supérieur, actionnait une pompe à chapelet dont les augets passant dans un tuyau de bois qu'ils remplissaient exactement, venaient déverser l'eau dans un réservoir placé au-dessus du puits ; des tuyaux de plomb permettaient le transport de l'eau aux endroits où elle était nécessaire. Cette installation était susceptible de desservir deux moulins.

La salle de Brassage renfermait la cuve-matière, vaste récipient en bois, de forme ronde, formé de douves de quatre à cinq pouces de largeur sur deux à deux pouces et demi d'épaisseur et environ quatre pieds et demi de profondeur ; elle était pourvue d'un faux fond formé de planches perforées d'une multitude de trous coniques, de trois quarts de pouce à la partie inférieure et d'une ligne ou deux au plus à la partie supérieure. Ces planches reliées entre elles et soutenues par des patins qui les maintenaient à une distance d'environ deux pouces au-dessus du fond, étaient surmontées d'un sorte de cordon circulaire fixé à l'intérieur de la cuve, lequel empêchait le faux-fond d'être soulevé par le liquide.

Contre la paroi intérieure de la cuve et à l'endroit le plus commode, était placé un tube en bois qui traversait le faux-fond et venait s'appuyer sur le fond au moyen de quatre pieds qui laissaient entre eux un espace suffisant pour que l'eau puisse passer ; on appelait ce tube la *pompe à jeter trempe*.

Sous la cuve-matière se trouvait une cuve de petite dimension qui servait de *reverdoir*, elle était destinée à recevoir le moût qui découlait de la cuve-matière par un trou pratiqué au-dessous de celle-ci et obturé par une *tape* ou bonde, qui passait elle-même par le faux-fond ; dans le reverdoir plongeait une pompe à chapelet, qu'on appelait *pompe à cabarer*, elle était destinée à enlever du reverdoir tout ce que celui-ci était appelé à recevoir et à conduire le moût ou les eaux, suivant qu'il s'agissait de brassage ou de remplissage, dans les chaudières ; la pompe à cabarer opérait son déversement dans une gouttière dont une des extrémités lui était appliquée et l'autre correspondait au bord de la chaudière, dans laquelle le déversement devait s'opérer.

Certaines brasseries possédaient plusieurs cuves-matière.

Les chaudières étaient en cuivre et de forme demi-sphérique, elles reposaient sur des fourneaux en briques dans lesquels elles étaient maçonnées.

Sur les chaudières, étaient placés deux forts sommiers en bois de chêne, laissant entre eux un certain espace, ils servaient à supporter les planches qui fermaient l'ouverture des dites chaudières.

Sur ce couvercle de planches se trouvaient placés les *bacs à jeter*, sortes de récipients sur lesquels passait la gouttière qui devait conduire à la pompe à jeter trempe, l'eau provenant des chaudières.

Un grand bac dit *bac de décharge*, recevait le moût au sortir des chaudières, il s'y refroidissait jusqu'au moment de son transvasement dans la cuve guilloire qui complétait le gros matériel que nous venons de décrire.

L'outillage mobile se composait du *jet*, sorte d'énorme cuiller faite d'un chaudron de cuivre solidement fixé à l'extrémité d'un fort manche de bois garni à l'extrémité opposée à celle où se trouvait la cuiller, d'un morceau de plomb destiné à faire contrepoids et à faciliter à l'ouvrier la manœuvre. Celle-ci consistait à prendre dans la chaudière, au moyen du jet, tantôt l'eau destinée aux trempes, tantôt le moût destiné au bac de décharge ; l'ouvrier plongeait le jet dans la chaudière et en déversait le contenu dans le bac à jet, d'où le liquide s'écoulait immédiatement par les gouttières pour se rendre à la pompe à jeter trempe ou au bac de décharge. On comprend aisément que le maniement du jet exigeait de la part de celui qui s'en servait de la vigueur et un tour de main tout à fait spécial.

Puis venaient le *fourquet*, espèce de pelle en fer ou en cuivre partagée dans le sens de la longueur par une cloison ou percée dans le même sens, de deux ouvertures (le fourquet servait à *rompre* la trempe) et la *vague*, long instrument de bois terminé par trois fourchons traversés horizontalement par trois ou quatre chevilles.

Dans le travail, la vague succédait au fourquet et servait à compléter l'opération du brassage.

* * *

« Il n'est pas facile de juger si l'eau est bonne, c'est une affaire d'un tact expert à goûter les eaux; c'est le terme des brasseurs » ainsi s'expriment d'Alembert et Diderot déjà cités.

On goûtait les eaux en présentant le bout du doigt à leur surface « Si l'eau pique au premier abord, c'est signe qu'elle est bonne. »

Cette détermination paraît bien vague ajoutent nos encyclopédistes « il semble qu'il vaudrait beaucoup mieux s'en rapporter au thermomètre, il ne s'agirait que d'un nombre suffisant d'expériences faites avec cet instrument en différentes saisons ».

Lorsque, la farine ayant été préalablement versée dans la cuve-matière, l'eau des chaudières avait atteint la température jugée bonne, c'est-à-dire quand l'eau *piquait*, on donnait la trempe. Puisant l'eau de la chaudière au moyen du jet, l'ouvrier la dirigeait par le bac à jet et la gouttière, dans le tube de bois dit, *pompe à jeter*, qui la conduisait dans l'intervalle compris entre le fond et le faux-fond de la cuve-matière. Sous l'action de la poussée de bas en haut qui se produisait alors, la masse formée par la farine et qu'on appelait *le fardeau* s'élevait dans la cuve.

Aussitôt que la quantité d'eau nécessaire était introduite dans la cuve, les ouvriers brasseurs armés du fourquet (rompaient la trempe), c'est-à-dire le fardeau, puis continuaient et terminaient l'opération du brassage au moyen de la vague. Après un certain temps de repos, on enlevait la tape qui se trouvait au fond de la cuve-matière et le moût filtré par la drêche qui reposait sur le faux-fond s'écoulait dans le reverdoir d'où il était élevé par la pompe à chapelet dans la gouttière qui le dirigeait dans la chaudière de cuisson et de houblonnage.

La cuisson de la bière, dite blanche, se pratiquait à feu vif et durait environ trois heures, celle de la bière, dite rouge, durait de trente à quarante heures avec un feu moins ardent.

La détermination de la température favorable à la descente en cuve guilloire du moût qui, de la chaudière de cuisson avait été dirigé sur le bac de décharge au moyen du jet et de la gouttière était, comme pour celle de la température de l'eau, une question en quelque sorte instinctive chez le brasseur qui, privé d'instruments de précision, s'en était rapporté jusque là à son expérience et à ses observations, au point, nous l'avons vu, de se montrer réfractaire à l'emploi du thermomètre.

En cuve guilloire, on commençait à donner le *pied de levain*, en ajoutant à la levure une petite quantité de moût ; le contenu tout entier du bac n'y était introduit que lorsque le guillage du pied de levain avait acquis une certaine intensité.

L'opération en cuve guilloire se terminait par ce que l'on appelait : *battre la guilloire*, opération qui consistait à frapper à l'aide d'une longue perche, l'écume qui subsistait à la surface de la bière alors que le guillage était estimé avoir atteint sa dernière période. Ce battage avait pour but de précipiter tout ce qui pouvait rester d'écume. L'entonnement en fûts et le complément de fermentation dans ces derniers, couronnaient l'œuvre du brasseur au siécle dernier.

* * *

Cette rapide esquisse d'une Brasserie et de l'Art du Brasseur au siècle dernier donne l'étendue du chemin parcouru par la Brasserie contemporaine dans la voie du progrès, car s'il existe encore des Brasseries dont le genre de produits et le mode d'exploitation rendent inutiles des installations compliquées, on rencontre même chez elles, une somme de connaissances et un outillage perfectionné qu'il n'était pas donné à nos pères de pouvoir soupçonner.

Mais il devait s'écouler encore de longues années, avant que, toute part faite de l'amélioration de l'outillage, amélioration qui naturellement se produisait au fur et à mesure des progrès industriels, la Brasserie prenne place comme de nos jours, au premier rang des industries de l'alimentation ; avant que l'aimable poète, M. Reboul, puisse accorder son luth pour dire aux brasseurs, ses amis :

« Oui, de nos jours on voit grandir la Brasserie,
D'un puissant outillage elle s'est enrichie.
Ses usines jadis n'avaient pas cette ampleur,
Ce confort d'aujourd'hui, ce riche intérieur.
Vous, Messieurs, vous avez pour brasser une salle,
Où le luxe à côté de l'utile s'étale,
Tandis que vos aïeux, une fourche à la main,
Souvent, sous un hangard, conduisaient leur brassin » (1)

---

(1) Extrait de la poésie de M. Reboul, père, Malteur à Gannat, lue par son auteur au banquet du Syndicat des Brasseurs du Centre et du Midi de la France, le 30 Novembre 1899.

CONCLUSION

Il était réservé à la France, mère de tant de génies, d'enfanter celui dont les travaux et les découvertes devaient, parmi tant d'autres, émanciper de l'empirisme et de la routine, la Brasserie du monde entier. Nous avons nommé l'immortel ***Pasteur.***

On sait que les travaux de l'illustre savant sur les fermentations furent commencés en 1857. Pendant son séjour à Lille il avait eu occasion de voir de près des distilleries et des brasseries et de constater que dans ces industries si importantes pourtant, aucune notion précise n'existait et que la direction technique des opérations de la fermentation était laissée au hasard des observations traditionnelles, le rôle exact de la levure n'ayant pas encore été absolument déterminé.

On n'ignore pas non plus, que ce fut à la Brasserie de Tantonville, qu'avec l'aide de son élève,

M. Francisque Grenet [1], qui devint son préparateur, que Pasteur compléta, en les renouvelant sur un champ plus vaste que celui du laboratoire, les expériences qu'il avait commencées en 1870-1871, expériences dont les résultats devaient rendre l'industrie maîtresse du mécanisme des fermentations, en résolvant des questions qui semblaient inaccessibles ; le grand physicien Verdet ne disait-il pas de Pasteur : « Celui-là ne fera jamais rien de bon ; il s'attaque à des questions insolubles. »

* * *

Les opérations de l'ancienne Brasserie, qui procédait d'intuition et pratiquait suivant des observations et des expériences dont le secret se transmettait de père en fils, observations et expériences dont la fragilité d'appréciation variait avec les qualités individuelles, ont fait place à l'application de méthodes raisonnées et à des opérations précises et définies, facilitées par un outillage perfectionné, au premier rang duquel il convient de placer le producteur de l'agent indispensable en Brasserie : l'appareil frigorifique.

Défavorablement placée au point de vue climatérique par rapport aux pays de grande production de

(1) Aujourd'hui directeur technique de la Brasserie de Tantonville.

bière, la Brasserie française ne fut pas la dernière à appliquer chez elle la production mécanique du froid.

Il est devenu aujourd'hui aussi difficile et ridicule de soutenir, comme autrefois, qu'on ne peut pas produire de bonne bière en France, que de nier les services que Pasteur a rendus à la Brasserie, de mettre en doute la valeur de la captation mécanique du froid, ou de prétendre que seuls les Allemands savent fabriquer la bière. Le temps est passé où en matière de bière, le préjugé poussait en France des racines profondes, et s'il y subsiste encore de braves gens qui croient que l'eau d'outre-Rhin est indispensable pour faire de bonne bière, ou bien encore que les brasseurs français remplacent le houblon par le buis, nous ne les plaindrons même pas, car d'avance, le royaume des cieux leur est acquis.

* * *

L'honneur des débuts de la brasserie française dans la voie du progrès revient à la brasserie Strasbourgeoise. Ce fut un brasseur de Strasbourg (1) qui, le premier, en 1847, appliqua chez lui le mode de brassage allemand et organisa des caves glacières, auxiliaires indispensables de la fabrication de la bière de fermentation basse. Le succès de cette inovation ne tarda pas à valoir au hardi brasseur

(1) M. Schützenberger.

d'intelligents imitateurs et, vers 1855, la brasserie Strasbourgeoise qui jusque là s'en était tenu à la consommation locale fit ses premiers essais d'exportation sur Paris.

L'année 1860 marqua le commencement de la réelle prospérité de la brasserie Strasbourgeoise, la période de 1867-70 fut celle de son apogée ; en cette année, le jury de l'Exposition Universelle plaça la bière de Strasbourg au même rang que les produits similaires les plus réputés.

En 1860, Strasbourg exporta 79,620 hectolitres de bière ; en 1866, 197.320 hectolitres ; en 1869, environ 300.000 hectolitres et enfin, dans le premier semestre de 1870, 200.000 hectolitres. L'épouvantable guerre Franco-Allemande mit un terme à l'admirable prospérité de nos malheureux compatriotes et fut le point de départ, chez les brasseurs français désormais résolus à s'affranchir du tribut d'une importation devenue étrangère, d'efforts et de sacrifices qui, successivement, se traduisirent par l'établissement dans l'Est de la France, de brasseries pourvues de tout ce que les connaissances acquises jusqu'alors pouvaient mettre à la disposition d'industriels intelligents, d'hommes déterminés ; par la fondation de syndicats qui avec l'union devaient engendrer la force, et enfin par la création d'une école spéciale de brasserie. Cette dernière création était devenue le complément indispensable de l'œuvre de progrès accomplie par la Brasserie française, lorsqu'en 1887, à l'occasion de l'Exposition nationale de brasserie, M. Robert Charlie qui depuis fonda le journal le *Brasseur Français*, écrivait à ce sujet les lignes suivantes :

« Nous avons des écoles d'agriculture, des écoles de tissage, des écoles professionnelles de toute nature, pourquoi n'aurions-nous pas des écoles de brasserie, où se formeraient et recevraient une instruction technique appropriée, les chevilles ouvrières de nos trois mille fabriques de bière ?

L'Autriche a des écoles de ce genre ; l'Allemagne en possède à Munich, à Augsbourg, à Worms, à Berlin, etc. Les unes sont dirigées par des particuliers ; les autres, comme la section scientifique de brasserie à Munich, ont été fondées par des brasseurs ; Berlin est en possession depuis quelques années, d'un institut allemand de brasserie dont les cours sont suivis par des étudiants payant les droits d'inscription. Tous les journaux allemands et étrangers, traitant de la brasserie y sont reçus.

Les bâtiments contiennent des laboratoires séparés les uns des autres à l'usage des professeurs, des sous-dirigeants et des étudiants ; une salle où l'on broie les matières destinées à la fabrication de la bière ; une autre où on les brûle ; une troisième où on les pèse. L'institut possède aussi une soufflerie de verre qui sert à la construction d'appareils de précision, thermomètres, alcoomètres, etc., qui sont vendus aux brasseurs.

Les recherches chimiques et microscopiques forment une partie importante de l'enseignement technique de la brasserie à l'Institut de Berlin comme dans les autres écoles de brasserie de l'Allemagne. Les étudiants sont également familiarisés avec l'emploi des machines spéciales à la fabrication de la bière.

Eh bien ! c'est cette organisation que nous devons imiter en l'appropriant au génie industriel français. »

Ce vœu, expression du désir de la brasserie toute entière et de l'intention de M. Paul Barbe, alors ministre de l'agriculture, devait être réalisé grâce aux subventions de généreux brasseurs et industriels et au concours financier de l'Etat.

Aujourd'hui l'école de brasserie annexée à la Faculté des Sciences de Nancy, est devenue sous la savante et habile direction de M. le Dr Petit, la pépinière de brasseurs rêvée en 1887. Avec elle et celles de Lille et de Douai, avec les chimistes de talent formés à l'Institut Pasteur par l'éminent professeur M. Fernbach, avec le puissant concours des organes d'une presse spéciale qui lui est toute dévouée. La France brassicole peut en toute confiance, envisager l'avenir qui lui est réservé.

Le chiffre d'importation de bières étrangères en France qui de 279,598 hectolitres qu'il atteignait en 1872, s'était progressivement élevé à celui de 413,837 en 1883, a depuis cette époque, subi un mouvement de recul qui n'a fait que s'accentuer : en 1885 il était encore de 333,415 hectolitres. Mais avec l'année 1886 commence, provoquée dans le Journal le *Mot d'Ordre*, accentuée dans le *Poison Allemand* et la *Bière Française*, soutenue et continuée dans le

Brasseur Français, la campagne ardente contre les bières d'outre-Rhin, qui devait, jointe aux merveilleux efforts des brasseurs, aboutir au succès et créer à son auteur, M. Robert Charlie, un titre à la reconnaissance de la Brasserie Française.

En 1890 le chiffre d'importations tombe à 174,375 hectolitres, il n'est plus que de 120,826 hectolitres en 1899.

Ce dernier chiffre dans lequel la bière allemande entre pour 101,000 hectolitres est singulièrement faible quand on le compare à la somme d'efforts que les brasseurs étrangers ne cessent de prodiguer pour reconquérir le terrain perdu, et à celle de bonne volonté que met encore à la seconder l'inconscient *snobisme* français.

L'installation en bonne place d'établissements luxueux qui constituent en quelque sorte la carte forcée, est une des manifestations, — et non la moins frappante — de la volonté de nos concurrents de nous faire accepter leurs produits.

La fragilité de la bière exigeant pour celle-ci des soins méticuleux et un débit rapide, il est incontestable qu'un établissement où se trouvent réunies les garanties d'hygiène et de régularité recherchées par le consommateur et qui joint à ces avantages celui d'une situation favorable à la vente ne peut manquer d'attirer la clientèle. C'est ce qui s'est produit pour les établissements dont il vient d'être question.

Il n'entre nullement dans notre pensée de nier la qualité de certaines bières étrangères mais nous sommes fondé à soutenir qu'elles doivent la vogue dont elles jouissent, moins à leur qualité intrinsèque, qu'à la façon dont elles sont présentées ; on en trouve la preuve dans la faiblesse du chiffre d'importation quand on le rapproche de la multitude de placards et d'enseignes qui pourrait en ce cas spécial, faire prendre certaines grandes villes pour des succursales de Munich, et conséquemment dans la quantité considérable de bière française qui se débite sous cette étiquette de Munich, dont le parfum exotique exerce sur le snob un charme qui est un crève-cœur pour le brasseur français et un sujet de tristes réflexions pour qui sait se souvenir.

***

En butte à des préjugés soigneusement entretenus par ses détracteurs, entravée dans sa production par des lois et des règlements dont les conséquences désastreuses s'aggravaient avec les années et la marche du progrès industriel ; frappée à la fabrication et à la consommation de droits et d'impôts véritablement somptuaires, la bière ne pouvait en France atteindre un degré de prospérité même en rapport avec les progrès réalisés. Si l'on ajoute à ces conditions défavorables les conséquences de l'incurie de certains débitants, la contenance dérisoire des verres et le prix exhorbitant à la vente au détail, on en peut déduire que le goût pour la bière n'est pas un vain mot en France, puisque malgré tout, le chiffre de sa consommation progresse sensiblement.

Les lois, les règlements, les impôts même, quelque lourds ou rigoureux qu'ils soient, ne sont pas les pires ennemis de la bière, car, en aucun cas, ils n'en peuvent influencer la qualité ; ses véritables ennemis, les plus dangereux, car ils atteignent la brasserie non seulement dans ses intérêts immédiats, mais aussi dans sa réputation, ce sont les intermédiaires systématiquement réfractaires aux notions d'hygiène les plus élémentaires, ceux qui, délibérément, ou par le fait d'une insouciance d'autant plus incompréhensible qu'elle ne peut que nuire à leurs propres intérêts, détruisent en un instant le résultat d'un labeur acharné mis au service de connaissances dont leur intelligence obtuse, leur esprit peu scrupuleux et les sollicitations que la lutte pour la vie leur réserve quand même, ne leur permettent pas d'apprécier la valeur. Avec la disparition de ces ennemis de la bière, disparaîtra un des fléaux de la brasserie.

Si la constatation, statistique en mains [1], des succès de la brasserie française nous suffisait, si nous trouvions complète satisfaction dans la pensée réconfortante et encourageante que non seulement l'importation des bières en France diminue mais encore que notre chiffre *d'exportation* est actuellement *de plus*

(1) Voir à la fin de l'Appendice la Statistique du mouvement des bières en France depuis l'année 1867.

de 67 °/₀ du total de l'importation ; si enfin nous pensions que la Brasserie française doit être satisfaite aussi, puisqu'en somme, que ses produits soient livrés au consommateur sous une étiquette quelconque, ils ne s'en vendent pas moins ; si nous possédions cette dose de philosophie, il ne nous resterait plus qu'à nous offrir le plaisir intime que nous éprouverions—si toutefois le haussement d'épaules ne l'emportait quand même — dans la contemplation du bon snob, du fin connaisseur qui, malgré lui, fait prospérer la Brasserie française en absorbant de la pseudo bière allemande, qu'elle soit de Munich ou d'ailleurs.

Mais notre ambition ne s'arrête pas là. Ce que nous voulons : c'est que la Brasserie française ayant remporté une brillante victoire, cette victoire soit connue, proclamée, récompensée ! Depuis quand le vainqueur laisse-t-il flotter le drapeau ennemi sur les positions qu'il a conquises !? Il faut que le français sache et se pénètre bien de cette vérité, que si la France importe encore à l'heure actuelle un chiffre moyen de 120,000 hectolitres de bière dont 100,000 de provenance allemande, ce chiffre ne représente que le *un vingt cinquième pour cent* de la consommation totale en France, somme dont la modestie ne s'accorde guère avec les apparences ; il faut qu'on sache bien que quels que soient les progrès que pourra encore réaliser la brasserie française, elle ne parviendra jamais à s'affranchir entièrement de l'importation des bières étrangères, mais que cela ne prouvera pas que ces dernières devront à leur supériorité de subsister quand même pour l'excellente raison, qu'en supposant même que nos compatriotes s'abstiennent complètement de l'usage des bières étrangères, il y aurait encore parmi les 166,000 Allemands et Suisses, les 39,000 Anglais et les 465,000 Belges qui habitent notre territoire (pour ne parler que des buveurs de bière), il y aurait encore assez de consommateurs attachés aux produits de leur mère-patrie pour entretenir un chiffre d'importation qui déjà, relève moins du succès que de la fantaisie et des causes naturelles que nous venons d'énoncer.

Ce sont les Expositions de 1867 et de 1878 qui, en attirant à Paris les bières allemandes, ont été la cause de la transformation des mœurs du consommateur français ; ce sont elles qui ont fait naître dans notre pays l'engouement pour la brasserie ou la taverne dont le genre exotique est si peu en harmonie avec nos traditions, nos goûts, nos sentiments gaulois et qui, répétons-le, font ressembler certains coins de la capitale à des succursales de Munich. Eh bien ! ce qu'ont fait ses aînées, l'Exposition de 1900 le détruira, car depuis, l'industrie de la brasserie française a marché à pas de géant dans la voie du progrès. Elle a fait ses preuves.

Confiante en sa puissance industrielle qui lui permet de tenir en échec ses plus redoutables adversaires, secondée par les capitaux que lui attire sa prospérité, la Brasserie française voit en cette fin de siècle s'ouvrir devant elle un brillant avenir. La grande fête du travail à laquelle la France a convié l'univers affirmera ses efforts pacifiques et ses succès feront en son honneur revivre l'antique dicton :

La bière la plus sapide se brasse sur la rive Gauloise du Rhin.

APPENDICE

APPENDICE

I

ARREST DU CONSEIL D'ESTAT DU ROI

Qui fait défenses de brasser des Bierres et de faire des Eaux-de-vie avec du Bled, jusqu'au premier Octobre prochain

Du 4 Juin 1709

Extrait des Registres du Conseil d'Estat. — Le Roy ayant considéré que la grande quantité de Grains qui se consomme pour les Bierres, seroit plus utilement employée à la nourriture et à la subsistance des Pauvres ; Sa Majesté a crû qu'il étoit nécessaire d'y pourvoir, du moins pour quelques tems, jusqu'à ce que les Bleds qu'elle a donné ordre d'amener des Pays étrangers, soient arrivés dans les Ports du Royaume. Oüi le Rapport du Sieur Desmarests, Conseiller ordinaire au Conseil Royal, Controlleur Général des Finances ; Sa Majesté étant en Conseil, a fait très-expresses inhibitions et défenses à toutes personnes, de quelque qualité et condition qu'elles soient, de brasser ou faire brasser aucunes Bierres de quelque nature et qualité qu'elles puissent être, dans toute l'étendüe du Royaume,

Pays, Terres et Seigneuries de son obéissance, ni aucunes Eaux-de-vie de Bled, jusqu'au premier Octobre de la présente année, à peine de confiscation desdites Bierres et Eaux-de-vie, et de trois mille livres d'amende, qui ne pourront être remises ni modérées, et seront appliquées. Sçavoir, un tiers au dénonciateur, et les deux autres tiers aux Pauvres des Lieux : à l'exception des Provinces de Flandres, Haynault et Artois, dans lesquelles on pourra continuer de brasser des petites Bierres à moitié Grains, sans néanmoins qu'il puisse être permis d'y faire aucunes Eaux-de-vie de Bled durant ledit tems, non plus que dans le reste du Royaume, sous les mêmes peines. Enjoint Sa Majesté aux Sieurs Intendans et Commissaires départis dans les Provinces, de tenir la main à l'exécution du présent Arrest qui sera lû, publié et affiché partout où besoin sera. Fait au Conseil d'Estat du Roy. Sa Majesté y étant; tenu à Versailles le quatrième Juin mil sept cens neuf. Collationné. Signé : PHELYPEAUX.

Collationné à l'Original par Nous Ecuyer, Conseiller Secrétaire du Roy, Maison, Couronne de France et de ses Finances.

II

DÉCLARATION DU ROY

En faveur de la Communauté des Brasseurs de Bierres de la Ville de Paris

Donnée à Marly le 22 Aoust 1713

Louis par la grâce de Dieu Roy de France et de Navarre : A tous ceux qui ces présentes Lettres verront. Salut. Par nostre Edit du mois de Mars 1703. Nous avons créé vingt Offices de Visiteurs-Essayeurs et Controlleurs de Bierre dans nostre bonne Ville, Faubourgs et Banlieuë de Paris, aux fonctions portées par ledit Edit, et avec attribution de dix-sept sols six deniers de droits par muid de Bierre; tant forte que petite, de la vente desquels Offices Jacques Lalou ayant esté chargé, il auroit commis pour en faire l'exercice les nommez François l'Huillier, Eustache le Cointe, Mathieu Chapart, Léonard le Droit, Jacques David sieur de Mavelair, Paul Flotte, Benoist Michel et Joseph Durville de Varenne, en faveur desquels il auroit esté expédié des quittances de finance et des provisions comme s'ils avoient esté les véritables Propriétaires ; mais la Communauté des Maistres et Marchands Brasseurs de Bierre de nostredite Ville et Fauxbourgs de Paris, Nous ayant fait remontrer que ces Offices ayant esté acquis par des gens sans expérience dans leur commerce, cela estoit capable d'apporter du trouble et du dérangement de la fabrication des Bierres, que de remédier aux abus comme Nous avions eu intention de faire ; Nous aurions par Arrest de nostre Conseil du 2 Décembre 1704 sur les offres que cette Communauté auroit fait de payer audit Lalou, la mesme finance qui estoit continuë aux quittances de finance qui avoient esté expédiées en faveur desdits l'Huillier, le Cointre, Chapart, le Droit, de Mavelair, Flotte, Michel et Durville, ordonné que lesdits vingt Offices de Visiteurs-Essayeurs et Controlleurs de Bierre, et les droits y attribuez, seroient et demeureroient rëünis à ladite Communauté pour par elle en joüir, les exercer, vendre et en disposer comme bon luy sembleroit, à la charge par elle de payer entre les mains dudit Lalou, la somme de cent dix mille livres : sçavoir cent mille livres pour la finance principale, et dix mille livres pour les deux sols pour livre ; à l'effet dequoy Nous luy aurions permis de faire les emprunts nécessaires et ordonné que ceux qui luy presteroient leurs deniers auroient privilège sur lesdits Offices et droits, en exécution duquel Arrest ladite Communauté auroit payé lesdits cent dix mille livres audit Lalou, qui de sa part luy auroit remis et délivré les originaux desdites quittances de finance et provisions expédiées aux noms desdits l'Huillier, le Cointre, Chapard, le Droit, de Mavelair, Flotte, Michel et Durville, mais Nous ayant esté représenté par ladite Communauté qu'encore que la propriété desdits vingt Offices et droits ne puisse luy estre contestée au moyen du payement qu'elle a fait audit Lalou de la finance principale d'iceux et deux sols pour livre, néanmoins les particuliers qui leur ont presté cette finance les poursuivent vivement pour les obliger à leur en faire le remboursement, sous prétexte que par ledit Arrest du Conseil du 2 Décembre 1704 il n'a pas esté suffisamment pourvu à leur sûreté et hypothèque, qu'en conséquence il n'a point esté délivré de quittanee de finance à ladite Communauté, contenant les déclarations desdits empruns par elle faits, et qu'on ne l'a point subrogée au lieu et place des premiers Acquéreurs qui n'estoient que des prête-noms dudit Lalou, pour les autoriser davantage dans les fonctions et exercices desdits Offices, qu'ils devoient faire en attendant la véritable vente d'iceux, elle Nous a très humblement fait supplier d'expliquer sur ce nos intentions. afin de faire cesser les poursuites qui leur sont faites par lesdits presteurs, et de lui assûrer à toûjours la propriété desdits Offices et droits y attribuez. *A ces Causes* et autres à ce Nous mouvans, et de nostre certaine science, pleine puissance et autorité Royale, Nous avons par ces Présentes signées de nostre main, dit, statué, déclaré et ordonné, disons, statuons et ordonnons, voulons et Nous plaist, que ladite Communauté des Maistres Marchands Brasseurs de Bierre de nostre bonne Ville et Fauxbourgs de Paris, en conséquence du payement par eux fait audit Lalou de la somme de cent mille livres de finance d'une part, et de dix mille livres pour les deux sols pour livre d'autre, entre les mains dudit Lalou, en exécution de l'Arrest du Conseil du 2 Décembre 1704 soit et demeure subrogée purement et simplement comme Nous la subrogeons en la propriété et joüissance desdits vingt Offices de Visiteurs-Essayeurs et Controlleurs de Bierre dans la Ville, Fauxbourgs et Banlieuë de Paris, et des dix-sept sols six deniers par muid de Bierre tant forte que petite attribuez aux fonctions portées par ledit Edit du mois de Mars 1703 pour en joüir, faire et disposer comme de chose appartenante à ladite Communauté ; et que ceux qui ont presté ou presteront cy-après à ladite Communauté leurs deniers à cause dudit payement de cent dix mille livres, ayent leurs privilèges et hypotèques sur lesdits Offices et droits, conformément aux contracts ou obligations qu'ils ont faits ou feront cy-après avec la Communauté. Si donnons en mandement à nos amez et féaux Conseillers, les Gens tenant nostre Cour de Parlement. Chambre des Comptes et Cour des Aydes à Paris, que ces Présentes ils ayent à faire lire et registrer, mesme en temps de vacations, et le contenu en icelles garder et exécuter selon leur forme et teneur, cessant et faisant cesser tous troubles et empeschemens qui pourroient y estre mis ou donnez, nonobstant tous Edits, Déclarations, et autres choses à ce contraires, ausquels Nous avons dérogé et dérogeons par ces Présentes : Car tel est notre plaisir ; en témoin de quoy Nous avons fait mettre nostre Scel à cesdites Présentes,

Donné à Marly le vingt-deuxième jour d'Aoust, l'an de grâce mil sept cens treize ; et de nostre Règne le soixante-onzième. Signé, Louis. *Et plus bas.* par le Roy, Phelypeaux. Vû au Conseil, Desmaretz. Et scellée du grand Sceau de cire jaune.

Registrées, oüy et ce requérant le Procureur Général du Roy, pour estre exécutées selon leur forme et teneur, suivant l'Arrest, de ce jour. A Paris en Parlement en vacations, le vingt-deuxième Septembre mil sept cens treize. Signé, Guyhon.

II a

Arrest du Conseil d'Estat du Roy

Qui agrée et reçoit la Soumission faite par les Maîtres et Marchands Brasseurs de la Ville et Fauxbourgs de Paris, de payer la somme de soixante mille livres, pour la réunion des Offices d'inspecteurs et Contrôleurs créés dans leur Communauté par l'Edit du mois de Février 1745, et leur permet pour faciliter ce payement d'emprunter ladite somme à constitution de rente au Denier vingt, sans retenue du dixième.

Du 3 Juillet 1745

Extrait des Registres du Conseil d'Etat

Sur la Requête présentée au Roy en son Conseil par les Jurés en charge et Communauté des Maîtres et Marchands Brasseurs de Bierres de la Ville et Fauxbourgs de Paris ; *Contenant*, que Sa Majesté ayant créé par Edit du mois de Février 1745, des Offices d'Inspecteurs et Contrôleurs des Maîtres et Gardes dans les Corps des Marchands et des Jurés dans les Communautés d'Arts et Métiers du Royaume ; il a été permis par cet Edit ausdits Corps et Communautés de réunir chacun en droit soi lesdits Offices d'Inspecteurs Contrôleurs dont la Finance a été fixée par un Rôle arrêté au Conseil, ou à la Communauté des Brasseurs se trouve comprise pour la somme de soixante mille livres ; en exécution desquels Edits et Rôle, les Supplians pour marquer leur entière obéissance aux volontés de Sa Majesté, et espérant une modération sur leurs remontrances, ont fait leur Soumission de payer pour la réunion desdits Offices d'Inspecteurs et Contrôleurs entre les mains de celui qui seroit préposé pour le recouvrement de la Finance desdits Offices ladite somme de soixante mille livres, à la remise des deux sols pour livre en trois payemens égaux ; sçavoir, un tiers dans le courant de Juin, un tiers dans le mois d'Octobre suivant, et le tiers restant dans le mois de Décembre de la présente année ; mais comme la Communauté des Supplians n'a aucuns fonds ni revenus, et que quelques recherches que les Jurés en charge ayent faites pour trouver à emprunter, ils n'ont pu y parvenir, ensorte qu'ils sont obligés de recourir pour cet emprunt aux Maîtres et Veuves qui composent leur Communauté, lesquels seront tenus aux termes de leur Délibération du vingt-huit Avril mil sept cent quarante-cinq, de contribuer au payement de soixante mille livres portées en la soumission desdits Jurés suivant le Rôle qui en sera dressé, à l'effet de quoi il sera fait un Etat des sommes qui seront avancées par chaque Maître et Veuve pour leur en être payé l'intérêt au denier vingt sans retenue du Dixième jusqu'à leur entier remboursement, dont la Communauté sera responsable, sans que sous quelque prétexte que ce soit, même de révision de Compte pour ceux qui ont passé et passeront la Jurande, le payement desdits intérêts puisse être arrêté ni suspendu, ni même le remboursement du principal lorsqu'il y aura des fonds dans la Communauté, le tout à prendre spécialement tant sur les gages et droits attribuez ausdits Offices d'Inspecteurs et Contrôleurs par ledit Edit du mois de Février dernier, que sur les droits des Charges d'Essayeurs des Bierres appartenans aux Maîtres de la Communauté pour en jouir à perpétuité, conformément à l'Arrêt du Conseil d'Etat du vingt Août mil sept cent trente-sept, après néanmoins que les rentes dûes pour l'acquisition desdits Offices d'Essayeurs et frais de Régie seront acquittez ; que cependant les Supplians ayant réfléchi que tous ces engagemens ne peuvent être remplis par la Communauté, qu'autant que Sa Majesté voudra bien soutenir le Commerce de la Brasserie que plusieurs Maîtres sont hors d'état de faire par le grand nombre qui s'y est introduit depuis quelques années ; de sorte que quantité de fils de Maîtres élevez dans cette profession ; et n'ayans d'autres talens ne peuvent s'établir, l'unique moyen pour le soutien de ce Commerce et de ne procurer au Public que des Bierres de bonne qualité, est de n'admettre aucuns Apprentis pendant l'espace de vingt années : les Supplians croyent encore devoir observer que quelques Maîtres Brasseurs ayant été obligés de quitter le Commerce, ne pouvant le soutenir, il ne paroît pas juste qu'ils soient engagez dans les dettes de la Communauté, ni assujettis au payement des droits mentionnés en l'Edit du mois de Février dernier ; ensorte qu'il est nécessaire de renouveller les dispositions de l'Arrêt du Conseil du dix-neuf Juin mil sept cent quarante-quatre, qui a ordonné qu'il n'y aura d'engagés dans les dettes de la Communauté que les Maîtres qui feront commerce, et ce du tems qu'ils auront un train de Brasserie, sans qu'ils puissent demander aucuns comptes que du tems de leur établissement et commerce, ni se trouver et être mandez aux Assemblées qu'autant qu'ils seront établis, et auront train de Brasserie ; Sa Majesté sera en outre très humblement suppliée de vouloir bien ordonner l'exécution de l'Article deux de leurs Statuts, de l'Arrêt du Conseil du vingt-huit Novembre mil sept cent quarante-un et de celui du Parlement du vingt-cinq Avril mil sept cent quarante-quatre, afin que dans aucuns tems il ne soit admis dans la Communauté que des gens qui auront les qualités requises, dérogeant en tant que besoin à l'Article quatre de l'Arrêt du Conseil du quatre Mars mil sept cent quatorze, lequel au surplus sera exécuté selon la forme et teneur ; les Supplians n'ayant rien tant à cœur que de marquer leur zèle pour les besoins de l'Etat, ils ont lieu d'espérer d'être favorablement écoutez, et c'est dans cette confiance qu'ils implorent l'autorité souveraine ; Requérant à ces causes les Supplians, qu'il plaise à Sa Majesté, en homologuant leur Délibération du vingt-huit Avril mil sept cent quarante-cinq, agréer et recevoir la Soumission des Supplians de payer la somme de soixante mille livres pour la réunion des Offices d'Inspecteurs et Contrôleurs créés dans leur Communauté par l'Edit du mois de Février mil sept cent quarante-cinq, en conséquence ordonner qu'en payant ladite somme de soixante mille livres dans les termes énoncés dans ladite soumission, lesdits Offices d'Inspecteurs et Contrôleurs seront et demeureront réunis à ladite Communauté, pour par elle jouir de trois mille livres de gages effectifs, ensemble des droits et prérogatives attribuez ausdits Offices, dont les fonctions seront exercées par les Jurez successivement en Charge, sans que ladite Communauté soit tenue de payer les deux sols pour livre de ladite Finance, dont il leur sera fait remise ; et pour faciliter le payement de ladite Finance, permettre à ladite Communauté d'en faire l'emprunt des Maîtres et Veuves qui la composent suivant le Rôle qui en sera dressé, qui contiendra l'Etat des sommes qui seront prêtées par chaque Maître et Veuve, pour leur en être payé l'intérêt au denier vingt sans retenue du Dixième, jusqu'à leur entier remboursement, dont la Communauté sera responsable, sans que sous quelque prétexte que ce soit, même de révision de Compte pour ceux qui ont passé et passeront la Jurande, le payement des arrérages des Rentes qui seront constituées au profit desdits Maîtres puisse être arrêté ni suspendu, ni même le remboursement du principal lorsqu'il y aura des fonds dans la Communauté ; ordonner que les gages et droits de Visite attribuez ausdits Offices par ledit Edit, ensemble les droits des Charges d'Essayeurs de Bierre appartenans aux Maîtres de la Communauté, seront affectés et hypothéquez aux payemens desdites Rentes, même au remboursement des principaux lorsqu'il y aura des fonds, après néanmoins que les Rentes dûes pour l'acquisition desdits Offices d'Essayeurs et frais de Régie seront acquittez ; et pour mettre ladite Communauté en état de soutenir son commerce parmi les différens engagemens qu'elle a contractés, ordonner qu'aucun Maître Brasseur ne pourra recevoir d'Apprentifs pendant l'espace de vingt années comme aussi ordonner que tant que les Arrêts du Conseil des quatre Mars mil sept cent quatorze, et vingt-huit Novembre mil sept cent quarante-un, que du Parlement du vingt-cinq Avril mil sept cent quarante-quatre, rendus en conformité de l'Article deux de leurs Statuts, ensemble les Lettres patentes obtenues sur l'Arrêt du quatre Mars mil sept cent quatorze, registrées en ladite Cour, seront exécutez selon leur forme et teneur, à l'exception cependant de l'Article quatre dudit Arrêt du Conseil, auquel il plaira à Sa Majesté de déroger ; ordonner en outre que conformément à l'Arrêt du Conseil du dix-neuf Juin mil sept cent quarante-quatre, il n'y aura d'engagés dans les dettes de la Communauté que les Maîtres qui feront commerce et ce du tems qu'ils auront un train de Brasserie, sans qu'ils puissent demander aucun compte que du tems de leur établissement et commerce, n'y qu'ils puissent être assujettis au payement des droits mentionnez en l'Edit de Février dernier que depuis ledit temps, ni se trouver et être mandez aux assemblées : *Veu* ladite Requête, signée Hecquard, Avocat des Supplians, la soumission du vingt-huit Avril dernier. *Oui* le Rapport du Sieur Orry, Conseiller d'Etat Ordinaire et au Conseil Royal, Contrôleur Général des Finances. *Le Roy en son Conseil,* ayant aucunement égard à ladite Requête, a aggréé et reçû la Soumission faite par les Maîtres Marchands Brasseurs de Bierre, de payer la somme de soixante mille livres, pour la réunion desdits Offices créés dans leur Communauté, par l'Edit du mois de Février mil sept cent quarante-cinq ; en conséquence, a ordonné et ordonne qu'en payant lesdits soixante mille livres dans les termes énoncés dans ladite Soumission, lesdits Offices d'Inspecteurs et Contrôleurs seront réunis à ladite Communauté, pour par elle jouir des gages, droits et prérogatives y attribués, sans qu'elle soit tenue de payer les deux sols pour livre de ladite somme, dont Sa Majesté lui fait don et remise. Permet Sa Majesté à ladite Communauté pour lui faciliter le payement de la Finance desdits Offices, d'emprunter à constitution de Rente au denier vingt sans retenue du Dixième, ladite somme de soixante mille livres, d'affecter et hypothéquer au profit de ceux qui prêteront leurs deniers, les gages et droits attribués ausdits Offices, ensemble ses autres biens et Revenus, et de passer à cet effet tous Contrats de constitution nécessaires, sans retenue du Dixième, conformément audit Edit; et pour mettre ladite Communauté en état de soutenir son commerce, et faciliter aux Fils de Maîtres les moyens de parvenir à la Maîtrise, Ordonne Sa Majesté qu'aucun Maître Brasseur ne pourra pendant l'espace de vingt années, recevoir d'Apprentifs, Veut Sa Majesté que les arrérages des Rentes de ceux des Maîtres qui prêteront à la Communauté ne puissent être arrêtés, ni même le remboursement du principal suspendu lorsqu'il y aura des fonds, sous prétexte que la révision des Comptes de Jurande, dérogeant en tant que besoin, et pour ce regard seulement, à l'Arrêt du Conseil du vingt-huit Mars mil sept cent trente. Fait au Conseil d'Etat du Roi, tenu au Camp de Leuze, le troisième jour de Juillet mil sept cent quarante-cinq, Signé DE VOUGNY.

III

Statuts de la Communauté dee Brasseurs de Rouen

EN 1456

Article I. A l'estat de brasseur de bière et cervoise aura quatre gardes ordonnés par justice qui seront changés chacun an au terme de Noël lesquels seront institués par le bailly ou son lieutenant.

Art. II. Chacun pourra faire le mestier pour ouvrer bien et duement sous la visitacion des gardes et seront tenus, les apprensis servir deux ans avant que d'être maistres et payeront 30 sols, 10 à Saint-Léonard, 10 au roi et 10 autres aux gardes.

Art. III. Ceux qui ouvriront brasserie paieront 30 sols à la confrairie, 30 au Roi pour la hanse, 30 aux gardes ; excepté les fils de maîtres qui ne paieront que moitié.

Art. IV. Nul ne pourra entreprendre le dit métier s'il n'a été reçu maître à iceluy.

Art. V. Nul ne pourra tenir que ung endroit en ladite ville.

Art. VI. Les femmes de maîtres pourront faire le mestier tous les visitacions des gardes pendant leur viduité.

Art. VII. Tous les varlets qui pour lors serviront aux mestiers seront menés à justice et paieront 10 sous au roi, 10 à la confrérie et 10 aux gardes.

Art. VIII. Feront bonne bière et loyalle et n'y pourront mettre poix, bays, laurier, ni quelque autre chose fors seulement le gru, l'eau et du houblon en petite quantité, et feront les gardes bonne et due visitacion.

Art. IX. Les gardes pourront visiter les bières et les cervoises de la banlieue et autres lieux.

Art. X. Nuls ne pourront entonner leurs bières en barils non jaugés et seront leurs barils marqués de leur marque à peine de 30 sols d'amende appliqués comme ci-dessus.

Art. XI. Ne pourront entonner lesdictes bières et cervoises que en vaisseaux de jauge tenant chacun baril 36 gallons à la marque d'Arques, ou en autres vaisseaux à l'équipollent selon l'ordonnance du mestier.

Art. XII. Tous les maîtres et varlets feront le serment de garder fidèlement ladite ordonnance.

Art. XIII. Nul brasseur ne pourra commencer à brasser ou mettre le *mast* au jour de Dimanche, aux festes de Dieu, Notre-Dame et des Apostres à peine de 30 sols d'amende.

Art. XIV. Tous les maîtres au devant que de commencer leurs ouvrages apporteront au bailly ou à son lieutenant leur marque pour être empreinte sur une peau de parchemin afin de cognoistre à l'advenir à qui appartiendra les vaisseaux.

Art. XV. De chacun muid ne sera fait plus grand nombre de barils que le nombre de gru qu'ils auront mis à *mast* pour porter selon la valleur au prix que le gru pourra valloir.

Art. XVI. Les maîtres pourront s'assembler par congé de justice pour les affaires de leur mestier quand bon semblera.

Art. XVII. Se aucune cervoises étaient trouvées puantes, ils seraient jetées à l'eau, et s'ils étaient aigres et sures, pourront servir à nourrir bestes et ne le pourront remettre à *mast* sous peine de perdre la brassée, ne mesme les mettre parmy autre brassée à peine d'amende à discrétion de justice.

Art. XVIII, et dernier. Les Brasseurs ne pourront employer personne que s'il n'estait du mestier.

Archives municipales de Rouen.

IV

Eswards sur les Brasseurs de Maisières

XVIe Siècle

Est ordonné par les eschevins de Maisières que tous ceulx qui s'entremettent doresnavant de brasser au dit Maisières et faire brassines de grains, mestent ou facent mettre en chascun brassin pour chascune cacque de muyson qu'ils brasseront de servoize ou queute, 5 quartels de grains, assavoir 3 quartels d'orge ou froment et 2 quartels d'avoine et non moings, bien courrez et suffisamment ordonné comme il appartient, sur l'amende de 20 sols parisis à tous délinquans pour chascune fois et que ladite servoize soit bien cuicte et bien bouillye en diminuant jusques au tiers, et la queute bien et suffisamment, sur la dite amende, et que lesdites cervoise ou queute depuis qu'elle est entonnée soient reposées et repairiées du moings 3 jours entiers avant que l'on l'en puisse vendre et en broche et en debtail, sur ladite amende de 20 sols parisis, assavoir depuis la Saint-Remy, l'eswart cy-dessus déclairé demourera en sa force et vertu ceste présente année, veu la cherreté des grains, et pourront vendre lesdits brasseurs leurs dites servoises ou queutes à l'esquivalent desdits grains.

Item est ordonné par lesdits eschevins que nuls brasseurs dudit Maisières ne ostent ne facent oster hors de leurs hostels et brassines par quelque manière que ce soit cervoise, queute ne aultres brassins que premier ne les monstrent aux eswardeurs ad ce ordonnés, sur l'amende de 10 sols parisis pour chascune fois, et sur cest article le presvot pourra approcher par serment tous brasseurs leurs gens et mesnyes, de 40 jours à aultres comme dessus.

Avec ce seront tenus lesdits brasseurs de dire et déclairer aux fermiers du 4me de ladite ville ou leur greffier toutes les queutes qu'ils auront vendus tant en debtail que aux revendeurs qu'ils revendent pour eulx sur peine de ladite amende à tous ceulx qui seront reffusans.

Item pareillement est ordonné que tous revendeurs de servoize ou queute audit Maisières qui n'auront point esté brassés en ladite ville, ne ès termes d'icelle, ainçois qu'ils les vendent en debtail les facent reswarder par lesdits reswardeurs, assavoir sy elles sont aussi suffisantes comme sy elles avaient été brassées audit Maisières, sur l'amende de 5 sols parisis pour chascune fois truvé.

Quiconque fera ou vendra servoize ou queute mauvaise, non digne d'entrer en corps humain, le vaissel sera perdu et la servoise avec le vaissel (1) effondré et gecté en la rivière, et cellui à qui appartiendra la dite cervoise ou queute encourera l'amende de 10 sols parisis pour thone, et aussi à l'esquivallent dessus et dessoubz.

Item est ordonné par MM. les eschevins que tous brasseurs qui se vouldront entremettre de faire et brasser queute ou servoize audit Maisières mettenr ou facent mettre à chascuns brassins qu'ils feront pour chascune thone de muyson trois quartels orge ou froment et ung quartel et demy avoine qui soit bien labourée et courée (2), et que lesdites queutes et cervoises soient bien et suffisamment bouillye, aussy qu'elles soient bien et suffisamment repairiées depuis qu'elles seront enthonnées par l'espace de 24 heures avant que on les puisse vendre en broches, et se aulcuns alloient quérir des dites queutes, lesdits brasseurs et vendeurs seront tenus dire que lesdictes queutes sont nouvelles, et ce sur peine de 10 sols parisis sur chascun poinct, et pourra le Prévost approcher par serment lesdits brasseurs de quarante jours en quarante jours,

Arch. communales AA., 12 fol 113 XVI· siècle date (inconnue)

V

Coalition des Brasseurs d'Amiens

Eschevinage tenu le XIIIe jour d'Avril, l'an mil XIVe XL IIII (1444) par sire Guillaume de Béri, maieur sire Jehan

(1) Vaissel (vaisseau tonne).

(2) Labouré et courée (Maltés).

l'Orfèvre, sire Jean de Conti, etc. etc. et autres échevins et procureurs de ladite ville d'Amiens.

Sur ce que mesdits seigneurs s'estoient assemblez audit eschevinage, pour ce que ilz avoient samedi derrain passé fait mettre prisonniers au beffroy d'Amiens plusieurs brasseurs de ladite ville, à cause de ce que lesdits brasseurs s'estoient nagaires assemblez ensemble et avoient fait certain édit et estatu entre eulz sur le fait de leurdit mestier de Brasseur, c'est assavoir, que chacun caquet de cervoise que paravant ils vendoient aux cabaretiers XIX souz ou XX sous, ilz venderoient XXIIII sous de là en avant, et quiconque le venderoit moins dudit pris de XXIIII souz, il paieroit IIII livres d'amende, à convertir à refaire leur corps dudit mestier, et si ne ouveroient point l'un sur l'autre, et après que lesdits Brasseurs avoient esté mis prisonniers de par mesdits seigneurs, le lieutenant de monseigneur le bailli d'Amiens, à la requeste du procureur du roy, avoit par Nicaise, Martin sergent du roy, fait faire deffence à monseigneur la maieur seul, à certaines paines à appliquer au roi, que il ne feist desdits prisonniers quelque délivrance ou eslargissement, que premièrement ilz n'eussent répondu au cas privilegié que il disoit lesdits prisonniers avoir commis soulz umbre de leurdit édit et assamblée ; et depuis mesdits seigneurs avoient assamblé leurs conseillers qui avoient tous délibéré que le cas n'estoit point privilégié, mais en devoient mesdits seigneurs en avoir la congnoissance, et après ce que mesdits seigneurs estoient alez pardevers lesdits lieutenant et procureur du roy, auquelz ils avoient requis qu'il les laissaissent joyr de leur justice sans leur bailler empeschement, veu que lesdits Brasseurs estoient subjez de mesdits seigneurs, et que le cas regardoit seulement la police et gouvernement de la Ville et des subjez d'icelle, dont mesdits seigneurs doivent congnoistre, lequel lieutenant répondit à mesdits seigneurs qu'il n'y pooit toucher, et que ledit procureur du roy avoit appellé de lui ; lequel procureur du roy répondit qu'il estoit vrai qu'il avoit appellé, aprez laquelle réponce mesdits seigneurs se conclurent que aujourd'huy ils se rassambleront ensamble audit eschevinage pour y avoir conseil et advis. Finablement ilz ont conclud que lesdites personnes envoyeront queire mandement du roy de anticipacion pour les élargir et adrechera à ungt Prévost, et au surplus mesdits seigneurs feront une supplication et requeste pour la Ville à monseigneur le duc de Bourgogne, laquelle requeste fera mencion de tout l'estat et gouvernement dudit procureur du roy ; et ira ledit maistre Jehan l'Orfèvre, conseiller de ladite ville deverz ledit monseigneur le duc pour la cause dicte.

VI

Ordonnance de l'Echevinage d'Amiens relative au métier des Brasseurs

19 Septembre 1498

Comme Jacques Gervais, Adam Bonvarlet, Bernard Dupuch, Jehan Hanon, Jehan Vairon, Mahieu Féré, Jehan de Pernais, Jehan Martin, Hue, Sagnier, Jehan Legrant, Colart Portefais, Simon Hublié, Gilles de Beauvais, Regnault Domagnez et autres brasseurs de cervoises et menus breuvages en ceste ville d'Amiens nous aient fait présenter en nostre eschevinage certaine requeste, contenant que à nous appartenoit la police et gouvernement de ladite ville, ensemble le regard sur tous les mestiers estans en icelle ville, et esdis mestiers faire et ordonner briefz, status et ordonnances pour le bien de la chose publicque et l'entretènement d'iceulx mestiers, mais au moïen de ce que par ci-devant lesdis brasseurs avoient longtems esté en petit nombre, comme de trois ou quatre brasseurs au plus hault, ne leur avoit nient par nous ancoires esté fais ne donnez aucuns briefs, et s'y ne avoient point de chierge en icellui mestier, ce qu'ilz aroient volontiers comme ilz avoient ès aultrez mestiers de ladite ville, avec les torsses et drap que de leur volonté ilz entretiennent pour banière; et à ces causes, afin qu'il y eust conduite et ordre entre eulx touchant le fait et entretènement de leur dit mestier avoient lesdis supplians advisé entre eulx aucuns poins et articles, lesquelz leur sembloient estre raisonnables et utilles à l'entretenement d'icellui mestier qui chaque jour se multiplioit en ladite ville, lequelz, se c'estoit nostre plaisir, ilz requèroient leur estre accordez par forme de briefz ; lesquelz articles avec ladite requeste nous eussions ensemble veu oudit eschevinage, pour ce en *appoinctier* comme il appartiendroit par raison ; savoir faisons que veue ladite requeste, ensemble lesdis articles mesmes aussy depuis aucunes ordonnances *pièçà* faictes sur le fait dudit mestier et sur ce eu conseil et advis, nous ausdis supplians avons par forme et manière de briefz acordé et acordons les poinctz et articles cy-aprez déclairiez :

I. C'est assavoir, que tous ceulx qui dérésénavant voldront entrer oudit mestiers des Brasseurs en ladite ville seront tenus faire leurs apprentissages d'icellui mestiers par deux ans entiers, soubz l'un des maîstres d'icellui mestier, lequelz apprentis, à l'entrée en icelluy mestier, seront tenus eulx faire enregistrer en l'ostel de laditte ville et paier cinq solz au proufit d'icelle ville et autres cinq solz à la banière et chierge desdis supplians qu'ilz seront tenus faire faire en didens le jour du Sacrement prochain venant, pour icelluy par eulx estre porté au jour dudit Sacrement à la procession avec les autres cierges des mestiers de ladite ville.

II. Item, que nulz desdis maistres brasseurs ne pourra avoir que ung apprentis seullement.

III. Item, que nulz ne puist ouvrer ne besongnez en la dite ville dudit mestier, s'il ne a fait ses apprentissages par lesdis deux ans en icelle ville outre autre ville de loy, dont ilz seront tenus faire deuement apparoir.

IV. Item que doresenavant ceulx qui voldront passer maistres dudit mestier en icelle ville soient tenus, pour chief-d'œuvre, appoinctier le grain d'un brassin en la maison de l'un des eswars dudit mestier et d'icelluy grain brasser et faire de tous pointz ledit brassin, soit de blancque, de noire ou de brief-maic, lequel qu'il plaira prendre et choisir à cellui qu'il voldra faire ledit chief-d'œuvre ; pour ce fait, s'il est trouvé ouvrier, estre par nous reçu à la relacion des maistres et eswars d'icellui mestier à maistre dudit mestier, lequel nouveau maistre paiera pour ladite maîtrise la somme de LX solz, qui se emploira au profit dudit cierge et banière le plus profitablement que faire se porra.

V. Item que tous filz de maistre dudit mestier qui voldront en icelle ville tenir ledit mestier soient tenus faire ledit chief-d'œuvre comme dessus est dit, pour ce fait, estre receux à maistre dudit mestier, en paiant seulement pour sa bien venue X solz, à applicquier comme dessus.

VI. Item, que tous varletz ayans faits leurs apprentissages et gagnans argent audit mestier soient tenus paier pour une fois, s'ils vœulent en ladite banière desdis supplians, sans passer ladite maîtrise, la somme de XXX solz au proufit dudit cierge et banière.

VII. Item, que tous lesdis brasseurs estant d'icelle banière seront tenus estre aux honneurs l'un de l'autre et aller tant aux corps mors et services des trespassez que aux nopces d'eulx et de leurs enffans, à paine de XII deniers d'amende, à applicquer comme dessus, quant ilz y seront sommez par le varlet de ladite banière, s'ilz ne ont empeschement légitisme ; et quant ausdis services et nopces, la femme allant ausdits honneurs porra deschargier l'homme.

VIII. Et pour ce que plusieurs dudit mestier sont et porraient estre reffusans eulx trouver aux comptes de ladite banière, mesmes des autres affaires qui surviennent tant pour le fait dudit mestier que du molin commum desdis brasseurs, posé qu'ilz y soient appellez par le varlet, déréseuavant quant aucune assemblée fera par lesdis maistres par le bien dudit mestier et les affaires d'icellui, tous ceulx qui seront deffaillans eulx y trouver, aprez qu'ilz aront esté appellez par le varlet de ladite banière, escherront chacun en amende de XII deniers, pour chaque fois au proufit de ladite banière.

Le tout desdis pointz et articles sans préjudice à plusieurs ordonnances piéça faictes pour le bien dudit mestier de la dite ville et de la chose publicque et jusque a nostre volonté et rappel. En tesmoing, etc.

Du XIXe jour de septembre l'an mil IIIIc et 98 en nostre eschevinage (1).

VII

Arrest du Conseil d'Estat du Roy

Qui ordonne que la Déclaration du douze Juin 1708 sera exécutée selon la forme et teneur, ce faisant les Ecclésiastiques et tous autres tenus de payer les Droits sur les Bierres qu'ils façonnent pour leur provision Du Deuxième Décembre 1718.

(Extrait des Registres du Conseil d'Etat)

Sur la Requête présentée au Roy en son Conseil, par les

(1) L'acte original existe à l'hôtel de Ville d'Amiens.

Sieurs Audiquet Curé de la Paroisse de Saint Jacques d'Amiens, Sindic du Diocèse et par les Doyens et Curez des Doyennez de Doulens, d'Albert et de Mailly, *Contenant*, qu'encore que par un Droit naturel et général du Royaume et en particulier par l'article 192 de la Coûtume d'Amiens, par l'Ordonnance de Sa Majesté du mois de May 1680. Servant de Règlement sur le fait des Aydes, et spécialement par les Concordats passez entre les Commissaires de Sa Majesté et ceux du Clergé, les Ecclésiastiques soient exempts de payer aucuns Droits d'Aydes ; néanmoins le Sieur Noël Roger, Sous-Fermier des Aydes des Elections de Doulens et de Peronne, a pretendu faire payer aux Suplians les Droits de Controlle et de Jauge sur les Bières qui ne sont dûs que par les Brasseurs qui vendent en gros ou en détail leurs Bières, et non pas par les Supplians qui ne font cette Boisson que de Grains provenans du crû de leurs Dixmes et pour leur usage seulement, mais d'autant que cette prétention est formellement contraire tant aux Ordonnances de Sa Majesté renduës sur le fait des Aydes, qui veulent que les Ecclesiastiques soient entièrement exempts de tous Droits d'Aydes, qu'aux Concordats successivement passez entre Sa Majesté et le Clergé, par lesquels Elle a confirmé le Clergé dans cette Exemption générale ; Que les Supplians sont situez au delà de la Somme sur les Frontières d'Artois, où ils ne recueïllent ny Vin ny Cidre, et que par conséquent cette Boisson leur est absolument nécessaire pour leur usage ; ils se trouvent obligez d'avoir recour à Sa Majesté. *A ces causes*, requeroient qu'il plût à Sa Majesté ordonner que l'Ordonnance du mois de May 1680 et les Edits, Déclarations, Arrest et Concordats passez entre Sa Majesté et le Clergé seront exécutez selon leur forme et teneur ; ce faisant que conformément à l'Article 192 de la Coûtume d'Amiens, les Suplians seront et demeureront exempts de tous Droits d'Aydes, de Controlle et de Jauge des Bières qu'ils font eux-mêmes chez eux, ou chez leurs amis pour leur usage seulement ; en conséquence faire Deffenses audit Roger et à tous autres de troubler les Suplians dans ladite Exemption, à peine de concussion et d'amende, et le condamner à la restitution des Droits qu'il a cy-devant exigez des Suplians et qu'ils ont esté forcez de luy payer, sous protestation de les répeter et le condamner aux dépens. *Veu* ladite Requête, ladite Ordonnance du mois d'Aoust 1680, lesdites Déclarations, Arrests, Concordats et autres Pièces y attachées ; Memoire fourny par Noël Roger Sous-Fermier des Aydes de la Généralité d'Amiens, employé pour Réponse à la Requête des Ecclésiastiques, contenant que la Coûtume n'est point un Titre qui puisse être allégué en fait de Droits d'Aydes ; Qu'on ne connoist que l'Ordonnance ; Que les Droits sur la Biere n'ont même esté établis qu'en l'année 1625, depuis la réduction de la Coûtume ; Que le Clergé n'a d'autres Privilèges que ceux établis par l'Ordonnance dont les Ecclésiastiques d'Amiens demandent eux-mêmes l'Exécution, ce qui a encore esté répété par la Déclaration du seize Février 1715 et en dernier lieu, par l'Edit du mois d'Aoust 1717. Que l'Ordonnance contient des Privilèges pour le Vin en faveur du Clergé, mais n'en contient aucun pour la Bière ; Que la Cour des Aydes ayant en l'année 1707, jugé ce Privilège en faveur des Particuliers et Communautez qui brassoient pour leur Provision, l'Arrest fut cassé par Arrest du Conseil du 14 Février 1708, qui fut suivy d'une Déclaration du douze Juin de la même année laquelle déclare les Bières fabriquées par les Communautez Religieuses pour leur consommation sujettes aux Droits, la disposition de laquelle Déclaration a esté étenduë par autre Déclaration du 24 Mars 1711 sur toutes personnes exemptes et non exemptes, privilégiées et non privilégiées de la Province de Normandie pourquoy soûtenoit lesdits Srs Curez et Doyens non-recevables et mal-fondez dans leur Requête. Oüy le Raport *Le Roy en son Conseil* sans s'arrester à la Requête dudit Sieur Audiquet et consors dont Sa Majesté les a déboutez, a Ordonné que la Déclaration du douze Juin mil sept cent huit, sera exécutée selon sa forme et teneur, ce faisant les Ecclésiastiques et tous autres tenus de payer les droits des Bières qu'ils façonnent pour leur Provision. Fait au Conseil d'Etat du Roy, tenu à Paris le neuvième jour de Décembre mil sept cent dix-huit. Collationné. Signé, DELAISTRE.

Louis par la Grâce de Dieu, Roy de France et de Navarre : Au premier nôtre Huissier ou Sergent sur ce requis. Nous te mandons et commandons que l'Arrest dont l'Extrait est cy-attaché sous le contre Scel de nôtre Chancellerie, ce jourd'huy rendu en nôtre Conseil d'Etat sur la Requête y présentée par les Sieurs Audiquet Curé de la Paroisse de St-Jacques d'Amiens, Syndic du Diocèse et par les Doyens et Curez des Doyennez de Doulens, d'Albert et de Mailly, Tu signifies ausdits Audiquet Syndic, Doyens et Curez y dénommez et à tous autres qu'il appartiendra, à ce qu'aucun n'en ignore, et fais en outre pour son entière exécution à la Requête de Noël Roger Sous-Fermier des Aydes des Elections de Doulens et de Péronne, tous Commandemens. Sommations et autres Actes et Exploits requis et nécessaires sans autre Permission. Car tel est nôtre plaisir. Donné à Paris le neuvième jour de Décembre, l'an de grâce mil sept cent dix-huit, et de nôtre Règne le quatrième. Par le Roy en son Conseil, le Duc d'Orléans Régent présent. Signé, Delaistre, avec griffe et paraphe. Et scellé et contrescellé de cire jaune.

Collationné aux Originaux, par Nous Ecuyer, Conseiller-Secrétaire du Roy, Maison, Couronne de France et de ses Finances.

VIII

Eswart des Goudaliers

S'ensuit ce qui est advisé pourveu et ordonné pour le bien commun et prouffict publicq et pour le boin conseil et advis de pluisieurs personnes en ce par expers et congnoissans par nous Pierre de Latre licencié en lois conseiller de mon tres grant et tres redoubté seigneur Monsieur le duc de Bourgongne conte de Flandres d'Artois et de Bourgongne et son bailli d'Arras de Bappames, d'Avesnes et d'Aubigni. Et par nous Eschevins de la ditte ville d'Arras pour au nom au droit et à le cause de le loy d'icelle ville sur le gouvernement du mestier des goudaliers brassans goudale en le dite ville d'Arras qui des ores en avant s'en entremeteront et lequel avis et ordonnance fut establi, ordonné et publié a le bretesque d'icelle ad ce que aucun dudit mestier ne puissent en ce prétendre aucune ignorance. Le sizime jour du mois de septembre l'an de grâce mil CCC IIIIxx et XIIII.

Que tout goudalier brassans goudale brassent et fachent leur goudale d'iaue et de grain sans y mettre quelque autre mixtion et que le grain soit bon loial et marchant et qui fera le contraire il encourra en amende de v s. parisis au prouffict de l'eswar dudit mestier.

Item pour l'entretenement dudit mestier est ordonné que les dis goudaliers brassans goudale ne pourront brasser goudale que deux fois le sepmaine, et qui fera le contraire il encourra pour cascune fois que ce il fera en amende de v s. parisis au prouffict dudit eswart.

Item et seront tenus de a-chascune feste de la nativité Saint-Jehan Baptiste eulx mettre ensamble, et adont esliront et prenderont tels jours pour brasser et avoir goudale dont pour jetter los ils serront dacord et durant dun jour Saint-Jehan Baptiste jusques à lautre ne porront prendre aucuns jours et sils font le contraire ils encourront pour chacune fois en amende de LX s. parisis, moittié à le ville et l'autre moittié audit eswart.

Item que les dits goudaliers seront tenus de vendre leur brassin en le journée quil aront goudalle et non en aultre jour. Et qui fera le contraire il encourra pour chacune fois que il le fera en amende de v s. parisis au pourfit dudit eswart.

Item ne porront les dis goudalliers vendre goudalle aboutiffet ne à aultre quelque personne estrangé pour mener hors de ladite ville que premiers les habitans d'icelle n'en soient servis au regart dudit eswart. Et qui fera le contraire il encourra pour chacune fois que il le fera en amende de v s. au pourfit dudit eswart.

Item se par le dit eswart goudalle est trouvée telle que ne soit digne d'entrer en corps humain, quelle soit jettée hors et toute respandue et anéentie au domage du goudallier et par l'ordonnance dudit eswart.

Item que il fachent et brassent leur goudalle boinne et telle que puist passer l'eswart au pris tel que présent y est ordonné ou sera en temps advenir et sil est trouvé par ledit eswart que elle ne soit poins si souffisant que pour souffire au fuer et pris sur ce ordonné ou a ordonner le dit eswart le mettera a pris et fuer tel que il lui samblera le denrée valoir et se le goudalle depuis le dit jour et fuer mis ad ce par le voie dite le vendoit à plus hault pris et fœur il encourroit en amende de v s. parisis au pourfit dudit eswart pour tant de fois que ce il feroit.

Item que aucuns goudalliers ne autres en leurs noms ne puissent acheter ne emprunter gouys sans le congié et license dudit eswart sur l'amende de v s. parisis au pourfit d'icellui eswart.

Item que en chacun eschevinage renouvele seront par eschevins prins resleu pour ledit eswart fera exerser et gouverner tel nombre de personnes que nous et nos successeurs eschevins y regarderons.

Item quiconques dira injure ne vilonnie ne desobeira audit eswart pour raison de leur office, il encourra en amende de LX s. parisis moittié audit eswart et l'autre moittié au pourfit de la ditte ville.

Et avons retenu et retenons nous bailli pour notre dit sergeant Monsieur le duc, et nous eschevins pour nous et nos successeurs eschevins de la dite ville à cause de le loy et juridiction povoir et auctorité de pourveoir et rémédier à toutes choses qui escherront et porront d'icelle escheoir oudit mestier pour le tamps présent et advenir selon ce quil samblera à nous et nos successeurs estre expédient pour le bien commun et pourfit publique.

(*Mémorial* de 1392 à 1397, f° 100).

IX

Règlement relatif à la taxe (1417)

Nous faisons le ban de par notre très grant et très redoubté seigneur monsieur le duc de Bourgongne conte de Flandre et d'Artoys, le chastellain d'Arras messieurs maieur et eschevins de le cité et les hommes de le ville que puis le jour d'uy passé en avant il ne soif brasseur ne brasseresse de cervoise, cabarez ne aultres en la ville loy et eschevinaige qui vende le lot de cervoise que IIII deniers et a l'avenant sur paine d'encourir chacun pour chacune fois en amende de LX s. a applicquer a le ville et sur estre punis a le discretion volente de monsieur le gouverneur d'Arras son lieutenant et mesdits seigneurs maieur et eschevins.

Item qu'il ne soit aucun ne aucune brasseur de goudaille qui vende goudaille que VII deniers le lot le jour duy passé sur le paine et estre pugnis comme dessus.

Item que chacun et chacune brasseur des dites cervoises et goudaille brasse chacun jour ainsi quil ont accoustumé, faicent bonne marchandise et que tous ceulx qui delaisseront à brasser aux jours et ainsy quilz ont fait par cy devant enquerront pour chacune fois en amende de LX s. et si seront pugnis comme dessus.

Item quil ne soit aucun cabaret qui porte ne envoie pain ès tavernes tant qu'ils vendront sur paine et amende de V s. se nest que lesdits taverniers les envoient querir.

Le derrain jour de juillet 1417.

(Règlement de police de 1405 à 1495)

X

Décision adoucissant la sévérité des règlements relatifs à la fabrication (1420)

Le XVe jour de novembre, l'an mil IIIIe et vingt furent assemblez en halle, monsieur le gouverneur d'Arras, Regnault d'Ognies son lieutenant, Jehan d'Athies, soubz lieutenant, Mahieu de Saint Amand, procureur de monsieur, Guillaume Innocent, clerc du bailly d'Arras, Lionnel de Saint Vaast, maieur, Colart Honneré, Jacques Cardon, Willelme le Fevre, Jehan Bonnier Willelme de Lambres, Baudin Boucquet, Mahieu d'Avion eschevins, Pierote Blaisie et furent d'acord sur le requeste baillié par les brasseurs de cervoise de ce que cy aprez sensuit et sy fu ce dit jour employer aux cervoises Jehan de Wailly, Jehan de Paris, et fu on d'acord attendu les monnoies et chiereté des grains que ad présent on dissimulera de l'eswart qu'il n'y ara point à mettre le grain en masquière et oultre que les brasseurs ne sont point tenus d'aler querre à lentonner ne déclairer leurs cervoises tant que autrement y sera pourveu, mais l'eswart porra aler veoir II fois la sepmaine ou quant il vorrons les brasseurs et sil y a faute et quil en soit plainte procéderont selon leur maniement et pareillement aux cabarez et furent les cervoisiers mandez que pour mieux faire les ouvrages eulx pourveoir de grains. Et oultre fu dit à l'eswart quil procédoissent douchement par le manière dite tant que on leur feroit savoir et sans en riens revocquier l'eswart et sy leur furent quitté les amendes dont il estoient exécutez par grâce.

(*Registre mémorial* de 1419 à 1425 f° 33, v°).

XI

Taxe officielle des cervoises, coqueplumes et briesmars (1439)

A ce jour duy XIXe jour d'Aoust mil IIIIe et XXXIX par l'ordonnance de monsieur le lieutenant, messieurs maieur et eschevins eu regard à ce que les brasseurs de cervoise, cocqueplumes et briesmars avoient grain à bon pris et que ilz avoient long temps ouvré à très hault pris et à leur prouffict a esté publié à le bretesque que puis ores en avant tous les dis brasseurs faicent bonne et loyalle œuvre et le mettent à leswart quand ce sera rasis et en estat souffissant et non devant et au sourplus vendent les dis beuvraiges telz denrées à leur prouffict qui senssièvent et non plus est assavoir cervoises et cocqueplumes x s. le tonnel ou cocquet et briesmars XIIII s. sur les paines et amendes contenues es edis sur ce fais et sans en riens touchier ne diminuer les edis fais sur le fais du mestier et brasserie desdis beuvraiges et par ce estre appointié vendre en détail en ceste dite ville le lot de cervoise et cocqueplumes et y comprindans II d., dassis v d. et le briesmars VI d.

(*Registre aux édits* de 1429, f° C).

XII

Ordonnance sur les brasseurs de cervoises

On vous fait assçavoir de par notre très grant prince que en enssuivant les ordonnances faites sur le fait des cervoises brassées et distribuées en ceste ville d'Arras de rechief on ordonne et deffent à tous brasseurs de cervoises et boires boullis que tous les brassins qu'ils feront devant qu'ils les vendent ne distribuent en tout ou en partie, ils les facent eswarder par les commis à l'esward ad ce ordonne sur et à paine d'amende de LX s. pour chacune fois qu'ils feront le contraire et au sourplus estre pugnis a l'ordonnance de monsieur le gouverneur d'Arras et de messieurs maieur et eschevins.

Item on ordonne et deffent à tous cabares et vendeurs cervoises à détail qu'ils ne prendent ou rechoivent desdis brasseurs aucunes cervoises que elles ne soient bonnes et souffissant. Et s'il est trouvé par leswart que feront les dis commis que les dites cervoises soient moindres et plus febles que estre ne doibvent, iceulx commis reduiront et donneront le pris selon la valleur d'icelles cervoises. Et oultre supposé que les dis revendeurs ayent cervoises venant d'une ou de diverses brasseries et il en y ait les aucunes bonnes et les autres non, néantmoins toutes seront mises et réduictes au pris des menries cervoises, adfin de éviter aux fraudes que commettre y pourroient les dis revendeurs, et que ilz ne se furnissent que de bonne denrée et avec ce seront les dis revendeurs encheux pour chacune fois que auroient deffraudé en amande de XX s.

Sans ce touttesfois que la présente ordonnance puis derrogher ou porter préjudice aux autres édis faits et ordonnés sur les dites cervoises.

Publié à le bretesque d'Arras le vendredi XVIe jour d'octobre l'an mil IIII^c et LXI.

(Règlements de police de 1405 à 1495).

Pour renouveller et bailler en mémoire aulcuns edis appartenans sur le mestier et brasseries de cervoises et aultres boires boullis. De rechief on fait le ban de par mon très redoubté seigneur et prince, item que les articles et édictz, cy aprez déclarez soient entretenus sur les paines et par la manière qui sensuit.

Premiers qu'il ne soit nulz brasseurs que depuis ores en avant se avanche et ingère de vendre cervoises ne aultres boires boulis en sa maison à détail ne à brocque sans le congié et licence des fermiers sur l'amende de LX s.

Item que depuis ores en avant il ne soit nulz cabaretz ou revendeurs desdits boires de détail et brocque qui mettent ou fachent mettre en leurs maisons et chelliers nulz tonneaulx des dicts boires sans le congié ou licence desdits fermiers et que premièrement ilz ou leur commis ne les ayent veu sur l'amende de LX s.

Item que dores en avant nulz brasseurs ne mainent brouttent a col ou aultrement ou faichent mener broutter ou porter par leurs varletz gens ou maisines cervoises ou aultres boires boulis ausdictz cabaretz et revendeurs à détail hors heure et de nuit restassent depuis heure de solleil esconsé jusques a leure de le clocque sonnant au matin pour les ouvriers sur amende tant au brasseur comme à porteur ou brouttteur et aussy à ceulx à quy elle sera portée et quy le recepveront.

Item que lesdits brasseurs, revendeurs ou cabaretz et chacun deulx faichent et fachent faire par leurs varles ou maisines ouvertures de leurs maisons celliers ou huissures ausdictz fermiers ou leurs commis soit de jour ou de nuit toutesfois que iceulx fermiers ou leurs dits commis le requerront aussy bien que s'ilz avoient aveucq eulz les sergens et officiers pour ce faire, sur paine et amende a ceux quy ce reffuseront pour chacune fois de LX s.

Item que tous brouteurs ou porteurs desdictes cervoises ou boires boulis seront tenus de dire et déclairier ausdicts fermiers ou leurs dits commis à la vente le nombre de tonneaulx desdicts boires quils aueront mene, broutte ou porte ausdictz cabaretz ou revendeurs incontinent que par lesdicts fermiers ou leurs dits commis en seront requis sur paine et amende de XX s.

Pour qu'il ne soit nulz brasseur ou brasseresse leurs varlés ou maisines ne aultres quesconcques qui porte ou fache porter de jour ne de nuit brezilles, cervoises ne aultres beuveraiges dont on est tenus paier acsiz hors des brasseries publicques qui ne soient mis en plaines huissures des brasseurs ou brasseresses deseure le pavement ou plancquiers desdites huissures sans estre mis en lieux couvers adfin que lesdits fermiers ou lesdits commis les puissent veoir et avoir congnoissance sur une amende de LX s.

Item quil ne soit nul ne nulle qui fache injures par paroles ou aultrement ausdits fermiers ne a leurs dits commis sur l'amende de LX s. estre pugnis.

Toutesvoyes nest pour l'intencion de mesdits sieurs que ceste presente ordonnance derroghe aulcunement aux aultres édictz et estatus fais sur les dits mestiers de brasserie qui demourront vaillables comme paravant.

Publié a le bretesque d'Arras le dimenche IIIe jour de décembre l'an mil IIIIe et LXIII.

(Règlement de police de 1405 à 1495, fo — (non folioté)

XIII a

Etat des bières consommées à Arras (1614-1615)

Compte et estat abrégée que faict et rend à Messeigneurs maieur et eschevins regnans et issans de la ville d'Arras, Pierre Martin commis par vos seigneuries à la collecte des deniers de la recepte de VI deniers au tonneau de toutes bières despensez en la ville d'Arras faulbours et banlieue pour ung an commenchant au premier de novembre mil six cent quatorze, finant le dernier d'octobre XVI cens quinze sur toutes personnes indifféremment et a paier par les brasseurs brassans les dites bières comme il sensuit.

Primes

Faict recepte de Nicollas Paien, brasseur de la brasserie des grandes Rosettes pour le nombre de trois mil six cent sept tonneaux trois stiers livrés hors de sa brasserie en la ditte année.

De Charles Douay, brasseur du Domont, sept mil cent quattre vingtz tonneaux ;

De Hubert de la Derière, brasseur de la Grande Maison, pour le nombre de cinq cent cincquante VIII tonneaux ;

De Pierre Paris Le Josne, pour le nombre de douze cent quarante deux tonneaux ;

De Jehan Haudouart, brasseur du Menin, pour le nombre de neuf cent trente deux tonneaux ;

De Adrien de le Bourse, pour le nombre de deux mille quattre vingt cincq tonneaux ;

De Jacques Le Clercq, brasseur des Erminetz, pour le nombre de mil quattre cent vingt sept tonneaux ;

De Ogier Haudouart, brasseur de la Quiévrette en Cité pour la bière amenée en Arras et banlieue, pour le nombre de mil sept cent quattre vingt quattre tonneaux ;

De Nicollas Le Brun, brasseur du Trebue, pour le nombre de nœuf cent vingt trois tonneaux ;

Des Trois-Filoires, pour le nombre dix-sept cens soixante treize tonneaux ;

De Jacques de la Derière, brasseur de Lange en Cité pour le nombre de deux cent cincquante quattre tonneaux.

(Compte du Domaine de 1615 à 1619).

XIV

Ordonnance aux hostelains, taverniers et cabaretiers (1626)

L'on fait sçavoir par monseigneur le Gouverneur et messieurs Mayeur et Eschevins de la ville d'Arras que pour éviter aux abus quy se commectent journellement au préjudice et défraudation des droits tant des impotz et maltôtes appartenans au Roy notre sire et a ceste dite ville que l'on ordonne à tous hostelains, taverniers et cabartiers de promptement démolir les chaudières qu'ilz pœuvent avoir en leur maison et d'eulx faire quictes de tous ustensilz à ce servans et en effect de ne brasser en leurs dictes maisons ny faire brasser aillieurs, à paine d'admission des dictes ustensilz et de vingt florins d'amende pour chasque fois, applicable ung tierch à l'accusateur et les deux autres tierchs à la ville.

Faict en chambre le Xe de juillet 1626 ainsy signé J. le Roy.

Le XXVIIe jour d'aoust 1626 le sergeant à verge soubzsigné relatte d'avoir publié ceste à son de trompe, tant en la ville, faubourgs et banlieu. Tesmoing signé La Derrier.

Archives d'Arras, série FF. (*Registre aux règlements de police* de 1467 à 1658, f° 19).

XV

Ordonnance aux brasseurs, taverniers et cabaretiers (1643)

Veue la requeste présentée par les eschevins issans et autres commis à l'Office du grand marché prétendans esclaircissement d'aulcuns articles portez dans l'édict publié le dernier de septembre dernier sur le faict des brasseurs, enssemble que fut ordonné aux hostelains, taverniers et cabartiers de se conformer aux anciens édicts d'icelle ville, tant en la livrison des fagotz et buches que pour le pris d'iceux, messieurs du Magistrat après avoir eu l'advis desditz comys et sur tout ouy le procureur, le procureur général de ceste dicte ville, ont ordonné et ordonnent par provision et par forme de tolérance jusques à ce qu'en soit aultrement ordonné que tous hostellains, taverniers, cabartiers et autres bourgeois, manans et habitans de ceste dicte ville pourront brasser ou faire brasser bières tant et autant de fois que bon leur semblera pour, en après, faire vente au pot et au lot ainsy quilz trouveront convenir, à charge et conditions que les dictz hostellains, taverniers et aultres ne pourront vendre bière en cercle par tonneau, demy ou quart à peine de trente livres d'amende pour chacune fois qu'ilz en auront faicts le contraire, aplicables conformément audict édict et qu'iceux et tous autres quy voudront vendre bière ainsy au pot et au lot et en détail seront tenus porter ausdictz commis essay de chacun brassin quilz feront pour par eux recongnoistre sy elle est suffisante en bonté, à peine de dix livres d'amende pour chacune déffaillance. Bien entendu que les brasseurs publicqs, quy peuvent seulz vendre bière par tonneaux, demy ou quart, pourront semblablement débiter bière par pot et au lot et en détail sans contrevenir au dict édict, en faisant aussy par eux et satisfaisant audict édict touchant les dictet brasseries publicques quy demeureront en leur force et vigueur.

Et pour le regard de la vente et livrison du dict bois, mesdits sieurs ordonnent à tous hostellains, taverniers, cabartiers et tous autres débitans vin ou bière d'avoir et livrer fagotz de la largeur de sept paumes en dedans la lieure, et de six à sept piets et demy de longueur qu'ils ne pourront vendre a plus hault pris que de trois solz six deniers chacun. Sy debvront avoir gloe ou bûches de trois paumes de tour et de trois pietz et demy de long qu'ilz ne pourront aussy vendre à plus hault pris que d'un solz deux deniers chacune, le tout à peine de six livres d'amende applicables le tierch à ceste ville l'autre à l'Office du grand marché et le troisième au dénonciateur. Faict en chambre le vingt-huictiesme de décembre mil six cent quarante-trois.

(Archives d'Arras, BB. *Mémorial* de 1638 à 1649, f° 171.)

XV a

Ordonnance des Gouverneur, maïeur et échevins (1631) *portant* :

Défense aux bourgeois manans et habitans de vendre bière en secret par pots ou flacons, à peine de 50 florins d'amende et interdictions de brasser chez eux où ailleurs, même pour leur ménage, durant 3 ans ; — de vendre bière sans tenir cabaret ou hotellerie avec enseigne, reçus du Magistrat ; — défense aux hoteliers cabaretiers, taverniers ou broqueteurs de brasser et faire brasser bière pour débiter ; — leur ordonnant d'employer des tonneaux de jauge contenant 52 lots et de quitter dans le délai d'un mois les pièces pochons et autres vaisseaux contenant plus de 52 lots ; — défense de prêter chaudières aux personnes suspectes de vendre bière ; — ordre aux brasseurs de brasser par chaque brassin 30 tonneaux dont le débit sera taxé. — Publié à son de trompe le 14 juillet 1631.

(Arch. d'Arras AA. Ordonnances de police 1383-1658 f° 218).

XV b

Ordonnance aux Brasseurs (1649)

Ordonnance aux brasseurs de déclarer aux fermiers le nombre de tonneaux vendus avant de les sortir de cave et à tous paysans de sortir des tonneaux de bière sans avoir obtenu un billet des fermiers, à peine de 50 livres d'amende et confiscation de la bière. — Défense aux personnes qui ont cy-devant fait profession de vendre bière en débit et qui n'ont pas renouvelé leur déclaration, de brasser plus de 2 fois pendant la durée de la ferme et s'ils étaient à court ils devraient s'adresser aux échevins; à peine de même amende et confiscation. (9 juin 1649)

Arch. d'Arras. AA, ordonnances de police 1383-1658, f° 329.

XVI

Placard aux Gens des Comptes d'Artois (1589)

A nos amez er féaulx les Frésident et gens de nostre Conseli provincial en Arthois, salut et dilection. Comme nous sommes esté deuement informez qu'en plusieurs de noz villes et quartiers de par deçà se brassent diverses sortes de bierres et cervoises, tant blanches que aultres sortes boissons, et de grand pris que se vendent ès hostelleries, tavernes et cabaretz, esquelles se tiennent meslées, oultre les grains ordinaires servans à la composition desdites cervoises, plusieurs choses et ingrediens de diverses herbes, et aultres substances illicites, aulcuns de soy venimeuses et grandement nocives à la santé du corps humain, servantes seullement pour enyvrer et troubler les cerveaulx des personnes, les inciter davantaige à continuer ladite boisson, et soy mettre hors de toute raison, dont sourdent fréquentes noises, débatz et furies et conséquamment viennent homicides, blasphèmes et plusieurs aultres vices detestables, mesmes diverses maladies, et quelquefoiz la mort à plusieurs ; pour ce est-il que, y voulhans remédier et mettre ordre, avons par la délibération de nostre très chier et très amé bon nepveu le duc de Parme et de Plaisance, chevalier de nostre ordre, lieutenant, gouverneur et capitaine général de noz pays de par deçà, ordonné et statué, ordonnons et statuons par ces présentes que personne ne poutra brasser bierres avecq aultre substance et ingrédiens que de bons grains, et ordinaires, et houblons comme l'on souloit faire du passé, interdisant bien expressément à tous brasseurs de ubser en leurs brassins d'aulcunes herbes ou aultres substances, mixtions ou compositions, ny les acheter ou avoir en leurs maisons à paine de fourfaire, oultre ledit brassin, la somme de soixante-livres du pris de quarante groz nostre monnoye de Flandres la livre ; et pardessus ce d'estre arbitrairement corrigez soit corporellement ou aultrement, non seullement par privation de leur mestier, mais aussi par aultres paines ; appliquer l'ung tiers desdites cervoises et amendes à nostre prouffict, l'aultre tiers au prouffict du dénonciateur, et le troisième tiers au prouffict de l'officier qui en fera l'exécution, aucthourisant les officiers à chacun lieu à l'assistance d'aulcuns du magistrat ou les gardes par eulx ordonnez ; faire recherche, toutes et quantes fois que bon leur semblera pour sçavoir si ceste nostre présente ordonnance et deffence est deuement entretenue ; ordonnant aussi à tous officiers et gens de loy, tant par eulx que ceulx commis sur le faict des bierres et brassins, de porter bon soing que ne soit contrevenu à tout ce que dessus, à paine de s'en prendre à ceulx qui seroient négligens ; et afin que personne n'en puist prétendre cause d'ignorance, Nous vous mandons et commandons que, incontinent et sans délay, ayez faire publier ces présentes par touttes les villes et lieux de nostre pays et conté d'Arthoys où l'on est accoustumé faire criz et publications et à l'entretenement et observance d'icelles, procédez et faictes procéder contre les transgresseurs et désobéissans par l'exécution des paines dessus mantionnées, sans aulcune faveur, port ou dissimulation de ce faire et qu'en dépend, vous donnons plain povoir, auctorité et mandement espécial. Mandons et commandons à tous que ce vous le faisant, ilz obéissent et entendent diligeamment, car ainsi nous plaist-il. Donné en nostre ville de Buich soubz nostre contrescel cy mis en placcart le 5e de décembre 1589.

Arras, Arch. départementales B 6, f° 24.

XVII

Statuts et ordonnance des Brasseurs de Béthune (1546)

Pour ce que journellement plusieurs plainctes et doléances surviennent à la Justice que les brasseurs de ceste ville de Béthune et aultres brasseurs et marchans de dehors recellent le droit d'assis, *deu* ad cause des boires bouillys au préjudice de l'Empereur et de la ville ; adfin d'y remédier et pouveoir d'eswardz au bien de la république, Messieurs lieutenant, procureur fiscal, officiers de l'Empereur et eschevins sur ce advisez et conseillez, ont faict, édité et statué les ordonnances qu'y s'enssuyvent.

I. Premier que quatre personnes seront commis eswards aux gages de seize florins par an dont le quart se payera par l'Empereur et les trois aultres quartz par la ville, quy par chascun en feroit serment ès mains de Mons. le Procureur ou son lieutenant et eschevins la prochaine chambre aprés le rebail des fermes et assis de bien, et deuement rapporter les faultes et transgressions qu'ilz trouveront pour estre calengées et amennées à cognoissance par le procureur fiscal quy de ce le advertiront à paine de pugnition.

II. Que ceulx commis ausdits esward eswarderont toutes sortes de cervoises et queutes quy se brasseront en la ville et banlieue le tiereh jour après qu'elles seront brassées, et semblablement celles quy seront ammenées de dehors paravant estre menées ès maisons et hostels les manans et habitans de la ville et banlieue, pour cognoistre sy elles seront trouvées suffisantes, pour attaindre le prix taxé, ordonné et assis par mesdicts sieurs et eschevins.

III. Se ledict esward trouve lesd. cervoises et queutes non suffisantes ou de moindre prix que ledict prix taxé et assis par lesd. sieurs et eschevins, il les rejectera ou autrement séquestrera pour estre vendus à part au-devant de la Halle eschevinale selon le pris qu'ilz ordonneront et assiront quy se publiera au bachin par les carrefours aux despens du brasseur ou marchant, lequel pris on ne polra excéder en vente à paine d'amende de soixante solz parisis et de confiscation desd. cervoises et queutes et de celle où se assiera, pris en sera paié droict d'assis comme des aultres passant le plein esward, et se le brasseur ou marchant ne volloit commettre à la distribution et vente desd. cervoises et queutes les eschevins de l'esward y commettront aux despens dud. brasseur ou marchant à prendre et recouvrer le tout sur les deniers de lad. vente et distribution.

IV. Que les brasseurs de la ville et banlieue seront tenus faire sçavoir audit esward les jours qu'ilz brasseront par chascune sepmaine affin que ledict esward se puist trouver le tierch jour enssuyvant pour faire son essay et assiste de pris, et ce à peine de six livres parisis d'amende pour chascune fois que lesd. brasseurs seront trouvés faire le contraire.

V. Que lesd. brasseurs ne polront entonner lesd. cervoises et queutes sans évocquier le fermier ou commis de l'assis, lequel entonnement ilz feront en temps deu et compectent, tout à une fois sans discontinuation ny intervalles à peine de six livres parisis d'amende.

VI. Ne polront aussy iceulx brasseurs emmener ny souffrir

estre emmené hors leurs maisons et hostelz cervoise ne queute pour mener aux manans et habitans de la ville ·que par brouteurs ad ce commis et ordonnez du fermier et sans premièrement avoir brevet ou bullequin venant dud. fermier ou son commis à paine d'amende arbitraire et pugnition corporelle à la discrétion de justice.

VII. Que tous et chascuns les manans et habitans de la ville, de quelque qualité ou condition qu'ils soyent, paravant povoir faire amener cervoise ou queute en leurs maisons et hostelz, seront tenuz avoir dud. fermier ou son commis brevet ou bullequin contenant le nombre des tonneaux et paier aud. fermier le droit d'assis comptant pour les non privilégiéz, pour lesd. brevetz ou bullequins ne sera payé aulcun sallaire.

VIII. Que lesd. brevetz ou bullequins se porteront aux brasseurs de la ville et aultres marchans ou leurs commis amenans cervoises et queutes de dehors quy les renderont aux brouteurs pour faire renseing audict fermier ou son commis quy sans lesd. brevetz ou bullequins ne polront mener lesd. cervoises ne queutes à paine d'amende arbitraire et de pugnition corporelle.

IX. Que cervoise ne queute ne se polra pareillement mener hors la ville et banlieue sans prendre et avoir led. bullequin et brevet et paier ledict droict d'assis au fermier comptant, à paine d'amende arbitraire et de pugnition corporelle comme dessus.

X. Que pour bailler lesd. bullequins et brevetz led. fermier sera tenu avoir commis en la petitte hobette près l'entrée de la boucherie, quy par chascun jour les baillera depuis huict heures du matin jusques à dix et depuis deux heures après-midi jusques à quattre, et ce à paine de soixante solz parisis d'amende pour chascune fois qu'ilz y commetteront faulte lesquelz bullequins et brevetz ils ne polront refuser à pareille amende.

XI. Que touttes cervoises et queutes venant du dehors par charroy seront remonstrées et amenées à cognoissance aud. fermier ou son commis au devant de la halle eschevinalle, saulf celles qui se amaineront pour les prévost et chanoisne de l'esglise collégiale Sainct-Barthélémy qui se remonstreront au lieu et selon que par l'appoinctement pris avecq eux jà piechà est porté, à paine de ceulx faisans le contraire d'amende de soixante solz parisis.

XII. Semblablement, toutes cervoises et queutes venant de dehors par eauwe seront aussi amenées à cognoissance et remonstrées aud. fermier paravant estre thirées du basteau à paine de pareille amende de soixante solz parisis.

XIII. Et pour eswarder lesd. cervoises et queutes qui viendront de dehors, ceulx amenans seront tenus évocquer le ward.

XIV. Que les brouteurs seront stipendéz et sallariéz aux despens du fermier saulf des queutes et cervoises venant de dehors par eauwe pour lesquelles leur sera paié sallaire raisonnable selon qu'il est accoustumé par ceulx les amenans ou quy les feront amener en leurs maisons et hostelz, lesquels brouteurs feront à leur réception par chascun an serment ès mains de Mons. le Gouverneur ou son lieutenant, et lesd. eschevins, la prochaine chambre qui se tiendra après le rebail des assis de bien et deuement rapporter les faultes et transgressions qu'ilz trouveront pour estre callengées et amendées à congnoissance par le procureur fiscal quy de ce le advertiront à peine de pugnition.

XV. Et touttes les amendes procédans de la transgression de ces présentes ordonnances se appliqueront le tierch aux officiers de l'Empereur, l'aultre tierch ausd. eschevins et l'aultre tierch aud. esward, saulf lesd. amendes arbitraires [quy seront au proffict dud. seigneur Empereur et celles quy seront limitées se rampliront par les transgresseurs avant estre reçus à opposition.

Faict, délibéré, conclud et accordé en la chambre eschevinalle de la ville de Béthune par Messieurs Lieutenant, Procucureur fiscal, officiers dud. sr Empereur et eschevins soubz faculté retenue de les poor révocquer, dyminuer, accroistre et augmenter, etc.

Publié à la bretecque de Béthune... le IXe jour de juillet 1546.

Extrait des Archives municipales de Béthune, Regist. AA 5, f° 310

XVIII

Extrait du règlement de police fait provisionnellement par Messieurs les Maïeur et Eschevins de cette Ville de Boulogne-sur-Mer, touchant la confection de la Bière, vente et débit d'icelle tant en gonne qu'au pot.

Ordonne que d'un septier de grain de balliard où de soûcrion du crû du Païs les Brasseurs ne tireront qu'une gonne de bierre double et trois gonnes de bière simple, et y employront six livres de houblon, à commencer du jour de saint Marc, vingt-cinquième de ce mois, qu'ils venderont la gonne de bière double, huict livres ; et la gonne de bière simple, quatre livres : et qu'en débit les Cabaretiers et Hostelains venderont le pot de la bière double, trois sols ; et le pot de la bière simple un sol huict deniers, et ce tant que ledit grain de balliard ou de soûcrion du crû de ce Pays se vendera dix livres le septier et au dessus jusques à douze livres exclus, sauf à diminuer le prix et taux de ladite bière cy-après tant pour gonne que pour le débit, lorsque le prix dudit grain sera au-dessous de dix livres le septier, auquel cas depuis huit livres inclus jusques à dix livres exclus pour le septier dudit grain, la gonne de bière double se vendera sept livres, et la gonne de bière simple trois livres dix sols, et en débit le pot de la bière double se vendera deux sols huit deniers et le pot de bière simple un sol six deniers ; et quand le prix dudit grain sera de six livres le septier inclus jusques à huict livres exclus, en ce cas la gonne de bière double se vendera six livres et la gonne de bière simple trois livres ; et en débit le pot de la bière double se vendera deux sols deux deniers, et le pot de bière simple, un sol quatre deniers ; et ainsi le prix de ladite bière augmentera ou diminuera à proportion du prix dudit grain, et par publication qu'en feront faire Messieurs les Maïeur et Eschevins de cette ville, le tout fait en exécution de leurs règlemens précédens des douze et vingt-six de janvier dernier de la présente année mil six cens quatre-vingt-cinq, qui au surplus du contenu en iceux seront exécutez avec le présent règlement, nonobstant toutes oppositions ou appellations quelconques, et sans y préjudicier, comme pour fait de police sous les peines y contenës (*sic*) contre les contrevenans, ainsi signé : SOMMERARD, Greffier de la Ville avec paraphe.

Sans date, fin XVIIe S. (1685, d'après le texte).

Archives communales de Boulogne-sur-Mer, antérieures à 1790
Liasse n° 1183, p. 2.

XIX

Règlement fait par Messieurs les Vice-Maïeur et Eschevins de la Ville de Boulogne, touchant la confection de la Bière, vente et débit d'icelle, tant en Gonne qu'au Pot.

Du 20 Juillet 1702

Ce jour l'audiance tenante, les Avocat et Procureur Fiscaux ont dit que les Brasseurs de cette ville vendent la Bière à un prix excessif par rapport à celui des Grains, que ne se faisant point justice à eux-mêmes, il étoit nécessaire de régler le prix de la Bière qui se vend tant en Gonne qu'au Pot, et en même temps de régler aussi les Grains et Houblon qui doivent entrer dans la confection de la dite Bière, afin que le Public soit soulagé.

Sur-quoi la matière mise en délibération ; Veu les règlemens faits en pareilles occasions ; Nous avons ordonné ce qui suit par forme de règlement, qui sera exécuté par provision nonobstant toutes oppositions ou appellations quelconques sans préjudice d'icelles, comme s'agissant de police.

Que d'un septier de Baillard ou de Soucrion du crû du Païs, les Brasseurs ne tireront qu'une Gonne de Bière double, et trois de Bière commune ; et y employeront six livres de Houblon ; et cela à commencer du jour de la dite publication.

Et jusques à ce que le prix du dit grain n'excédera sept livres le Septier, et qu'il en ait été autrement par Nous ordonné ; la Gonne de Bière double se vendra six livres ; et la Gonne de Bière commune, trois livres.

Et en débit le Pot de Bière double se vendra deux sols trois deniers ; et le Pot de Bière commune, un sol trois deniers. Ils avertiront les Elûs du jour qu'ils mettront le feu, et le jour qu'ils entonneront pour leur Bière être mise sur les chantiers. Les dits Elûs iront en après gouter les Bières pour en distinguer les qualités, et le tout à peine de dix livres d'amende.

Enjoint au Vingt-unième et Elûs de cette ville de tenir la main à l'exécution des présentes, et nous avertir des contraventions, pour y être pourvû tant par amende que confiscation : et sera le présent règlement lû, publié et affiché, à ce que personne n'en ignore.

Archives communales de Boulogne-sur-Mer antérieures à 1790.
Liasse n° 1183, p. 3.

XX

Convention passée entre les délégués du métier des brasseurs et les Marguilliers de l'église de Sainte-Marguerite de Saint-Omer.

22 Mai 1494

Les doyens et compagnons du métier, en l'honneur de Dieu et de St-Arnould pris depuis longtemps pour patron dudit métier, feront construire en bons matériaux, une chapelle au cimetière de Ste-Marguerite entre les deux piliers étant au nord de la chapelle Saint-Séverin ; et ensuite fournir cette chapelle de calice, nappes, courtines et autres ornemens, et de luminaire nécessaire ; et feront entretenir cette chapelle toujours à leurs frais de couverture, cloture, plombée, etc., sans pouvoir rien demander pour cela aux marguilliers. Ceux-ci exigent que la chapelle soit élevée par des ouvriers spéciaux, pour l'embellissement et non le dommage de l'église. Ils autorisent les brasseurs à pouvoir y faire inhumer toutes personnes catholiques du métier des brasseurs, homme, femme ou enfant : on paiera pour le drap mis sur le corps six livres à l'église ; cette couverture (peldre) sera la meilleure et on ne pourra en prendre une moindre sous prétexte de moins payer. Item, les marguilliers ont consenti que tous les dons testamentaires ou autres faits audit Saint ou aux autres dont les images seront dans la chapelle du consentement des marguilliers, appartiennent à cette chapelle, quelque soit la nature des dons, or, argent ou luminaire. Les brasseurs pourront y poser un tronc pour les offrandes, mais lorsque l'on chantera un service pour quelqu'un du métier, le luminaire offert appartiendra au curé de l'église comme cela a lieu pour tous les enterrements. Les brasseurs pourront élire deux d'entre eux comme gouverneurs de la chapelle ; ils pourront être continués six ans, sauf méfait de leur part. Le lendemain de la Saint-Arnould ou peu de jours après ils devront rendre compte des recettes et dépenses à l'hôtel par devant le doyen et les compagnons, et s'il reste de l'argent il sera employé à l'ornement de la chapelle et non en dîner, et les gouverneurs ne pourront employer cet argent seul, mais avec l'assistance du doyen.

Ladite convention est du 22 mai 1494, elle est ratifiée le même jour.

Traduction de M. Pagard d'Hermansard.

XXI

Donation faite par Pasquier Pippelear et Agnès Notte, sa femme, bourgeois de Saint-Omer, à la chapelle Saint-Arnould, fondée en l'église Sainte-Marguerite.

22 JANVIER 1504

Sçavoir : 25 sous parisis à prendre sur une maison étant sur le grand marché, faisant front au marché entre l'héritage de Robert Matrot et l'hostel de la Nate d'Or ; Item 30 sous parisis sur une maison étant devant la Belle-Croix, rue Saint-Bertin ; six quartiers de bled de rente mesure délivrée en ladite ville aux prix et jours, déclarez, etc., assignés sur deux mesures de terre à usage d'enclos situées à Serques, et sur demie mesure et sept verges et demie, également à Serques. Les gouverneurs de lad. chapelle jouiront de ces rentes après le décès des donateurs et de leurs deux filles, à condition d'un obit solennel à diacre, sous-diacre et choriste qui se chantera chaque année le lendemain de la fête Saint-Arnould au 16 Août ; le curé qui chantera la messe aura sept sous, les diacres et les tenant cœur chacun neuf deniers. Le luminaire sera fourni convenablement par les gouverneurs, et le reste de la cire leur restera sans que le curé y ait droits suivant un accord fait le 24 Juin 1502. Ils seront du reste tenus de fournir à chaque obit une livre et demie de cire l'une moitié sera employée en deux cierges pesant ensemble trois quartrons et le reste en douze ou treize chandelles pour aller à l'offrande. Les gouverneurs distribueront à chaque pauvre apportant le méreau [1] désigné, une rasière de blé convertie en pain blanc de cent pains à la rasière, et deux œufs avec chaque pain ; ils paieront douze deniers au clocquement pour sonner la veille de Saint-Arnould et le jour de l'obit ; avec l'argent restant, vingt-quatre sous courans, à vingt-quatre brasseurs et brasseresses qui en l'année auront brassé et offert audit obit pour se réunir ensuite à dîner ; et brasseurs et brasseresses qui se trouveront jusqu'à seize au dîner le jour Saint-Arnould, les gouverneurs donneront chacun six méreaux pour les donner aux pauvres afin que chaque pauvre puisse venir le lendemain chercher un pain pour un mérel, de la rasière de blé ordonnée, et s'il y avait moins de seize personnes au dîner, le surplus des méreaux serait envoyé aux plus proches parents des donateurs, avec la condition de les distribuer aux pauvres.

Autre donation des mêmes

22 Juin 1504

Autre donation des mêmes de cent huit sous de rente sans

(1) Jeton.

rachat assignée sur une pièce de terre listant hors de la porte Boullenisienne, où avant les guerres était l'église et cloître du couvent des Frères Pêcheurs, pour célébrer une messe chaque vendredi et le jeudi Saint dans la chapelle Saint-Arnould, par les Frères Prêcheurs du couvent de Saint-Omer, aussi longtemps qu'ils le voudront, et quand ils refuseront, par un prêtre fourni par les parents des donateurs ; les huit sous restant appartiendront aux gouverneurs pour leurs peines et leur soin de veiller à ce que cela soit exécuté.

Traduction de M. Pagard d'Hermansart.

XXII

Statuts de la Communauté des Brasseurs

29 Mai 1492

...... Ont Messeigneurs maveur et eschevins après visitation du tout faicte meurement avecq Messieurs de l'an passé et des dix jurés pour la communault de cet an consenty et accordé à iceux doyen et compaignons présens et advenir tant au bien prouffict et utillité de la chandelle d'icelluy mestier, come aussy de ce qu'oultre acquerre pouront a succession de temps pour employer en ornemens et autres choses nécessaires à l'entretenement et service divin que annuellement ils font célébrer, octroyé consenty et accordé ce qui s'ensuict :

Primes que doresnavant tous maîtres dudict mestier de brasseurs se trouvent par chacun an au jour du Saint-Sacrement au tour de la chandelle dud. mestier auparavant que procession se parte de l'église de Saint Omer et accompaignier le doyen d'icelluy mestier durant ladicte procession sans eulx départir que premier icelle procession ne soit rentrée en icelle église, sur paine et amende de douze deniers courans que payera chacun deffaillant, à iceux applicquer à l'entretenement de leur dicte chandelle, sy aussy n'est que ledict deffaillant soit malade ou qu'il ait vraye juste et légitime excuse auquel cas et qu'il en apperre audict doyen, il en sera tenu quicte.

Item pour entretenir amour, union et vivre caritablement ensamble, seront doresnavant tenu lesd. maistres dudict mestier présens et advenir de audict jour du Saint-Sacrement par chacun an accompaignier leur dict doyen au disner et convive quy se faira sur paine et amende de douze deniers, a le prendre sur chacun d'eulx deffaillans en ce, à applicquier à ladicte candeille saulf maladie ou légitime excusation sy que dict est.

Item que le lendemain dudict jour du Saint-Sacrement, iceux maîtres seront tenus de, à heure de huict heures du matin, eulx trouver à la messe et obit qu'ils font annuellement célébrer pour les ames et trespassez et chacun aller à l'offrande d'icelle messe sur pareille amende de douze deniers a le applicquer au prouffict dudict service divin et aussy, saulve légitime excusation comme dict est.

Item que le nuict et jour dudict Saint-Arnould leur patron au vespres qui se chantent aussy le lendemain du jour dudict benoist Saint à la grande messe que l'on célébrera et ensamblement le jour en suivant à la messe et obit qui aussy se chantera par chacun an come faict at esté par certaines années ja passées, chacun desd. maistres sera tenu et à chacun desd. services divins, accompaignier led. doyen à l'aller et au retour sur paine et amende, assçavoir desd. deffaillans ausd. vespres chacun six deniers, et à chacun d'icelles messes douze deniers, à applicquer au prouffict dudict service, saulve ligitime excuse come dessus.

Item pareillement seront tenus iceux maistres accompagner le corps de ceux des maistres ou de leurs femmes dudict mestier quy doresnavant trespasseront en ceste ville à leur enterrement sy ainsy n'est qu'ils meurent de maladie contagieuse, et aussy d'aller au service quy se chantera pour iceux trespassez et offrir pour leurs ames, quand par le comis à ce dudict mestier qu'ils et chacun d'eulx y seront suffissamment adjournez, sur amende des douze deniers à applicquer audict service saulf vraye excuse comme dessus.

Item et pour ce qu'iceux doyen et compaignons maîtres dudict mestier a présent ont tous unanimement et d'un accord déclaré estre en volonté et dévotion de cy après à traict de temps estorrer une chappelle de gallice, livre, casuble et autres ornemens y servans, et aussy faire célébrer une messe par chacune sepmaine sy possible est, leur at esté à leur prière et requeste consenty pour à ce parvenir aisiblement et sans grief faire à ceux dudict mestier présens et advenir de doresnavant prendre, lever et cœullir, de chacun maistre qui est et de cy après sera, de chacun brassin de cervoise que chacun d'eulx brassera soit grand ou petit trois deniers, oultre et par dessus une livre de chire que chacun d'eux est accoutumé de payer en chacun an, au bien de la candeille, à condition qu'iceux doyen et compaignons feront toutes fois que sommez seront par messieurs mayeur et eschevins de leur enseignier ou aux comis sur ce de par eulx, la grandeur et somme de deniers que recœuillie auront desd. brassins, et en quoy ils auront employé affin que l'on soit adverty sy autrement que debvement n'en soit usé, pour en cas de mésus, en faire la restitution et aussi recepvoir punition par eulx quy y seront trouvez en coulpe ou faulte à l'ordonnance et discrétion de mesdicts Srs.

Item est aussy ordonné que ceux desd. maistres quy a présent sont résidens et tenans ledict mestier en ceste ville et ne sont bourgeois se facent bourgeois, et deffence que doresnavant ceux quy eslever voudront ledict mestier ne y soient par eulx receus sans premier estre bourgeois, lesquels seront tenus payer au prouffit de la chandelle, assçavoir celly quy sera fils ou aura épouzé fille de maistre vingt souls, Item, celluy quy aura apprins ledict mestier en ceste ville et ne sera pas fils ne aussy aura espouzé fille de maistre, quarante souls et celluy quy ne aura apprins ledict mestier en ceste ville, soixante souls.

En retenant néanmoins par mesdits Srs pour eulx et leurs successeurs en office l'authorité de cy après pooir le tout ou en partie iceux art. mectre à néant et révocquer se ils trouvent que ce fut contre le prouffict dudict mestier et au detriment du bien publicq.

Fut consenty et accordé par med. Srs mayeur et eschevins de cest an, et préalablement eu sur ce l'advis de messeigneurs de l'an passé et des dix juréz de ceste dicte année présente, le vingt nœulfiesme de may l'an mil quatre cens quattre vingt et douze : ainsy signé Du Val.

XXIII

Franchises et Statuts du métier des Brasseurs

(20 mai 1627)

Premièrement que personne ne sera receu à maistre du dict mestier, à l'effect de pouvoir brasser et vendre bierre en ceste ville et banlieue qu'il ne soit bourgeois et qu'il n'ait exercé le dict mestier de brasseur, demeuré deux ans soubz maistre du dict mestier, en payant au prouffict de la chapelle dix florins, n'est qu'il soit fils de maistre, ouquel cas il pourra estre affranchy, sera censé franq audict mestier payant cincq florins au prouffict de ladicte chapelle.

Item que nul brasseur ne polra avoir ny brasser bierre ou vinaigre pour icelle vendre par luy ou ses domesticques, au pot et au lot, ains en polra faire vendre par tonneaux, demy, tierch et autres vasseaux à cercles jusqu'à demy, quartelet et non en dessoubz à paine de vingt florins d'amende pour chacune contravention ou autre arbitraire. Que ne sera loisible à personne de quelle qualité il soit de brasser bierre ou vinaigre pour vendre par tonneaux ou autres vasseaux en cercles, n'est qu'il soit francq audict mestier, à paine de soixante florins pour chacun brassin et admission du brassin ou autre arbitraire.

Item que ne sera loizible à personne soit brasseur ou autre de quel estat et condition il soit, brasser bierre, et icelle vendre au pot et au lot, à ladicte paine de soixante florins, pour chacune contravention et vente au pot et au lot, ou autre arbitraire.

Sera néanmoins loizible à tout bourgeois, mannans et habitans de ceste ville et banlieue de brasser ou faire brasser bierre pour leur mesnie de bonne foy et sans mesurer, et pour ce faire prendre telle ayde qu'il luy plaira fut ledict ayde maitre brasseur ou non.

Que tous ceux quy seront receuz audict mestier accepteront ta charge de doyen à leur tour come at esté faict du passé à paine de vingt florins d'amende et d'y estre constrainct.

Que tous brasseurs assisteront aux messes, premières et secondes vespres quy se célèbreront en la chapelle de Saint-Arnould, le jour de la feste dud. saint, come aussy le lendemain au service quy se célèbre pour les âmes des fidelles trespasséz dud. mestier à paine de cincq souls contre chacun defaillant et pour chacun office applicable à la décoration de ladicte chapelle.

Item que tous et chacun desd. maistres brasseurs tenus accompaignier leur doyen aux processions le jour du Saint-Sacrement et adsister ausd. processions proche de leur chandeille sans en pouvoir départir paravant que le clergé soit rentré dans l'église cathédrale de Saint-Omer, à paine de vingt souls contre chacun défaillant au prouffict de ladicte chapelle, sauff et excepté les malades et absens de la ville de bonne foy et sans fraude.

Item que nul ne poura à l'advenir exercer ledict francq mestier en ceste ville avecq aucun autre francq mestier de ceste dicte ville, ains se debvra tenir à l'un ou à l'autre desd. trancqs mestiers tant seulement et qu'il trouvera bon de choisir.

Item que nul ne sera receu à la franchise de brasser qu'au préalable il ait presté le serment es mains de messieurs du Magistrat édicté par statut du vingtiesme de mars seize cens vingt-et-un.

Deffendant mesd. Srs à tous lesd. brasseurs francqs audict mestier, de par eulx et leurs femmes serviteurs ou servantee ou autres à comectre par eulx ou aulcun d'eulx d'aller à la pippe pour assembler eauwes pour leurs brassins, à paine de soixante souls d'amende pour chacune cuvellée et de six florins pour chacune tonnelée d'eauwe qu'ils auront cerché ou fet cercher à ladicte pippe pour s'en servir à leurs brassins ou autre arbitraire.

Retenans mesdicts Srs la faculté, lesd. statuts changer, augmenter ou diminuer du tout ou en partie touteffois et selon que le bien de la ville et dudict mestier le requerrera.

Faict en halle eschevinalle en l'assemblée de mesd. Srs des deux années et dix juréz, le vingtiesme de may seize cent vingt-sept.

Publié à la bretecque à son de trompe au marché et à Haulpont le vingt et deuxiesme du mois.

Republié le 6 août 1628.

XXIII

Modification et augmentation des Statuts

(25 Janvier 1648)

Premièrement que tous apprentifz du mestier ayant esté receuz à la franchise d'icelluy seront obligéz de demeurer deux ans continuels en qualité de domesticque soubz maistre francq dudict mestier sans pouvoir pendant ledict temps demeurer hors de ladicte maison, ny discontinuer ledict apprentissage, ou continuer soubz autre maître que celluy l'ayant à ce receu.

Que paravant commencher ledict apprentissage, il se debvra faire inscrire par le doyen dud. mestier et payer une livre de chire à son entrée au prouffict de la chapelle.

Que les vefves dud. mestier ne pouront rechoir apprentifz, ny les affranchir audict mestier, n'est qu'ils ayent commenchez le terme de leur apprentissage du vivant de leur mary.

Ne pouront aussy lesd. vefves affranchir un second ou aultre ultérieur mary, n'est qu'il soit fils de maître francq audict mestier.

Que ceux quy voudront entrer en franchise dud. mestier se debvront se présenter en l'assamblée des grands maîtres doyen et quattre maîtres lors servans dudict mestier, pour estre ouys et entendus sur le faict de leur apprentissage et ce qu'en despend et estre receuz à ladicte franchise, pour laquelle ils seront submis payer ès-mains du doyen réguant la somme de dix florins au prouffict de la chapelle dudict mestier saulf les fils de maîttes lesquels passeront payant cincq florins seullement.

Que paravant entrer en l'exercice dudict mestier et mectre le feu à leur premier brassin, ils seront submis de prester le serment ordonné par Messieurs du Magistrat par statuts du mois de mars XVI cent vingt-cincq, aux paines y portées et d'exhiber acte de la prestation dudict serment, au doyen dud. mestier, quel ils seront aussy submis payer soixante souls, saulf le fils de maître quy passera en payant trente souls seullement, pour subvenir aux mises que ledict doyen est obligé d'exposer, tant pour le saint service comme autrement, et de quoy se rend annuellement compte par devant ledict grand maître.

Que ne sera loizible à personne soit brasseur ou autre, de quelle qualité et condition il soit de brasser bierre et icelle vendre au pot et au lot, à paine de soixante livres d'amende pour contravention ou autre arbitraire, dispensant mesdicts Srs quand à présent de la disposition de cest article, le concierge de la maison de ville, pour aultant que touche l'usage de la cour d'icelle.

Interdisans mesdicts Srs à tous brasseurs ou autres ayant brasseurs chez eulx d'accorder lesd. brasseurs en prest ou louage aux hostelains, vivendiers ou autres gens débitans bierre ou vinaigre et à iceux d'user desd. brasseurs à paine de vingt florins d'amende contre chacun d'eulx, et pour chacune contravention, ou autre arbitraire, et de quoi lesd. brasseurs seront submis eulx expurger par serment s'ils en sont requis, et que besoing soit.

Et pour tant plus obliger lesd. brasseurs d'adsister au service divin, mesdicts Srs ordonnent en confirmité du précédent statut qu'ils et chacun d'eulx auront à adsister aux messes, premières et secondes vespres quy se célèbreront en la chapelle de monsieur Saint Arnould, la veille de la feste dud. Saint-Sacrement, comme aussy le lendemain au service, à paine d'une livre de chire contre chacun deffaillant, et pour la deffaillance de chacun office, applicable à la décoration de la chapelle dud. saint.

Que tous maîtres receuz à la franchise dudict mestier, se retirant hors de la ville, au cas qu'ils retiennent leur droict de bourgade, pourront aussy retenir à la franchise dudict mestier, en payant annuellement au jour de Saint-Arnould une livre de chire pendant le temps de leur absence, par chacun an à ladicte chappelle, demourans submis au jour du doyennage et autres charges dudict mestier come ceux actuellement résidens en ladicte ville qu'ils seront submis furnir et achepter à paine de descheoir du droict d'icelle franchise.

Que les deffaillans, sans excuse légitime d'absence ou maladie à l'arbitrage du grand maitre, de comparoir aux adjournemens quy se fairont de la part du grand maitre, tant pour les comptes qu'autres affaires concernantes icelluy, eschéront en amende d'une livre de chire au prouffict de ladicte chapelle.

Ordonnans mesdicts Srs à tous brasseurs, avant pouvoir mectre aucuns tonneaux ou autres vaisseaux moindre en œuvre à eulx appartenant de marquer iceux de leur marque ordinaire, à paine arbitraire, entendans mesd. Srs qu'iceux vasseaulx devront aussy estre debvement gaugez aux paines portées par les ordonnances sur ce édictées.

Leur deffendant à chacun d'iceux d'emplir les widanges l'un de l'autre à paine de six florins d'amende pour chacun vasseau, ou autre arbitraire.

Sy deffendent mesd. Srs ausd. brasseurs d'emplir aucunes widanges de tonneaux, demy, tierch ou quarts sy elles ne sont gaugées et marquées de la marque du tonnellier de ladicte gauge, et ausd. tonnelliers de les vendre ausd. brasseurs sans estre marquées et gaugées, à paine de six florins d'amende ou autre arbitraire contre chacun contrevenant comme aussi des bourgeois s'en estans servys sans ladicte gauge et marcque.

Sy font deffence bien et acertes ausdicts brasseurs d'ériger aucunes brasseries nouvelles en tel lieu et place que ce soit sans coupie par escript de mesdicts Srs à paine arbitraire.

Que tous les amendes édictées tant par les présens statuts qu'autres précédens non excédans les soixante souls sont exécutoires soubz la signature du grand maistre dudict mestier, saulf à partie ses causes d'opposition qu'elle poura dire en halle eschevinage en namptissant selon le stil, icelles amendes applicables un tierch à la ville, un tierch aux pauvres et l'autre tierch au prouffict de la chappelle du mestier desdicts brasseurs.

Et comme l'on est informé qu'aucuns brasseurs abusent au faict de leur brassin, y faisant entrer aucuns ingrédiens nuisibles au corps humain, mesdicts Srs deffendent ausd. brasseurs bien à certes de ne mectre en leursd. bierres de la chaux, nivette, arzenicq, zicppe et autres ingrédiens, nuisibles, à paine d'estre griesvement pusnis selon l'exigence du cas.

Retenans mesdicts Srs la faculté d'iceux statuts interpréter et changer, abroger du tout ou en partie toutes et quanteffois que bon leur semblera. Faict et décrété en halle eschevinalle en l'assemblée de messieurs du Magistrat de l'an passé et dix juréz pour la communaulté le vingt cinquiesme de janvier seize cent quarante-huict.

Publié au marché du Haut-Pont, le 8 février.

XXV

Modification de statuts

(22 Mars 1653)

(Les brasseurs s'étant plaints que les gens de *petite condition* tels que couturiers, boulangers, cordonniers, savetiers et autres, brassaient chez eux de la bierre sous prétexte de leur usage, et que cependant ils en vendaient au dehors et même en faisaient monopole entre eux, le Magistrat modifie les statuts de la manière suivante) :

(Pagard d'Hermansart).

Premièrement come mesdicts Srs du Magistrat n'entendent poinct d'empescher la liberté comune de pooir brasser bierre en son ménage par ceux quy en on le moyen pour l'usage particullier pour chacun sondict ménage, ains remédier aux abus que ce sont coulléz à prétexte de ladicte liberté :

Ils font come autreffois deffence à tous bourgeois, manans et habitans de ceste ville, fauxbourcqz et banlieue d'icelle de quel estat et qualité ils soient de vendre ou distribuer en débit par euxl, leurs domestiques ou autres directement ou indirectement aucunes bière, ains laissant ce faire par les hostelains brocqueteurs ou autres distribuans bierre au pot et au lot et à ce establis, à paine de six florins d'amende, et que les bierres ainsy vendues et celles restantes en la cave dud. vendeur seront vendues et amisez et comme telles saisies et levées par authorité de justice, pour à cognoissance de cause estre ordonnées desd. paines et amissions ou autres arbitraires à la discrétion de med. S^{rs}.

Deffendant pour l'advenir à tous gens de mestier quy n'auront brasseries montées en leurs maisons de brasser ou faire brasser bierres, à prétexte d'en user en leur menage ou autrement, sans congié par escript de mesdicts S^{rs} obtenue par requeste narrée de l'estat de leurs familles et quantité de grain qu'ils prétendent mectre en œuvre, et des bierres qu'en doibvent provenir, le tout à paine de dix florins d'amende, levée et amission desd. bierres come dessus ou autre arbitraire.

Et au regard de ceux ayant lesd. brasseries leur est interdict de permectre ausd. gens du mestier de par eulx ou aultruy de pouvoir brasser esd. brasseries s'il ne leur appert au préalable du congé par escript en la forme cy-dessus par eulx obtenu, à paine de vingt livres d'amende pour chacun brassin ou autre arbitraire.

Pour en quoy establir quelque pied, mesdicts S^{rs} font commandement à tous gens de mestier non francqz brasseurs ayans brasseries en leur maison de les venir dénoncher avecq la capacité, estat et équipage d'icelle, au greffe du crime de ceste ville, en dedans de la huictaine de publication de ceste, à paine que lesd. brasseries seront desmontées à leurs despens ou autre arbitraire.

Deffendant pour l'advenir ausd. gens de mestiers d'ériger aucunes brasseries en leur maison ny ailleurs sans congé par escript de mesd. Srs à paine de vingt livres d'amende, desmolissement desd. brasseries quy se faira à leurs despens ou autre arbitraire.

Que pour l'advenir ne sera loizible à aucun bourgeois, manans et habitans de ceste ville de brasser ou faire brasser ny permectre estre brassé à tel prétexte que ce soit, aucuns brassins de bières en leurs respectives brasseries pour personnes demeurant hors de ceste ville et banlieue, ains seront icelles personnes submises achepter leurs bierres chez les brasseurs, n'est que telles brasseurs obtiennent de ce faire permission par escript de mesdicts Srs à paine arbitraire, et que lesd. bierres seront saisies et levées, pour en estre ordonné ce que mesdicts Srs trouveront convenir.

Que les vinaigres de bierre, venans de Flandres et d'ailleurs en ceste ville pour y estre vendus et distribuéz debvront estre ceuréz et jugés recepvables par les cœuriers juréz que les marchands vendeurs seront tenus faire évocquer à ces fins, paravant faire décharger lesd. vinaigres, à paine de dix florins d'amendes, perte et omission d'iceux ou autres arbitraires applicables avecq toutes les susd. autres paines et amendes à la discrétion de mesdicts Srs.

Faict en halle en l'assemblée de Messieurs du Magistrat des deux années et dix juréz pour la communaulté de la ville de Saint-Omer le dix-septiesme de mars seize cens cincquante trois.

Publié à la bretecque de la ville et du Haut-Pont à son de trompe, le 22 mars 1653.

XXVI

Cœure du houblon

3 Novembre 1651

Sur ce que l'on est informé, que de temps à aultres se seroient glissés en ceste ville grande quantité de houblon surannés de plusieurs années, qui n'ont aulcune force ni vertu, desquels aucuns marchands se servent pour le mélanger avec le houblon léal et vendable, lequel houblon ainsy meslangé ils vendent pour nouveau et en effect pour bon, au grand détriment de la chose publique qui se pourroit augmenter s'il n'y est pourvu ; Messieurs Mayeur et échevins de la ville et cité de Saint-Omer, après avoir faict recognoistre ès pachus et autres lieux de ceste ville lesd. houblons vieux trouvés sans aucune force ni vigueur en très grande quantité, et appoincté au regard d'iceux ce qu'ils ont jugé en justice et police convenir, désirans, en tant qu'en eulx est, prévenir semblables inconvéniens à l'advenir, ont par advis du Magistrat de l'an passé et dix jurés pour la communaulté, ordonné et statué les poincts et articles qui s'ensuivent :

Art. I. Premièrement, affin que le commerche et marchandises de houblon en ceste ville soit exercé et administré fidellement en justice et police, at esté ordonné que serat establie une cœure pour faire la visitation et regard desd. houblons, laquelle sera composée du nombre de quatre personnes qui se choisirons par Messieurs du Magistrat et des dix jurés pour la communauté en la forme et manière ordinaire, comme ils ont accoutumé faire des autres cœures.

Art. II. Lesquelles quatre personnes se thireront à savoir, l'une du mestier des brasseurs, une aultre de ceux qui s'entremettent de ladite marchandise de houblon, et deux aultres de ceux qui ont accoustumé brasser sur bourgeois, pour, avecq le Mayeur des dix jurés, entendre et vacquer aux debvoirs d'icelle cœure et se régler comme sera dit cy-après, et de quoy faire bien et fidelement ils presteront le serment en tel cas ordinaire et pertinent.

Art. III. Que tous houblons destinés pour estre vendus et distribués en ceste ville ou y tenis pachus, comme aussy ceux pour estre consommés par les brasseurs de cested. ville, debvront de droicte route, dès leur entrée en icelle, estre menés à wague pour y estre pesés et cœurés par lesd. cœurheers, et enaprès marqués à leur mandement par le serviteur de lad. cœure avecq la marque de ceste ville à ce désignée, sans pouvoir en estre levés avant lesd. debvoirs acepissés, ni transportés alleurs, à peine d'amission desd. houblons et cinquante livres d'amende ou aultre arbitraire pour chascune contravention, applicable ung tiers à la ville, l'aultre tiers au dénonciateur et le tiers restant aux pauvres.

Art. IV. Que les marchands, facteurs ou aultres à qui lesdits houblons toucheront, seront submis à l'instant de leur arrivée, du moings en dedans six heures d'icelle, advertir le Mayeur des dix pour faire ladicte cœure, à quoy il debvra vacquer avecq lesd. cœurheers en toutte diligence, et pourquoy leur sera payé six sols de sallaire pour chaque balle de cent livres pesant et au-dessus, à répartir les deux sols au Mayeur et les quatre sols restans aux cœurheers présens également.

Art. V. Et au regard des balles ou ballots en dessous desdits cent livres, auront trois sols à répartir, comme dessus proportionnement, le tout par dessus douze deniers, qui se payera au serviteur de lad. cœure de chaque ballot de cent livres ou en dessoubs, tant pour le service qu'il sera submis rendre en advenant lesd. cœureers que pour l'apposition de la susdite marque.

Art. VI. Déclarant mesd. sieurs que les déffaillans à faire la susdicte advertance en dedans le temps que dessus escherront en amende de soixante sols ou aultre arbitraire, à répartir comme dessus.

Art. VII. Deffendans à tous marchands et aultres se meslant de vendre, achepter ou distribuer houblons, soit en propriété ou par commission, de faire aucun meslange du houblon nouveau avecq le vieil, de quelqu'âge qu'il soit, à peine d'amission d'iceux et cinquante livres d'amende ou aultre arbitraire applicable comme dessus.

Art VIII. Trop bien pourront lesd. marchands vendre les houblons nouveaux et viel d'ung ou deux an au plus, en balles ou ballots distinctz et séparés, pourveu que chasque balle ou ballot soit marqué de la datte de l'année de son creu, afin que les achepteurs ne se mesprendent, sans les pouvoir vendre aultrement à peine que dessus.

Art. IX. Et affin que le présent statut soit punctuellement observé, sera loisible auxd. cœurheers de faire visitation des houblons qui se vendront ou se distribueront, et aussy de ceux que les brasseurs auront pour leur consommation, en demandant et obtenant permission de ce faire de Monsieur le Mayeur ou du lieutenant de mayeur, et en ce faisant accompagner audict debvoir par ung escarwette ou aultre officier de justice de ceste ville, selon l'ordinaire, auquel effect leur sera donné entrée des maisons, lieux et places qu'ils demanderont, sans leur faire par ceux à qui le faict touchera, aulcun refus ny empeschement à peine de correction arbitraire.

Art. X. Déclarons que tous houblons qui seront amenés en

ceste ville pour y estre consommés, oultre et par dessus les debvoirs icy dessus prescripts, debvront estre consommés paravant qu'ils aient attaints les trois feuilles, à peine que s'ils estoient trouvés avoir passé lesd. trois fœuilles, d'être levés et amis comme dessus, et d'encourir par le propriètaire ou autre ayant tels houblons en sa possession, cinquante livres d'amende ou aultre arbitraire, à répartir comme dessus.

Art. XI. Authorisant lesd. cœurheers de lever ou faire lever pour estre sequestrés en justice, les houblons qu'ils trouveront estre gisans ou exposés en vente contre le règlement cy dessus prescript, pour en estre disposé en justice, selon qu'au cas sera trouvé appartenir.

Décreté en assemblée de Messieurs du Magistrat des deux années et jurés pour la communauté de la ville et cité de Saint-Omer, le troisième novembre mil six cent cinquante-un.

XXVII

Décision prise par le Magistrat de Saint-Omer le 17 mars 1653 au sujet de la perception irrégulière de l'impôt par le fermier.

Premièrement que toutes et quanteffois que les fermiers soient fils de maîtres du mestier des brasseurs ou autres, des impostz, fermes et assy quy se cœullent et lèvent en ceste ville et banlieue d'icelle sur les bierres de la part de quy que ce soit, voudront faire aucunes modérations ou réductions desd. fermes et assis, au reguard des hostelains brocqueteurs et autres distribuans lesd. bierres au pot et au lot, seront obligéz ce faire égallement et pour tous ceux qui se déduiront légitimement à vendre et distribuer lesd. bierres en débit à paine de corection arbitraire.

Et là où lesd. fermiers ou aucuns d'iceux s'ingéroient nonobstant le présent statut de faire au contraire, en modérant ou quinctant à aucuns particculliers hostelains, brocqueteurs et débitans bierre come dessus, partie de leurs fermes, les autres du mesme mestier auront droict par forme de ception allencontre desd. fermiers d'eulx servir du sepject de ladicte modération au reguard des bierres qu'ils achepteront, vendront et débiteront de bonne foy et sans fraulde en leurs respectives hostelleries et usines, et de quoy lesd. fermiers seront submis eux contenter pour tous droicts de leursd. fermes pourveu que ladicte exception soit alléguée quant le payement en faict, le tout sans préjudice ny inovation aux privilèges, ordonnances et statuts emanez sur la perception et collecte des deniers desd. fermes, qui demeureront en leur force et vigœur en ce qu'ils ne sont abrogéz par les présentes ordonnances.

Faict en halle en l'assemblée de Messieurs du Magistrat des deux années et dix juréz pour la comunaulté de la ville de Saint-Omer le dix-septiesme de mars XVIe cinquante trois.

Publié à la bretecque de ceste ville et celle du Haut-Pont le 22 mars, à son de trompe.

(Archives de la ville. — Tous les statuts qui précèdent sont repris dans une ordonnance confirmative de Philippe, roi d'Espagne, le 23 novembre 1656 ; il porte encore le titre de comte d'Artois).

(Pagard d'Hermansart).

XXVIII

Règlement concernant la composition de la bière
24 JANVIER 1736

Mayeur et eschevins de la ville de Saint-Omer à tous ceux qui ces présentes lettres verront salut : Sçavoir faisons que pour remédier aux abus qui se commettent journellement dans la composition, vente et distribution de bierres, nous avons cru que rien ne serait plus convenable, que de renouveller les dispositions des anciennes ordonnances, qui semblent être entièrement oubliées, et notamment de celles rendues le huit octobre 1558, 17 octobre 1597, 10 avril 1599, 17 mars 1602, 19 janvier 1623, 25 janvier 1648, 27 janvier 1653, 26 novembre et 1er décembre 1707, en retranchant les dispositions que l'usage présent et d'autres circonstances rendent inutiles, et ajoutant celles qui sont nécessaires, pour établir une police exacte, et uniforme sur cette matière.

A ces causes, ouy les conclusions du procureur de ville, nous avons ordonné et statué les articles suivants :

Art. I. Les brasseurs avant faire moudre leurs brais pour brasser seront tenus de déclarer par écrit au fermier des brais la quantité de razières des grains qu'ils voudront faire moudre et de luy en payer les droits comptant, à peine de cent livres d'amende et de confiscation.

Art. II. Ceux qui voudront faire moudre des grains crus et non brayés pour être consommés en leurs brassins, comme bled, seigle, soucrion, avoine et toutes autres espèces de grains, ils seront tenus de les mêler avec leurs brais, avant les mettre en sacq et les faire mener au moulin sans pouvoir les faire moudre à part, à peine de soixante livres d'amende et de confiscation.

Art. III. Permettons aux commis sermentés du fermier de faire mesurer quand ils le jugeront à propos lesdits grains par un mesureur juré, et si, la déclaration est trouvée infidèle, lesd. grains seront confisqués avec amende de cent livres.

Art. IV. Les brasseurs garnis de billets pour les brais seront tenus, avant que de commencer leurs brassins, de déclarer par écrit au préposé à la collecte, de la part des fermiers des impôts d'Artois, des cazernes de la ville, combien ils prétendent brasser de forte et de petite bierre, si c'est pour les hôtelliers, cabaretiers ou ménagers, leurs noms, combien à chacun de forte et de petite bierre, de prendre ensuite un billet dudit préposé, à peine de cent livres pour chacune de ces contraventions.

Art. V. Toutes les amendes cy-dessus seront applicables, sçavoir un tiers au dénonciateur, un tiers aux fermiers et l'autre aux pauvres de la bourse commune.

Art. VI. Faisons deffenses aux brasseurs en conformité des articles deux et trois du réglement du 5 décembre 1707 de livrer leurs bierres en guilloires aux dits hotelliers et cabaretiers, si mieux ils n'aiment demeurer responsables de la bonté desd. bières livrées en guilloire, pendant quinze jours, à la fin desquels ils seront tenus de les faire visiter et goûter par les égards préposés à cet effet, le tout à peine de 50 livres d'amende en cas de contravention ; et les égards ne procéderont à lad. visite qu'aqrès qu'ils auront reconnus que les tonneaux sont bien remplis.

Art. VII. Faisons aussi deffenses auxdits brasseurs de livrer lesdites bierres, sinon en tonneaux jaugés et marqués de la marque de cette ville, sous pareille amende.

Art. VIII. Faisons aussy deffenses auxdits hôtelliers et cabaretiers de survuider les bierres rassises, que les brasseurs leur livreront en tonneaux jaugés, dans d'autres vaisseaux plus grands, à peine de 10 livres d'amende.

Art. IX. Permettons néanmoins auxdits hôtelliers et cabaretiers de brasser par œconomie comme les bourgeois et de faire transporter en ce cas leurs bierres en guilloire chez eux, pour les transvaser dans des vaisseaux de plus grande contenence, à condition d'employer dans la composition desd. bierres les mises cy après ordonnées et d'avertir les égards de les venir visiter quizaine après qu'elles auront été entonnées, sous les peines et amendes portées par le présent réglement contre les contrevenans.

Art. X. Faisons deffenses aux brasseurs de faire entrer dans la composition de leurs bierres de la chaux, savon et autres ingrédiens nuisibles à la santé, à peine de soixante livres d'amende ou autre arbitraire proportionnée à la nature du délit.

Art. XI. Et comme la deffectuosité desdites bierres provient le plus souvent de ce qu'on n'y employe point une quantité de grains et houblon suffisans, nous ordonnons que pour la bierre forte, les maîtres brasseurs employeront trois quartiers de soucrion cru, et trois livres d'houblon au tonneau, en sorte que seize tonneaux de guilloire qui se réduisent à quinze, lorsque la bierre est rassise, seront composés de douze razières de soucrion, mesure de cette ville, et de quarante-huit livres d'houblon à peine de soixante livres d'amende contre ceux qui seront trouvés en deffaut, qu'il suffira de vérifier, pour le grain, par l'extrait de la collecte de l'impôt des brais et sera le petit bailly partie compétente aussi bien que les égards pour la poursuite de ladite amende.

Art. XII. A l'égard de la petite bierre, les brasseurs auront attention de proportionner la quantité qu'ils tireront de chaque brassin à celle du grain qu'ils y employeront de manière que le nombre des tonneaux n'excède point celui des razières qu'ils auront employé dans lesd. brassins, à peine de vingt-cinq sols d'amende de chaque tonneau d'excédent.

Art. XIII. Permettons aux brasseurs de faire quand ils le trouveront à propos un brassin entier de petite bierre en y employant trois biguets de soucrion crus et trois quarterons d'houblon à la tonne, à peine de trente livres d'amende contre les contrevenans, et ces sortes de brassins seront égallement soumis à la visite des égards, sous les peine, et amendes portées cy-après.

Art. XIV. Ne pourront lesd. brasseurs, livrer leurs bierres rassises tant forte que petite, que préalablement elles n'aient été visitées et goûtées par les égards commis à cet effet, à paine de trente livres d'amende, et ils seront tenus de leur payer pour le sallaire de la visite de chaque brassin sept sols six deniers.

Art. XV. Quand lesd. égards trouveront lesd. bierres tant forte que petite défectueuses ou qu'elles n'auront point les qualités proportionnées aux mises ordonnées, ils les feront sortir des maisons des brasseurs et mettre dans celle qui sera par nous désignée pour y être vendues au prix qui sera fixé sur le rapport et avis desd. égards, sur lequel prix déduction faite des frais du détail et de l'amende prononcée pour la contravention, le surplus sera remis auxdits brasseurs.

Art. XVI. Pourront aussy lesd. égards aller visiter, quand bon leur semblera, les bierres tant forte que petite chez les cabaretiers et hôtelliers, et si elles sont trouvées deffectueuses par leur fait, il en sera usé comme à l'article précédent.

Art. XVII. Mais si la défectuosité étoit telle qu'elles fussent nuisibles à la santé soit par la mauvaise qualité du grain et houblon qu'on y auroit employé, mal façon ou autre cause de la part du brasseur, hôtelliers ou cabaretiers, elles seront jettées et celuy qui y aura donné lieu condamné en soixante livres d'amende.

Art. XVIII. Les brasseurs hôtelliers et cabaretiers seront tenus de laisser entrer les égards à toute heure du jour dans leurs maisons, brasseries entonneries, caves, et autres lieux pour y visiter et goûter leurs bierres sans qu'il leur soit permis de les empêcher ni les injurier, soit par eux ou leurs domestiques, à peine de punition exemplaire, et les maîtres seront responsables en ce cas des amendes qu'encourreront lesd. domestiques.

Art. XIX. Faisons deffenses aux brouëteurs de voiturer les bierres rassises qu'elles n'aient été visitées par les égards, à peine de dix livres d'amende.

Art. XX. Pareilles deffenses auxd. brouëteurs de les voiturer avant le lever ou après le coucher du soleil, sous la même amende.

Art. XXI. Les brasseurs ny aucuns de leur famille ne pourront porter ny souffrir être porté hors de leurs maisons et brasseries aucunes bierres sinon par les brouëteurs, à peine de sept livres dix sols d'amende.

Art. XXII. Leur faisons deffense d'entonner la nouvelle bierre que le brassin précédent ne soit mené hors de leurs maisons, à moins qu'avant entonner lesd. bierres ils n'aient averti le mayeur des dix ou son collègue en son absence du nombre des tonneaux restant du brassin précédent, lesquels seront visitées de nouveaux pour en reconnoître la qualité avant qu'il soit permis d'entonner le nouveau brassin.

Art. XXIII. Les brasseurs ne pourront entonner leurs bierres ailleurs que dans leurs entonneries ordinaires, sans pouvoir le faire dans d'autres endroits de leurs maisons, et mettront la forte et la petite bierre sur des chantiers séparés, à peine de cinquante sols d'amende pour chaque tonneau trouvé en contravention.

Art. XXIV. Ordonnons que les tonneaux tant des brasseurs de cette ville que des étrangers qui voudront y livrer de la bierre, contiendront soixante-douze à soixante-quatorze lots, les demis et autres à proportion, que tous indifféremment seront tenus de les faire jauger à l'eau, une fois chaque année, dans l'endroit à ce désigné, pendant le mois de septembre, octobre et novembre, que les jaugeurs s'y tiendront à cet effet les mardy et jeudy, le matin depuis huit heures jusqu'à dix, et l'après-midy, depuis deux heures jusqu'à quatre, et plus long tems tenus s'il est nécessaire, que les tonneaux qui seront de moindre continence seront rebutés et défoncés, les autres marqués de la marque de la ville, de la datte de l'année en laquelle ils auront été jaugés, ensemble de la marque du brasseur; leur faisons deffenses de conserver après ce temps en leurs possessions, aucuns tonneaux pleins non marqués de la marque de l'année, à peine de cinquante sols d'amende de chaque tonneau trouvé en contravention.

Art. XXV. Lesd. brasseurs feront eucore jauger et marquer leurs tonneaux chaque fois qu'ils feront changer quelque chose au corps du vaisseau, sous l'amende portée par l'article précédent, et les jaugeurs s'assembleront à cet effet le premier mardy de chaque mois, et en cas de fête, le lendemain et jours suivans s'il est nécessaire, à huit heures du matin, dans l'endroit à ce destiné ; la présente disposition n'aura point lieu pour les tonneaux auxquels on ne fera d'autre réparation que d'y mettre des cercles.

Art. XXVI. Il sera payé aux égards pour la jauge de chaque tonneau à l'eau sept deniers obole.

Art. XXVII. Toutes les cuves des brasseurs seront jaugées à l'eau, afin de connoître la grandeurdu brassin, et cette jauge sera répétée aux frais desd. brasseurs toutes les fois qu'elle sera jugée nécessaire.

Art. XXVIII. Lesd. brasseurs seront tenus de faire marquer les tonneaux dans lesquels ils entonneront la forte bierre de la lette F, et ceux pour la petite bierre de la lette P, sans qu'ils puissent sous tel prétexte que ce soit entonner la forte bierre dans un tonneau marqué pour la petite, ny la petite dans un destiné pour la forte, à peine de cinquante sols d'amende pour chacun tonneau trouvé en contravention, les demis et autres à proportion.

Art. XXIX. Faisons deffenses aux brasseurs de boucher les tonneaux de guilloire ou bière rassise qu'ils feront voiturer chez les bourgeois, hôtelliers et cabaretiers, avec du foin ou de la paille, leur ordonnons comme autrefois, de livrer lesd. tonneaux, bien remplis et de les boucher d'une bonde de bois, à peine de cinquante sols d'amende, pour chacun tonneau trouvé en contravention ; deffenses aux brouëteurs de s'en charger autrement, leur ordonnons de les remettre auxdits brasseurs avec leurs bondes, le tout à peine de perte de leurs sallaires.

Art. XXX. Les brasseurs ne pourront brasser de la bierre pour la rendre aigre, que premièrement ils n'aient averti les fermiers des impôts, ensemble le mayeur des dix jurés de la continence du brassin qu'ils veulent faire et pour quelle personne, à peine de 60 livres d'amende, et ne pourront augmenter ny diminuer ledit brassin après avoir fait leur déclaration, que de deux à trois tonneaux au plus, à peine de cinquante sols d'amende de chaque tonneau trouvé en contravention.

Art. XXXI. Le corps des égards sur les bierres sera composé doresnavant de deux bourgeois, de deux marchands d'houblon, de deux tonneliers et de deux cabaretiers, lesquels prometteront par leur serment, de bien et fidellement s'acquitter de leurs fonctions et de faire exécuter autant qu'il dépendra d'eux les présentes ordonnances.

Art. XXXII. Toutes les amendes cy-dessus, sauf celles qui concernent les fermiers, seront appliquées sçavoir, un tiers au dénonciateur, le second aux égards et le troisième aux pauvres de la bourse commune.

Art. XXXIII. Dérogeons à toutes ordonnances rendues précédemment sur cette matière et contraires au présent règlement lequel sera exécuté par la suite, selon la forme et teneur, et à cet effet, registré au greffe de police de ce siège, lu, publié et affiché aux correfours et lieux ordinaires de cette ville. Enjoignons au petit bailly et aux égards, chacun en ce qui les concerne, d'y tenir soigneusement la main.

Fait et délibéré à Saint-Omer en halle échevinalle, dans l'assemblée des deux années et dix jurés pour la communauté le vingt quatre janvier mil sept cent trente six. — Signé : L. DRINQBIER.

XXIX

Interprêtation des articles 6 et 9 du règlement précédent

1er AOUT 1741

Mayeur et eschevins de la ville et cité de Saint-Omer, à tous ceux qui ces présentes lettres verront, salut : Sçavoir faisons que comme par l'article six de notre ordonnance du vingt-quatre janvier 1736 portant règlement pour la composition, vente et distribution des bierres nous aurions fait deffenses aux brasseurs de livrer leurs bierres en guilloire aux hôtelliers et cabaretiers, à moins qu'ils ne demeurassent responsables de la bonté d'icelles pendant quinze jours, à la fin desquels ils seroient tenus de les faire visiter et goûter par les égards préposés à cet effet, à peine de cinquante livres d'amende, et par l'article 9 du même règlement, il auroit été permis aux hôteliers et cabaretiers de brasser par œconomie comme les bourgeois, et de faire transporter en ce cas leurs bierres en guilloire chez eux, à condition entr'autres d'avertir les égards de les venir visiter quinzaine après qu'elles auroient été entonnées, etc... et quoique la disposition de ces articles fût claire et qu'il fût évident que les égards dussent être avertis immédiatement après l'expiration de la quinzaine y mentionnée, cependant quelques brasseurs et cabaretiers avoient prétendus être en droit de différer cet avertissement autant qu'ils vouloient, sous prétexte qu'il n'y avoit pas un certain nombre de jours fixés en dedans desquels ils dussent le faire après l'expiration de cette quinzaine, sur quoy il y avoit même eu instance entre les égards et lesd. brasseurs et cabaretiers, et comme ces contestations empêchent l'exécution de la police qui ne doit point souffrir de retardement, nous avons cru qu'il étoit nécessaire de déclarer sur ce nos intentions. A ces causes, ouy le procureur de ville, Nous en intréprétant en tant que besoin est ou seroit les articles sixième et neuvième dudit règlement du vingt-quatre de janvier 1736, avons ordonné et ordonnons qu'à commencer du jour de la publication des présentes, les brasseurs qui livreront leurs bierres en guilloire aux hôtelliers et cabaretiers et les hôtelliers et cabaretiers qui brasseront par œconomie comme font les bourgeois, seront tenus d'avertir les égards en dedans les trois jours immédiatement suivant la quinzaine mentionnée esdits articles ; en sorte que cet avertissement soit fait au plus tard le dix-huitième jour, depuis celuy auquel la bierre aura été livrée inclusivement ; le tout à peine de cinquante livres d'amende conformément audit règlement.

Fait à Saint-Omer en halle eschevinalle, en l'assemblée des deux années et dix jurés pour la communauté de cette ville, le premier d'août mil sept cent quarante-un.

Signé : L. DRINQBIER.

XXX

Ordonnance concernant la Jauge et la marque des tonneaux des Brasseurs

7 Mai 1779

Mayeur et eschevins de la ville et cité de Saint-Omer à tous ceux qui ces présentes lettres verront, salut ; savoir faisons que pour remédier aux abus qui pourraient se commettre au sujet des tonneaux dans lesquels on entonne la bierre, et dont la plupart ne contiennent pas la quantité de pots portés par les ordonnances de police, et à quoi voulont remédier : nous, oui les conclusions du procureur du Roi sindic de cette ville, avons ordonné et ordonnons ce qui suit :

Art. I. Ordonnons que les tonneaux des brasseurs de cette ville contiendront soixante-douze ou soixante-quatorze pots, les demis et les quarts de tonneau à proportion : que tous indifféremment chaque année, savoir, dans le courant des mois de mai et octobre (1) *(sic)*.

Art II. Que les jaugeurs se tiendront au lieu indiqué pour la jauge les mardis et jeudis, le matin, depuis huit heures jusqu'à dix et l'après-midi depuis deux heures jusqu'à quatre, et plus longtemps s'il est nécessaire ; que les tonneaux qui contiendront moins de soixante-douze pots seront rebutés et défoncés, les autres marqués de la marque de la ville, de la date du mois et de

(1) Le texte qui manque se rapportait sans doute à l'obligation de soumettre les tonneaux à la jauge et à la marque en mai et en octobre. *(Pagard d'Hermansart).*

l'année en laquelle ils auront été jaugés, et de la marque du brasseur : leur faisons défense de conserver en leur possession, après ce temps, aucun tonneau plein ou vide non marqué de la marque de l'année, à peine de cent sols d'amende de chaque tonneau pour la première fois, et d'interdiction pour la seconde.

Art. III. Ordonnons auxdits brasseurs de faire jauger et marquer leurs tonneaux, chaque fois qu'ils feront changer quelque chose au corps du vaisseau, sous l'amende portée par l'article précédent, auquel effet les jaugeurs s'assembleront le premier mardi de chaque mois, au lieu ci-devant indiqué, et en cas de fête le lendemain et jours suivants, s'il est nécessaire, à huit heures du matin.

Art. IV. Il sera payé aux égards, pour la jauge de deux tonneaux à l'eau, quinze deniers tournois ; toutes les amendes ci-dessus seront appliquées au petit bailly et à ses sergents, auxquels enjoignons de tenir la main à l'exécution de la présente ordonnance.

Fait et délibéré à Saint-Omer en halle échevinale, le 7 mai mil sept cent soixante-dix-neuf.

Signé : DRINCQBIER.

XXXI

Règlement fait par le Bailly, Bourgmaître et échevins de la ville de Dunkerque pour la conduite et direction du corps et communauté des Brasseurs.

4 MARS 1728

RÉGLEMENT DES BRASSEURS. — 1er Premièrent ledit corps et communauté sera gouverné par un connétable, un doyen et deux assistants, le connétable sera nommé par le magistrat, le doyen et assistans seront choisis tous les deux ans le jour de Saint-Arnout par ledit connétable et les anciens doyens. — 2° Personne ne pourra tenir brasserie en cette ville ou basse-ville sans être bourgeois et receu dans ledit corps et communauté à peine de cent livres d'amende. — 3° Ceux qui seront admis dans ledit corps seront obligés, avant que de pouvoir faire mettre le feu dans leur chaudière, de payer au doyen en charge tant pour l'entretien de la chapelle que pour les autres frais qu'il conviendra de faire pour le bien et utilité du corps sçavoir un étranger forain cent livres et celui natif de la ville soixante-onze livres. — 4° La veuve d'un brasseur continuera dans la franchise de son deffunt mary jusqu'à ce qu'elle se remarie, et se remariant à quelqu'un qui n'est point dans ledit corps, il y sera receu en payant seullement la moitié du droit mentionné ci-devant.

5° Le corps fera célébrer tous les ans une grande messe le jour de Saint-Arnout leur patron dans la chapelle de Saint-Pierre ou tous les suppots seront obligés d'assister à peine de trois livres d'amende et il fera aussi dire le lendemain une basse messe pour le repos des âmes des confrères trépassés. — 6° Lorsqu'il y aura quelqu'un du corps où sa femme qui viendra à décéder, tous ceux de la communauté en étant avertis, seront tenus de se trouver à l'enterrement et à l'office et d'y aller à l'offrande à peine comme dessus.

7° Il y aura un registre qui reposera entre les mains du doyen en charge dans lequel sera enregistré le présent réglement, les noms et surnoms de ceux qui composent actuellement ledit corps, des doyens et assistans qui seront choisis cy-après, et des confrères qui seront receus dans la suite aussi bien que les soms mes qu'ils auront payés pour leur franchise, les taxes des bierre-qui seront faittes par le magistrant et les comptes rendus par les doyens.

8o Le doyen sera tenu de rendre compte de son administration tous les deux ans par devant le connétable et anciens doyens du corps, deux mois après qu'il sera sorti décharge à peine de vingt livres d'amende.

9o Si le doyen par son compte demeure redevable, la somme sera payée un mois après le clôture du compte au doyen qui luy aura succédé pour l'employer en recette dans le compte qu'il rendra lorsqu'il sera sorty décharge, mais s'il est en avance la somme qui luy sera deu luy sera remboursée auquel effet elle sera répartie sur tous les suppots également.

10o Aucun brasseur ne pourra permettre que les Cabaretiers fassent dans la brasserie des brassins de Bierre, à peine de cent livres d'amende, tout à la charge du Brasseur que du Cabaretier, permis néanmoins aux Bourgeois de faire brasser comme ils l'ont fait cy devant.

11o Le Connestable et les doyens choisiront le valet de cette communauté et lui accorderont les approvisionnements qu'ils jugeront à propos. — 12o Toutes les amendes et confiscations seront la moitié au profit du corps et communauté et l'autre moitié au proffit du sieur Bailly. — 13o Le magistrat se réserve la faculté comme il l'a toujours eu de changer et augmenter le présent réglement comme il le trouvera à propos. Fait à l'assemblée du quatre mars mil sept cent vingt-huit. Signé, BALTHASAR.

XXXII

Ordonnance pour la confection des Bières

13 NOVEMBRE 1764

Bailly, Bourgmaître et échevins de la ville et territoire de

Dunkerque, par notre nouvelle ordonnance du trois de ce mois, tous avions cru avoir suffisamment pourvu à la sûreté et conservation des droits d'octroi qui se perçoivent sur la cousommation des bières qui se brassent en cette ville et basse-ville, mais s'il nous a paru qu'il resterait quelque chose à désirer concernant la confeetion des bières, si nous ne donnions en même tems toutes nos attentions pour procurer à nos habitans une boisson qui soit bonne, saine et dégagée de tout ingrédient nuisible à la santé eu égard aux plaintes qui nous surviennent assez fréquemment contre quelques brasseurs, au sujet de la mauvaise qualité de leurs bières. A ces causes, et afin d'y remédier autant qu'il est en nous, nous nous sommes fait représenter les anciennes ordonnances ce concernant et nommément celle du 10 janvier 1726 qui est la plus étendue ; et après avoir pris tous les éclaircissements et ce nécessaires, et entendu les experts en cette matière, nous avons reconnu que pour parvenir à notre objet, les dispositions contenues en cette ordonnance exigent quelques nouvelles précautions et additions que la suite des tems a dévoilé, et qui deviennent indispensables ; en conséquence avons statué et ordonné, statuons et ordonnons ce qui suit :

Art. 1er. Ordonnons à tous brasseurs d'employer sur chaque tonne de forte bière trois quartiers de razières de sucrion du Pays, ou autre de bonne qualité et deux livres et demie d'houblon de Popéringhe, ou autre de pareille nature, poid et mesure de cette ville, à peine de cent livres d'amende, et que les bières autrement fabriquées seront confisquées au profit des pauvres. Ordonnons au surplus, que la moyenne bière sera composée d'un tiers de forte bière et de deux tiers de petite, ainsi qu'il a été ci-devant réglé par nos précédentes ordonnances, sur la même peine que dessus.

II. Faisons défense aux brasseurs de se servir de bled sarazin, comme n'ayant pas assez de force ou de consistance pour la conservation de la bière qui admet par la suite de l'aigreur et se gate : ni d'aucun autre grain que celui ci-dessus spécifié ; leur défendons pareillement d'y mettre de l'absinthe de la rue ou autres semblables herbes ou ingrédients, telles qu'elles puissent être, qui par leur trop grande chaleur ou amertume sont nuisibles à la santé, à peine de cent livres d'amende ; leur permettons néanmoins d'y mettre du bled froment et de l'avoine, pour autant qu'il est nécessaire, étant des grains bienfaisants, et qui fortifient la bière.

III. Défendons encore à tous brasseurs de se servir de chaux vive dans la fabrique de la bière sous le spécieux prétexte de lui donner de la couleur, ce qui est d'autant plus punissable, qu'au rapport des médecins, ce mélange peut occasionner des incommodités et des maladies très dangereuses, et ce à peine de six cent livres d'amende, et de confiscation des dites bières ; et en cas de récidive, à peine d'interdiction de brasser et de débiter pendant trois mois, outre l'amende ci-dessus.

IV. Ordonnons aux waraudeurs jurés des bières de visiter les houblons à chaque brassin, avant qu'ils soient employés, pour reconnaître s'ils sont mouillés, échauffés, moisis ou gatés, afin que s'ils sont trouvés défectueux, ils en fassent leur rapport au magistrat, pour faire ordonner qu'ils seront jetés à la mer, si faire se doit.

V. Et pour empêcher les brasseurs de se servir de bled sarazin, absinthe et autres ingrédiens défendus et de les verser dans la chaudière lors de la cuisson, en qualité d'houblon et de sucrion qu'il faut pour chaque brassin, nous leur faisons défense d'en avoir chez eux, dans leur maisons, brasseries et enclos, à peine de cent livres d'amende : défendons pareillement aux meuniers de recevoir ou moudre pour les dits brasseurs du bled sarazin, et aux brasseurs d'en donner à moudre, sur pareille amende.

VI. Faisons aussi défenses à tout brasseur, de se servir dans la fabrique de sa bière de tel ingrédient que ce puisse être, nul excepté, pour colorer la bière et la porter à une couleur beaucoup plus chargée que sa couleur naturelle : pareil stratagène étant frauduleux, puisqu'il tend à prendre la force de la bière en y épargnant certaine quantité de grains, à laquelle ils font suppléer la couleur qui est trompeuse à cet égard, faisant envisager la bière plus forte qu'elle n'est en effet : outre que dans les grandes chaleurs, pareille bière ainsi colorée, échauffe et altère considérablement, le tout à peine de six cent livres d'amende : et en cas de contraventions par quelques brasseurs au présent article, les waraudeurs jurés déposeront à l'hôtel de ville trois essais de chaque espèce de bière, savoir, un essai de la forte, un autre de la moyenne, et le troisième de la petite bière ce fait, le corps des brasseurs sera convoqué pour juger de la réalité du fait, et pour la conviction, il sera cherché dans toutes les brasseries trois autres essais, pour être confrontés avec la bière soupçonnée, dont sera dressé procès-verbal à la diligence du lieutenant Bailly, pour icelui valoir ainsi que de raison.

VII. Les waraudeurs jurés de la ville seront obligés d'aller ensemble après chaque entonnement pour gourmer la bière, et faire leur inspection et recherches convenables, à peine de destitution de leur emploi ; et il leur sera alloué à chacun dix sols par chaque brassin ainsi le brasseur au lieu de trente sols, payera dorénavant quarante sols par brassin ; outre ce, ils partageront le juste tiers des amendes encourues par les brasseurs lorsqu'ils seront trouvés en contravention à la présente ordonnance, au cas que les dits waraudeurs se soient portés pour dénonciateurs.

VIII. Les brasseurs ne pourront laisser sortir hors de leurs brasseries aucunes bières, à moins qu'elles n'ayent été visitées, ou goûtées par les dits Waraudeurs jurés, à peine de cent livres d'amende et de confiscation de la bière, leurs faisons défenses de mêler aucunes de leurs bières après qu'elles auront été visitées et goûtées par les dits Waraudeurs, sur la même peine et confiscation de bière mêlée, auquel effet les dits Waraudeurs sont autorisés à goûter les bières qu'on mènera par les rues ; et dans les cas extraordinaires où il sera nécessaire de transvasion pour la commodité publique ou le bien du commerce, le brasseur sera obligé d'y appeler un commis pour être présent au mélange, qui en fera son rapport au bureau des assises.

IX. Défendons pareillement aux brasseurs de livrer aucune forte bière quand même ils seraient munis d'un billet du bureau des assises, qu'elle n'ait reposée douze heures après l'entonnement et remplissage, à peine de vingt livres d'amende de chaque tonne, exceptons néanmoins les brassins qui seront faits pour la consommation des bourgeois, qui pourront entonner leurs bières chez eux, et les mêler comme ils jugeront à propos, sans être assujettis à aucune visite.

X. Et pour d'autant mieux découvrir les contraventions des dits brasseurs et meuniers, il est permis au sieur Bailly et à son lieutenant de visiter toutes fois qu'il le jugera à propos, en présence de deux échevins, les maisons des dits brasseurs ou meuniers, ainsi que les brasseries et moulins.

XI. Défendons aux mêmes brasseurs de vendre leurs bières à plus haut ou moindre prix qu'il n'est porté par l'ordonnance qui fixe le prix de la bière ni ne donner la treizième tonne même de faire aucun présent, à peine de cent livres d'amende, tant à la charge du brasseur, qu'à la charge de celui qui recevra le dit présent ou treizième tonne, la moitié de ladite amende applicable au dénonciateur.

XII. Leur faisons aussi défenses de tenir chez eux aucuns cochons sous quelque prétexte que ce puisse être, à peine de confiscation d'iceux et de vingt-cinq livres d'amende.

XIII. Leur ordonnons de faire exactement marquer, par les marqueurs jurés, de la marque de la ville, avec le nom du brasseur et l'année, toutes les futailles de leur brasserie comme tonne, demi-tonnes et quarts de tonnes qu'ils ont chez eux, ou dans lesquelles ils délivrent la bière, laquelle marque sera appliquée sur une douve de dessus, à peine de trois cent livres d'amende de chaque futaille qui sera trouvée n'avoir pas été ainsi marquée.

XIV. Chaque tonne contiendra comme de tous tems, soixante-douze lots, et les marqueurs recevront pour leur salaire cinq liards de chaque tonne, demie ou quart, bien entendu qu'ils n'appliqueront la marque qu'après les avoir exactement jaugées, à peine contre le marqueur de six livres d'amende pour chaque tonne qui sera de moindre contenance, et s'il parvient à leur connaissance ce que quelqu'un soit en faute d'avoir fait marquer ses futailles, ils en donneront avis sur le champ au sieur Bailly, pour y être pourvu, le brasseur sera obligé de fournir les charbons pour chauffer les fers destinés au marquage, à peine de dix livres d'amende contre les refusants.

Et sera la présente ordonnance lue, publiée et affichée partout où besoin sera, afin que personne n'en prétexte cause d'ignorance, et en sera délivré à chaque brasseur un exemplaire d'icelle à la diligence du lieutenant Bailly, qui en retirera un récépissé de chaque brasseur, nous réservant au surplus de la changer, diminuer ou augmenter suivant les occurances des tems et l'exigence du cas

Fait à l'assemblée du 13 Novembre 1764.

Signé De Waele.

Archives de la ville de Dunkerque.

XXXIII

Ordonnance pour la Conservation des droits d'accise sur les bières

3 Octobre 1764

Bailly, bourgmaître et échevins de la ville et territoire de Dunkerque, nous étant fait représenter les ordonnances rendues par nos prédécesseurs pour le maintien et la conservation des droits qui se perçoivent sur la consommation des Bières qui se fait tant en cette ville que Basse-ville et nommement celle du 14 Août 1725 et ayant reconnu par l'expérience que plusieurs articles qui la composent exigent des éclaircissements et interprétations indispensables, que même depuis la nouvelle régie établie pour la sûreté des droits d'octrois, il est essentiel d'y ajouter quelques nouvelles dispositions afin d'établir une règle uniforme en cette partie, tendante à la conservation desdits droits, et à écarter, autant qu'il dépend de notre état et d'une bonne administration, les fraudes qu'on pourrait commettre sur iceux : A ces Causes, nous avons jugé convenable de renouveler partie des anciennes dispositions et y en ajouter de nouvelles, en conséquences avons sur ce ordonné et statué, ordonnons et statuons ce qui suit :

Art. I. Aucun brasseur ne pourra mettre le feu sous la chaudière, sans avoir préalablement averti le Receveur ou Controlleur des Accises par un billet signé de sa main, contenant la déclaration de la quantité et qualité des Bières qu'il voudra brasser, lequel billet lui sera remis deux heures avant qu'il mette le feu ; et s'il veut mettre le feu de nuit, le billet sera porté le soir avant le son de la cloche de retraite, et exprimera l'heure à laquelle le brasseur voudra mettre le feu, à peine de vingt livres d'amende pour chaque tonne de bonne bière et dix livres pour la petite ; à quoi seront aussi obligé tous particuliers et bourgeois de telle condition qu'ils puissent être, qui veulent brasser pour leur provision et propre consommation, à peine de cinquante livres d'amende.

Art. II. Faisons défenses à tous brasseurs de brasser plus grande quantité de bière que celle contenue au billet de boutefeu, à peine de vingt livres d'amende de chaque tonne de bonne bière, et de dix livres de la petite, et de cinquante livres d'amende une fois pour les bourgeois et particuliers, et qu'ils seront en outre tenus de payer les droits de toutes les bières qu'ils auront brassés au de là de leur déclaration, laquelle ils feront au plus juste, dumoins à deux ou trois tonnes près.

Art. III. Les brasseurs ne pourront entonner leurs bières, à moins de les avoir déclarés deux heures auparavant au receveur ou contrôlleur de l'Accise,afin que les Commis puissent être présents pendant l'entonnement pour examiner si on ne fait pas de fraude; laquelle bière des particuliers et des bourgeois, après avoir été entonnée, et portée dans leurs caves, pourra être mêlée comme ils le jugeront à propos sans être sujette à aucune visite et ils pourront se servir de toutes sortes de futailles, en payant le droit à la proportion de la tonne jaugée de la ville.

Art. IV. Tous les brasseurs ayant entonné leurs bières seront teuus de déclarer au receveur de l'Accise par un billet signé d'eux, la quantité et qualité des tonnes, demi-tonnes, quarts et demi-quarts des bières qu'ils auront tirés et entonnés, afin que les commis en puissent prendre l'inspection dans leurs maisons, brasseries et caves toutes les fois que bon leur semblera, à peine de cent livres d'amende contreles contrevenants, et aussi contre tous ceux qui refuseront à l'officier ou aux Commis le libre accès dans leurs dites maisons, caves et brasseries, pendant qu'ils seront occupés à brasser et entonner, et pour d'autant mieux découvrir les fraudes, les billets du renseing doivent porter la même quantité et égalité des bières, que celles portées, par leur déclaration, sur la même peine et amende; par ce que si ledit billet du renseing portait moins, les brasseurs pourraient faire transporter l'excédent de leurs bières hors de leur brasseries, et par ce moyen frauder le droit de la ville, quoique ils eussent payé les droits des nouveaux octrois.

Art. V. Défendant à tous brasseurs, taverniers et vendeurs de bière en détail et à tous autres, tant bourgeois qu'étrangers, exemts ou non exemts, de livrer ou laisser livrer hors de chez eux, ou recevoir chez eux par leurs valets, servantes ou autres domestiques, aucune bière de telle qualité, ou de telle quantité que ce puisse être, sans auparavant avoir pris un billet du receveur et Contrôlleur de l'Accise, contenant la quantité et qualité de la bière qu'on voudra livrer ou recevoir, et à l'intervention des travailleurs de bierre jurés de la ville ; à peine de trois cent livres d'amende à la charge des contrevenants, et de confiscation de la bière bien entendu, que le billet ne sera valable que pour les vingt quatre heures qu'il sera signé.

Art. VI. Nous faisons pareille défense à tous chartiers, brouetteurs et travailleurs de bière fermentée, de transporter aucune bière, soit forte, moyenne ou petite, en tonnes, demi-tonnes, quart, demi-quarts, ou en telle autre futaille et quantité que ce soit, sans être pourvu et munis d'un billet signé du Receveur et Contrôlleur de l'Accise, à peine d'être chassés de leur métier, et autre punition si le cas y échoit.

Art. VII. Les brasseurs ne pourront livrer aux cabaretiers aucunes tonnes, demi-tonnes, quarts et demi-quarts, ni les cabaretiers les recevoirs dans leurs maisons, à moins qu'elles ne soient brûlées et jaugées par les jaugeurs jurés de la ville et marquées sur les deux côtés de la marque ordinaire du brasseur, à peine de cinquante livres d'amende pour chaque tonne, tant à la charge des brasseurs, que des taverniers et vendeurs de bières en détail ; défendant à ces derniers d'avoir des tonnes à eux appartenantes, et aux travailleurs de bières fermentés, d'en transporter ou travailler d'autres que celles jaugées et brûlées comme ci-dessus sans pouvoir travailler d'autres futailles, à peine d'être chassés du métier, et autres punitions suivant l'exigence du cas.

Art. VIII. Et pour tout mieux prévenir toute fraudes, il est ordonné à tous brasseurs de déclarer et indiquer dans la quinzaine après la publication des présentes, par devant les commissaires à la régie des Octrois, précisément les places, caves et autres lieux où ils veulent mettre leurs bières ; ainsi que la qualité et quantité des bières qu'ils y mettront, afin de pouvoir suivre leur compte ; et si après cela on trouve quelque bière mise ailleurs que dans les endroits déclarés, elle sera tenue pour cachée, et ils encoureront l'amende de cent livres pour chaque tonne, avec la confiscation de la bière cachée, et interdiction de brasser, suivant le mérite du cas avec défense aux brasseurs de refuser cette déclaration, sur la même peine d'amende : ce qui aura aussi lieu à l'égard des Cabaretiers et vendeurs de bière au détail.

Art. IX. Il est bien expressément défendu à tous bourgeois et habitants de cette ville, de telle condition qu'ils soient, qui auront brassé pour leur propre consommation, et encavé leurs biéres, quoique ce soit avec des billets du receveur et contrôlleur de l'Accise, de vendre ou livrer ladite bière en telle quantité ou qualité que ce puisse être à aucuns Cabaretiers, hôteliers et vendeurs de bière, et à ceux de recevoir lesdites bières, à peine de cent livres d'amende respectivement de chaque tonne, tant forte que petite, et chaque lot d'amende de vingt livre par dessus la confiscation de ladite bière.

Art. X. L'on défend aussi aux dits bourgeois et habitants qui auront encavé quelques bières, et payé le droit bourgeois et des pauvres, de les vendre, débiter, ou laisser débiter dans leurs maisons, à tel prix que ce puisse être, et à toutes personnes d'aller boire pour de l'argent, ou d'aller chercher de la bière dans les maisons bourgeoises, à peine de cent livres d'amende tant contre les uns que contre les autres.

Art. XI. Et pour empêcher toutes fraudes et faciliter la perception des droits de l'Accise, les commis sont par ces présentes autorisés seuls ou avec le sieur Bailly, son lieutenant et ses sergents, de saisir sur le champs tous ceux qui seront trouvés portant ou transportant quelques bières sans être pourvus et munis de billet du receveur et Contrôlleur de l'Accise, contenant la quantité et la qualité des bières qui se transporteront le lieu où il les aura prises, le nom du brasseur qui les aura vendues, avec celui de l'acheteur, et le lieu où on les conduit, et sans être accompagnés des travailleurs de bière fermentés.

Art. XII. Lorsque ceux qui auront été saisis et arrêtés transportant ou conduisant de la bière, sans être munis dudit billet, ni accompagnés de travailleurs de bières fermentés, il en sera dressé procès verbal de saisie, les ustenciles déposés, les personnes sur qui on aura fait la saisie arrêtées pour comparaître devant les Commissaires à la régie, et y seront représentées les futailles, pots, bouteilles ou autres vases dans lesquels sera ladite bière, pour sur celà être ordonnée ce qu'il appartiendra, lesquels commissaires nous en feront ensuite leur rapport.

Art. XIII. Les commis employés à la régie desdits droits, accompagnés du sieur Bailly, son lieutenant ou un de ses sergents, auront entrée et accès toutes les fois qu'il le voudront dans les maisons, magasins, caves et autres enclos des brasseries, et de ceux qui vendent et débitent de la bière en détail, et lorsqu'ils soupçonneront de quelque fraude commise chez eux, ils seront tenus d'ouvrir tous les endroits qu'on leur demandera pour voir s'il n'y a pas de la bière cachée; dans quel cas, il seront obligés de déclarer et enseigner de qui ils auront eu ladite bière, qui l'aura portée ou fait portée, et en quel tems; le tout à peine de cent livres d'amende à la charge des refusants.

Art. XIV. Et lorsque les Commis soupçonneront de fraude quelqu'un exempt dudit droit, ils ne pourront entrer chez lui qu'avec la permission du magistrat, et accompagné du sieur Bailly ou de son lieutenant et deux échevins.

Art. XV. Il est défendu aux chartiers, voituriers et à tous autres travailleurs, de mener, transporter ou accompagner aucune bière en ville, venant de la campagne, sans un billet de l'Accise, à peine d'être chassés du métier, et autres amendes par dessus la confiscation de la bière.

Art. XVI. Tous bourgeois, Cabaretiers et Vendeurs de bière en détail et autres exemts et non exemts dudit droit d'Accise, répondront du fait de leur famille et de leurs domestiques : et au cas qu'ils soient pris en fraude, ou convaincus de fraude, ils seront condamnables et exécutables pour toutes les amendes pécuniaires statuées contre les contrevenants et fraudeurs, sans que l'on soit obligé d'avoir recours sur lesdits domestiques et autres ; mais à l'égard des Capitaines et maîtres de navires, ils ne seront responsables de leurs matelots et valets, qu'à concurrence seulement d'un mois de leurs gages.

Art. XVII. Personne ne pourra vendre ni débiter aucune bière qu'à une demi-lieue de cette ville, à compter des derniers forts des fortifications, à peine de vingt livres d'amende et confiscation de toute la bière.

Art. XVIII. Comme on a établi deux cantines, une pour les officiers et l'autre pour les soldats, il est défendu à tous bourgeois, habitants et autres de les fréquenter pour y boire, acheter ou faire acheter de la bière, pour la porter chez eux ou ailleurs, à peine de cent livres d'amende pour chaque fois, et la confiscation de la bière, pots et bouteilles dans lesquels elle se trouvera.

Art. XIX. Les exemts du droit d'Accise sur la bière ne pourront affranchir un tiers, et ils ne souffriront que de leur connaissance aucun autre se serve de leur exemption, à peine de cinquante livres d'amende et d'être déchus de leur dite exemtion et privilège. Défendons pareillement à toutes personnes de prêter leur noms aux débitants de bière, à peine de la même amende.

Art. XX. Personne ne pourra tenir Cabaret que de la connaissance et agréation du Magistrat, à peine de cinquante livres d'amende.

Art. XXI. Les brasseurs ne pourront vendre leurs bières que conformément à la taxe qui en sera faite par le magistrat, à peine de trois cents livres d'amende.

Art. XXII. Ils seront obligés de tenir un registre fort exact de la grandeur et contenance de chaque brassin, et en particulier de toute la livraison de leurs bières, contenant la qualité et prix, à qui, quel jour, et le lieu où ils les auront livrés, à peine de cent livres d'amende de chaque brassin dont ils n'auront pas tenu note.

Art. XXIII. Le receveur de l'Accise sera tenu de donner deux billets à celui qui viendra payer le droit des bières, chaque billet contenant la qualité et quantité de la bière que l'on voudra transporter, pour qui, de quelle brasserie, accompagnées de travailleurs de bière fermentée, et non autrement à peine de cent livres d'amende de chaque tonne, demi-tonne, quart et demi-quart : desquels deux billets le brasseur en retiendra un pour faire son renseig, et l'autre sera donné aux travailleurs jurés pour transporter la bière au lieu de sa destination : lesquels billets le brasseur sera obligé de tenir en une liasse, à laquelle les commis pourront avoir accès quand bon leur semblera, pour en présence du brasseur en prendre inspection, et les confronter avec les notices et registres, sans que le brasseur puisse leur faire aucun refus, ni donner aucun empêchement, à peine de cent livres d'amende chaque fois.

Art. XXIV. Il est défendu à tous brasseurs d'avoir des portes de communication dans les maisons voisines, par lesquelles ils pourraient frauder les droits, à peine d'interdiction de brasser, jusqu'à ce que les dites portes de communication soient bouchées.

Art. XXV. Il est enjoint aux travailleurs de bière fermentés de remettre tous les jours au soir au brigadier des Accises les billets des bières qu'ils auront travaillés pendant le jour, comme aussi de rapporter tous les billets qui n'auront pas été travaillés le jour de leur date, afin de les faire servir le lendemain, à peine de nullité, et que les billets seront réputés comme si les bières y contenues auraient été livrés conformément aux dits billets, lequel brigadier les remettra de son côté au teneur de livres de la dite régie, pour servir à faire les comptes de chaque brasseur, et à les vérifier, en outre le receveur au bureau des Accises couchera sur les dits billets des dits travailleurs de bière les droits qu'il aura perçu.

Art. XXVI. Faisons défenses à tous brasseurs de vendre aux petits débitants, sous tel prétexte que ce puisse être, autre bière que de la petite, et de celle mélangée d'un tiers de bonne et de deux tiers de petite, dit *Vier Gulden Bier*, à peine, au cas qu'ils se trouvent avoir vendu aux dits débitants de la bonne bière ou de ménage, de dix livres d'amende et de confiscation d'icelle.

Art. XXVII. Les brasseurs seront tenus de faire renseing des bières qu'ils auront brassés, toutes les fois qu'ils en seront requis, et en cas qu'il se trouve moins de bière que ne portent leurs déclarations ; ils en payeront le droit comme le Bourgeois, à peine de cent livres d'amende à la charge des contrevenants : bien entendu que les brasseurs profiteront de la neuvième tonne pour le coulage.

Art. XXVIII. Les redevables des droits seront contraints par sommation et exécutions comme pour deniers royaux.

Art. XXIX. Le bureau sera ouvert depuis huit heures du matin jusqu'à midi, et depuis deux heures après midi jusqu'à cinq heures du soir, pour la commodité du public, et de tous ceux qui voudront encaver ou transporter de la bière soit hors ou dedans la ville, aux quels le receveur et Controlleur délivreront les billets pour le transport des dites bières.

Art. XXX. Ordonnons à tous travailleurs de bière fermentés, étant munis de billets de l'Accise, d'accompagner toutes les bières destinées à être transportées hors de la ville, jusqu'aux batteaux dans lesquels elles devront être chargées, comme aussi d'accompagner les chariots chargée de bière jusqu'à la dernière porte de la ville, à peine d'être chassés du métier et punis exemplairement : leur faisant défenses d'accompagner aucune bière que l'on voudra transporter, à moins d'avoir à la main le billet de l'Accise, sur ladite peine, sans préjudice des amendes à la charge des vendeurs et acheteurs des dites bières.

Art. XXXI. Toutes les amendes et confiscations seront partagés savoir : un tiers au dénonciateur, un tiers au sieur Bailly, et l'autre tiers à l'hopital.

Fait à l'assemblée du magistrat du 3 Octobre 1764.

Signé : De WAELE.

Archives de la ville de Dunkerque.

XXXIV

VALENCIENNES [1]

Ordonnancce (Défenses et taxes)

(1574)

Nous vous disons et faisons ascauoir combien qu'il ait esté despiêcha interdict et deffendu à tous brasseurs et cambiers de ne brasser vendre ne livrer aux taverniers, cabartiers, ne sacqueries aulcunes chervoises pour estre distribuées à pot et à détail en ceste ville et banlieue aultre que la petite bierre à six deniers, aussi que nulz d'iceulx brasseurs taverniers cabaretiers et aultres ten sacqueries n'eussent à brasser ny vendre q. l'une desd. deux sortes de bierres, ce néantm, Messrs prévost et jurés se trouvent advertis que plusrs desd. brasseurs taverniers cabaretiers et ten

(1) Toutes les pièces qui suivent sont relatives à la Brasserie de Valenciennes et sont extraites des Archives de la Ville.

sacqueries y sont journelmt contrevenans et faisans le contraire, sans avoirres gard à la chereté des grains ny au bien du comm. peuple, le tout au mespris et contemnement des bans et ordonn. sur ce fais pourquoy et affin d'obvier aux grands désordres qui se commectent par lesd. brasseurs à l'endroit desd. fortes chervoises mesd. srs préuost et jurés à la demande de noble homme Claude de la Lamaide sr de le Vecklem prévost le conte font commandement et deffences à tous lesd. brasseurs et cambiers de ne plus fé ny brasser aulcunes fortes chervoises pour les vendre ou livrer auxd. taverniers cabaretiers ou sacquiers à plus hault pris que de 16 deniers à peines de cheir aux loys de 33 livres bls. à aplicquer selon le contenu du tableau et ordonn sur ce faictes demorans au surplus les aultres bans précédens et à reservans en leur forche et vigeurs, interdist aussy à tous bourgeois et manans de cested. ville et banlieue sur paine de chacun contreve. estre condempné es lois et amendes de 65 sols bls en oultre pugny et chastié à la discrétion de justice et c'est dit par jugem.

Ordonnance publiée le 15 janvier 1574.

Registre des ordonnances Ms : 546-763, f° 1.

XXXV

Des brasseurs ou brasseresses enthonnez la forte cervoise toute à une fois publié le xj de janvier 1577

Nous vous disons et faisons assçavoir que pour maintenir les fermes de l'impost de quatre patars de recreu nouvellement mis sur chacun tonneau de forte bierre qui se brasse en ceste ville excédant le prix de xvj deniers le lot et éviter aux fraudes et habus qui se commectent et polroyent encoires plus faire au préjudice dud. ferme et impôt, messieurs de la justice vueillant à ce pourveoir et donner ordre et à la demande de noble homme Claude de la Lamayde sr de le Becthen et du fay preuost le comte, font cy endroict commandement à tous brasseurs et brasseresses qui brassent lad. forte cervoise en cestd. ville et bailleue subject aud. impost, que dorenavant ils seront tenus de entonner tout en une fois et à une seule seule place et ce entre la cloche des sonnant du matin et la cloche du soir bien entendu que avant les entonner comme dict est et lorsqu'il seront prest de ce faire, ils en debveront advertir et signifier lesd. fermiers ou l'un d'iceulx que pour y pooir garder leur droit suivant le contenu de la cryée de leur ferme sur l'*amende de dix livres du pris de xl. gros* monnoye de flandre, la livre selon que porte le vj article des ordonnances faictes auxd. brasseurs en l'an 1523, lesquelles bierres et chervoises lesd. brasseurs et cambiers seront tenus à paine que dessus et suyvant aultre article d'icelle ordonnance de les leisser tenir siège l'espace de 24 heures avant de les pooir wider vendre, ne distribuer, *sy ne polront ne faire ny brasser deux sortes de bierre en une buysine et brasseric* de meisme faire chargier leurd. bierre pour envoyer ou emmener dehors la ville que premièrement ils n'en ayent advertys l'un desd, fermiers aultrement ne leur en debvront aulcune chose rabattre pour le droict de forain, seront aussy tenus lesd. cambiers de donner auxd. fermiers la libre entrée et ouverture en leurs huisines et maisons *pour veoir et visiter s'ils ont cachié ou absconsé* quelque bière ou chervoise et sans leur faire ne dire injures en faisant leur visite, *à paisne si aulcune bierre estoit trouvée ainsy cachée d'enchoir en tel amende de dix livres,* que devant et dict. Ordonnant au surplus auxd. cambiers de eulx conduire et reigler en oultre touchant leur styl conformément et suyuant les autres articles contenus ès susd. ordonnances et sur les loix et amendes y déclarées, ainsy dict par jugement à la demande que dessus.

Registre des ordonnances, Ms : 546-763, f° 94 v.

XXXVI

Touchant les brasseurs et qu'iceux ne pourront brasser blanches bierres et la forte à plus hault pris de 16 deniers et autres choses y contenues.

(1577)

Nous vous disons et faisons asçavoir que pour donner ordre et règlement au fait des fortes cervoises que le année passée l'on a fait vendre en ceste ville et banlieuwe et pourveoir aux frauldes et abus qui se polroient commettre au préjudice de la maltote contre le bien et utilité de ceste ville, messieurs prévost et jurés à la demande de Mre Erasme de Maulde lieutenant de Monseigneur le prévost le comte font cy endroict *inhibition et deffense à tous cambiers de ceste ville de brasser et semblablement à tous cabarteurs et aultres tenans huisines, sacqueurs, de vendre aultre que d'une sorte de forte* cervoise seullement au pris de 16drs sur paine d'encheoir chacun faisant le contraire, tant *cambiers que cabarteurs* et autres tenans huisine pour la première fois en *l'amende de dix livres blans* pour la seconde fois en l'amende de 20 l. blancs, pour la 3me fois d'estre privé de pouvoir brasser et vendre cervoise le terme d'un an entier pour icelles amendes applicquées asçauoir vng tiers au roy notre Sire, vng aultre tierch à la fortification de ladite ville et l'aultre tierch au dénonciateur. *Deffendant à tous lesdis cambiers et cabarteurs et tenans huisine et sacqueurs de ce jour en avant ne faire, ne brasser ny vendre ou distribuer aulcunes blanches cervoises*... soit brassé dedans ou dehors la ville *à paine de confiscation desd. bierres* au proffict du roy, des pauvres et de l'annonciateur chacun ung tierch pour chacune fois qu'ils sont trouvés y contrevenans ordonnans en oultre ausd. cambiers de faire et brasser laditte forte cervoise à 16 deniers telle et suffisante que par l'assays des esgards et aultres ad ce commis elle soit trouvée valoir son pris, à paine de chacune fois qu'en seroit trouvée non suffisante soit es brasseries, cabarets ou autres lieux d'estre levée et vendue publicquement pour le pris qu'elle seroit... au détriment et interrest de ceux qui les auront brassés, item est encoires interdit et deffendu à tous hostelains, cabarteurs, brocqueteurs et à tous autres vendans cervoise à détail d'avoir en leurs maisons cabarets et huisines autre cervoise que à ung pris deffendans au surplus à tous bourgeois mannans et habitans de ceste ville de aller boire au dehors ainsy que de tous temps a esté deffendu et ce sur les paines contenu es bans despiéça faicts et puis nagaires renouvellé et s'est dict par jugement publié le 7e septembre 1577.

Registre des ordonnances Ms : 546-763 f° 107.

XXXVII

Des brasseurs non brasser bierre à plus hault pris que de 2 sols le lot soit blance ou rouse.

(1579)

Nous vous disons faisons asçavoir qu'il est venu à la cognoissance de la justice que plusieurs cambiers et brasseurs come aussy cabartiers de ceste ville se sont advanchés et advanchent journellemt contre les bans et ordonnances pour le faicts de brasser et vendre cervoise à plus hault pris que de 16 et 24 deniers au grand mespris et contennement desd. ordonnances et domaige publicq et sans avoir regard au pris raisonnable des grains, pour à quoy pourveoir et remédier mesd. Srs à la demande de honorable homme Mre Erasme de Maulde lieutenant de Monsr le prévost le comte, ils ont interdict et deffendu interdisent et défendent ausd. cambiers et brasseurs de brasser cervoise soit blanche ou rousse pour vendre et distribuer es cabarets et sacqueries, comme aussy ausd. cabarteurs et tenans sacqueries de vendre lesd. cervoises à plus hault pris que de 24 deniers le lot, et quelles soient suffisantes pour le pris et passantes l'esgard. Bien entendu que pour éviter touttes fraudes et abus ne se pourra vendre esd. cabarets ou sacqueries comme aussy ausd. cabarteurs et tenans sacqueries de vendre lesd. cervoises à plus hault pris que de 24 deniers le lot, et qu'elles soient suffisantes pour le prix et passantes, ne se pourra vendre esd. cabarets ou sacqueries que une sorte de bierre soit blanche ou rousse et à 24 deniers, saulf pour les abbayes, couvens, gens d'église et le mesnaigier à 16 desniers en la brasserie du caudron d'or pour ce limité et ordonné sur paine chacun faisant le contraire et qui sera trouvé avoir ou vendre bierre à plus hault pris que dessus escheir pour la première fois en l'amende de dix livres blancs pour la seconde fois en l'amende de 20 livres blancs et pour la 3e fois d'estre privé de povoir brasser et vendre cervoise le terme d'ung an enthier pour d'icelles amendes applicquer ung tiers au Roy notre Sire, ung autre tierche à la fortification et ung autre tierch au dénonciateur et lade bierre estre confisquée et vendue que pour appertenir à Sa Majesté et le surplus aux bonnes maisons à la discrétion de messrs de la justice, et s'est dict par jugement. Publié le quatrième de juillet 1579.

Registre des ordonnances Ms : 546-763 fo 146.

XXXVIII

Pour les brasseurs et broutteurs

(1580)

On vous faict asçavoir que messieurs de la justice font inhibition et deffense à tous brasseurs et broutteurs de ceste ville de ne charger aulcunes cervoises, ny broutter sans avoir billet du nouveau bureau à paine de par les brasseurs faisans le contraire estre encheuz en la paine de cincquante livres tournois d'amende avec confiscation desd[tes] cervoises pour applicquer ung tierch au roy, ung tierch à la fortification de la ville et l'aultre tierch au dénonciateur, et lesd. brouteurs estre bien griefvement punis à l'arbitraige de justice et s'est dict par jugement publié le 6e jour d'aoust 1580.

Registre des ordonnances Ms 546-763 f° 174.

XXXIX

Brasseurs, sentence pour les droits de maltotes pour leur consommation

(1641)

Veu au grand conseil du Roy notre sire les différens sur requeste entre les connétables et m[re] du stil des brasseurs en la ville de Vallenciennes supplians d'une part et les prévôst jurez et eschevins et conseil de lad. ville rescribens et supplians par requeste validée pour civile du 18 X^bre 1640 débattue pour partie d'autre part, veu aussi la requeste présentée le 8 janvier d^r par le procureur général de Sa Majesté s'estant joint en cause avec les rescribens et les pièces y annexées débattues par les supplians.

La court intérinant ausd. rescribens lad. requeste validée pour civile, ordonne aux supplians de repondre et contester aux conclusions princes sur la fin de la duplique des rescribens et de payer cependant par provision soubs note et caution la maltote de trente patars et de dix patars en question sur chaque tonne de bierre qu'ils consommeront en leur mesnage et se prendrat lad. consomption à l'aduenant d'un tonneau à chascun brassin que lesd. supplians brasseront ne soit qu'ils aiment mieulx s'expurger sur la quantité d'icelle consomption.... 2 mars 1641.

Registre des ordonnances Ms : 538-696 f° 35

XL

Requête des brasseurs. — Ils demandent l'élévation de la taxe. — Pièces justificatives. — Extrait des ingrédiens, impost et fraix pour faire et vendre une tonne de bierre. — Procès-verbaux d'enquêtes contradictoires.

(1674) (cinq pièces)

A Messieurs, Messieurs les prévost jurez et eschevins de la ville de Valenciennes

Remonstrent très humblement les conestable, maistres et supposts du stil des brasseurs en cette ville, que depuis demy an et plus, vos Sries ont estées serines, faire publier vng bancq politique, par lequel, elles ordonnaient de vendre la bierre trois pattars, auxquels ils ont déférés, à leur grand intérest, depuis demy an et plus, car à ce prix, ils ne consuiuent que huits livres dix sols pour chacune tonne, et sy cela continoit d'auantaige, au lieu de faire et tirer du proffit de leur trauail, comme tous autres artisans, dans leur mestier respectif ils consommeroient leur capital et se trouveroient bientost avec rien, car il est véritable, que lorge vault présentement vingt cinq pattars et le houbelon trent liures, ores est il que pour une tonne de bierre il faut deux menchaults dorge, deux tierces d'une wague de houille, et quattres liures de houbelon pour le moins, selon que conste par les acts joints, et vos Sries pourront en tirer des appaisemens plus grandts sy elles le treuuent à propos, par conséquent il fault pour la composition d'une tonne de bierre pour cinquante deux pattars de grains, compris le droit du port sacq, quatorze pattars de houille, douze pattars de houbelon, et vingt six pattars d'impost du grain braisée, lesquelles parties reuiennent à dix livres et quattres pattards, sans vn liardt de proffit pour la fachon et pour l'amoindrissement des ustensils, et comme leur condition ne doibt pas estre moindre que celle des brasseurs, s'entremelans de brasser pour les bourgeois, qui ont dix pattars de fachon, pour chacune tonne de bierre pardessus la drache et la gez (sic), il se trouve que chasque tonne reuient à onze liures et quatres pattars, cependant le bancq politicq, sus allégué les oblige de liurer leur bierre à huits liures et cinq pattars en quoi ils sont tout à fait intéressés et il ne samble point que lesdites Sries prétendent obliger leurs subiets de vendre leurs marchandises à perte, et perte si notable; les remonstrans s'asseurent qu'on leur obiectera qu'ils tirent du proffit de la petite bierre à cela ils respondent, que la petite bierre n'altère et ne diminue en aulcune fachon la forte, car elle est composée par le degreissement de la drache ayante servie pour la composition de la bierre forte et il n'y at point d'expert qui ne respondera de cette véritée, le proffit qu'ils tirent de la petite bierre, n'est point considérable veu qu'il se justiffira par les semaniers des bureau, que sepmaine pour sepmaine, on ne vat point à la maltotte pour cent et dix tonnes, qui font, (à raison de trent pattars) trois cents trent liures, laquelle somme estante diuisé, entre trent brasseurs, ne portera que dix à douze liures pour chacun d'eulx et dans ce nombre des tonnes de petite bierre, sont comprises celles venantes des brasseries bourgeoises qui ne regardent point les remonstrans, ce pourquoy ils sadressent à vos dites Sries les supplians très humblement estre seruies de prendre tous tels appaisemt quelles jugeront à propos et en après taxer la vente de la tonne de bierre à deux menchaults, à un prix just et raisonnable, et tels qu'ils pussent y consuiure quelque proffit, pour l'entretenem de leur ustensils et laliment de leurs familles. Dignus est enim operarius mercede sua.

MARCHANT (1674).

L'orge à 36 pattars.

Trois vassaux . .	5 livres	8 sous		
Partage	»	»	2	»
Impost	»	»	39	»
Houille	1	»	»	»
Houblon	1	»	»	»
Facon.	1	»	»	»
Débite	»	»	30	»
Maltotte	8	»	»	»
	XIX liv. XIX s.			

Archives. II 2 117.

Les soussignés mrsc mesureurs des grains sermenté estes à toutes qu'il appertiendra que lorge vaille ce jourd'huy à la halle à grains de ceste ville aux prix de vingt cinq pattar le mencauld, foible. Ce 17 apuril seize cent septante quatre tesm.

ADRIEN DU PUCHE — MARTIN BRULLANT
1674 — 1674

*
* *

Le soubsigné collecteur du pois atteste que le houblon at esté vendu le sixiésme de janiuer mil six cents septante quattre vingt nœufs et trente liures. Estoit signé Jean Gadelin auecq paraphe.

La présente copie ayante esté releué et colationné Alart signé comme dessus fut trouué concorder de mot à aultre par les Jurez défendantz soubsignés, tesm.

P. TRAINQUÉ — C. DU PONCHEAU
1674 — 1674

Archives H. 2-147.

Extrait des Jngrédiens, Impost, et fraix pour faire et vendre vne tonne de bierre

1. Il faut 2 mencaux dorge de	5	livres	—	
2. Pour le portage des deux mencaux	—		3	sous.
3. Pour l'impost du grain braissé	2	»	12	»
4. Pour quattre livres de houblon au prix. de six sols la livre, les quatre ensemble	1	»	4	»
5. Pour 2/3 d'une wage de houille à l'aduenant de 21 patars la wage, compris l'impost du patart	1	»	8	»
6. Pour la maltote des hostelains	8	»	—	
7. Pour la débite aux hostelains	1	»	10	»
8. Aux broutteurs de bierre	—		1	»
9. Pour facon du brasseur à l'arbitrage de justice	»	»	»	»
Le tout ensemble port la thone	19	livres	8	sous.

Archives de Valenciennes H. 2-147.

*
* *

Les Jurez de cattel de la ville de Vallenciennes et hommes de fiefs de hainault soubsignés de la parte et à la requeste des connestable et mres du stil des cambiers audit Vallen, se sont transportez au domicile de Martin le Preux et luy parlant fut demandé combien il falloit de houille et houblon pour brasser vne thonne de bierre. A laquelle demande et réquisition respondant ledt lepreux at dit que pour le moins il emploioit six waghues de houille pour ung brassin de huict tonnes de bierres, et que pour le houblon il en falloit au moins quattre liures pour chacune thonne. Et pour cause de science de ce pour l'auoir praticqué depuis quert sentremeslé à brasser bierre pour les bourgeois. De quoy en ayant esté requist act fut expédié et signé le présent pour valloir et seruir ce que de raison, ce huictiesme de l'an seize cents septante quattre tes. soubsigné p. Trainqué et C. Duponchau auecq paraphes.

Archives H 2-147.

*
* *

La bierre du fay du prix de lorge présentem vendeu en la hal depuis deux mois encha à 48 s. 50 et plus cher à 52 s. et la semain passé il feu encor vendu à 48 s.

Premier

Pour ung thonne au fay lorge à 52 sous porte	5	livres	4	sous
Limpost du grain braisé	2	»	12	»
Quattre liures de houblon	1	»	4	»
Pour le feu	1	»	4	»
Pour la fason	1	»	0	»
Pour le débiteur	1	»	10	»
La maltote du billié	8	»	0	»
Ensamble	20	livres	14	sous

Sur ce il faut déduir demy tonne de petit bieree à raison de soixante sou du tonneaux quoy quil la veut un patacon et trois florins la plus part la tonne.

Il este certin que toutes bierre ja encauez les cambierre nos-seraint jurer affirmativement quil ont effectuiement mis ung fay de grain.

Messieur du magistrat lestimation et valuation de la vent de la bierre à six sou le lot ne prendre que la tonne à soixsant lot il seront aduerty que les tonne tient moins de soixant quattre quitant pour le fon deux lot il rest pour le moins au proffit du débiteur deux et demy lot quil porte.

Et on acord aud. débiteur	livre	0	15 sous
Au lieu de 15 patar ils ont	»	1	10 »

Quitant aux cambiers de leur fason trois patar à la tonne attendeu quil ont à leur proffit la dracq et la fé ? quy pait pour le moins à chacun brassin....

Voila lestat que la bierre au fay reuienne au plus hault prix du grain et la plupart des cambiers ont leur prouision faict à 18 patar jusque à 22 patar et la houille à 16 patar jusque à 18 et pour le présent elle vail vingt et lestimation est fai et la houil à 20 patar et le houblon à 3 patar la luire.

En l'an mil six^c quarant quattre messieur du Magistrat ont auguementé les tonnes des ottelain de deux lot au grand préiudiche du bien publicq attendeu que les cambier ont tirez leur brassin plus loing en diminuant la bierre de plus au grand interre de la ville, car je trouue suiuant la demeure de limpost de 5 patars sur les hotellains demeure à Jacques gardin au passemen dernier de lan 1673 que cest seule augmentation de deux lot port par chacune semaine quinze tonne à huict liures a la ton la ville a perdeu par chachune an la somme de l. 6240. 0.

Il est certain que en la mil six^c quarat quatt. les tonne ne tenoint que 62 lot.

Les ottelain ont profité de cest somme et profit journalié-rément l. 6240.

Messieur poldront mander les fermier telle que Jean baptist fontain, michel bouche, Jean bougenier.

Archives H2-147.

XLI

Advertissement à Messieurs les prevots jurez et échevins de cest ville de Vallen. que fait diuerses fermiers des impost mis sur la bière.

(1674) (deux pièces)

Par le ban politicque les brasseurs doivent faire la bierre à l'aduenant de deux mencaud à la tonne pour vendre et débiter dans cest ville et banlieu sy est-il, qu'iceulx brasseurs s'en abusent au grand préjudice et Interrestz du publicq ce qu'il se quil se praticque passé longe espace et se praticque encor journellement selon que vos sries podront veoir par les estats suiuant.

Estat de la bierre à ce quelle peult reuenir.

Deux mencau dorge comprin portaige	3	livres	4	sous	
Impost du grain braisiez	2	»	12	»	
Houblon 4 l. à 3 patar	1	»	4	»	
Houille	0	»	16	»	24 patars
Maltotte	8	»	0	»	
Débiteur	1	»	10	»	
Ensemble	17	livres	16	sous	
Pour la fachon	1	»	14	».	
	19	livres	10	sous	

La tonne de bierre à 60 lo. pour tonne à 6 s. 6 d. le lot port 19 l. 10 s.

De sorte que dans cest estat les brasseurs ont pour leurs fachon dix sept patar à la tonne de bière ce que ault dix patars ils doivent estre plus que satisfait.

De quoy ne se contentant, sy est il que le xj[e] 7bre dernier on a retrouvé en la braserye de St Jacques appertenant à Jean Tel quil a brassé de seize sacq ce quil doit donner vingt quattre tonnes de bierre cependant ii en a fait vingt six tonne et quinze tonne de petitte, de sorte quil tirre son brassin plus long de deux tonne de bière à raison de xl. de la tone que port 20 livres

Et pour le 15 tonne petitte bierre à raison de 30 patar de la tonne que port 45 »

Ensemble	65 livres

Ce quil donne 27 patar de diminution à la tonne de bière et sans les 7 patar quils ont trop pour leur facon selon que pouue veoir dans l'estat précédent quil feroit ensemble 34 patar à la tonne de diminution.

Le mesme jour xj. 7bre a estez retrouuez en la brasserie de St Jean appertenant à Abraham dusart quil a brassé de vingt quattre sacq, lesquels doiuent donner trente six tonnes de bierre, sy est-il quil en a tirrez trente neuf tonne et demy, et une tonne et demy petitte.

Icy pour le 3 1/2 tonne bierre à 10 l. la tonne port	35 livres
et pour 1 1/2 tonne petitte bierre à 30 patar la tonne	4 » 10 sous
Ensemble	39 livres 10 sous

Ce quil donne proce de 11 patar de diminution à la tonne et sans le 7 patar quils ont trop pour leurs facon quil seroit ensemble 18 patar à la tone de diminution.

Le mesme jour a esté retrouué en la brasserie d'Anchin appertenant à Jean de le tour quil a brassé de vingt sacq quils doiuent rendre trente tonne sy est il que en a fait trente une tonne et demy et quatorze tonne vne quart de petitte icy pour une tonne et demy à raison de xl. de la tonne 15 livres

et pour 14 1/4 tonne petitte bière à 30 patar de la tonne	42 » 15 sous
Ensemble	57 livres 15 sous

ce quil donne 19 patar passé de dimiuution à la tonne de bière sans y comprendre aussy le 7 patar quil a trop pour sa fachon ce quil port densemble 26 patar à la tonne de diminution.

Faut notter que dans ceste petitte bierre la plupart se vend 40, 50 à 60 patar la tonne, quoy que dans cest estat elle est estimé à 30 patar.

Le tout sans y comprendre la drache getz et cendre de quoy ils en tirre bon profit.

Et pour le regard des aultres brasseurs ils font à laduenant lun plus lautre moins ce quil seroit fort long à vous escrire, offrant le faire veoir à vos Sries sy elle le trouve ainsy convenir.

Priant mesdts Srs le tout considérer, et de rabaiser la bierre à telle prix que vos Sries le trouueront conuenir et ce à bref terme quoy faisant ce sera le bien du pnblicq et des ferme.

*
* *

Estat des freix pour faire vng brassain de bière à deux mencaux

Pour soiscante mencaux dorge à 20 patars chacun mencaux comprye le portaige 120 livres

Pour bressier laditte orge à 5 s. du mencaux et porte 15 livres

Pour limpo du grain bressiées à raison de 13 patars de chacun mencaux porte 78 livres

Pour cent vingt liures de houblon à 4 l. à la tonne au pryes de 25 l. le cent porte 30 livres

Pour vingt deux viage de houille y comprin vng patars d'impo au pryes de 19 patars la viage porte 41 livres 16 sous

Pour l'entretient des chadieres euue nef et chaudrons gauthiers minettées, turquemaudes, bariaux des fourniaux et autres plusieurs menutes à chacun 12 livres

Pour louaige de maison aultre lordinaire du comun bourgeois par semaine 12 livres

Pour le tondelier icomprins les nouvelles futailles et entient des vieses futailles à chacun brassain 8 livres

Pour aide et vallets 6 livres

Comme de niusse porte 322 l. 16 s. Il revient au brasseur 300 l. à raison de trente tonne à 10 l. la tonne.

Pour vin et sacq de dracq du pryes de sept patars le sacq porte 14 l.

Pour la gille il reuient 20 patars et ce pour paier les brouteux à raison de deux liar à la tonne.

Totalle somme des Recepte porte 314 l. 10 s.

Archives H 2-147.

XLII

Requête des brasseurs. — Ils demandent l'élévation de la taxe et énumèrent leurs charges multiples

A Messieurs, messieurs les preuost jurez et eschevins de la ville de Valenciennes

(1688)

Remonstrent très humblement les connestables maîstres et Supposts du stil des brasseurs de cette ville, qu'il at pleu à vos Sries de fixer la bière au prix de quattre pattars le lot de quoy ils le remercient très humblement mais comme les choses nécessaires pour la composition de la bierre sont renchéries depuis lors, il est bien just que le prix de la bierre soit augmentée, et affin qu'elles en soient persuadées les remonstrans exposent que pur vne tonne de bierre il faut deux mencauds d'orge au prix de vingt pattars le mencaudt porte *quattre livres*, au port sacq *deux sols*, pour l'impost du grain braizé *quattre liures*, pour deux tiers d'une wague de houille au prix de quinze pattars, *vingt lots* pour quattres liures de houblon, au prix de douze pattars la liure porte *quattres liures seize sols*, sallaires pour accommoder le grain braizé à quattres sols du mencaudt, *huit sols*, sallair du brouteur *vn sols* sallair réglé du brasseur *vingt sols* pour l'entretien et diminution de chasque widance *dix sols* touttes lesquelles sommes montent à *quinze livres dix sept sols*, sans y comprendre les fraix qu'ils exposent indispensablement dans leurs brasseries, pour la composition de la bierre, scauoir à quattres personnes adsistantes au brassin, dix liures pour les gages du maistre valet vne pistolle par mois, et pour les gages du second valet, huit liures, (sans comprendre leur nourriture à l'aduenant de huit cens liures par le chacun an) pardessus ce ils souffrent la diminution des chaudières cuues, nefues, estances, barreaux de fourneaux, citernes, tourelles, sacqs, turquemandes et autres ustensils semblables nécessaires à la brasserie lesquels ils doibvent entretenir à leurs fraix, les loyers de leurs maisons et brasserie ne sont pas moins considérables, car ils montent pour chacun an, aucuns à neuf cens, mil et unze cens liures, les autres à douze treize et quattorze cens liures, le renouuellement des sommiers et planchers, qu'il convient faire aux brasseries tous les sept à huit ans, lesquels pourissent par les haleines et fumée, dont les frais montent à huit ou neufs cens liures, joint encore à tout ce que dessus la liurance des tables et jantiers aux hostellains, et l'entretien d'iceulx, la maltotte qu'ils sont obligez payer de la trente sixiesme tonne (qu'ils ne consomment point à beaucoup prés) et par ainsy ils payent maltotte de la bierre non consommée, Finallement ils sont chargez annuellement d'une taille de treize à quatorze cents liures, pour payer les fraix et cours de ventes de leur mestier. Le tout quoy font bien vne grosse tonne par chacun an; cependant le prix auquel est fixé la bière présentement ne monte qu'à treize liures.

Ce considéré messieurs et que les remts ont brassez à sy peu de proffit depuis demy an, et qu'on leur at promis de rehaulcer le prix de la bierre, les ingrédiens veriant plus chers, ainsy qu'ils sont, et vous plaise augmenter la bierre à vn prix raisonnable, affin qu'en seruant le publicque, ils puissent receuoir les émoluments de leur trauail, quoy faisant.

MARCHANT (1688).

XLIII

Ordonnance

Contre les cambiers et aultres de ne vendre la petite bierre à plus hault pris que 6 deniers le lot (1698)

Encoires vous dirons et faisons asçavoir qu'il est venu à la cognoissance de messieurs de la justice que depuis quelque temps encha les brasseurs de petitte bierre, se seraient advanciez de brasser laditte bierre à plus hault pris de six deniers le lot et les sacresses la vendre à détail, combien que de ce faire n'avoient esté auctorisez, pour à quoy remédier au soulaigement du peuple et attendu la diminution du pris des grains, mesd. Srs font icy deffence et prohibition à tous iceulx cambiers de doresnavant brasser lad. bierre et ausd. sacresses les vendre et distribuer à plus hault prix de 6 deniers le lot, sur et à paine des contrevenans estre pugnis et condamnez à chacune fois 60 sols tournois avec la confiscation de leurd. bierre pour ung tierch appertenir au roy, ung tierch à la fortification et l'autre tierch au dénonciateur, font au surplus mesdits sieurs deffense à tous brasseurs de forte cervoise de brasser et vendre leurd. chervoise et aux sucresses les distribuer à détail à plus hault pris de trois sols tournois le lot, sur paine des contrevenans estre condamnés à 10 livres blancs et confiscation d'icelle pour applicquer comme dessus, et s'est dict par jugement à la demande que devant.

Registre des ordonnances, Ms. 546-763, f° 235.

XLIV

A Messieurs, Messieurs du Magistrat de la Ville de Valenciennes

(1709)

Les brasseurs, qui ont eu l'honneur de représenter il y a quelque temps à vos Seigneuries vne partie des raisons cy après déduittes, se voyans de plus en plus accablés par la confortune sont obligés de les réitérer, Messieurs, avec d'autres qu'ils y sont jointes et de vous faire connoître de nouveau que nayans que dix pattars de proffit à la tonne de bierre, un gain si modique ne peut suffire à leur donner la subsistance avec leurs familles, non plus qu'à fournir aux dépenses excessives qu'ils sont obligés de faire.

En effet, qu'ils ne brassent par exemple comme font plusieurs de leur corps, que trois à quattre cens livres qu'ils en tireront, ainsy quel moyen de s'entretenir avec si peu, comment payer des gages et la nourriture de valets et servantes, outre les aides qui sont encore nécessaires au brassage, acquitter le loyer de maison, fournir à la capitation et autres charges de ville.

S'il arrive d'ailleurs quelque despressiment à la chaudière, cuve ou autres ustensiles comme on voit assez soubvent, il en coûte des cinq à six cens liures en réparations sans toucher aux gros fraix qu'il faut encore faire en achat de tonneaux et..... de temps en temps dans les caves.

Outre quoy les meschantes dettes des cabarettiers qui sont encore fort fréquentes dans la présente conjoincture demeurent à leur charge, aussy bien que les qui fuyent, et ils perdent alors l'impost du grain et le prix des matières, ce qui se voit encore très souvent selon que ceux qui reçoivent le serment des cabarettiers là dessus et que leur en donnent acte pour aller au bureau, peuvent certifier à vos seigneuries. Bien plus ils sont obligés de payer au fermier la trente sixième tonne de touttes les bierres qui se consomment ou non, ce qui reuient encore à trois pattars et demy d'intérest pour eux par chaque tonne et de tout quoy l'on reconnoit resonablement que le grain susdit ne peut estre suffisant pour leur donner à vivre dans la cherté présente des denrées et encore moins pour les mettre en estat de supporter tant de pertes, de fraix et d'interests considérables. Que se les choses estoient comme autrefois et qu'on ne régla pas le prix et la quantité des choses que doivent entrer dans la composition de leurs bières, ils pourroient par ce moyen se tirer plus facilement d'affaire, mais à présent que le tout est observé si strictement et qu'ils n'ont que le proffit déjà dit, il leur est impossible de le soutenir.

Ils peuvent même assurer comme une vérité très constante que si on continue de les tenir sur ce pied, la plupart de leur corps que n'ont point de patrimoine, s'abimeront ainsy que plusieurs qu'on a de faveurs, tellement que pour les faire subsister comme veullent l'équité et la justice, il est absolement nécessaire de leur souffrir quelque gain plus raisonnable.

On le dit aussy avec dautant plus de sujet qu'il y a présentement huit liures et un pattart de droit au sacq de grain braisé, sans comprendre les autres impots des bierres cabarettières dont ils sont obligés de faire l'avance sans proffit, au lieu que du passé il n'y auroit que trente pattars ou moins qu'ils,...... pas cependant que d'auoir dix pattars de façon à la tonne, comme ils ont à présent.

Il faut enfin observer que dans ce temps le grain est à un tel prix que de mémoire d'homme on ne l'a jamais veu si haut et cependant qu'ils sont encore tenus d'en faire l'avance aux cabarettiers, ce qu'induit partant vne autre raison indispensable de leur augmenter quelque chose, puisqu'il n'est point de marchand qui mette par exemple son argent en lettre de change, ou autrement à interest qui n'en tire du proffit, comme doivent donc avoir aussy les supplians par rapport aux dittes avances et en veue de tant de pertes de fraix et d'interests qu'ils souffrent.

Ce considéré, Messieurs, il vous plaise leur accorder vne augmentation de proffit par chaque tonne, qui puisse leur donner de quoy se soutenir avec leurs familles, et ferez justice.

Ils vous représentent de plus, Messieurs, que n'ayans peú brasser pendant les gelées du mois de janvier dernier et l'inondation des eaux qui a succédé au mois suivant, les bierres se sont épuisées, et qu'une partie mesme a esté perdue par la ditte inondation, de sorte que les cabarettiers estant obligez de vendre toujours celle qui se brassoit et n'en ayans presque point de reposante il s'en trouuoit fait peu au bout des quartiers, comme vos seigneuries, ont pû voir par les retrouues ; depuis lequel temps l'orge (qui ne se vendoit alors que 44 patars) a toujours enchéry de prix et a même valu jusqu'à 17 à 18 l. ce qui at causé partout vn interest de trente mille florins et plus aux supplians, comme ils vérfieront au besoin, à quoy il est encore juste de faire attention.

DEPRIELLE

Archives H 2-148.

(Le Magistrat à la suite de cette requête leur permet de vendre la bière à 4 patars et 6 deniers le lot.)

XLV

A Messieurs, Messieurs du Magistrat de la ville de Valenciennes

(1712)

Les brasseurs vous représentent très humblement, Messieurs, que selon la publication faite le onze juin dernier, la bierre doit diminuer de deux doubles au 26 du courant, pour et ce ainsy vendre sur pied de six patars le lot. Cependant Messieurs, le prix des grains grossissant de jour en jour, à cause du voisinage de l'armée ennemie, il est à croire qu'il ne manquera pas d'augmenter encore plus, puisque toutte la campagne des environs et principalement le terroir du Cambrésis sont entiérement fourragez ; d'ou l'on peut inferér avec raison qu'après les six semaines et oultres la bierre augmentera considérablement de prix et même de quattre doubles peut-être à la fois, puisque l'orge vaut déjà 7 l. 12 s. sans les 4 sols de portage : ce qui fera sans doute crier le peuple à cause d'une augmentation si haute tout-à-coup, tellement qu'il seroit nécessaire de trouuer vn tempéramment qui en fit cesser le murmure, comme on peut facilement en continuant le prix coûtant d'aujourd'huy jusqu'au onze septembre prochain, et portant en compte jusqu'audit jour les deux doubles au pot sur l'augmentation que s'en debvra faire alors, en quoy les fermiers ne seroient par ainsy aucunement lesez ; pour quel sujet les supplians ont trouué bon de préuenir vos seigneuries afin qu'il y soit pourueu de bonne heure....

DEPRIELLE

(Le Magistrat décide de faire droit à cette requête 23 juillet 1712).

XLVI

Réglement pour l'estimation de la valeur des grains et la fixation de la taxe de la bière

(1763)

Les abus qui se sont introduits contre nôtre intention au sujet de la taxe de la bière nous obligent de faire un règlement, lequel en en tarrissant la source, conserve également le droit du public et du brasseur et maintienne en même temps la bonne police et l'intérêt de la ferme des octrois dans tout ce qui concerne la bière cabaretière, pourquoi nous avons réglé, statué et ordonné, réglons statuons et ordonnons ce qui suit.

ARTICLE PREMIER

Toutes les années à la Saint-Remy, à la Saint-André et au mi-Mars il se fera séparément la prisée des orges fines, moyennes et petites, de saison et de mars, ainsi que de celles nouvelles à la prisée de Saint-Remy.

II

Ces prisées se feront ensuite suivant la règle usitée pour la prisée des blés de rendage, qui se fait à la Saint-André.

III

Toutes les semaines, les samedis après-midi, les connétable et maîtres jurés de la halle seront tenus de porter au greffe des werps, les prix séparés des trois différentes orges de saison et de mars, de même que de la nouvelle, lorsqu'il y en aura, en se réglant sur toutes celles vendues, sans égard si c'est aux brasseurs ou non, avec la quantité qui aura été vendue de chaque espèce. Ils y porteront en même temps le prix des autres grains, comme il se pratique et qu'il est de règle.

IV

Le commis de la halle préposé à la recette des droits d'octroi sur les grains, en usera de même et les portera au bureau de cettre ferme, en y ajoûtant la quantité de toutes les espèces de grains qui seront vendus.

V

Les semaines pendans lesquelles il ne se vendra point certaines espèces de grains il en sera fait mention à leurs articles en la place du prix.

VI

Les mesureurs de grains seront tenus tous les samedis depuis onze heures et demie jusqu'à midi, de se transporter suivant leur rang d'ancienneté, en la chambre ordinaire des connétables et maîtres jurés de la halle, où ils s'assembleront, pour leur donner la déclaration sincère et juste des quantités, et des prix des différentes espèces des grains qu'ils auront vendus pendant la semaine, à peine d'aumône, de suspension, et de telle autre punition qui sera trouvée convenir suivant les circonstances.

VII

En cas de défaut les connétables et maîtres jurés de la Halle seront tenus d'en dresser acte, qu'ils affirmeront véritable dans les vingt quatre heures devant Sr Echevin. Ils en feront de même s'ils sont injuriés dans leur fonctions...

VIII

On prendra le prix des orges de saison fines et moyennes tant anciennes que nouvelles de chaque semaine pour parvenir à fixer la taxe de la bière qui ne se fera que deux fois par année, le huit de juin et de décembre; en sorte que la valeur des ingrédiens, qui servent à la composition de la bière, pendant les six mois passés, en détermineront le prix pour les six mois suivans, excepté que des circonstances particulières et imprévues obligeroient d'en user autrement... (13 juin 1763).

Registre des règlements, Ms : 545-697, f. 133.

XLVII

Ordonnance de Messieurs du Magistrat de la ville de Valenciennes en forme de règlement concernant les brasseurs, la composition et la qualité de la bière.

(Du 14 mars 1768)

Prévost, jurés et échevins de la ville de Valenciennes.

Sur la requête à Nous présentée par les Connétable, Maître et Suppôts des marchands brasseurs de cette ville, expositive qu'ils ne doivent pas dissimuler le préjudice qui résulteroit de l'article XIII du Règlement du 9 décembre 1767 s'il subsistait; que cet article leur défendant de brasser confusément la bière cabaretière avec la bourgeoise, leurs brasseries chommeroient souvent pour attendre qu'ils eussent des demandes assez considérables pour pouvoir brasser séparément chaque espèce de bière; que les bourgeois et les petits cabaretiers qui ne sont pas en état de prendre un brassin de bière seroient souvent exposés d'en manquer; que même le fermier des octrois de la ville, intéressé à ce qu'il s'en fasse une grande consommation, verroit le produit de sa ferme diminuer sensiblement ; que d'ailleurs la misère du temps exige qu'on accorde aux suppliants une certaine aisance pour la commodité du public pour pouvoir entretenir leurs familles et leurs domestiques, supporter les charges publiques ordinaires et extraordinaires, payer la capitation, acquitter leurs loyers, de maisons et brasseries et subvenir à autres semblables dépenses, surtout en considérant les grosses avances qu'ils sont obligés de faire, soit pour le payement des grains et autres matières qui s'achètent comptant, soit pour les provisions de bière qu'ils doivent toujours avoir, et en considérant aussi qu'ils ont fréquemment des coulages, des pertes, des dépérissements de bière et des insolvabilités ; pourquoy requéroient les suppliants, qu'il nous plût remettre les choses sur l'ancien pied, en conséquence leur permettre d'entamer indistinctement à l'avenir de la bière d'un brassin cabaretier dans des tonnes bourgeoises, ou d'un brassin bourgeois dans des tonnes cabaretières... . . . .

Vu ladite Requête, l'ordonnance en marge d'icelle de soit communiquée au Procureur Syndic rendue le 3 février dernier, le réquisitoire donné en conséquence par ledit procureur syndic, contenant que des plaintes réitérées, sur le prix et la qualité de la bière, ont dicté les sages précautions portées par le Règlement du 13 juin 1763 pour connoitre au juste la valeur de l'orge qui est la principale matière qui compose la bière et y ont fait renouveller les dispositions des articles I du réglement du 14 octobre 1684 et VI de celui du 7 août 1688, lesquelles dispositions ordonnent aux brasseurs de proportionner la quantité de la bière à la quantité d'orge qui entre dans sa composition, conformément aux règlements sans excéder plus que les quatre tonnes au cent. . . . .

Cependant la bière ne se trouvant pas encore de qualité proportionnée à son prix le réglement du 9 décembre 1767 défendit la confusion de la bière cabaretière avec celle bourgeoise ; en même temps qu'il procura aux particuliers la facilité de pouvoir brasser en ville des bières plus légères qu'à l'ordinaire.

Ces dispositions favorables pour les particuliers, aussi avantageuses que justes pour les cabaretiers et le public, profitables pour les brasseurs, en ce qu'il n'est pas possible qu'on ne préfère point une bière bien brassée et bien cuite, à la mélanger avec de a petite bière, où en ce qu'aumoins il n'est pas possible qu'on fasse encore revenir des bières légères, tandis qu'on peut en avoir en ville à beaucoup meilleur marché, en un mot ces dispositions raisonnables et équitables dans tous leurs points déplurent cependant aux Brasseurs. D'un côté ils s'élevèrent contre la bière légère, non contents de faire naître des difficultés pour n'en pas brasser, ils s'y refusèrent même d'une façon qui fit bien voir qu'ils agissoient tous d'intelligence : de l'autre ils s'opiniâtrèrent à vouloir confondre la bière cabaretière avec la bourgeoise. La cause d'une pareille conduite est sans doute qu'ils rencontreroient de nouveaux obstacles à faire des excédents illimités, qui sont un pur gain, et la source de la fraude des droits d'octroi sur la bière laquelle pour faire le profit de quelques personnes accable le général des habitants ; plus les impôts d'une ville sont fraudés, plus elle a besoin de les multiplier, si elle veut remplir ses obligations.

Quelques brasseurs donc, plus jaloux de n'être pas tenus de distinguer la bière cabaretière d'avec la bourgeoise, que de rendre à chacun ce qu'il lui appartient, tentèrent inutillement de faire lever les défenses qui les empêchoient formellement de pratiquer une confusion inique, que leur probité et leur honneur devroient condamner, et se réunirent tous ensuite pour revenir à la charge : à les entendre ils ne peuvent plus faire leur commerce, si les défences subsistent, et pour mieux le persuader ils refusent de la bière à uombre de personnes, où les font languir après : c'est-à-dire qu'il faut leur permettre de prendre sur le public pour servir les particuliers.

L'injustice d'une telle demande frapera toujours beaucoup, on ne concevroit pas, si on ne le voyoit, qu'on pû proposer à la justice d'autoriser un vol caractérisé, pour la facilité d'un commerce. Jusqu'à présent quel est l'homme assez injuste et assez impudent, qui ait sollicité la permission de vendre une marchandise pour l'autre, telle que du drap de Rouen ou d'Elbeuf pour du Louviers ? Celui qui auroit la mauvaise foi de tromper ainsi appréhenderoit d'être découvert, et les brasseurs ne craignent pas d'en former la demande ? Cela étant il convient de la discuter particulièrement.

La composition ordinaire des bières cabaretières et bourgeoises et de deux mencauds d'orge et quatre livres de houblon à la tonne ; mais les tonnes cabaretières ne sont que de soixante pots, et les bourgeoises en contiennent soixante et dix, déduction faite de quatre pots qu'on donne de plus à chaque tonne pour la lie ; ce qui rend la bière cabaretière un sixième en sus plus forte que la bourgeoise : ainsi jamais il n'a été ni pu être permis de confondre tous les brassins de bière pour n'en faire qu'une seule et même espèce. Quelquefois, mais rarement, on toléroit qu'on prît une tonne de bière boargeoise dans un brassin de bière cabaretière, parce que l'objet étoit si mince, qu'il ne faisoit point d'impression ; mais l'abus étant porté au point que d'un brassin de bière cabaretière en tiroit un quart, un tiers et même la moitié de bière bourgeoise, il a fallu arrêter un désordre si effroyable.

La bière cabaretière devant être d'une qualité supérieure et beaucoup plus forte que la bourgeoise, il ne sçauroit être permis de la diminuer en aucune façon. C'est le permettre que de souffrir qu'on quittât de la substance de la bierre cabaretière pour bonifier la bourgeoise ; ce qui arriveroit nécessairement, si on brassoit confusément l'une et l'autre : un brassin de trente six tonnes de bière, moitié cabaretière moitié bourgeoise, contiendroit cent quatre vingt pots qu'il n'auroit pas et ne devroit pas avoir, s'il n'étoit que bière cabaretière : la moitié de ces cent quatre-vingt pots seroit sûrement composée d'une partie de la substance, qui devroit rester dans la bière cabaretière, ainsi elle se trouveroit plus faible d'autant. On ne pourroit donc alors observer une Justice distributive, qu'en portant la tonne cabaretière à soixante cinq pots, et en réduisant la bourgeoise à la même continence. Cependant la dernière a toujours été de soixante dix pots, et la cabaretière de soixante seulement ; c'est sur cette continence qu'on a toujours taxé la bière cabaretière, en la supposant faite à raison de deux mencauds d'orge et de quatre livres de houblon par chaque tonne : on estimoit donc une quantité de matière qui n'y étoit point, et qui auroit rendu la bière d'une qualité supérieure, si elle y eut été ; et les excédents aggravoient le mal et l'injustice.

Ce n'est pas d'aujourd'hui que pour réparer le vuide qui se trouvoit par là, les brasseurs ont imaginé de mettre dans la bière des ingrédiens étrangers à sa véritable composition, peut être corrosifs et funestes à la santé, il est difficile de se persuader qu'une bière épaisse, grossière et inflammable puisse être salutaire.

Les Règlements ont toujours apporté la plus grande attention à réprimer de tels abus ; ils ordonnent formellement aux brasseurs de ne composer la bière, qu'avec l'orge et le houblon, sans y *mettre directement, ni indirectement aucuns pieds de veaux, drogues ou autres ingrédients* : ils leur ordonnent aussi d'employer deux mencauds d'orge, sans déduction de l'accroissement que procure le grain germé et quatre livres de houblon au moins par chaque tonneau de bière : l'exécution paroissoit en être assurée par le serment auquel ils soumettent les brasseurs leurs femmes et leurs domestiques, et qui a été négligé depuis. Telles sont les dispositions des articles X et XI du Règlement du 14 octobre 1684, III, VI et VII de celui du 7 août 1688, que d'autres Règlements ont également ordonné.

Leur prévoyance ne s'est point là bornée, elle leur a aussi fait prendre toutes sortes de précautions, afin de pouvoir encore mieux s'assurer de la qualité de la bière et veiller à la conservation des droits d'un chacun. C'est en présence des commis de la ferme des octrois que les sacs de grain braisé doivent être cachetés et décachetés ; que ce grain doit être jetté dans la cuve et mouillé, que le houblon doit être pesé et mis dans la chaudière, et que la bière doit en être tirée, pour qu'il n'en reste pas sous le houblon ; ces choses ne peuvent même se faire que pendant le jour depuis le matin jusqu'au soir. D'un autre côté, non seulement il n'est pas permis aux brasseurs de faire des excédents au delà des quatre tonnes au cent, mais les brasseurs, leurs femmes et domestiques doivent jurer de ne transporter, ni laisser suivre à qui que ce soit aucune bière sans congé de la ferme des octrois ; les cabaretiers et leurs domestiques sont aussi tenus de jurer, de ne débiter de la bière qu'ils encavent sous pareil congé et les uns et les autres sont obligés de faire serment, toutes les fois qu'ils en sont requis, qu'ils ne commettent aucune fraude : enfin l'attention et la sévérité ont été portées jusqu'à vouloir et désigner des brasseurs différents et particuliers pour chaque espèce de bière en sorte que le même brasseur ne pouvoit en brasser de deux qualités, il devoit opter pour l'une ou pour l'autre : Articles IV, XII et XX du règlement du 10 novembre 1671 ; XV, XXIII, XXXI, XXXVII et XXXIX de celui du 14 octobre 1684 ; I, II, III, IV et V de celui du 7 août 1688. Bien plus les bières cabaretières étoient gourmées rigidement et régulièrement au moins tous les quinze jours, et celles qui se trouvoient défectueuses ou insuffisantes, étoient enlevées, confisquées, et vendues au prix qu'estimoient les Egards, dans l'endroit destiné pour celà. Règlement du 20 juillet 1619, Art. II et VI de celui du 12 août 1623, et règlement du 17 mars 1693,

Les brasseurs n'ignorent sûrement pas toutes dispositions, qui ont été souvent renouvellées et qui ont vu exécuter avec rigueur, du moins les anciens de leur corps. Après cela, comment ont-ils pû demander la faculté de faire des brassins de bière, partie bourgeoise, partie cabaretière, pour affaiblir la dernière ; afin, disent-ils de pouvoir faire plus facilement leur commerce, et servir plus promptement un chacun ?

Ci-devant la maîtrise des brasseurs se bornoit aux bières cabaretières : les particuliers brassoient librement là et ainsi qu'ils vouloient : la ville loua même une brasserie ensuite de la résolution du Conseil du 7 avril 1623, pour donner encore plus d'aisance aux particuliers ; ce fut celle de Sainte-Barbe, vis-à-vis l'église de St-Géry, le bail est du 9 may suivant et se trouve au registre des choses communes. Si depuis les brasseurs ont çu s'attribuer le droit de brasser les bières bourgeoises et d'en être marchands, ainsi qu'ils le sont de celles cabaretières, il ne faut pas que le public en souffre ; ils doivent toujours être prêts de fournir aux particuliers la bière dont ils ont besoin, puisqu'ils en font le commerce, et qu'ils en ont la vente exclusive. Si cela les gêne trop, qu'ils choisissent de ne faire qu'une sorte de bière ainsi qu'autrefois, ou du moins de laisser aux particuliers l'entière liberté dont ils jouissoient ci-devant.

La cherté des denrées, et la misère du temps ne sont pas des raisons qui puissent autoriser une injustice. Dans les temps de disette et de calamités on diminue assez souvent la qualité de la bière cabaretiére pour que le prix n'én soit pas si fort ; sa qualité se trouve moindre étant brassée avec celle bourgeoise, il ne resteroit donc qu'à en diminuer la taxe à cette proportion, ce seroit un soulagement pour le public, et lui rendre justice...

Vu aussi les règlements des 20 juillet 1619, 12 août 1623, 10 novembre 1671, 14 octobre 1684, 7 août 1688, 17 mars 1693, 14 juin 1763, 9 décembre 1767 et autres concernant les brasseurs et la composition de la bière tout considéré.

Nous avons débouté et déboutons les brasseurs de leur

demande, ordonnons que lesdits réglements seront exécutés selon leur forme et teneur : en conséquence enjoignons aux brasseurs d'observer exactement les dispositions qui concernent la composition, la différence, et la qualité de la bière.

Il sera cependant libre aux bourgeois et particuliers, qui voudront avoir une bière plus forte que la bourgeoise, de se faire livrer de la bière cabaretière dans des tonneaux de jauge cabaretière, pourvû qu'il n'y ait aucune suspicion de fraude....

Fait à la demande de Me Charles-Josse-Joseph Bousez, avocat en parlement, Juré-Echevin, et lieutenant-Prévôt-le-Comte établi par loi, en jugement à Valenciennes le quatorzième jour du mois de Mars mil sept cent soixante huit, et lû à l'audience de ce jourd'huy auxdits brasseurs après avoir été convoqués à cet effet.

Signé : J. B. Bousez.

Archives de Valenciennes H 2-151.

SYNDICATS DES BRASSEURS FRANÇAIS

Union générale des Syndicats de la Brasserie Française

FONDÉE EN 1888

Présidents qui se sont succédé depuis la fondation

1889-1890	M. TAFFIN-BINAULD,	Syndicat	du Nord
1891	Ernest TOURTEL,	—	de l'Est
1892	WINCKLER,	—	Centre et Midi
1893	KREISS	—	Environs de Paris
1894	DELEMER,	—	Nord
1895	Bertrand OSER	—	Est
1896	P. JAUJOU	—	Centre et Midi
1897	HATT	—	Environs de Paris
1898	DOCQUIN	—	Nord
1899	Albert TOURTEL	—	Est

1900, *Président* : Albert TOURTEL, président du Syndicat de l'Est ;

Vice-président : Charles DOCQUIN, Président du Syndicat Ardennais ;

Vice-président : RICHARD, Président du Syndicat des Environs de Paris ;

Secrétaire : Pierre CAILHE, Secrétaire du Syndicat du Centre et Midi ;

Secrétaire : Fernand DUMESNIL, Président du Syndicat de Paris ;

Trésorier : Adolphe KREISS, Vice-Président du Syndicat des Environs de Paris.

Chambre Syndicale des Brasseurs de Paris

Président : Fernand DUMESNIL, ; *Vice-président* : H. KARCHER ; *Secrétaire-Trésorier* : J.-J. WOHLHUTER ; *Assesseurs* : H. SCHMITZ, J. DEMORY ; *Membres* : MM. BASSOT ; BOSSUS, Vve CAVÉLIUS, DENIS, FIÉVET, Vve FILLEY, Vves FORSÉ et JOSSERAND, GRIMMEISEN, HIMMELSPACH, LÉVY, PITTI, ROPTIN et LAY, WENDLING.

Syndicat des Brasseurs de la Région du Nord

FONDÉ EN 1871. — SIÈGE A LILLE

Président d'honneur fondateur M. TAFFIN-BINAULD

Président : M. P. DELEMER, brasseur à Lille.

Vices-Présidents : MM. Charles QUINT, Roubaix; MASSÉ-MEURISSE, Lille ; CHIEUS, Pont-de-Nieppe.

Trésorier : M. Edmond BUTRUILLE, Douai.

Secrétaire : BINAULD Florent, Lille.

Membres : MM. BERNARD, Hénin-Liétard; CLAEYS, Bergues ; COCHETEUX, Douai ; COPIN, Cambrai ; CORDONNIER, Haubourdin ; DE SWARTE, Lille ; LECLERCQ, Hem ; MONTREUIL, Bœseghem; TREUFFET, Dorignies ; QUINT Alexandre, Dunkerque ; VARLET, Amiens ; ANDRÉ Alphonse, Douai ; BOUCHEZ, Valenciennes; DELAPORTE, Amiens ; DELAPORTE, Solesmes ; DOCQUIN, Torcy-Sedan ; DE JAÉGHÈRE, Lesquin ; DUBOIS, Maubeuge ; HERBECQ, Avesnes ; MAIRESSE, Cambrai ; MOTTE, Armentières; LEMAIRE, Denain ; MACAREZ, Haulchin ; DUPONT, Carvin.

Cette région, la plus importante de la France au point de vue brassicole, puisqu'elle renferme environ 1900 brasseurs, possède de nombreux groupes syndicataires qui se sont constituées pour défendre des intérêts spéciaux, ou pour jouir de la cohésion plus intime que peut donner le rapprochement avec le

Syndicat Régional. Ces groupes sont ceux de Lille, *président* : CORMON-VANDAMME ; d'Amiens, *président* : DELAPORTE ; de Cambrai, *président* : MAIRESSE, et le Syndicat des brasseurs Ardennais.

Syndicat des Brasseurs du Centre et du Midi de la France

FONDÉ EN 1879. — SIÈGE A TOULOUSE.

Se sont succédé à la Présidence depuis la fondation :

MM.	Eugène VELTEN, brasseur	à	Marseille
	BOYER	—	Tours
	WINCKLER	—	Lyon
	P. JAUJOU	—	Nîmes

Président : M. L. LEPPERT, Bordeaux ; *Vice-président* : Antonin HAFFNER, Toulouse ; *Trésorier* : TAILLANDIER, Pont-du-Château ; *Secrétaire* : Pierre CAILHE, Montluçon ; *Membres du bureau* : MM. BAUGIER, Montmorillon ; Henri LAUTH, Carcassonne ; E. UMDENSTOCK, Lyon ; A. WINCKLER fils, Lyon.

Ce syndicat comprend 50 départements.

Syndicat des Brasseurs de l'Est

FONDÉ EN MARS 1890. — SIÈGE A NANCY

Présidents qui se sont succédé depuis la formation :

TOURTEL Ernest, Bertrand OSER, TOURTEL Albert.

Président : TOURTEL Albert, à Tantonville.

Vice-président : Bertrand OSER, à Maxéville-Nancy.

Trésorier / *Secrétaire* } MOREAU Louis, à Vézelise.

Membres du bureau : MM. HANUS, Charmes ; SIMON, Vaucouleurs ; TRAMPITSCH, Champigneulles ; E. VŒGELÉ, Vittel ; PERRUT, Vittel ; TRIVIER, Xertigny ; LOBSTEIN, Ville-sur-Illon.

Syndicat des Brasseurs Ardennais

FONDÉ LE 25 AOUT 1890 — SIÈGE A CHARLEVILLE

Président-fondateur M. CH. DOCQUIN

Composition du Comité pour l'année 1899

Président : CH. DOCQUIN, Torcy-Sedan ; *Vices-présidents* : BAUDELOT, Haraucourt ; GUILMIN, Vireux-Molhain ; *Trésorier* : Joseph RAUCOURT, Charleville ; *Secrétaire* : LEFEBVRE-LIONNE, Charleville ; *Membres* : MM. BILLUART-BILLUART, Fumay ;

CAILTEAUX, Nouzon ; DEBRUGE-D'HOTEL, Jandun ; HERBULOT-HIVER, Donchery ; JULLION-MARTIN, Aiglemont ; MILLET-MAQUET, Mouzon ; PELTIER, Mézières ; RAULIN, Rethel ; TONNEL, Vouziers.

Syndicat des Brasseurs et Entrepositaires de Bières des Environs de Paris

FONDÉ LE 19 FÉVRIER 1896

Siège Social et 1er Dépôt de Triage : 124, Rue Croix-Nivert à Paris

Président : QUIGNARD, entrepositaire à Charenton-le-Pont (Seine).

1er Vice-président : KREISS Adolphe, brasseries de la Meuse à Sèvres (Seine-et-Oise).

2e Vice-président : WINTZER, entrepositaire à Boulogne-sur-Seine (Seine).

Secrétaire : ONFRAY, entrepositaire à Villiers-sur-Marne (Seine-et-Oise).

Trésorier : HENRY, entrepositaire à Levallois-Perret (Seine).

Syndic : JOUANNIGOT, entrepositaire à Argenteuil (Seine-et-Oise).

Administrateurs : LURCK, brasseur à Arcueil (Seine) ; LE GOUPIL, entrepositaire à Vincennes,

(Seine) ; ORU, brasserie des Moulineaux, à Issy (Seine) ; DAUMONT-GOETZ, entrepositaire au Vésinet (Seine-et-Oise) ; REVILLET, brasserie de Sochaux à Paris et Plaine Saint-Denis.

Secrétaire-Comptable : Albert GUENEAU au Siège Social.

Syndicat des Brasseurs des Départements limitrophes de Paris

COMPOSITION DU BUREAU

Président : RICHARD, brasseur à Ivry ;
Trésorier : HEIMERDINGER, brasseur à Arcueil ;
Secrétaire : MIRAND-DEVOS, brasseur à Versailles ;
Membres : LEPROU, directeur de la brasserie « La Rose Blanche » à Saint-Germain-en-Laye ; STÉPHAN, brasserie Grüber à Melun ; WEILL, brasseur à Chateaudun.

Chambre Syndicale des Brasseurs et Entrepositaires de Bières de la Région Lyonnaise

FONDÉ LE 1er JANVIER 1897

Siège Social : LYON, 28, Cours du Midi

Président fondateur : OPPERMANN

CONSEIL D'AMINISTRATION

Président : THOMAS, Directeur de la brasserie Rinck, à Lyon.

Vice-président : Albert WINCKLER, brasseur, à Lyon.

Secrétaire : DESPALLES, Directeur de la « Nationale » à Saint-Etienne.

Trésorier : RADISSON, brasseur à Lyon.

Syndicat des Brasseurs de la Bourgogne et des Départements limitrophes

FONDÉ EN MARS 1900 — SIÈGE A DIJON

Président : Ernest MESSNER, brasseur à Dijon.

Vice-président : STERCKY, brasseur à Apremont (Haute-Saône).

Secrétaire : E. SCHMIDT, de la brasserie Trivier-Carré, de Dijon.

Trésorier : C. LECLERC, brasseur à Dijon.

Statistique de la Bière en France

En 1787, suivant Chaptal, le chiffre des importations de bières en France s'éleva à la somme de 469,000 livres, ce qui représente environ 26,000 hectolitres.

*
* *

D'après la *Grande Encyclopédie*, la production de bières en France fut :

en	1812	de	2,802,000	hectolitres
»	1824	»	3,220,000	»
»	1850	»	5,000,000	»

*
* *

Le mouvement des bières en France fut en :

	1867 hectolitres	1868 hectolitres	1869 hectolitres
Fabrication . .	7,001,611	7,322,618	7,523,092
Importation . .	64,989	76,456	79,355
Exportation . .	27,202	37,261	39,008
Consommation.	7,039,398	7,361,813	7,563,439

ANNÉES	FABRICATION	IMPORTATION	
	Hectolitres	*Quantités Hectolit.*	*Valeurs Francs*
1870	»	66.197	2.106.912
1871	»	76 971	2.694.003
1872	7.131.313	279.598	12.581.924
1873	7.413.190	270.592	13.530.046
1874	7.339.990	249.882	10.336.632
1875	7.355.513	274.723	12.199.497
1876	7.619.541	297.039	12.475.647
1877	7.743.118	318.416	13.373.462
1878	7.505.474	351.246	13.347.361
1879	7.375.114	310.727	12.429.074
1880	8.227.040	378.752	15.909.270
1881	8.624.786	413.675	16.547.351
1882	8.305.595	414.703	18.561.615
1883	8.619.494	413.837	18.622.671
1884	8.492.853	381.351	19.067.561
1885	8.010.150	333.415	18.282.363
1886	7.978.860	292.563	16.089.789
1887	8.233.669	236.227	12.905.147
1888	7.952.470	188.306	10.356.809
1889	8.382.954	224.321	12.336.227
1890	8.490.511	174.415	10.462.500
1891	8.305.730	169.374	10.165.020
1892	8.937.454	141.413	8.526.361
1893	8.937.750	134.421	10.081.998
1894	8.443.704	123.053	9.232.111
1895	8.867.320	124.835	9.362.492
1896	8.991.273	122.103	9.156.472
1897	9.233.281	119.604	8.970.1[illegible]1
1898	9.557.616	116.212	8.715.970
1899	*Inconnu*	120.826	9.061.950

Table des Matières

Page

Avertissement 1
Cervesia 7

PREMIÈRE PARTIE

CHAPITRE PREMIER

Les anciennes communautés d'arts et métiers.
Aperçu général

Ancienneté des Corporations. — Leur origine. — Leurs caractères multiples. — Elles sont florissantes en France au XIIIe et au XIVe siècle. — Privilèges et abus. — Oligarchie. — Vénalité des Garde-Jurés. — Intervention du roi Henri III en faveur des Artisans 35

Table des Matières

CHAPITRE II

CONFRÉRIES

CHAPITRE III

APPRENTISSAGE

CHAPITRE IV

MAITRISE

CHAPITRE III

Pages

TROISIÈME PARTIE

LA BRASSERIE DANS LES ANCIENNES PROVINCES

CHAPITRE PREMIER

APERÇU GÉNÉRAL

LA BRASSERIE EN NORMANDIE

LA BRASSERIE DANS LE CENTRE ET LE MIDI

CHAPITRE II

LA BRASSERIE DANS LE NORD

CHAPITRE III

SAINT-OMER

Pages

CHAPITRE IV

FLANDRE FRANÇAISE

CHAPITRE V

FLANDRE MARITIME

CHAPITRE VI

CAMBRÉSIS

CHAPITRE VII

HAINAUT

Pages

CHAPITRE VIII

LES IMPÔTS DANS LE HAINAUT

QUATRIÈME PARTIE

CHAPITRE PREMIER

CHAPITRE II

ORIGINE DE LA RÉGIE DES BIÈRES

CHAPITRE III

DROITS ET RÈGLEMENTS DE 1635 A 1791

CHAPITRE IV

ABOLITION ET RESTAURATION DES DROITS

CHAPITRE V

ARMOIRIES DES BRASSEURS

APPENDICE

23 Févr 80

www.ingramcontent.com/pod-product-compliance
Lightning Source LLC
Chambersburg PA
CBHW061022030726
47504CB00002B/215
9782014490329